BASTEI LÜBBE
TASCHENBUCH

Weitere Titel des Autors:

Die Hebamme und das Rätsel von York (auch als Hörbuch erhältlich)
Die Hebamme und die tote Hure
Die Hebamme und der Hexenjäger

Als E-Book und Audio-Download:
Die Hebamme und das Geheimnis der Magd
Die Hebamme und der treue Mörder

**Über den Autor:**

Sam Thomas ist promovierter Historiker und unterrichtet Geschichte an einer Privatschule in der Nähe von Cleveland. *Die Hebamme und der Meuchelmörder* ist sein vierter Roman und der vierte Fall für Hebamme Bridget und ihre treue Gehilfin Martha. Sam Thomas lebt mit seiner Frau und zwei Söhnen in Shaker Heights, Ohio.

Besuchen Sie auch die Homepage des Autors:
www.samthomasbooks.com

Sam Thomas

# DIE HEBAMME UND DER MEUCHEL-MÖRDER

Historischer Roman

Aus dem amerikanischen Englisch von
Britta Evert

BASTEI LÜBBE
TASCHENBUCH

BASTEI LÜBBE TASCHENBUCH
Band 17 549

Dieser Titel ist auch als E-Book erschienen



Vollständige Taschenbuchausgabe

Deutsche Erstausgabe


Titel der amerikanischen Originalausgabe:
»The Midwife and the Assassin«
Originalverlag: Minotaur Books


Textredaktion: Wolfgang Neuhaus, Oberhausen
Titelillustration: © Trevillion Images/Wojciech Zwolinski
Umschlaggestaltung: Tanja Østlyngen
Satz: Urban SatzKonzept, Düsseldorf
Gesetzt aus der Garamond
Druck und Verarbeitung: CPI books GmbH, Leck – Germany
Printed in Germany
ISBN 978-3-404-17549-9

5 4 3 2 1

Sie finden uns im Internet unter
www.luebbe.de
Bitte beachten Sie auch: www.lesejury.de

Für meine Mutter, Vater, Stiefmutter,
Stiefvater und Ex-Stiefmutter

# 1.

Die Spätsommersonne stieg am Himmel auf, warm wie der zärtliche Blick einer Mutter, und wieder einmal betete ich um ein Gewitter.

Nicht dass meine Besitzungen Regen gebraucht hätten; die Ernte war fast vollständig eingefahren. Wonach ich mich sehnte, war eine Abwechslung – irgendetwas, das ein wenig Farbe in die graue Monotonie des Daseins in Pontrilas brachte. Fast drei Jahre waren vergangen, seit ich mein geliebtes York Hals über Kopf verlassen musste; jetzt führte ich ein nur allzu beschauliches Leben auf meinen Ländereien in Hereford. Anfangs waren meine Nachbarn erpicht darauf gewesen, mich zu besuchen und etwas über meine Abenteuer im Norden zu erfahren. Was ich über die Hexen berichten könne, die gehängt worden waren? Stimmte es wirklich, dass ich einige von ihnen selbst an den Galgen gebracht hatte?

Ich verspürte kein Verlangen, über diese Dinge zu sprechen, und doch spielte ich mit dem Gedanken, allen die Wahrheit zu erzählen, um die hartnäckigen Frager endlich loszuwerden. Hätten sie geahnt, was ich getan hatte, wären diese arglosen Frauen auf Nimmerwiedersehen aus meinem Haus geflohen.

Aber natürlich erwähnte ich nichts davon. Stattdessen ergab ich mich in mein Schicksal und fand mich mit den oberflächlichen Plaudereien adliger Damen vom Lande ab. Nach einigen Monaten ließen meine Nachbarn sich nicht mehr so oft blicken, aber ich konnte mich nicht dazu aufraffen, ihnen meinerseits Besuche abzustatten.

Irgendwann gewöhnte ich mich an ein Leben, das hauptsächlich mit Lesen und Schreiben ausgefüllt war. Ich begann ein Buch über Geburtshilfe zu verfassen, damit andere Frauen, die dieses Gewerbe ausübten, von meinem Wissen profitieren konnten, statt es sich durch eigene und möglicherweise schlimme Erfahrungen anzueignen. Von Zeit zu Zeit schickten die Frauen meiner Pächter nach mir, wenn bei einer der Ihren die Wehen einsetzten, und ich begrüßte die Abwechslung. Aber die Gegend war spärlich besiedelt, sodass meine Dienste nur selten in Anspruch genommen wurden.

Wenn mein neues Leben mir bedrückend erschien, so war es für Martha Hawkins, meine Magd und Gehilfin, die reinste Folter. Martha war eine unerschrockene, beherzte junge Frau, zu der das Leben einer Hebamme in der Stadt weitaus besser gepasst hätte als das einer Magd auf dem Lande. Ich konnte mir nur zu gut vorstellen, wie trostlos ihr die Aussicht auf Jahre des Waschens und Putzens erscheinen musste, die in Pontrilas vor ihr lagen. Und dass sie einer solch tristen Zukunft ohne ihren geliebten einstigen Verlobten Will Hodgson entgegensah, meinem Neffen, machte ihr Elend umso schlimmer.

Will war in York geblieben, als wir geflüchtet waren, und in die Dienste des Lord Mayor getreten. Gelegentlich schrieb er uns, aber da in England Bürgerkrieg herrschte, konnte es Wochen, manchmal Monate dauern, bis Briefe an ihr Ziel gelangten, und Gott allein wusste, wie viele verloren gingen. In seinem letzten Schreiben, das er vor einigen Monaten abgeschickt hatte, teilte Will uns mit, er werde nach London gehen. Seither hatten wir nichts mehr von ihm gehört.

Selbst Elizabeth, meine Adoptivtochter, hatte genug von Pontrilas. Bei unserer Ankunft hatte sie die Landschaft mit großen Augen bestaunt, was ich ihr nicht verdenken konnte. Nach Jahren der Armut musste ihr der Wohlstand meiner Güter wie der Himmel selbst erschienen sein. Doch als sich Woche um Woche, Monat um Monat dahinschleppte, vermisste auch Elizabeth immer mehr das aufregende Stadtleben.

Tatsächlich war das einzige Mitglied meines Haushalts, das sich über den Umzug von York nach Pontrilas freute, Hannah, meine Dienstmagd. Sie hatte York akzeptiert, solange wir dort gelebt hatten, war aber froh, auf ihre alten Tage nach Pontrilas zurückzukehren, hatte sie doch in diesem Ort das Licht der Welt erblickt.

Und so streiften Martha, Elizabeth und ich, als der Herbst ins Land zog, trübsinnig durchs Haus und sehnten uns nach Abwechslung in der Eintönigkeit des Landlebens.

*

Zu meiner freudigen Überraschung endete unser ländliches Exil an einem Nachmittag im Oktober, als ein Brief aus London eintraf. Ein Junge kam den weiten Weg vom Dorf zu uns – eine beachtliche Strecke –, um das Schreiben zu überbringen, und ich sorgte dafür, dass eine meiner Mägde ihn gebührend mit Brot, Käse und einer Münze entschädigte. Als ich ihm beim Essen zuschaute, musste ich an Tree denken, der für mich so etwas wie ein Sohn geworden war und den ich in York zurückgelassen hatte. Ich hatte erst vor Kurzem einen Brief von seinem Pflegevater erhalten, wusste also, dass es ihm gut ging. Was ich am schmerzlichsten vermisste, waren die Menschen in York, die mir am Herzen lagen – Will, Tree, meine Freundinnen und meine Patientinnen.

Als der Junge fort war, öffnete ich den Brief. Ich nahm an, er käme von Mr. Browne, dem Agenten, den ich beauftragt hatte, mir Neuigkeiten aus der Stadt zukommen zu lassen. Mr. Browne hatte uns die Gefangennahme und Inhaftierung des Königs durch das Parlament im Jahr 1647 mitgeteilt, und er hatte mit eigenen Augen die Aufstände gesehen, als sich die Anhänger des Königs gegen das Parlament erhoben, aber rasch besiegt wurden. Ich wusste noch vor all meinen Nachbarn von den geheimen Verhandlungen des Königs mit den Schotten, in England einzumarschieren, und von der brutalen Gewalt, mit der unsere schottischen Nachbarn durch Oliver Cromwells Truppen unterworfen worden waren. In jüngster Zeit hatte es Gerüchte gegeben, der König sollte für das Verbrechen, Krieg gegen sein eigenes Volk angezettelt zu haben, vor Gericht gestellt werden. Ich konnte mir etwas Derartiges nicht vorstellen, aber die Welt stand schon so lange Kopf, dass nichts unmöglich schien.

Dieser Brief jedoch kam nicht von meinem Agenten; er war von einem Gefängniswärter im Tower von London abgeschickt worden.

*An Lady Bridget Hodgson*

*Ich schreibe im Namen Eures Neffen Will Hodgson, derzeit Gefangener im Tower von London. Er bittet Euch zu kommen, sobald es Euch genehm ist.*

*Euer ergebener Diener*
*Richard Thompson*

»Martha!«, rief ich laut.

Sie musste meiner Stimme angemerkt haben, wie verstört ich war, denn ihre Hände waren noch mit Mehl bestäubt, als sie zu mir in den Salon gelaufen kam.

»Was ist?«, fragte sie.

»Will ist offenbar im Londoner Tower gelandet und braucht unsere Hilfe.« Ich reichte Martha den Brief, und sie überflog ihn hastig.

»Was hat das zu bedeuten?« Martha sah mich verwirrt an. »Will sitzt im Gefängnis und braucht unsere Hilfe, aber nur, wenn es genehm ist?«

»Ich verstehe das auch nicht.« Wäre Will ein gewöhnlicher Gefangener, hätte man ihn nicht in den Tower gebracht, nur gab es keinen Hinweis darauf, welches Verbrechen, ob echt oder erfunden, ihm vorgeworfen wurde. Dieser Brief war ein Rätsel.

Martha las ihn noch einmal und furchte die Stirn. »Warum hat er uns nicht selbst geschrieben?«

»Vielleicht hat man ihm Feder und Papier verweigert«, meinte ich.

»Oder es geht ihm zu schlecht, als dass er schreiben könnte«, gab Martha zu bedenken. »Fleckfieber? Das ist eine schlimme Sache, und der Tower ist ein verdrecktes, stinkendes Gemäuer, viel schlimmer als die Burg von York.«

»Aber wenn er krank wäre, Martha, würde sein Wärter uns zur Eile mahnen. Hier steht nichts von Dringlichkeit. Sehr eigenartig, das Ganze.«

»Der Brief ist an Euch gerichtet, aber wir fahren doch beide hin, oder?«, fragte Martha.

»Natürlich«, antwortete ich. »Du kennst London viel besser als ich. Allein würde ich mich nie zurechtfinden.«

»London?« Elizabeth war unbemerkt ins Zimmer gekommen, stellte sich neben Martha und mich und beäugte Wills Brief. Ich hörte die Aufregung in ihrer Stimme und wusste, dass die nächsten Minuten nicht leicht werden würden.

»Martha und ich müssen nach London, um herauszufinden, was es mit diesem Brief auf sich hat«, erklärte ich dem Mädchen. »Du bleibst hier bei Hannah.«

Zorn blitzte in Elizabeths Augen, und das Herbstlicht brach sich im flammenden Rot ihrer Haare und ließ sie wie die Sonne selbst leuchten. »Hierbleiben? Was soll ich denn hier? Ich habe jeden Zoll von Pontrilas schon tausend Mal abgeritten. Es ist langweilig und öde – ihr müsst mich mitnehmen!«

Ich schüttelte den Kopf. »Es ist viel zu weit und gefährlich. Und wir bleiben nicht lange.«

Elizabeth stampfte mit dem Fuß auf. »Wenn ihr nicht lange weg seid, könnt ihr mich erst recht mitnehmen!« Sie schaute Martha an, in der Hoffnung, eine Verbündete in ihr zu finden.

Aber auch Martha, die Elizabeths Ungestüm sonst immer unterstützte, sah ein, wie unsinnig ihr Vorschlag war. »London ist wirklich ein gefährlicher Ort«, sagte sie. »Nichts für zwei Frauen und ein kleines Mädchen.«

»Ich bin kein kleines Mädchen, ich bin zwölf.« Elizabeth richtete sich zu ihrer vollen Größe auf und schaute mir fest in die Augen. Sie war in der Tat groß und schlank, und schon bald würde sie die schönste Frau in Hereford sein. »Und Matthew kommt doch auch mit uns mit, weil er den Wagen fahren muss.«

»Matthew kommt nicht mit *uns* mit«, verbesserte ich sie. »Nur mit Martha und mir. *Du* bleibst hier bei Hannah.«

Elizabeth ließ bis nach dem Abendessen nicht locker und brachte eine endlose Reihe von Versprechungen und Argumenten vor, von denen jedes verzweifelter war als das andere. Schließlich zog sie sich in ihre Schlafkammer zurück, was aber so widerspruchslos vonstattenging, dass ich wusste: Der Kampf ist noch nicht ausgestanden.

Als ich allein war, dachte ich über unsere bevorstehende Reise nach. Es war die richtige Entscheidung, Elizabeth hierzulassen, aber sie würde mir schrecklich fehlen. Sie war nach dem Mord an ihrer Mutter als Schutzbefohlene zu mir ins Haus gekommen. Als meine Feinde in York Elizabeth bedroht hatten, mussten sie am eigenen Leib erfahren, dass ich vor nichts zurückschreckte, um das Mädchen zu beschützen. So sehr ich es bedauerte, Elizabeth zurücklassen zu müssen – ich wusste nur zu gut, dass es sträflicher Leichtsinn wäre, sie nach London mitzunehmen.

Ich setzte mich, nahm Feder und Papier und überlegte, was vor unserer Reise alles zu erledigen war. Hannah würde sich in unserer Abwesenheit nur zu gern um Elizabeth kümmern, aber selbst wenn wir nicht länger als ein paar Wochen wegblieben, musste ich ein, zwei weitere Dienstboten einstellen, damit Hannah nicht überfordert war. Schwieriger war die Frage unserer Unterkunft in London. Wir könnten in einem Gasthaus absteigen, wie mein Vater es getan hatte, wenn er seinen Sitz im Parlament einnahm, aber ich zog es vor, bei Freunden zu wohnen.

Auf einmal fiel mir Esther Cooper ein, eine meiner Freundinnen in York über viele Jahre hinweg; ich hatte ihr sogar erboten, meine Gehilfin zu werden. Doch kurz darauf war Martha in meinen Haushalt eingetreten; obendrein wurde Esther des Mordes an ihrem Mann angeklagt. Glücklicherweise gelang es Martha und mir, ihre Unschuld zu beweisen, aber ihr Ruf in der Stadt hatte solchen Schaden genommen, dass sie nach London floh, um dort neu anzufangen. Ich hatte sie nicht mehr gesehen, seit sie York Hals über Kopf verlassen hatte, aber wir hatten im Lauf der Jahre einen regen Briefwechsel gepflegt. Esther hatte einen wohlhabenden Goldschmied namens Charles Wallington geheiratet und schien sehr glücklich zu sein.

Ich bezweifelte nicht, dass sie Martha und mich gern in ihrem Londoner Zuhause aufnehmen würde. Da keine Zeit blieb, ihr brieflich alles darzulegen und auf eine Antwort zu warten, teilte ich ihr in einem kurzen Schreiben meine Absicht mit, bei ihr zu wohnen, und schickte einen meiner Diener nach Hereford, um den Brief dort aufzugeben. Mit ein wenig Glück würde er ein, zwei Tage vor uns in London sein und Esther wenigstens ein bisschen Zeit geben, sich auf unser Kommen einzustellen.

Wir brauchten zwei volle Tage, um alles für unsere Reise vorzubereiten. Ich betraute eine andere Hebamme mit der Obsorge für jene Patientinnen, die in der nächsten Zeit entbinden könnten, und packte die Sachen, die ich während unseres Aufenthalts in London brauchen würde. Erschwert wurde dies alles durch Elizabeths hartnäckige Weigerung, sich damit abzufinden, in Hereford zu bleiben. »Hannah könnte doch mitkommen. Was macht es denn schon, ob sie sich hier oder in London um mich kümmert?« Elizabeths Einwand war nicht unvernünftig, aber ich konnte die Erbitterung hinter ihren Worten hören. Als ich versuchte, sie in die Arme zu nehmen, duckte sie sich vor mir weg.

»Elizabeth ...«, setzte ich an.

»Nein!« Ihre blauen Augen sprühten Funken. »Du kannst mich nicht hierlassen. Du und Martha, ihr fahrt weg und erlebt ein Abenteuer. Ich bleibe hier und habe nichts zu tun und bloß Hannah und mein Pony als Gesellschaft. Das ist nicht gerecht!«

»Es geht nicht darum, was gerecht ist«, erwiderte ich. »Es geht darum, was für dich am besten ist. Du bist meine Tochter, und ich muss gut auf dich aufpassen.«

Elizabeth schaute mich unglücklich an, und ihr Zorn verwandelte sich in Kummer. »Und wenn dir etwas passiert? Wenn London so gefährlich ist, wie du sagst, könnte das doch leicht geschehen. Ich kann nicht ...« Ihr versagte die Stimme, aber ich wusste, was sie zu sagen versuchte: *Ich kann nicht schon wieder zur Waise werden.* Ich weinte mit ihr und versuchte erneut, sie in meine Arme zu ziehen. Diesmal sträubte sie sich nicht.

»Ich habe dich sehr lieb«, sagte ich. »Und ich freue mich, dass du kein Schäfchen bist, das immer brav tut, was ihm befohlen wird, sondern darum kämpfst, mitkommen zu dürfen. Aber wir wissen zu wenig über das, was uns erwartet. Hier bist du in Sicherheit. Und wir kommen so schnell wie möglich zurück, ich verspreche es.« Wir hielten einander fest, bis unsere Tränen versiegten.

Dann war es Zeit, die Reisevorbereitungen abzuschließen. Ein Diener trug mein letztes Gepäck zum Wagen, als mein Blick auf den Geburtshocker und das Köfferchen mit Ölen, Kräutern und Gerätschaften fiel, das ich zu jeder Entbindung mitnahm.

»Es kann wohl nicht schaden, auf alles vorbereitet zu sein«, murmelte ich und griff nach den Sachen, um sie ebenfalls in die Kutsche laden zu lassen.

Nachdem wir uns vergewissert hatten, dass unser Gepäck sicher verstaut war, setzten Martha und ich und uns mit Elizabeth an den Mittagstisch. Die Stimmung war bedrückt, und ich war erleichtert, dass Elizabeth nicht wieder zu betteln anfing. Ich wusste nicht, ob ich es noch viel länger ausgehalten hätte, ohne nachzugeben. Nach dem Essen stiegen Martha und ich in die Kutsche, verabschiedeten uns ein letztes Mal von Elizabeth und traten unsere Reise Richtung Norden an, nach Hereford, wo wir auf die Hauptstraße nach London stoßen würden.

Wir legten die Strecke so schnell zurück, wie es auf den holperigen Wegen möglich war. Der Herr beglückte uns mit schönem Wetter, sodass wir nicht mit dem Schlamm zu kämpfen hatten, der englische Reisende so oft behindert und manchmal tagelang das Vorankommen erschwert. Während wir in Richtung Osten dahinrumpelten, schlugen Martha und ich die Zeit tot, indem wir Mutmaßungen über Wills Brief anstellten.

Nach etlichen Vermutungen, die immer abwegiger ausfielen – vielleicht steckte der König persönlich hinter unserem Ruf nach London! –, stellten wir einträchtig fest, dass wir nichts anderes taten, als Phantasiegebilde zu spinnen. Wir schoben alle unbeantwortbaren Fragen beiseite und sprachen über praktischere Dinge. Im Nachhinein erscheint es merkwürdig, wie nahe wir mit unseren ausgefallensten Phantastereien der Wahrheit gekommen waren.

Als wir uns London näherten, bat ich Martha, mir alles zu erzählen, was sie über diese Stadt wusste – eine praktischere Frage war wohl kaum denkbar.

Martha schüttelte langsam den Kopf. »London ist anders als jeder Ort, den Ihr je gesehen habt.« Ihre Stimme war erfüllt von Ehrfurcht, Erregung und Angst. »Die Menschenmengen, der Lärm, der Schmutz ... all das stellt York weit in den Schatten, auf jede nur vorstellbare Weise. Es ist, als hätte ein verrückter Baumeister zwanzig Yorks wie Spielkarten gemischt und entlang der Themse ausgestreut, um die so entstandene Riesenstadt dann mit sämtlichen Menschentypen zu bevölkern, die Ihr Euch nur vorstellen könnt, aus jedem Winkel der Welt. London ist großartig, schrecklich und schön, und wer in dieser Stadt zurechtkommt, kann auf erstaunliche Weise belohnt werden.«

»Und wie stellen wir das an?«, fragte ich. Ich hatte nicht die Absicht, auch nur einen Tag länger als nötig in London zu bleiben, aber Marthas Beschreibung und das Staunen in ihrer Stimme übten eine unwiderstehliche Faszination auf mich aus.

»Londoner geben nichts auf die Vergangenheit, nur auf Gegenwart und Zukunft«, antwortete Martha. »Deshalb muss man vergessen, wer man war. Ist man erst einmal in der Stadt, kann man werden, wer immer man sein will. Und wenn einem nicht gefällt, wer man geworden ist, schlüpft man einfach in eine andere Rolle.«

»Was soll das heißen?«, fragte ich. Wäre ich nicht die ganze Zeit zusammen mit ihr in der Kutsche gewesen, hätte ich den Verdacht gehabt, Martha hätte getrunken.

»Als mein Bruder und ich in London lebten, hat die Stadt uns unzählige Möglichkeiten für Gaunereien geboten.«

Dieses Bekenntnis überraschte mich. Bevor sie in meine Dienste trat, war Martha einem brutalen Herrn und Meister entkommen – nur um ihrem nicht minder brutalen Bruder Tom in die Hände zu fallen, einem berüchtigten Wegelagerer und Dieb. Ich wusste, dass die beiden eine Zeit lang in London gelebt hatten, hatte Martha aber nie nach Einzelheiten gefragt.

»Wenn Tom den Verdacht hatte, wir könnten geschnappt werden«, fuhr sie fort, »sind wir einfach eine Meile weitergezogen oder haben den Fluss überquert, wenn es brenzlig wurde. In irgendeinem neuen Viertel, wo niemand uns kannte, konnten wir von vorn anfangen, mit neuen Namen, neuem Gewerbe, neuen Verbrechen. London besteht aus Hunderten von Orten, die zusammengewachsen sind …«

Marthas verzückte Schilderung wurde von einem Aufschrei unseres Fahrers Matthew unterbrochen. Gleich darauf blieb unsere Kutsche stehen.

»Tut mir leid, Mylady«, rief Matthew uns durchs Fenster zu. »Der Karren vor uns hat ein Rad verloren. Ich helfe dem Fahrer, sein Gefährt von der Straße zu schieben, dann kann's weitergehen. Glaub nicht, dass es lang dauert.«

Martha und ich stiegen aus, um das Geschehen zu verfolgen und unsere steifen Glieder zu strecken. Ein schweres Fuhrwerk voller Getreidesäcke, das sich bedenklich nach rechts neigte, stand vor uns. Eine Männerschar drängte sich um das gebrochene Rad, um den Schaden zu begutachten und Vorschläge zu machen, wie es weitergehen sollte.

Als ich an dem Karren vorbeischaute, stockte mir der Atem,

denn wir hatten gerade einen Hügel erklommen – Highgate Hill, wie ich später erfuhr –, und ganz London breitete sich unter uns aus.

»Unglaublich, nicht wahr?«, bemerkte Martha.

Ich brachte nur ein Nicken zustande. Meine Blicke folgten den Windungen der Themse von Westen bis zur Stadt, die selbst aus dieser Entfernung von der St.-Pauls-Kathedrale überragt wurde; sie wirkte noch prachtvoller durch die unzähligen Gebäude, die sich um das gewaltige Bauwerk scharten wie Bittsteller zu Füßen eines Herrschers. Im Süden und Osten waren die Spitzen anderer Kirchtürme Londons zu sehen, aber es waren zu viele, um sie alle zu zählen. In weiter Ferne erkannte ich die London Bridge mit ihren zahllosen Häusern und Läden; am südlichen Flussufer, in den gesetzlosen Vierteln, befanden sich die Theater. Ein mattblauer Dunstschleier hing über der Stadt, zweifellos erzeugt von Tausenden, wenn nicht Zehntausenden Feuerstellen, in denen Holz- und Steinkohle brannten, um die herbstliche Kälte abzuwehren.

Mittlerweile hatten die Männer den beschädigten Karren entladen und auf die Seite gezogen und somit für alle anderen den Weg freigemacht. Wir setzten uns wieder in den Wagen, und mit einem »Hü!« an die Pferde und einem Schnalzen der Peitsche fuhr Matthew uns den Hügel hinunter in die Stadt.

Ich wusste, dass Esther Coopers neuer Ehemann ein Haus an einer Straße namens Strand besaß, wie viele andere Goldschmiede auch. Ich sprach ein Dankgebet für diesen Umstand, denn die Strand verlief zwischen der City und den Häusern des Parlaments; das bedeutete, dass wir nicht quer durch London fahren mussten, um zu den Coopers zu gelangen. Wenn es stimmte, was ich gehört hatte, blieb uns dadurch eine lange und beschwerliche Fahrt erspart, denn unsere Kutsche hätte sich nur mit größter Mühe durch Londons enge Straßen und Gassen zwängen können.

Nach einiger Zeit bogen wir nach Süden auf eine Straße ab, der wir bis zur Strand folgten. Es war die St. Martin's Lane, wie unser Kutscher uns wissen ließ. Staunend betrachtete ich die Paläste, die von Englands ältesten und reichsten Familien am Flussufer erbaut worden waren. Selbst die größten Häuser Yorks hätten mehrere Male in eines dieser Gebäude gepasst. Hier zeigte sich der Unterschied zwischen den Kaufleuten von York und Londons Adel, der Unterschied zwischen der Macht über eine Stadt und der über eine ganze Nation. Selbst Martha machte große Augen.

»Ich dachte, du kennst die Stadt«, neckte ich sie.

»Mein Bruder und ich haben uns in weniger vornehmen Gegenden herumgetrieben.« Martha lachte. »Aber wenn Tom eine Möglichkeit entdeckt hätte, in einen dieser Klötze einzubrechen, hätte er es getan, ganz sicher! Wahrscheinlich wären wir vom Gewicht des Goldes, das dort liegt, erdrückt worden.«

Als unsere Kutsche über das Kopfsteinpflaster rumpelte, fiel mir auf, wie viele Geschäfte Goldschmieden gehörten. Ich brauchte einen Moment, um die Verbindung herzustellen, aber schon bald erkannte ich Sinn und Zweck dieser seltsamen Vermischung von Adel und Handel. An welchem Ort könnte ein Goldschmied seine Waren besser an den Mann bringen als in der Nachbarschaft von Englands Herzögen, Grafen und Baronen? Noch dazu lagen im Westen die Paläste Whitehall und Westminster – der Sitz des Königs und der des Parlaments. Hier konnte man innerhalb einer Meile mehr Macht und Reichtum finden als in jeder anderen Stadt Englands. Es wäre in der Tat merkwürdig gewesen, hätten sich die Goldschmiede an einem anderen Ort als an dieser Prachtstraße niedergelassen.

Als ich ein Schild mit der Aufschrift CHARLES WALLINGTON, GOLDSCHMIED entdeckte, bat ich den Kutscher zu halten. Martha und ich stiegen aus, sprangen über den Unrat im Rinnstein, so gut wir konnten, und stießen einen Seufzer der Erleichterung aus, weil unsere lange Reise endlich zu Ende war. Ich wies den Kutscher an, unser Gepäck abzuladen; dann klopfte ich laut an Esther Wallingtons Tür.

# 2.

Ein schmucker junger Bursche öffnete. Er warf einen argwöhnischen Blick auf Martha und mich, als wäre er unschlüssig, ob er uns kennen müsste oder nicht. Nach einem kurzen Augenblick gelangte er zu der Ansicht, dass wir ihm nicht bekannt waren.

»Was wollt Ihr?«, herrschte er uns an. »Seid Ihr hier, um Mr. Wallington zu sehen?«

Ich war für einen Moment sprachlos ob der ungehobelten Umgangsformen des Jungen und darüber, dass er meinen Rang verkannte. Hatten die Strapazen der Reise mich so sehr mitgenommen, dass man mir die Edelfrau nicht mehr ansah? Oder entsprach es vielleicht der Wahrheit, was ich über die rüden Manieren der Londoner gehört hatte?

»Wir wollen zu Mrs. Wallington«, verkündete ich in der Hoffnung, mein Auftreten und meine Kleidung könnten die Unfreundlichkeit des Burschen übertrumpfen. »Mein Name ist Lady Bridget Hodgson.«

»Ach so«, erwiderte der Bursche mit der winzigsten Andeutung einer Verbeugung. »Tretet ein. Ich werde Mrs. Wallington mitteilen, dass Ihr eingetroffen seid.«

Martha und ich folgten ihm durch die Eingangshalle in einen großen, verschwenderisch ausgestatteten Salon. Obwohl wir erst zwei Räume gesehen hatten, war nicht zu verkennen, dass Esther eine äußerst vorteilhafte Ehe geschlossen hatte. Jedes Detail der Einrichtung – von den Gemälden über die Dekorationen bis zu den Möbeln – kündete vom Reichtum der

Wallingtons. Ich sprach ein stilles Dankgebet dafür, bedeutete es doch, dass es unserem Aufenthalt in London nicht an Komfort und Behaglichkeit mangeln würde, wie despektierlich die Dienstboten auch sein mochten.

»Wenn Ihr hier warten wollt«, sagte der Diener. »Mrs. Wallington wird gleich bei Euch sein.«

Ich spähte zu Martha hinüber, die den Luxus, der uns umgab, in sich aufnahm. Sie war nicht weniger beeindruckt als ich – und nicht weniger froh über unser Glück und das meiner Freundin Esther.

Es dauerte nicht lange, und Esther kam hereingerauscht, in schwere Seide und feine Spitze gehüllt. Sie eilte auf mich zu und umarmte mich mit all der stürmischen Herzlichkeit, auf die ich hatte hoffen dürfen. Die Jahre, die vergangen waren, seit sie aus York fortgezogen war, hatten ihr keinen sichtbaren Schaden zugefügt, zumindest nicht mehr und nicht weniger als uns anderen.

»Herzlich willkommen!«, rief sie, als sie auch Martha in die Arme schloss. »Ich habe mich sehr über Euren Brief gefreut! Was für eine wundervolle Überraschung!« Sie trat zurück und musterte mich von oben bis unten. »Und Ihr seid so schön wie eh und je. Das Landleben scheint Euch gut zu bekommen.«

»Es ist auf jeden Fall ruhiger und sauberer.« Ich lachte. »Aber manchmal vermisse ich den Trubel der Stadt.«

»Ich glaube, von dieser Sehnsucht wird London Euch gründlich heilen«, gab Esther zurück. »Was Ihr bisher gesehen habt, ist noch gar nichts. Wartet, bis Ihr versucht, von einem Ende der Stadt zum anderen zu gelangen!«

»Wie ist es Euch ergangen?«, erkundigte ich mich.

»Recht gut«, antwortete Esther, wobei sie ein Lächeln kaum unterdrücken konnte. »Wisst Ihr schon, dass ich einen kleinen Sohn bekommen habe?«

Martha und ich stießen einen leisen Schrei des Entzückens aus. Esther und Stephen, ihr erster Ehemann, hatten mich konsultiert, als es ihnen nicht gelungen war, Kinder zu bekommen, und ich hatte ihnen nicht helfen können. Damals war ich der Meinung gewesen, das Problem müsse bei Stephen liegen, da Esther keinerlei Anzeichen von Unfruchtbarkeit zeigte. Jetzt wussten wir, dass meine Vermutung zutreffend gewesen war.

»Wann können wir das Baby sehen?«, wollte Martha wissen.

»James wird gerade gestillt«, erwiderte Esther. »Und dann muss er schlafen. Aber die Amme bringt ihn herunter, wenn er aufwacht.«

Ihre Stimme klang ein wenig unsicher, und ich kannte den Grund dafür. Ich hatte den Frauen stets ans Herz gelegt, ihre Kinder selbst zu stillen, statt sie einer Amme zu überlassen.

»Charles hat darauf bestanden, eine Amme einzustellen«, erklärte Esther, als hätte sie meine Gedanken gelesen. »Mein Mann ist nicht mehr der Jüngste, und er wünscht sich nichts mehr als noch einen Sohn. Er meint, James wäre schwächlich und dass er vielleicht nicht überlebt.«

Mir sank der Mut, als ich das hörte. Esthers erster Ehemann hatte sie schändlich behandelt; ich hatte gebetet, sie möge beim zweiten Mann eine klügere Wahl treffen. Offenbar hatte sie es nicht getan. Ich versuchte, meine Enttäuschung zu verbergen, befürchtete allerdings, dass es mir nicht recht gelang.

»Wie schön, Euch wiederzusehen«, rief Esther überschwänglich. Offensichtlich lag ihr genauso viel daran, das Thema zu wechseln, wie mir selbst. Ich konnte an der Wahl ihres Ehemanns ja ohnehin nichts mehr ändern. Was geschehen war, war geschehen.

»Uns geht es nicht anders, meine liebe Esther«, beteuerte ich. »Ich freue mich sehr darauf, unsere Freundschaft zu erneuern. Soll ich unserem Diener auftragen, unser Gepäck hereinzubringen?«

»Wollen wir nicht lieber warten, bis Mr. Wallington nach Hause kommt?«, schlug Esther vor. »Es kann nicht mehr lange dauern.«

Ich hörte ein leichtes Zittern in ihrer Stimme, als hätte sie gern mehr gesagt, könnte es aus irgendeinem Grund aber nicht.

Wir machten es uns in ihrem Salon bequem, tranken ausgezeichneten Wein – aus Frankreich, wie Esther uns wissen ließ – und unterhielten uns über York und London und all die Veränderungen, die Gott der Herr uns seit unserer letzten Begegnung beschert hatte. Was ich über mich und York und das vergangene Jahr erzählte – nun ja, man hätte nicht gerade behaupten können, es wäre gelogen, aber noch weniger, ich hätte die Wahrheit gesagt. Wie sollte ich auch erklären, welche Rolle ich bei so vielen Todesfällen gespielt hatte? Daher beschränkte ich mich auf Geburten und natürliche Todesfälle und verschwieg den wahren Grund für unseren Umzug aufs Land.

Als der Nachmittag allmählich in den Abend überging, wurde die Haustür aufgestoßen, und Charles Wallington kam in die Halle gestampft.

»Sagt ihm, dass ich zu meinem Geld kommen werde, so oder so!«, rief er jemandem über die Schulter zu. »Er kann freiwillig zahlen oder auf gerichtliche Anordnung, das ist mir gleich, aber zahlen wird er.« Ein junger Mann, der ihm dicht auf den Fersen folgte, bemühte sich wacker, im Gehen die Anweisungen seines Herrn zu notieren. Als Wallington in den Salon marschiert kam, standen wir alle drei auf, um ihn zu begrüßen.

Charles Wallington war ein korpulenter Mann mit kleinen dunklen Augen, die zornig aus fleischigen Fettwülsten hervorblitzten. Der elegante Schnitt und die geschmackvolle Farbe seiner Kleidung betonten seine enorme Leibesfülle, trugen aber kaum dazu bei, sein cholerisches Wesen zu verbergen. Mir war auf den ersten Blick klar, dass Esther ihren zweiten Ehemann noch schlechter gewählt hatte als den ersten; Stephen Cooper hatte zumindest den Anschein von Höflichkeit gewahrt, um über seinen minderwertigen Charakter hinwegzutäuschen. Wallington brachte nicht einmal das fertig.

»Ihr seid also diese Hebamme aus York.« Aus seinem Mund klangen die Worte wie eine Anklage. »Hat meine Frau es Euch denn nicht gesagt?« Er durchbohrte Esther mit einem verachtungsvollen Blick.

Verwirrt schaute ich Esther an, aber sie wich meinem Blick aus und sagte leise: »Sie ist eben erst angekommen. Wir haben über andere Dinge gesprochen.«

»Was hätte sie mir denn sagen sollen?«, wollte ich von Wallington wissen.

»Dass ich eine Person wie Euch nicht im Haus haben will.« Wieder klang Wallington nicht wie ein Gastgeber, eher wie ein Ankläger. »In meinem Gewerbe ist ein guter Name unabdingbar. Also gut, einen Moment mögt Ihr noch bleiben, aber wenn Ihr Euren Wein ausgetrunken habt, werdet Ihr gefälligst Eurer Wege gehen.«

Ich starrte ihn an, unfähig, eine passende Antwort zu finden.

Wie üblich war Martha eine derartige Schwäche fremd. »Eine Person wie sie!«, rief sie. »Meint Ihr damit, dass sie von Geburt an eine Edelfrau ist oder dass sie zu den fähigsten Hebammen von ganz England gehört? Ihr dürft Euch glücklich preisen, sie in Eurem Haus zu haben.«

Wallington starrte Martha an, als würde er sie jetzt erst sehen. »Glaubt Ihr, ich wüsste nicht, was diese Frau alles angestellt hat? Was für ein Spektakel sie in York veranstaltet hat, ehe sie aus der Stadt fliehen musste?«

»Sie hat Eure Frau vor der Hinrichtung bewahrt! Betrachtet Ihr das als Spektakel?« Martha stemmte die Hände in die Hüften und streckte angriffslustig das Kinn vor.

Wallington beachtete Marthas Frage gar nicht und wandte sich wieder mir zu. »Als ich Erkundigungen über die Gemütsart meiner Frau einholte, habe ich alles über Euch erfahren. Aufruhr und Unruhe umhüllen Euch wie Nebel … wie düstere Wolken, aus denen Ihr Leid und Tod auf die Menschen in Eurer Nähe herabregnen lasst! Eine wie Euch, die überall nur Unheil stiftet, wünsche ich nicht unter meinem Dach zu haben, nicht einmal in meiner Nähe. Ihr trinkt aus, verschwindet und kommt nie wieder.«

In der schwachen Hoffnung, meine Freundin möge genug Rückgrat haben, drehte ich mich zu Esther um. Martha und ich kannten hier in der Stadt sonst keinen Menschen, keinen Ort, an den wir hätten gehen können.

Esthers Gesicht zeigte deutlich, dass ich mir die Mühe hätte sparen können.

»Genau das alles habe ich Euch in einem Brief mitgeteilt«, murmelte sie. »Offenbar habt Ihr Hereford verlassen, bevor dieser Brief Euch zugehen konnte. Es tut mir leid.«

Wallington quittierte Esthers feigen Rückzug mit einem Grunzen und stampfte aus dem Zimmer, ohne sich von uns zu verabschieden.

»Ihr müsst ihm vergeben«, bat Esther, sowie er außer Hörweite war. »Alle Goldschmiede haben schreckliche Verluste erlitten, seit die Parteigänger des Königs aus der Stadt geflüchtet sind und all ihr Geld mitgenommen haben. Die Lage hat sich weiter verschlimmert, als die Puritaner sämtliche Kirchen von unnötigem Zierrat befreiten. Englands Goldschmiede sehen schlechten Zeiten entgegen.«

Ich sah mich im Zimmer um und suchte vergeblich nach

Hinweisen auf einen finanziellen Notstand oder sonstige Bedrängnisse.

»Können wir wenigstens über Nacht bleiben?«, fragte ich. »Es ist fast dunkel, und wir wissen nicht, wohin.« Mir missfiel der flehende Unterton in meiner Stimme. Er erinnerte mich daran, wie Esther mit ihrem Mann gesprochen hatte.

»Tut mir leid«, wiederholte Esther. »Charles würde es nicht erlauben.« Zu ihrer Rechtfertigung muss gesagt werden, dass sie sich für ihre Ungastlichkeit zu schämen schien.

Ich schüttelte wie benommen den Kopf und ging hinaus in die Halle.

»Lady Bridget, bitte!«, rief Esther mir nach. »Ihr müsst mir verzeihen.«

Ich beachtete sie nicht. Trotz allem, was ich für sie getan hatte, und obwohl ich nun dringend auf ihre Hilfe angewiesen war, ließ sie mich im Stich. Ich hatte nicht die Absicht, ihr Gewissen zu beschwichtigen, indem ich behauptete, ich würde sie verstehen oder ihr gar verzeihen.

Ich zog die Haustür auf und ging zu meiner Kutsche.

»Lade das Gepäck wieder auf«, befahl ich dem Fahrer. »Wir übernachten woanders.«

Er musterte mich einen Moment lang erstaunt, schien aber den Zorn in meiner Stimme gehört zu haben, denn er machte sich sogleich an die Arbeit.

Ich stieg ein, gefolgt von Martha, hinter der ich den Wagenschlag schloss. Zum Glück kam Esther uns nicht auf die Straße nachgelaufen.

»Mein Gott, was für eine Frau!« Ich konnte meine Wut und Enttäuschung keinen Augenblick länger unterdrücken. »Ich habe sie vor dem Scheiterhaufen bewahrt, und das ist der Dank!«

»Was tun wir jetzt?«, fragte Martha, als der Kutscher unser Gepäck wieder verstaut hatte.

»Was bleibt uns schon übrig?«, fragte ich zurück. »Wir suchen uns einen Gasthof und machen weiter, so gut wir können.«

*

Wir fuhren auf der Strand in östlicher Richtung zur Stadtmauer. Obwohl es immer dunkler wurde, schienen die Menschenmassen, die um uns her wogten, mit jedem Schritt anzuwachsen. Nicht weniger bemerkenswert war der Lärm, der in der Stadt herrschte. Händler, Fischweiber, Handwerker und Krämer priesen lauthals ihre Waren an. Das Chaos wurde noch verschlimmert durch Scharen von Männern – sogar Frauen waren darunter! –, die uns auf unflätigste Weise beschimpften, als unsere Kutsche sie zwang, den Weg frei zu machen. Selbst unserem Kutscher, dem ein rüder Umgangston nicht fremd war, verschlug es angesichts der schieren Zahl, Vielfalt und Derbheit der Beleidigungen, die ihm an den Kopf geschleudert wurden, die Sprache. In gewisser Hinsicht war das Bemerkenswerteste an London weder die Größe noch der Schmutz, sondern der Einfallsreichtum, mit dem sich die Bewohner Schmähungen einfallen ließen. Vielleicht stachelte es ihren Ehrgeiz an, einander mit Schimpfworten zu übertrumpfen.

»Da ist ein Gasthaus, Mylady!«, rief der Kutscher unvermittelt. »Soll ich auf den Hof fahren?«

Ich lehnte mich aus dem Fenster, um mir anzuschauen, was er entdeckt hatte. Im Dämmerlicht schien das Gasthaus unseren Bedürfnissen zu entsprechen, aber wer wusste schon, welche Abgründe und Gefahren im Inneren lauerten? Ich war unschlüssig, sah aber keine andere Möglichkeit. Vielleicht war der nächste Gasthof, den wir fanden, noch schlimmer.

»Na gut«, rief ich dem Kutscher zu und betete insgeheim, ich möge keinen schrecklichen Fehler begangen haben.

Der Kutscher rief »Brrr!«, zügelte die Pferde und lenkte den Wagen auf einen kleinen Innenhof. Ohne darauf zu warten, dass unser Fahrer abstieg, kletterte ich aus der Kutsche und betrat den Gasthof. Zu meiner großen Erleichterung entpuppte er sich als respektabler, als ich zu hoffen gewagt hatte – die Wirtsstube war sauber, und die Gäste, die sich zum Abendessen eingefunden hatten, waren anständig gekleidet.

»Hoffentlich haben sie ein Zimmer für uns«, murmelte ich in mich hinein und machte mich auf die Suche nach dem Wirt. Ich fand ihn hinter der Theke, wo er für einen seiner Gäste Ale zapfte.

»Ja, freie Zimmer gibt's«, verkündete er. »Nach Eurem Äußeren zu urteilen, werdet Ihr eines unserer besten wollen. Ihr seid aus Hereford, nicht wahr?«

»Euer bestes Zimmer dürfte genügen«, erwiderte ich. »Woher wisst Ihr denn, woher ich komme?«

»Wenn man genug Zeit mit Reisenden verbringt, entwickelt man ein Ohr für den Akzent«, antwortete er. Erst jetzt fiel mir in seiner Stimme ein Hauch von Cornwall auf. »Ihr wart wohl noch nie in London?«

»Meine Zofe schon, ich nicht«, antwortete ich. Ich konnte selbst hören, wie angespannt und unruhig ich klang, und hasste mich dafür. Ich war es nicht gewohnt, so unsicher aufzutreten.

»Tja, dann herzlich willkommen. Die Stadt geht mit ihren Gästen nicht immer freundlich um, aber wenn Ihr Eure fünf Sinne beisammen habt und nicht krank werdet, wird schon alles gut gehen. Euer Zimmer ist oben links.«

Martha und unser Kutscher mussten den Weg ein paar Mal machen, um das Gepäck auszuladen und zu verstauen, aber bald war auch das erledigt. Ich bewohnte gemeinsam mit Martha ein großes Zimmer im ersten Stock mit Blick auf die Strand, während unser Fahrer mit anderen seinesgleichen über den Ställen schlief.

Martha und ich verzehrten ein bescheidenes Mahl – Brot und Käse – und fielen dann ins Bett. Kurz bevor ich einschlief, sprach ich ein Gebet für Elizabeth und bat den Herrn, unsere Suche nach Will erfolgreich verlaufen zu lassen.

# 3.

Martha und ich erwachten noch vor Morgengrauen vom Lärmen der Straßenhändler und dem Rumpeln der Karren unter unserem Fenster. London schien nicht einmal den kürzesten Augenblick Tageslicht ungenutzt verstreichen zu lassen.

»Machen wir uns jetzt auf die Suche nach Will?«, fragte Martha, als wir uns ankleideten.

»Ja, jetzt gleich.« Ich hielt inne und nahm ihre Hand. In ihrer Stimme schwang eine Unruhe mit, die auch ich empfand. Auf der Fahrt von Hereford war es uns gelungen, unsere Sorge um Will in Schach zu halten, jetzt aber war die Stunde der Angst gekommen. »Noch bevor der Tag zu Ende ist, werden wir ihn gefunden haben, heil und unversehrt.«

Martha nickte, aber ich hatte sie nicht überzeugt. Wir wussten beide, wie launisch das Gesetz sein konnte. Vor allem war uns klar, dass es sich als herkulische Aufgabe erweisen könnte, Will aus dem Tower zu befreien.

Nachdem wir gefrühstückt hatten – wieder Brot und Käse –, rüsteten wir zum Aufbruch. Aber noch bevor wir zur Tür hinaus waren, kam mir plötzlich eine erschreckende Erkenntnis. Ich wusste, dass Will im Tower war, hatte aber keine Ahnung, wie man dorthin kam. Sicher, der Tower lag an der Themse, im Osten der Stadt, aber das war auch schon alles, was mir bekannt war. Ich erinnerte mich, wie verwirrend Yorks Straßen und Gassen anfangs auf mich gewirkt hatten; jetzt fühlte ich mich genauso hilflos wie damals. Der einzige Unterschied war der, dass London zehnmal größer war.

»Weißt du, wie man am besten zum Tower kommt?«, fragte ich Martha. »Sollen wir die Kutsche nehmen?« Es erschien mir wie blanker Wahnsinn, sich zu Fuß hinauszuwagen, aber der Gedanke, sich mit einem Gefährt, das für breite Landstraßen gebaut war, durch die Innenstadt Londons zu zwängen, war mir nicht minder unbehaglich.

Martha schüttelte den Kopf. »Keine Ahnung«, gestand sie. »Es ist lange her, seit ich versucht habe, mich hier zurechtzufinden, und ich fürchte, es hat sich einiges verändert. Aber wenn wir dem Fluss folgen, müssten wir irgendwann ans Ziel kommen.«

»Den Wagen zu nehmen wäre schön dumm«, dröhnte eine Stimme hinter uns. »Aber dem Fluss zu folgen ist noch viel dümmer. Es ist die schlechteste Idee, die mir seit Jahren zu Ohren gekommen ist.«

Wir drehten uns um und sahen den Wirt hinter uns stehen. Ich bezähmte meinen Unmut, dass er unser Gespräch belauscht hatte, denn wir brauchten seine Hilfe.

»Wenn nicht mit dem Wagen, wie dann?«, fragte ich.

»Ihr könntet eine Droschke mieten«, sagte er. »Am schnellsten aber geht es mit einer Jolle.«

Es kam mir vor, als hätte der Mann in einer fremden Sprache geredet, was sich offenbar in meiner Miene widergespiegelt hatte, denn er lachte über meinen Gesichtsausdruck.

»Eine Droschke?«, fragte ich schließlich. »Was ist das?«

»Habt Ihr denn nicht die Wagen gesehen, die auf der Strand hin und her flitzen? Sie sind nicht so groß wie Eure Kutsche, aber doppelt so schnell. Einer dieser Wagen könnte Euch ohne große Umwege zum Tower bringen und ohne in einer engen Gasse steckenzubleiben.«

Ich nickte. Diese kleinen Kutschen waren mir am Tag zuvor tatsächlich aufgefallen. Sie fuhren beängstigend schnell und schienen für ihre Fahrgäste nicht weniger gefährlich zu sein als für die Passanten, die sie ständig zu überfahren drohten.

»Nun, das sind Mietdroschken. Aber wie gesagt, mit einer Jolle wärt Ihr noch besser dran.«

»Aha«, entgegnete ich, als wäre damit alles geklärt.

»Eine Jolle ist ein Boot, das Euch flussabwärts und wieder zurück bringt«, erklärte der Wirt. »Gegen eine Gebühr, versteht sich.«

»Und das ist der sicherste Weg?«, fragte ich skeptisch. Martha hatte mich bereits auf die kleinen Boote, die kreuz und quer über die Themse flitzten, aufmerksam gemacht, aber nie wäre ich auf die Idee gekommen, ich könnte bald selbst in einem von ihnen sitzen. Ich kann nicht behaupten, dass mir diese Aussicht behagte, denn ich hatte bisher erst einmal in einem Boot gesessen, um eine Stunde lang die Ouse hinunterzufahren, und diese Tour hatte mir so viel Angst gemacht, dass ich für den Rückweg eine Kutsche nahm.

»Der sicherste Weg?«, wiederholte der Wirt. »Nun, in einer Droschke kann man nicht ertrinken, also wäre *das* wohl am sichersten. Aber es ist ziemlich weit bis zum Tower. Ich würde die Jolle nehmen.«

Ich zögerte, denn ich schreckte davor zurück, unser Geschick – und das von Will – einem kleinen Boot auf einem sehr breiten Fluss anzuvertrauen.

»Eins gebe ich zu bedenken, Mylady«, fuhr der Wirt fort. »Versucht lieber nicht, mit einer Droschke an einem Tag zum Tower und wieder zurückzukommen; dafür reicht die Zeit nicht. Bestenfalls kehrt Ihr in der Dunkelheit wieder und riecht von all dem Hin und Her in der Stadt nach Abfall und Kot. Viel wahrscheinlicher ist allerdings, dass Ihr Euch eine andere Unterkunft zum Übernachten suchen müsst und erst am nächsten

Morgen wieder hier seid. Ihr solltet wirklich die Jolle nehmen.«

Schließlich gab ich nach, wenn auch mit wenig Begeisterung, wusste ich doch, dass meine schweren Röcke mich innerhalb weniger Sekunden unter Wasser ziehen würden, wenn ich aus irgendeinem Grund in die Themse fiel. Bevor wir aufbrachen, gingen Martha und ich noch in die Küche des Gasthofs, um Hähnchen, Brot und Käse für Will zu kaufen; schließlich hatten wir keine Ahnung, wie er versorgt wurde. Dann machten wir uns auf den Weg zum Fluss.

»Seht, da drüben!« Martha zeigte auf eine Stelle, wo steinerne Stufen hinunter zur Themse führten. Kaum stiegen wir diese Stufen hinab, kamen auch schon drei Boote auf uns zugeschossen; jeder der Fahrer bemühte sich lautstark um unsere Aufmerksamkeit. Einer war ein bisschen schneller als die anderen und lenkte sein Gefährt sogleich in den schlammigen Uferboden vor uns. Die anderen Boote schwenkten ins tiefere Wasser ab, wobei ihre Kapitäne ihren siegreichen Konkurrenten auf eine Art und Weise verfluchten, die irgendwie gehässig und gutmütig zugleich war. Ich hatte den Eindruck, dass so etwas in London an der Tagesordnung war.

Der Fährmann langte in sein Boot und zog eine lange Holzplanke hervor, die er auf den schlammigen Boden legte, der sich zwischen uns befand. Dann stieg er aus seinem Kahn und streckte die Hand aus.

»Gut festhalten und leicht auftreten«, riet er uns. »Wenn Ihr schnell genug seid, macht Ihr Eure Kleider nicht schmutzig.« Er war ein hochgewachsener, schlaksiger Kerl, dessen Arme so muskulös waren wie die eines Mannes in der Blüte seiner Jahre, während sein Gesicht von langen Jahren in Sonne, Wind und Regen dermaßen zerfurcht und verwittert war, dass er der älteste Greis Englands hätte sein können.

Martha reichte ihm den Korb mit den Speisen, nahm seine Hand und tänzelte über die Planke aufs Boot. »Geht ganz leicht!«, rief sie mir lachend zu.

Ich raffte mit einer Hand meine Röcke, so gut ich konnte, und starrte unsicher auf die Holzplanke und den Schlamm. Dann ergriff ich die Hand des Fährmanns, die hart und rau wie Schotter war. Er lächelte mir aufmunternd – oder gönnerhaft? – zu, und ich versuchte, mich ebenso behände zu bewegen wie Martha. Zunächst ging es ganz gut, denn ich schaffte es unbeschadet bis zum Boot, hatte anscheinend aber zu viel Anlauf genommen, denn plötzlich fand ich mich am Heck des Boots wieder, bedenklich weit nach vorn geneigt. Ich ruderte wild mit den Armen, um das Gleichgewicht wieder zu erlangen. Einen schrecklichen Augenblick lang starrte ich auf den Uferschlamm und stellte mir die Demütigung vor, mit dem Gesicht voran darin zu landen. Es würde Tage dauern, wieder sauber zu werden, Monate, bis Martha aufhören würde, mich wegen dieses Missgeschicks auszulachen, und Jahre, bis ich diesen Schrecken verwunden hätte.

In dem Moment, als ich mein Gleichgewicht endgültig zu verlieren drohte, packte mich jemand an den Hüften und zog mich zurück. Ich schnappte nach Luft, vor Überraschung und Erleichterung gleichermaßen, und fiel auf eine der schmalen Sitzbänke im Boot.

»So, das hätten wir«, meinte der Fährmann, als wäre es Teil seiner Arbeit, Edelfrauen vor einem derartigen Missgeschick zu bewahren. »Der Fluss ist wohl noch neu für Euch, was? Na, Ihr werdet Euch bald zurechtfinden. Wohin darf ich Euch bringen? Whitehall? Westminster? Southwark? Zur Brücke? Was immer Ihr auf dieser Seite von Greenwich wünscht.«

Ich versuchte, meine Stimme wiederzufinden, scheiterte aber

und brachte nur ein gestammeltes Dankeschön heraus. Ich hatte immer noch Herzklopfen.

»Zum Tower«, sagte Martha.

»Macht zwei Pence«, erklärte der Fährmann, hob eine lange Stange vom Boden des Boots und sah mich fragend an. Ich nickte zustimmend, worauf der Mann uns in die Strömung stakste; dann tauschte er seine Stange gegen zwei Ruder und begann mit schnellen, kräftigen Zügen flussabwärts zu rudern.

Während wir dahinglitten, schob sich ein anderes Boot an unsere Seite, und der Mann an den Rudern rief unserem Fährmann etwas zu.

Der zog die Augenbrauen hoch und sah mich an. »Habt Ihr Lust auf eine kleine Wette?«, fragte er. »Eine Wettfahrt bis zur Brücke, für einen Penny Einsatz?«

»Lieber nicht«, antwortete ich. Obwohl das Boot ruhiger im Wasser lag als erwartet, hatte ich nicht die Absicht, für einen Penny mein Leben aufs Spiel zu setzen.

Unser Kapitän zuckte die Achseln und rief dem anderen etwas zu, das ich nicht verstand – eine Art Geheimsprache der Fährmänner, vermutete ich –, und die Wege der beiden Boote trennten sich.

Als unser Fährmann in die Mitte des Flusses ruderte, genossen wir unseren ersten vollen Blick auf London, seit wir am Vortag Highgate Hill erklommen hatten. Im Süden mutete die Gegend stellenweise beinahe ländlich an, am nördlichen Ufer der Themse jedoch schien die Stadt sich unendlich weit auszudehnen. Whitehall und Westminster erstrahlten im Morgenlicht, und jetzt konnten wir auch die ganze Pracht der Herrenhäuser am Fluss erkennen. Unser Fährmann zeigte uns Surrey House, York House, Arundel House und noch viele andere prunkvolle Gebäude. Auch die Theater auf der Southwark-

Seite der Themse, die jetzt auf Anordnung des Parlaments geschlossen waren, konnten wir besser sehen.

Und dann erschien direkt vor uns ein Wunderwerk – die London Bridge. Obwohl es in York ähnliche Brücken gab, betrachtete ich sie offenen Mundes und voller Staunen. Es schien weniger eine Brücke als vielmehr eine Straße zu sein, die auf wundersame Weise über den Fluss gespannt worden war. Häuser mit bis zu sechs Stockwerken ragten hoch über uns auf, als wir näher kamen. Ich erhaschte einen flüchtigen Blick auf ein Kind, das aus einem der Fenster lugte, und staunte über diese seltsame Existenz über dem Wasser statt auf festem Grund und Boden. Als wir die Brücke erreicht hatten, schwappten die Wellen um unser Boot und ließen es auf und ab hüpfen. Ich klammerte mich fest an die Seitenwände.

»Keine Angst!«, rief mir der Fährmann zu. »Ist nur ein klitzekleines Abenteuer auf Eurem Weg. Ich hab schon viel Schlimmeres überstanden.«

Ich konnte ihm für seine aufmunternden Worte nur mit einem Nicken danken, weil ich meiner Stimme nicht traute.

Nachdem wir unter der Brücke hindurchgefahren waren, lenkte der Fährmann das Boot ans Nordufer der Themse, und der Tower von London rückte in Sichtweite, gedrungen und massig und düster, als wollte er alle einschüchtern, die in seine Nähe kamen.

Als wir uns der Anlegestelle näherten, warf ich einen Blick auf das Traitors Gate, das Verrätertor, das so viele berühmte Männer und Frauen auf ihrem Weg zur Hinrichtung durchschritten hatten. Mir fiel auf, dass die Fährleute Abstand zu dem Tor hielten, als hätten sie Angst, es könnte sie unaufhaltsam in den Tower hineinziehen.

Unser Fährmann blieb neben ein paar Steinstufen stehen, die geradewegs in den Fluss führten. Ich dankte Gott, dass mir die

Holzplanke diesmal erspart blieb, und reichte dem Mann zwei Pennys.

»Soll ich hier warten?«, fragte er, als Martha und ich ausstiegen. »Ihr müsstet verdammtes Glück haben, einen Kapitän zu finden, der so geschickt mit seinem Boot umgeht wie ich. Oder Euch beide vor einem morgendlichen Schlammbad bewahrt.« Er grinste frech und zwinkerte mir zu. Wieder einmal staunte ich, welche Freiheiten sich das einfache Volk in London herausnahm. Mein erster Gedanke war, ihn wegen seiner plumpvertraulichen Art zu rügen und seiner Wege zu schicken, aber es ließ sich nicht leugnen, dass er sein Boot besser beherrschte, als ich zu hoffen gewagt hatte.

»Ich weiß nicht, wie lange wir brauchen werden«, sagte ich. »Es könnten nur ein paar Minuten sein, aber es könnte auch Stunden dauern.«

»Kein Problem«, erwiderte er. »Im ersten Fall warte ich ein Weilchen. Im letzteren Fall komme ich gegen Mittag wieder.«

»Danke«, sagte ich.

Martha und ich kehrten dem Fluss den Rücken zu und betrachteten den Tower.

»Glaubt Ihr, er lebt noch?«, fragte Martha.

»Aber natürlich«, antwortete ich. Ich betete, dass meine Zuversicht gerechtfertigt sein möge, während wir die Stufen zum Torhaus hinaufschritten.

Als wir vor dem Tor anlangten, betrachtete ich die Festung voller Ehrfurcht. Ich dachte an die Männer und Frauen, die hinter diesen Mauern ihre letzten Tage und Nächte verbracht hatten: Prinzen, Kardinäle, Königinnen, Fürsten und – vor gar nicht langer Zeit – ein Erzbischof. Wie war Will an diesen Ort geraten? Und wie konnte er einem Schicksal entgehen, das einige der mächtigsten Männer Englands getroffen hatte? Ich nahm Marthas Hand und drückte sie leicht.

»Wir werden ihn da schon herausbekommen«, sagte ich.

Kaum hatte ich die Hand erhoben, um an die Tür zu klopfen, als auch schon ein Fenster aufging und das Gesicht eines Wächters erschien.

»Wer seid Ihr, und was wollt Ihr?«, knurrte er.

Ich riss mich zusammen und antwortete so gebieterisch ich konnte: »Ich bin gekommen, um Will Hodgson zu sehen. Er ist hier eingesperrt.«

»Will Hodgson, hm?«, gab er zurück. »Und wer mögt Ihr wohl sein?«

Ich hatte das Gefühl, dass ihm Wills Name nicht fremd war, und das kam mir merkwürdig vor. Ich wusste nicht, wie viele Gefangene sich im Tower befanden, aber es erschien mir wenig wahrscheinlich, dass ein gewöhnlicher Torwärter sie alle beim Namen kannte.

»Ich bin Lady Bridget Hodgson«, antwortete ich. »Der Burgvogt hat nach mir schicken lassen.« Tatsächlich stammte der Brief, den ich erhalten hatte, von Wills Gefängniswärter, einer weit weniger wichtigen Persönlichkeit, als es der Burgvogt war, aber ich sagte mir, meine Lüge würde uns vielleicht den Zutritt erleichtern.

Ein Schatten huschte über das Gesicht des Wächters. Ich war sicher, dass er meinen Namen erkannt hatte. Er drehte sich um und sprach mit jemandem, der hinter ihm stand. Gleich darauf wurde das Fenster zugeschlagen. Eine Zeit lang tat sich gar nichts, und Martha und ich sahen einander unsicher an. Schließlich beschloss ich, erneut anzuklopfen, aber noch bevor ich dazu kam, öffnete die Tür sich lautlos in gut geölten Scharnieren.

Zu meiner Überraschung erwartete uns nicht der Wärter, der durch die Luke mit uns gesprochen hatte, sondern zwei Wachmänner der Garde, dazu ein Oberst der Armee. Die beiden Wachmänner – einer von ihnen war derselbe, der gerade eben noch so unverschämt mit uns gesprochen hatte – standen in Habachtstellung, den Blick starr nach vorn gerichtet. Der Oberst nötigte ihnen offenbar den Respekt ab, den sie mir nicht erwiesen hatten.

Der Offizier trat vor. Er war eine imposante Erscheinung, fast einen Kopf größer als ich, gekleidet in eine saubere, schmucke Uniform, die seine Autorität unterstrich. Sein Haar war fast so kurz gestutzt wie beim strengen Schnitt der puritanischen Roundheads; das matte Braun war hier und da mit Grau durchsetzt. Seine Augen leuchteten auf, als sie meinem Blick begegneten, und sein Lächeln wirkte aufrichtig.

»Lady Hodgson«, begrüßte er mich mit einer Verbeugung. »Gut, dass Ihr endlich eingetroffen seid. Ich bin Colonel Reynolds. Wollt Ihr mir bitte folgen?«

Ich warf Martha einen verstohlenen Blick zu. Was meinte der Mann mit *endlich* eingetroffen? Martha, genauso ratlos wie ich, zuckte die Achseln. Da uns nichts anderes übrigblieb, folgten wir Colonel Reynolds in den Tower.

Wir durchquerten mehrere Hallen und einen sonnigen Hof. Es überraschte mich, wie freundlich die Atmosphäre an dieser Stätte des Leides und Todes wirkte. Wie viele Gefangene mochten im Tower schmachten? Schaudernd schaute ich auf die Steine unter meinen Füßen. Sie hatten die Schritte unzähliger Männer und Frauen auf ihrem Weg zum Tower Hill gespürt, wo sie geköpft worden waren.

Colonel Reynolds marschierte zum White Tower, dem Bergfried, der sich mitten im Herzen der Festungsanlage befand. Martha und ich hatten Mühe, mit seinen weitausholenden Schritten mitzuhalten. Die zwei Posten, die die Tür flankierten, nahmen Haltung an, als wir uns näherten. Einen Moment lang glaubte ich, der Oberst würde uns geradewegs zu Will bringen, stattdessen führte er uns in einen weitläufigen Saal, der offenbar als Arbeitsraum diente. In dem Saal hielt sich nur eine einzige Person auf – ein drahtiger Mann, der keine Uniform, sondern die unauffällige Kleidung eines Kaufmanns von bescheidenem Wohlstand trug. Er saß an einem Schreibtisch, ging einen Stoß Papiere durch und blickte lächelnd auf, als wir hereinkamen. Doch anders als bei Colonel Reynolds erreichte das Lächeln nicht seine Augen.

»Lady Hodgson! Wie schön, dass Ihr und Eure Gehilfin den weiten Weg gekommen seid.« Er erhob sich. »Ich bin Mr. Marlowe.«

Mittlerweile hatte ich mehr als genug von der Geheimnistuerei dieser Männer und war entschlossen, der Sache ein Ende zu machen.

»Ich habe keine Ahnung, wer Ihr seid, Mr. Marlowe«, gab ich zurück, »aber ich kann Euch versichern, dass wir weder zu Eurem Nutzen noch zu Eurer Erheiterung nach London gekommen sind. Wir sind wegen meines Neffen hier, Will Hodgson, den ich unverzüglich zu sehen wünsche.«

Ein schmales Lächeln kräuselte Marlowes Lippen, was meinen Zorn noch mehr anstachelte.

»Offensichtlich seid Ihr über mein Kommen ins Bild gesetzt worden«, fuhr ich fort, »und betrachtet das Ganze als eine Art Spiel. Lasst Euch gesagt sein, dass ich mich von keinem Mann als Bauer auf dem Schachbrett benutzen lasse. Wenn Ihr Euch weiterhin derart geheimniskrämerisch und unhöflich aufführt, werde ich unverzüglich Sir Robert Harley aufsuchen und von ihm die Freilassung meines Neffen fordern.« Sir Robert stammte aus Hereford und hatte einen Sitz im Parlament. Zwar hatte ich ihn bei mehreren Gelegenheiten getroffen, aber meine Drohung war nicht weiter als eine plumpe Finte. Ich hatte nicht die leiseste Ahnung, wo Sir Robert hier in

London wohnte. Außerdem bezweifelte ich stark, dass er Will helfen würde, aus dem Tower zu entkommen.

Marlowes Lächeln war wie weggewischt. »Ihr werdet nichts dergleichen tun«, sagte er kalt. »Es sei denn, Ihr legt Wert darauf, dass Euer Neffe den Rest seiner Tage im Tower verbringt. Manche Männer haben hier jahrelang überlebt, aber ich bezweifle, dass Euer Neffe lange durchhält.«

Ich schaute Colonel Reynolds an, um festzustellen, was er von dieser Drohung hielt. Sein Gesicht blieb völlig unbewegt.

Martha konnte nicht mehr an sich halten. »Der Brief war von Euch, Colonel Reynolds, nicht von Wills Wärter. Ihr müsst gute Gründe gehabt haben, uns den weiten Weg von Hereford kommen zu lassen. Was also wollt Ihr?«

»Eure Magd ist so unverfroren, wie ich es erwartet habe«, wandte der Colonel sich an mich. »Einer Dienstmagd steht das nicht zu. Wenn sie Will sehen möchte, sollte sie nicht vergessen, wer sie ist.«

Ich dachte kurz nach. Offensichtlich hatte Mr. Marlowe Will in seiner Gewalt und würde seinen Griff nur lockern, wenn Martha und ich nach seinen Regeln spielten. »Mir ist klar«, sagte ich schließlich, »dass wir Euch auf Gedeih und Verderb ausgeliefert sind. Sagt uns, wer Ihr seid und was Ihr wollt.«

»Danke, Lady Hodgson«, erwiderte Mr. Marlowe. »Es freut mich, dass Ihr die wahren Machtverhältnisse erkannt habt. Wie ich bereits sagte, mein Name ist Marlowe. Ich stehe in Diensten Oliver Cromwells und beschütze England vor seinen Feinden innerhalb und außerhalb der Landesgrenzen. Und Ihr werdet mir bei meinen Bemühungen behilflich sein.«

»Wir könnten verschiedener Ansicht sein, wer Englands Feinde sind«, bemerkte ich trocken. »Manche Leute – sehr viele sogar – würden Euren Herrn und Meister Cromwell als schlimmsten aller Feinde betrachten.«

»Das mag sein«, entgegnete Marlowe mit dem Anflug eines Lächelns. »Aber solange Ihr in meinen Diensten steht – und genau das ist der Fall! –, entscheide ich, wer Englands Feinde sind. Bis Ihr etwas Gegenteiliges von mir hört, werdet Ihr mir helfen, besagte Feinde daran zu hindern, das Parlament zu stürzen und die Nation der Tyrannei auszuliefern. Natürlich nur, wenn Euch etwas an Eurem Neffen liegt ...«

»Und wenn ich mich weigere, bleibt er im Tower.«

»Nicht nur das«, sagte Marlowe. »Wenn Ihr ablehnt, dürft Ihr Euch ebenfalls zu den Feinden Englands zählen. Mir bliebe nichts anderes übrig, als Eure Güter zu konfiszieren und zum Wohle der Nation zu verkaufen.«

Ich starrte ihn fassungslos an, außerstande, eine passende Antwort zu finden. Ich hatte schon von Royalisten gehört, die durch derartige Beschlagnahmungen ihre Ländereien verloren hatten. Manche hatten einflussreiche Gönner, die ihnen halfen, zu ihrem Recht zu kommen, andere hingegen wurden völlig ruiniert und waren auf die Mildtätigkeit von Freunden und Verwandten angewiesen, um zu überleben. Der Unterschied zwischen diesen Leuten und mir bestand allerdings darin, dass sie die Waffen gegen die Parlamentarier erhoben hatten, während ich im Bürgerkrieg nie Stellung bezogen hatte.

»Neutralität gilt jetzt also als Verrat?«, brachte ich schließlich heraus.

Marlowe zuckte die Achseln. »So etwas wie Neutralität gibt es nicht. Wer nicht Englands Freund ist, ist sein Feind und wird als solcher behandelt.« Er sprach so leidenschaftslos, dass ich keine Sekunde am Ernst meiner Lage oder dem Ausmaß meiner Probleme zweifelte.

»Warum bin ich für diese Ehre ausersehen worden?«, fragte ich. »Was kann ich denn schon tun?«

»Ihr seid Hebamme«, erwiderte er. »Ihr seid in die Geheimnisse Eurer Nachbarn eingeweiht. Ihr habt Zugang zu den Häusern von Reich und Arm, von Puritanern und Königstreuen. Was könnte ich von einem Spitzel mehr erwarten?«

»Ihr wollt mich als Spitzel benutzen?« Ich traute meinen Ohren nicht.

»Nun, da kaum damit zu rechnen ist, dass ich irgendwann in den Wehen liege, wären Eure beruflichen Fähigkeiten kaum von Nutzen für mich.«

Ich hätte nicht sagen können, ob er scherzte. Wahrscheinlich nicht.

»Warum seid Ihr auf mich verfallen? Bestimmt gibt es in London Hebammen, die nur zu gern für Euch arbeiten würden. Warum mich den weiten Weg von Hereford kommen lassen?«

»Ist Euch wirklich nicht bewusst, welchen Ruf Ihr habt?«, entgegnete Marlowe. »Anscheinend wirkt das Landleben lähmend auf den Geist. Ihr und Eure Gehilfin habt mitten in einer Belagerung dem Lord Mayor von York die Stirn geboten und eine Frau befreit, die zum Tode verurteilt war. Ihr habt den mächtigsten Prediger von York vernichtet. Und kein halbes Jahr später habt Ihr dafür gesorgt, dass einer der Ratsherren wegen schwarzer Magie gehängt wurde. Eine solche Skrupellosigkeit findet man selten bei einer Frau, und hier habe ich gleich zwei von der Sorte. Ich kann nicht zulassen, dass Ihr mir durch die Finger schlüpft.«

»Und wir können nicht ablehnen?«

»Doch, Ihr könnt«, sagte Marlowe. »Aber für einen hohen Preis.«

»Und bei alldem geht es Euch darum, Englands Freiheit zu verteidigen?« Ich bezweifelte, dass es Sinn hatte, an sein Gewissen oder seine Prinzipien zu appellieren – vermutlich hatte er weder das eine noch das andere –, aber so leicht wollte ich mich nicht geschlagen geben.

»Bei alldem geht es mir darum, England vor Tyrannei und Papismus zu schützen«, antwortete er. »In den Bürgerkriegen wurden Meere von Blut vergossen, und Englands Feinde wünschen sich nichts mehr, als erneut in Blut zu waten. Das werde ich nicht zulassen.« Er funkelte mich an. »Ich finde Euren Widerstand befremdlich, Mylady. Die Sicherung des Friedens dürfte es doch wert sein, für kurze Zeit in meinen Diensten zu stehen. Noch dazu würdet Ihr das Leben Eures Neffen retten, vergesst das nicht.«

Verzweifelt zerbrach ich mir den Kopf auf der Suche nach einem Ausweg, aber wie es schien, hatte er seine Falle perfekt gestellt.

»Was sollen wir tun?«, fragte ich.

# 4.

Marlowe nahm wieder hinter seinem Schreibtisch Platz und lehnte sich mit einem zufriedenen Lächeln zurück, was in seinem Fall bedeutete, dass er die Zähne bleckte wie ein Wolf, statt zu lächeln. Und wenn er der Wolf war, war ich wohl das Lamm.

»Bevor wir näher auf die Bedingungen Eurer Tätigkeit eingehen«, sagte er, »sollten wir Euren Neffen kommen lassen. Schließlich stehen auch seine Interessen auf dem Spiel. Colonel Reynolds, würdet Ihr bitte Mr. Hodgson holen?«

Bei Marlowes Worten machte mein Herz einen Satz, und ich hörte, wie Martha nach Luft schnappte. Konnte es so einfach sein, Wills Freiheit zu erlangen? Was sollte ich zu ihm sagen, wenn ich ihn nach drei Jahren der Trennung wiedersah?

Jeder Augenblick, den Martha und ich auf Wills Kommen warteten, schien zehntausend Jahre zu dauern. Einen Moment lang quälte mich die Angst, dies hier könnte ein teuflisches Spiel sein, ein Versuch Marlowes, unsere Hoffnungen zu wecken, um sie dann umso nachhaltiger zu zerstören und uns vollends in die Knie zu zwingen. Eine derartige Strategie würde zum Erfolg führen, soviel stand fest. Ich betete, dass dieser Mann sich nicht als so grausam erwies.

Gott der Herr schien meine Bitte vernommen zu haben, denn die Tür ging auf, und Will kam herein. Als ich zu ihm stürzte, um ihn in die Arme zu schließen, fielen mir sofort die Veränderungen an seinem Äußeren auf. Er ging noch immer am Stock, da sein Klumpfuß niemals heilen würde; dennoch wirkte er kräftiger als früher. Außerdem waren seine Haare nach Art der Roundheads gestutzt. Was hatte das zu bedeuten? War er zum Puritaner geworden?

Will umarmte Martha und mich und vergrub sein Gesicht zwischen uns beiden. Nicht lange, und wir schluchzten alle drei. Unsere Tränen spülten den Zorn weg, den Schmerz und alles, was uns in jenen schrecklichen letzten Tagen in York entzweit hatte. Nach einer Weile trat ich zurück und überließ Will und Martha einander. Ich hörte Entschuldigungen, Liebeserklärungen und das Versprechen, nie wieder so lange voneinander getrennt zu sein. Ich konnte nur hoffen, dass sich dies alles bewahrheitete, aber ich wusste auch, dass das Leben sich gern über solche Worte lustig machte, so aufrichtig sie sein mochten.

Ich schaute zu Colonel Reynolds und stellte zu meinem Erstaunen fest, dass in seinen Augen Tränen schimmerten. Er fing meinen Blick auf und schenkte mir ein kleines, trauriges Lächeln, als hätte auch er eine solche Liebe erlebt, wenn auch in ferner Vergangenheit. Marlowes Miene gefiel mir weit weniger, denn in seinem Lächeln lag keine Wehmut, nur die kalte Befriedigung eines Mannes, der die Trumpfkarte im Ärmel hat und sich nicht darum schert, ob es jemand weiß. Mr. Marlowe hatte schon einmal bewiesen, dass er nicht zögerte, meine Liebe zu Will auszunutzen, um mich in seinen Dienst zu zwingen. Jetzt wusste er, dass er mit Martha genauso verfahren konnte. Laut trommelte er mit den Fingern auf die Tischplatte, um unsere Aufmerksamkeit auf sich zu lenken. »Da wir nun alle hier versammelt sind«, begann er, »sollten wir darüber reden, warum ich Euch zusammengeführt habe.«

Schweigen senkte sich herab. Ich fühlte mich wie eine Angeklagte vor Gericht, die ihr Urteil erwartet.

»Wie Ihr wisst, erlebt England unruhige Zeiten. Der König

hat seinem eigenen Volk den Krieg erklärt und ist jetzt Gefangener auf der Isle of Wight. Das Parlament regiert das Land, aber von allen Seiten drohen Gefahren.« Marlowe erhob sich und schritt auf und ab, während er fortfuhr.

»Die gefährlichste Gruppe ist die der unbelehrbaren Royalisten. Sie haben hier in England Aufruhr und Rebellion geschürt und Invasionen aus dem Ausland geplant – aus Frankreich, Schottland und Irland. Sie wollen die Tyrannenherrschaft des Königs wiederherstellen, selbst wenn es bedeutet, das Land erneut in einen Krieg zu stürzen.

Dann gibt es die Partei der sogenannten Gemäßigten – Männer, die mit dem König verhandeln wollen. Sie wollen die Rolle des biblischen Jakob übernehmen, während sie dem König die des Esau zugedacht haben, um ihm seinen Thron für wenig mehr als ein Linsengericht zurückzugeben. Setzt sich eine dieser beiden Gruppen durch, wird der König wieder als Despot über das Land herrschen.

Zu guter Letzt wären da noch die Levellers, eine Partei radikaler Gleichmacher, wie das Wort schon sagt. Diese Wahnsinnigen beschuldigen Cromwell und das Parlament, so uneingeschränkt zu herrschen wie der König. Ihr Ziel ist, die derzeitige Regierung zu stürzen und durch Anarchie zu ersetzen.«

Marlowe verstummte, und ich schaute mich unsicher um. Ich hatte keine Ahnung, was Royalisten, Gemäßigte oder Gleichmacher mit mir zu tun hatten. Seit ich aus York fortgezogen war, hatte ich mich aus allen politischen Fragen strikt herausgehalten; deshalb konnte ich Marlowe schwerlich helfen, die Pläne einer der genannten Parteien aufzudecken. Martha und Will wirkten genauso ratlos wie ich. Colonel Reynolds' Gesicht verriet nichts.

»Noch vor Jahresende«, fuhr Marlowe fort, »wird sich

die Lage zuspitzen, und das Schicksal des Königs wird besiegelt sein. Die nächsten Monate bergen schreckliche Gefahren. Meine Aufgabe ist es, das Staatsschiff auf Kurs zu halten und in einen sicheren Hafen zu lotsen. *Eure* Aufgabe ist es, mich dabei zu unterstützen.«

»Wie ich Euch bereits sagte«, warf ich ein, »ich bin Hebamme, nichts anderes.«

»Jetzt nicht mehr«, gab Marlowe zurück. »Jetzt seid Ihr meine Kreatur und werdet tun, was ich von Euch verlange. Und nicht nur Ihr, Lady Hodgson, auch Eure Gehilfin und Euer Neffe. Wie ich hörte, habt Ihr zwei früher in York gut zusammengearbeitet. Ihr werdet euer beider Fähigkeiten nun in London anwenden und sie in den Dienst einer guten Sache stellen.«

»Und wenn wir das nicht tun, bleibe ich im Tower«, schloss Will.

Er war einen Schritt von Martha weggetreten, und jetzt konnte ich ihn deutlicher sehen. Er schien bei guter Gesundheit und für einen mehrwöchigen Aufenthalt im Tower erstaunlich sauber zu sein. Aber da er nicht so sehr ein richtiger Gefangener war, eher ein Lockvogel für mich, hatte Marlowe gewiss darauf geachtet, dass er am Leben blieb. Wäre Will im Kerker gestorben, hätte sich Marlowes Vorteil in Nichts aufgelöst wie Nebel in der Morgensonne.

»Freiheit hat ihren Preis«, wandte Marlowe sich an Will. »Wenn Ihr frei bleiben wollt, müsst Ihr, Eure Tante und deren Magd für mich arbeiten. So einfach ist das.« Marlowe sprach, als wäre die zwangsweise Einberufung in seinen Dienst so unausweichlich wie Ebbe und Flut.

»Falls Ihr darauf hofft, von mir etwas über meine Freunde zu erfahren, habt Ihr Euch verrechnet«, sagte ich. »Abgesehen von Sir Robert kenne ich nur eine Familie in London, und die will nichts mit mir zu tun haben. Ihr werdet Euch woanders nach einem Spitzel umschauen müssen.«

»Oh, es geht nicht um die Wallingtons«, erwiderte Marlowe. »Im Grunde geht es überhaupt nicht um Royalisten.«

Es erschreckte mich zutiefst, dass er von meinem Besuch bei Esther wusste, denn unsere Pläne konnte er nur kennen, wenn er auch den Inhalt der Briefe kannte, die ich von Pontrilas abgeschickt hatte. Wie lange las er schon meine Post?

»Es sind die Levellers«, sagte Will. »Er will, dass wir die Levellers ausspionieren.«

»Was?«, rief ich. »Wie denn? Ich kenne keinen Einzigen von denen.«

Natürlich hatte ich von den sogenannten Levellers gelesen – jene Gleichmacher, die Marlowe vorhin schon erwähnt hatte – und wusste, wie aberwitzig ihre Argumente waren. Wer der Verfasser ihrer Schriften auch sein mochte, ihre Forderungen waren schlichtweg verrückt. Einige verlangten das Recht, alles drucken zu dürfen, was sie wollten, selbst aufwieglerische oder blasphemische Texte. Andere beharrten auf der Duldung sämtlicher Religionen, seien sie noch so abwegig oder atheistisch, und wieder andere forderten für alle Menschen, wie arm sie auch sein mochten, das Recht, die Mitglieder des Parlaments wählen zu dürfen. Sie waren, wie Mr. Marlowe gesagt hat, allesamt Narren und Verrückte.

»Aber *ich* kenne die Levellers, Tante Bridget«, sagte Will. »*Ich* bin der Grund, warum Mr. Marlowe dich ausgewählt hat.«

Martha und ich starrten meinen Neffen verwirrt an.

»Als ich letztes Jahr aus dem Dienst des Lord Mayor ausschied, ging ich nach London«, fuhr Will fort. »Zufällig lernte ich einige von den Leuten kennen, die man nun als Levellers bezeichnet. Wenig später stürmten Mr. Marlowes Männer eine ihrer Versammlungen. Ich wurde zusammen mit vielen anderen festgenommen.«

»Bist du denn auch einer von diesen Gleichmachern?«, fragte ich. Bei einem so bunt gemischten Haufen konnte ich mir meinen Neffen eigentlich nicht vorstellen.

Will zuckte die Achseln. »Beurteile sie nicht nach dem, was ihre Feinde über sie verbreiten. Egal, was Mr. Marlowe sagt, die Levellers haben nicht den Wunsch, die Regierung zu stürzen. Sie sind lediglich der Überzeugung, dass eine Regierung im Einvernehmen mit dem Volk herrschen sollte, nicht mit Waffengewalt.«

Marlowe schnaubte abfällig. »Zum Glück für Euren Neffen wurde er aufgegriffen, bevor er sich noch mehr in die Pläne dieser Verrückten verstricken ließ, sonst wäre er im tiefsten Kerker gelandet. Wenigstens habe ich durch ihn von Euch und Eurem ungewöhnlichen Wirken in York erfahren.«

»Tut mir leid, Tante Bridget«, bekannte Will. »Als ich nach meiner Familie befragt wurde, habe ich von dir erzählt, in der Hoffnung, dein Name könnte meine Freilassung bewirken. Ich wollte auf keinen Fall, dass auch du in die Falle gehst.«

Ich nahm seine Hand. »Das konntest du ja nicht ahnen. Es ist nicht deine Schuld.«

Will schüttelte verzweifelt den Kopf. Anscheinend wollte er sich nicht so leicht verzeihen lassen.

»Beschuldigt, wen Ihr wollt«, sagte Marlowe. »Tatsache bleibt, dass ich Euch den Neffen zurückgegeben habe, Lady Bridget. Nun werdet Ihr für mich arbeiten.«

»Ihr verschwendet nur Eure und unsere Zeit«, entgegnete ich. »Ich sagte Euch doch schon, ich kenne keine Levellers.«

»Vielleicht kennt Ihr sie *noch* nicht.« Marlowe ließ sich nicht beirren. »Aber das wird sich bald ändern. Colonel Reynolds wird Euch erklären, was wir vorhaben.«

Wir drehten uns zum Oberst um.

»Die Levellers sind über die ganze Stadt verstreut«, begann der Colonel mit gesenkter Stimme, als wäre ihm seine Rolle in dieser leidigen Affäre eher unangenehm. »Auf der anderen Seite der Themse beispielsweise, in Southwark, wo wir Will gefunden haben, gibt es eine Gruppe.«

»Ursprünglich hatten wir vor, Euch dort einzuschleusen«, warf Mr. Marlowe ein. »Aber wir mussten feststellen, dass sich die kranken Ideen dieser Leute bis in die City von London ausgebreitet haben.«

»Unser Augenmerk gilt jetzt einer Gruppe in Cheapside«, fuhr Colonel Reynolds fort, »nicht weit von der St.-Pauls-Kathedrale. Sie treffen sich in einer Taverne namens The Nag's Head. Wir behalten diese Treffen im Auge, so gut wir können, aber wir müssen wissen, worüber bei privaten Zusammenkünften gesprochen wird.«

»Besonders eine Familie bereitet uns Kopfzerbrechen«, sagte Marlowe. »Daniel und Katherine Chidley. Sie sind eingeschworene Levellers. Ein streitsüchtigeres und rebellischeres Pärchen als die zwei werdet Ihr in ganz England nicht finden.«

»Daniel und Katherine?«, wiederholte Martha. »Die Frau auch?«

»Vor allem die Frau«, antwortete Marlowe. »Schon vor dem Krieg war sie dem König und den Bischöfen ein Dorn im Auge. Jetzt macht sie dem Parlament Ärger. Sie lehnt Gesetz und Ordnung vollständig ab, in welcher Form auch immer.«

»Und sie ist Hebamme«, fügte Colonel Reynolds hinzu. »Deshalb hat Mr. Marlowe Euch für diese Aufgabe ausersehen. Es sollte kein Problem für Euch sein, Freundschaft mit Katherine zu schließen.« Er zog einen Briefumschlag aus der Manteltasche und reichte ihn mir. »Ihr und Eure Magd werdet in Cheapside wohnen, direkt gegenüber vom Haus der Chidleys.

Wir haben dort eine Wohnung für euch beide gemietet. Euer Neffe wird zusammen mit mir im Horned Bull absteigen, einem Gasthaus in der Nähe. Wir werden uns von Zeit zu Zeit treffen, damit Ihr mir berichten könnt, was Ihr in Erfahrung gebracht habt. Ihr sollt lediglich Augen und Ohren offen halten, mehr nicht.«

»Ihr habt eine Wohnung für mich angemietet?«, fragte ich. »Meint Ihr nicht, man wird es seltsam finden, dass es sich eine Hebamme aus York plötzlich in den Kopf gesetzt hat, nach London überzusiedeln und eine Wohnung in Cheapside zu beziehen? Also wirklich, wenn diese Levellers sich so leicht täuschen lassen, dürften sie keine große Gefahr für die Regierung darstellen.«

»Da habt Ihr natürlich recht«, räumte Marlowe ein. »Und Colonel Reynolds gebührt das Lob, dieses Problem gelöst zu haben.«

Marlowe machte eine Pause, um seinen Triumph auszukosten. Wieder fühlte ich mich wie ein Lamm, das einem Wolf in die Fänge geraten ist.

»Bevor Ihr nach Cheapside zieht«, verkündete Marlowe, »werden wir aus der Edelfrau eine gewöhnliche Witwe machen.«

Ich habe keine Ahnung, was für ein Gesicht ich bei dieser Offenbarung machte, aber Marlowe schien es äußerst lustig zu finden, da er in schallendes Gelächter ausbrach. Es klang nicht sehr angenehm.

»Wenn Ihr in Cheapside eintrefft, seid Ihr nicht mehr *Lady* Hodgson«, fuhr er fort, als er sich halbwegs beruhigt hatte, »sondern *Mrs.* Hodgson oder *Witwe* Hodgson, meinetwegen auch *Hebamme* Hodgson, wenn Euch das lieber ist. Von diesem Tag an jedenfalls seid Ihr um nichts besser als Eure Nachbarn.« Er hielt inne. »Falls es Euch ein Trost ist – Martha bleibt Eure Gehilfin.«

Ich brachte keinen Laut über die Lippen. Selbst Martha hatte es vor Schreck die Sprache verschlagen. Bei der Vorstellung, mich in einem so niedrigen Rang wiederzufinden, drehte sich mir der Kopf. *Mrs.* Hodgson? *Witwe* Hodgson? Natürlich gab es auch außerhalb des Adels achtbare Frauen; viele meiner besten Freundinnen in York waren gewöhnliche Bürgerliche. Aber ich war schon so lange *Lady* Hodgson, dass ich mich daran gewöhnt hatte, auf meinen Namen ebenso wie auf meinen Titel pochen zu können. Und jetzt wollte Marlowe mich gänzlich aus dieser Welt entfernen?

»Ihr findet alles, was Ihr braucht, in diesem Umschlag«, sagte Colonel Reynolds. »Eine Kopie des letzten Willens Eures Ehemanns und eine Lizenz des Erzbischofs von York, die es Euch erlaubt, als Hebamme zu arbeiten. Das wird Eure Geschichte untermauern, falls jemand auf die Idee kommt, Fragen zu stellen.«

Ich machte den Umschlag auf und blätterte den Inhalt durch. Meinen Namen durfte ich behalten, ansonsten blieb wenig von mir und meinem bisherigen Leben übrig. Nunmehr stammte ich aus Halifax, wo ich mit meinem Mann Edmund gelebt hatte. Edmund – ein Tuchhändler, wie es schien – war im vergangenen Frühjahr gestorben und hatte mir außer einem Spinnrad, zwei Stühlen und drei Pfund nichts hinterlassen.

»Ihr habt genug Geld, um fürs Erste zurechtzukommen«, erklärte Colonel Reynolds. »Aber wenn Ihr essen wollt, müsst Ihr arbeiten.«

Um dem Oberst Gerechtigkeit widerfahren zu lassen, muss ich einräumen, dass er sich sehr unwohl in seiner Haut zu fühlen schien. Die Idee mochte von ihm stammen, aber er genoss es nicht, sie in die Tat umzusetzen.

»Ihr braucht natürlich neue Kleidung«, bemerkte Marlowe, wobei seine Augen spöttisch funkelten. »Vielmehr *alte* Kleidung, denn eine neue Witwe kann schwerlich neue Sachen tragen.« Er hatte tatsächlich die Stirn, darüber zu lachen. »Und Ihr müsst Eure Kutsche nach Hereford zurückschicken. Sobald Eure äußere Erscheinung der einer armen Witwe entspricht, bringt Colonel Reynolds Euch nach Cheapside.«

»Werden zwei Tage reichen, Mrs. Hodgson?«, fragte der Colonel.

Ich nickte benommen. Ich hatte keine Ahnung, wie lange es dauern mochte, eine solche Veränderung vorzunehmen. Plötzlich fiel mir Elizabeth ein. »Was ist mit meiner Tochter?«, fragte ich. »Wenn ich längere Zeit für Euch arbeiten soll, muss ich sie nachkommen lassen.«

Marlowe dachte kurz nach. »Sie wird einstweilen in Hereford bleiben. Ihr könnt nicht Mutter, Hebamme *und* Spitzel zugleich sein. Habt Ihr sonst noch Fragen?«

Benommen schüttelte ich den Kopf. Ich konnte nicht fassen, dass er mich mit ein paar dürftigen Worten nun auch noch meiner Tochter beraubt hatte.

»Gut«, sagte Marlowe. »Dann also zwei Tage. Ich sehe Euren Berichten mit großer Spannung entgegen.« Damit wandte er sich wieder seinen Papieren zu. Anscheinend waren wir entlassen.

Colonel Reynolds begleitete Will, Martha und mich zum Tor und von dort ans Flussufer.

»Colonel Reynolds«, sagte ich. »Ihr habt mir gesagt, Ihr würdet Euch in zwei Tagen bei uns melden.«

Er nickte.

»Woher wisst Ihr, wo Ihr uns finden könnt? Bis gestern Abend haben wir selbst noch nicht gewusst, wo wir unterkommen.«

Colonel Reynolds lächelte schwach. »Mr. Marlowe beschäftigt viele Spitzel. Er wusste, auf welcher Straße Ihr von

Hereford kommen würdet, und hat Euren Briefen entnommen, dass Euer erster Gang Euch zu Esther Wallington führen würde.
Er hat einen Mann beauftragt, das Haus der Wallingtons zu beobachten, und Euch von dort aus zu folgen. London wird zwar immer größer, aber eine schöne, soeben aus Hereford eingetroffene Edelfrau sticht auch unter Tausenden hervor.«

Ich spürte, wie ich bei seinem Kompliment errötete, und verwünschte mich dafür. In meinen Augen waren Reynolds und Marlowe Kumpane in demselben schmutzigen Spiel. Nachdem ich mich wieder halbwegs gefangen hatte, sagte ich Colonel Reynolds Lebewohl.

»Alles Gute, Mylady«, erwiderte er, bevor er sich an Will wandte. »Kommt in den Tower zurück, wenn Ihr Euch verabschiedet habt. Wir geben Euch statt einer Zelle ein anständiges Zimmer.«

Will nickte, und Colonel Reynolds ging zum Tower zurück. Noch bevor er außer Sichtweite war, brachen Martha und Will in Gelächter aus.

»Mein Gott, Tante Bridget, du glühst wie eine Rose!«, prustete Will. »Eine schöne, soeben aus Hereford eingetroffene Edelfrau ...«

»... sticht auch unter Tausenden hervor!«, schloss Martha und äffte dabei gekonnt den Lancashire-Akzent und den Tonfall des Offiziers nach.

Ich fühlte, wie ich wieder rot wurde, aber diesmal konnte ich ein Lächeln nicht unterdrücken. Wie lange war es her, seit mich das Kompliment eines Mannes so sehr aus der Fassung gebracht hatte? Im Lauf der Zeit hatten ein halbes Dutzend oder mehr Landjunker ihre Wünsche mehr als deutlich zu verstehen gegeben – eine Witwe mit Landbesitz war eine leichtere Beute als ein fettes Rebhuhn mit gebrochenen Flügeln –, aber keiner hatte die Wirkung auf mich gehabt, die Colonel Reynolds auf mich ausübte.

Auch Martha schien er zu gefallen, denn sie gab zu: »Ich muss sagen, er ist eine anziehende Erscheinung. In dieser Hinsicht gibt es nichts auszusetzen. Und eine arme Witwe aus Halifax, wie Ihr es seid, Mrs. Hodgson, kann Dümmeres tun, als einen Offizier zu heiraten.«

Natürlich war es als Scherz gemeint, aber die Erwähnung, welchen Status ich künftig einnehmen würde, holte uns beide auf den Boden der Tatsachen zurück.

»Nun, was das angeht ...«, begann ich.

Bevor zu Ende sprechen konnte, ertönte vom Wasser ein Ruf, und unser Fährmann lenkte sein Boot in unsere Richtung.

»Wir reden im Gasthof weiter«, sagte ich.

»Ist gut«, entgegnete Martha. »Und keine Bange. In die Haut eines anderen zu schlüpfen ist gar nicht so schlimm, Ihr werdet sehen.«

# 5.

Am nächsten Morgen besuchte Will uns in unserem Gasthaus, und wir drei unterhielten uns stundenlang. Martha und ich erzählten ihm von der Eintönigkeit des Landlebens, während Will seine vielen Abenteuer in York und London zum Besten gab.

»Nach einem Jahr in seinen Diensten bot mir der Lord Mayor die Freiheit an«, berichtete er. »Da mich in York nichts mehr hielt, beschloss ich, London zu erkunden. Die Stadt ist genauso schrecklich und schön, wie ich erwartet hatte.«

»Und wie bist du mit den Levellers in Berührung gekommen?«, fragte ich. Ich konnte mir immer noch nicht vorstellen, weshalb Will, der Sohn eines reichen Kaufmanns, sich mit einer so aufrührerischen Gruppe abgab.

»Glück oder Vorsehung«, antwortete er. »Sofern man daran glaubt. Es fing damit an, dass ich in einer Schänke einen Mann mit einem Salbeizweig am Hutband traf.«

»Salbei?«, wiederholte ich. »Wozu denn das?«

»Das habe ich ihn auch gefragt«, sagte Will. »Meergrün ist die Lieblingsfarbe der Levellers. Sie tragen die Salbeizweige, um zu zeigen, wofür sie eintreten. Cromwell hat vor Kurzem John Lilburne und andere Anführer der Levellers im Tower einsperren lassen, deshalb demonstrieren ihre Anhänger auf die verrückteste Art und Weise, zu wem sie stehen.«

»Indem sie Salbei tragen«, bemerkte ich.

Will nickte. »Und dieser Mann erzählte mir ein bisschen über die Ideen der Levellers und lud mich ein, zu einer ihrer Versammlungen zu kommen, um mehr zu erfahren.«

»Im Nag's Head?« Ich konnte mich erinnern, dass Mr. Marlowe und Colonel Reynolds den Namen dieses Wirtshauses erwähnt hatten.

»Nein, im Whalebone«, sagte Will. »Es liegt auf der Südseite der Themse. Ich habe mich dort niedergelassen, weil die Mieten in dieser Gegend niedriger sind.«

»Was haben die Levellers vorzubringen?«, wollte Martha wissen.

Ihre Frage überraschte mich. Ich kannte sie schon seit Jahren, aber bisher hatte sie nur mäßiges Interesse an Politik gezeigt, es sei denn, um auf die Heuchelei derer hinzuweisen, die an der Macht waren.

»Sie sind der Meinung, dass kein Mensch gezwungen werden sollte, gegen seinen Willen eine Religion auszuüben«, antwortete Will. »Oder die Waffen für die Kämpfe eines anderen zu erheben. Dass weder Parlament noch König einen in Freiheit geborenen Engländer daran hindern dürften, seine Meinung zu äußern. Dass das Leben des ärmsten Menschen in England genauso viel wert ist wie das des reichsten.«

»Und dass kein Mensch dem Willen einer Regierung ausgeliefert sein sollte, der er nicht seine Zustimmung gegeben hat.« Ich versuchte gar nicht erst, meine Verachtung für eine derart verstiegene Utopie zu verbergen. »Verstehst du denn nicht, worum es da geht, Will? Die Levellers würden die Armen genauso bedeutend machen wie die Reichen. Wenn die Armen das Land regieren, werden sie einen Anteil an jedem Besitz an sich reißen. Meine Diener würden sich zu Herren und Herrinnen erklären, nur weil sie in der Überzahl sind. Diebstahl würde gesetzlich erlaubt. Ganz England würde in Anarchie versinken.«

Will lächelte traurig. »Bin ich etwa nicht arm? Ich besitze nichts außer den Kleidern, die ich am Leib trage. Wenn heute ein neues Parlament einberufen würde, hätte ich nicht mehr

Stimmrecht als der erbärmlichste Bettler Englands. Sag selbst: Wäre es tatsächlich ein Schritt in Richtung Anarchie, wenn *ich* ein Parlamentsmitglied wählen dürfte?«

Wills Worte ärgerten mich, allein schon deshalb, weil ich kein Gegenargument parat hatte. Ich hielt an meiner Überzeugung fest, dass eine Demokratie nur zu Übergriffen und Chaos führen würde, aber das Beispiel, das Will vorbrachte, ließ meine Grundsätze ins Wanken geraten. Ich sprach es nicht aus, beschloss aber, gründlich über die Sache nachzudenken.

Nachdem Will in den Tower zurückgekehrt war, packten Martha und ich meine feinen Spitzen und Seiden weg, an deren Stelle grobe Wolle und Leinen traten. Wie Mr. Marlowe ganz richtig bemerkt hatte, würde ich meine Kutsche nicht benötigen, also verstaute ich meine Kleidung und einige andere Sachen darin, um alles nach Hereford zurückzuschicken.

Während mein Kutscher Vorbereitungen für die Reise traf, schrieb ich an Hannah und Elizabeth. Ich teilte ihnen mit, dass Will aus dem Tower heraus und in Sicherheit sei, wir aber noch eine Weile in London bleiben müssten. Elizabeth wäre begeistert gewesen, hätte sie von meiner Arbeit als Spitzel gehört, aber ich wusste, dass ich ihr nichts davon verraten durfte. Stattdessen schrieb ich über London, als wäre unser Aufenthalt hier genauso trübselig wie ein Winter in Pontrilas. Ich schilderte die Enge der Gassen, den Gestank und den Rauch und die Unhöflichkeit der Bewohner und drückte noch einmal mein Bedauern darüber aus, dass ich sie, Elizabeth, hatte daheim lassen müssen, versicherte ihr aber, sie würde nichts Interessantes verpassen.

Und so kam es, dass ich zwei Tage nachdem wir Will gefunden hatten, vor einem Spiegel stand und eine gewöhnliche Hausfrau betrachtete.

Nur mit Mühe konnte ich die Tränen der Demütigung zurückhalten, die mir in die Augen traten, während Martha und

Will sich beherrschen mussten, nicht laut herauszuplatzen. Tief im Inneren wusste ich, dass es kein Grund für Tränen sein sollte, wenn man Seide gegen Wollstoff eintauschte, aber noch nie im Leben hatte ich mich so bescheiden gekleidet gesehen.

»Wenn ich in Zukunft in solchen Sachen herumlaufen muss, haben diese Gleichmacher ihr Ziel erreicht«, bemerkte ich. »Dann gibt es nicht mehr den geringsten Unterschied zwischen Reich und Arm.«

»Gut gesprochen, *Witwe* Hodgson«, zog Will mich auf.

»Sehr wahr, *Mrs.* Hodgson«, fügte Martha hinzu. »Ich hätte es selbst nicht besser ausdrücken können.«

Es fehlte nicht viel, und ich hätte vor Zorn mit dem Fuß aufgestampft, aber ein so kindisches Verhalten hätte die beiden nur noch bestärkt. Vielleicht würde ich meiner Empörung freien Lauf lassen, wenn ich allein war!

Wir verabschiedeten uns gerade von Kutscher und Wagen, als Colonel Reynolds eintraf. Jetzt war es für Martha und mich an der Zeit, unser neues Leben zu beginnen. Der Oberst hatte seine Uniform gegen die Kleidung eines Kaufmanns eingetauscht, gab aber immer noch eine ansehnliche Erscheinung ab.

Als er mich sah, versuchte er – vergeblich! – ein Lächeln zu unterdrücken. Ich spürte, wie sich meine Ohren röteten und widerstand dem Drang, fluchtartig das Zimmer zu verlassen.

»Auch in schlichter Wolle seht Ihr bildhübsch aus«, sagte der Colonel.

Ich musste wider Willen lächeln und ertappte mich dabei, in der aufrichtigen Wärme seiner Augen zu versinken. Martha lachte laut auf, lief nach unten und ließ mich mit Colonel Reynolds allein.

»Ich habe eine Karte der Cheap für Euch angefertigt.« Der Colonel reichte mir ein Blatt Papier. »Die Cheapside Street ist gewissermaßen das Rückgrat des Viertels. Sie verläuft von

St. Paul im Westen bis zum Great Conduit im Osten. Solltet Ihr Euch je verlaufen – und das werdet Ihr –, sucht einfach die Cheapside Street oder den Conduit und setzt Euren Weg von dort aus fort.

»Der Gasthof Nag's Head ist nördlich der Cheapside – hier.« Er zeigte auf einen deutlich markierten Punkt auf seiner Karte. »Dort werdet Ihr die Levellers bei ihren hitzigsten Diskussionen erleben. Mr. Marlowe hat für Euch eine Unterkunft in der Watling Street besorgt, unweit der Pissing Alley.«

»Richtet ihm meinen Dank aus«, murmelte ich. »Klingt zauberhaft.«

Colonel Reynolds lachte und legte eine Hand auf meinen Arm. Mein Herz schlug bei der Berührung ein bisschen schneller. Ich war schockiert – nicht über seine gewagte Geste, sondern über meine Reaktion. Ich hatte mein vierzigstes Lebensjahr erreicht, war zweimal verheiratet gewesen und zweimal Witwe geworden, und doch stand ich da und wurde rot wie ein junges Ding beim Dorftanz.

»Wenn Ihr Euch häuslich eingerichtet habt«, fuhr Colonel Reynolds fort, »solltet Ihr ein Schild aufhängen, um auf Euch aufmerksam zu machen.«

Ich blickte ihn verständnislos an. »Aufmerksam?«

»Als Hebamme. Das ist in London allgemein üblich. Die meisten Hebammen benutzen als Zeichen für ihren Berufsstand die Wiege, auch wenn mir aufgefallen ist, dass einige den Geburtshocker bevorzugen. Wenn Ihr auf dem Weg zur Cheap die Augen aufhaltet, werdet Ihr etliche Beispiele sehen.«

»Und was dann?«, fragte ich. Ich hatte keine Ahnung, wie ich mit meiner Tätigkeit als Spitzel beginnen sollte.

»Dann spitzt Ihr die Ohren. Ihr wohnt gegenüber vom Haus der Chidleys, also dürfte es nicht weiter schwer sein, sich mit ihnen anzufreunden, zumal auch Katherine Hebamme ist.

Wenn man Euch zu einer Geburt ruft, bittet sie einfach, Euch zu begleiten. Was könnte natürlicher sein?«

»Und dann?«, fragte ich noch einmal.

»Hört gut hin, wenn sie von Politik redet. Wenn die Levellers eine Verschwörung gegen das Parlament planen, werden die Chidleys aktiv daran teilnehmen. Achtet auf Besucher, die zu ungewöhnlichen Zeiten bei den Chidleys auftauchen, und passt auf, ob sich einer der beiden nachts heimlich aus dem Haus schleicht. Je öfter so etwas geschieht, umso dramatischer könnte sich die Lage zuspitzen.«

»Wenn Mrs. Chidley Hebamme ist, wird sie bestimmt zu ungewöhnlichen Zeiten Besucher empfangen oder das Haus verlassen. Die Wehen einer Frau richten sich nicht nach den vorgeschriebenen Ausgangszeiten.«

»Ein Grund mehr, Freundschaft mit ihr zu schließen«, sagte der Colonel. »Mr. Marlowe hat mit Euch eine gute Wahl getroffen. Er ist nicht dumm.«

Ich wandte mich ab, schaute auf die Straße hinaus und beobachtete die Fuhrwerke, die aus der Stadt rollten, um in alle erdenklichen Winkel des Landes zu fahren.

»Und wenn ich fliehe?«, fragte ich. »Wir könnten eines Morgens aufstehen, in einen Wagen steigen und noch vor der Mittagsstunde aus der Stadt sein.«

»Ich hoffe, Ihr tut das nicht«, entgegnete Colonel Reynolds. »Mr. Marlowe hat einen langen Arm und ein noch längeres Gedächtnis. Selbst wenn es Euch gelänge, aus der Stadt zu entkommen, er würde Euch finden.« Er schwieg einen Moment. »Schaut mich an, Lady Hodgson.«

Ich drehte mich zu ihm um.

»Ich bitte Euch, Mr. Marlowe nicht hinters Licht zu führen. Er ist ein einflussreicher Mann, und es ist wesentlich besser, ihn zum Freund als zum Feind zu haben.«

Ich neigte den Kopf. Mit dieser winzigen Geste machte ich Martha und mich zu Marlowes Handlangern.

»Danke«, sagte Colonel Reynolds. »Ich weiß, wie sehr es Euch schmerzt, aber es ist richtig, so zu handeln. Auf jeden Fall ist es klug.«

Kurz darauf kam Will mit dem Karren, der Martha und mich in unser neues Zuhause in Cheapside bringen sollte. Will und Colonel Reynolds saßen auf dem Bock, während Martha und ich mitsamt unserem Gepäck hinten hockten.

»Was für eine passende Einführung in das Leben einer armen Witwe«, maulte ich leise, als das Gefährt über das Straßenpflaster rumpelte.

Wir fuhren auf der Strand, die beim Temple Bar zur Fleet Street wurde, Richtung Osten und durch das Stadttor Ludgate. Mit jedem Schritt wurden die Gebäude ringsum größer, das Gedränge auf den Straßen dichter. Als ich vor langer Zeit nach York gekommen war, hatten mich die Eindrücke – die Größe der Stadt, die dicht aneinandergedrängten Häuser, der erstickende Gestank der Gossen – monatelang überwältigt, aber London ließ York in jeder Hinsicht wie einen kleinen Marktflecken erscheinen. Die Häuser waren höher und schienen sich bedrohlich vornüberzuneigen, als könnten sie jeden Moment auf die Straße stürzen. Die Gassen, die von der Fleet Street abgingen, waren genauso eng und unübersichtlich wie die in York, nur gab es hier viel mehr davon. Und der Gestank … mein Gott, der Gestank! Wahrscheinlich hatte das Landleben meinen Geruchssinn verfeinert, denn bei den üblen Gerüchen drehte sich mir der Magen um.

Bald rollte unsere Kutsche auf den Kirchhof von St. Paul. Ehrfürchtig betrachtete ich die Kathedrale. Sie war größer als das Münster in York – eine Beobachtung, die ich niemals für möglich gehalten hätte. Auf dem Kirchhof wimmelte es von

Händlern und ihren Kunden. Am auffälligsten waren die Buch- und Papierhändler, die Dutzende von Ständen errichtet hatten, an denen sie Druckwerke aller Art verkauften. Viele befassten sich mit dem Tagesgeschehen, doch dank der Frömmler, die zurzeit an der Macht waren, wurden unzählige Predigten feilgeboten, was mich nicht weiter überraschte.

Aber mit einem so begrenzten Angebot schienen sich die Bewohner Londons nicht zu begnügen. Neben den neuesten Nachrichten und frommen Sprüchen wurden Bücher aller Art über Morde und Monster angeboten, mit grausigen Bildern auf den Deckblättern und Titeln, die blutrünstige Inhalte verhießen.

Nachdem wir dem Treiben auf dem Kirchhof entkommen waren, verlangsamte sich unser mühsames Vorankommen zum Schneckentempo, was uns reichlich Gelegenheit gab, den Lärm der Stadt zu genießen. Und was für ein Lärm! Fischweiber priesen ihre Ware mit Stimmen an, die schrill genug waren, um Glas zerspringen zu lassen, und in jeder offenen Tür stand eine Hausfrau. Einige tratschten, andere schimpften, aber jede von ihnen redete. Ich sah Frauen, die Waren zum Markt trugen, und andere, die ihre Einkäufe nach Hause brachten. Die Frauen von London waren in ganz England als ungebärdige Bande verschrien; jetzt begriff ich, wie sie zu ihrem schlechten Ruf gekommen waren.

»Wir sind jetzt in der Watling Street«, rief Colonel Reynolds mir über das Getöse hinweg zu.

»Aber wir sind nirgendwo abgebogen!«, rief ich zurück. »Wir sind auf derselben Straße.«

»Oh, das ist erst der Anfang«, gab er lachend zurück. »Da vorn an der Ecke wird die Watling Street zur Canwicke Street und ein paar Straßen weiter zur Eastcheap. Sich in York zurechtzufinden ist dagegen ein Kinderspiel, könnte ich mir vorstellen.«

Ich schüttelte verwundert den Kopf und beschloss, die Cheapside nur zu verlassen, wenn es sich absolut nicht vermeiden ließ.

»Das hier ist die Friday Street«, verkündete Colonel Reynolds, als wir in einer langen Kehre Richtung Norden fuhren. »Sie führt direkt zur Cheapside Street.«

Ich warf einen Blick auf die Karte, die er mir im Gasthof gegeben hatte. »Aber steht unser Haus nicht in der Watling Street?«

»Ja«, gab er zu. »Aber Ihr solltet zuerst die Cheapside sehen und Euch merken, wie Ihr von dort zu Eurer Unterkunft kommt.«

Der Wagen ratterte weiterte nach Norden, bis die Friday Street in die Cheapside mündete; es war ein Gefühl, als wären wir von einem stillen Nebenarm in der Themse selbst gelandet. Die Cheapside war breiter als jede andere Straße, die ich kannte, und obwohl es allmählich Abend wurde, herrschte reges Leben und Treiben von Tausenden Londonern, die in Geschäfte hinein- und wieder hinausgingen oder zum Great Conduit eilten, der öffentlichen Wasserversorgungsstelle, um kühles Nass zu holen. Zum ersten Mal an diesem Tag sah ich einen breiten Streifen Himmel über uns, und erst jetzt wurde mir bewusst, wie beklemmend die engen Nebenstraßen auf mich gewirkt hatten. Es würde eine Weile dauern, ehe ich mich wieder an das Leben in einer Großstadt gewöhnt hatte.

»Als ich ein Junge war«, erzählte Colonel Reynolds, »hat mein Vater mich nach London mitgenommen, um die Krönungsprozession des Königs zu sehen. Es heißt, zu Zeiten der Königin Elizabeth hätten so viele Goldschmiede in der Cheapside gelebt, dass der Stadtteil die reichste Gegend von ganz England war.«

Als ich die Straße hinunterschaute, entdeckte ich Drogisten, Schreiber, Gürtelmacher und Buchhändler, aber keinen einzigen Goldschmied.

»Die Goldschmiede sind mittlerweile verschwunden«, erklärte Reynolds. »Die meisten von ihnen sind auf die Strand gezogen – wie der Mann Eurer Freundin –, um näher beim Hof zu sein.«

Wir näherten uns einer bemerkenswerten Kirche, die prachtvoller war als jedes Gotteshaus in York, das Münster ausgenommen. Colonel Reynolds zufolge hieß sie St. Mary-le-Bow. Als wir vorbeifuhren, läuteten die Glocken.

»Die Zeit der Ausgangssperre ist nicht mehr weit«, bemerkte Reynolds. »Wir sollten zusehen, dass Ihr nach Hause kommt. Ihr wollt sicher nicht dabei ertappt werden, dass Ihr nachts unterwegs seid, noch bevor Eure Nachbarn Euch kennengelernt haben.«

Wir wandten uns erneut Richtung Süden – auf der Bow Lane, wie meine Karte mir verriet – und befanden uns bald wieder in der Watling Street. Endlich hielt der Karren. Colonel Reynolds zeigte nach Westen, wo soeben die Sonne unterging. »Ihr wohnt in dieser Richtung, hinter der Bread Street. Haltet nach einem Kurzwarenladen Ausschau, der einer Witwe namens Mrs. Evelyn gehört. Sie ist Eure Hauswirtin und erwartet Euch bereits. Daniel und Katherine Chidley wohnen auf der anderen Straßenseite über ihrem eigenen Geschäft. Sie fertigen Mäntel für die Armee an.«

»Aber Mrs. Evelyn weiß nicht, wer wir sind, oder?«, fragte ich. »Wer wir wirklich sind, meine ich.«

Colonel Reynolds schüttelte den Kopf. »Wir haben unsere Vereinbarungen mit ihr schriftlich und unter falschem Namen getroffen. Ich habe vorgegeben, Euer Bruder zu sein, der sich in Eurem Namen an sie wendet. Sie weiß nur, dass Ihr Witwe Hodgson seid und in Halifax Hebamme wart.

»Apropos Briefe«, fügte er hinzu. »Falls Ihr Eurer Tochter schreiben wollt, solltet Ihr die Briefe erst an mich schicken.«

»Ach, damit Ihr sie lesen könnt, was?«, brauste ich auf. »Was ich meiner Tochter zu sagen habe, geht Euch nichts an!«

Der Colonel verzichtete darauf, mir den giftigen Tonfall mit gleicher Münze heimzuzahlen. »Eine arme Witwe aus Halifax sollte nicht dabei ertappt werden, Briefe nach Hereford zu schicken. Das könnte Fragen aufwerfen, auf die Ihr keine Antwort hättet.«

Ich sah die Stichhaltigkeit seines Arguments ein und murmelte eine Entschuldigung, bevor ich aus dem Wagen stieg. Martha und ich nahmen unsere Taschen, und Will gesellte sich zu uns auf die Straße.

»Will muss mit mir kommen«, sagte Colonel Reynolds.

»Warum kann er nicht bei uns bleiben?«, wandte ich ein. »Er hat in York bei mir gewohnt. Ich kann den Leuten einfach die Wahrheit sagen – er ist mein Neffe und nach London gekommen, um Arbeit zu suchen.«

Reynolds' Lächeln verriet Wärme und Mitgefühl. »Glaubt mir, bei mir ist er besser aufgehoben. Komm, Will.«

Will zögerte.

»Keine Sorge«, fuhr Reynolds fort. »The Horned Bull, das Gasthaus, ist nicht weit von hier. Ich habe es auf Eurer Karte angekreuzt. Wenn Ihr einen Boten zu uns schickt, können wir in wenigen Minuten hier sein.«

Ich nickte Will zu. »Vielleicht ist es besser so.«

Will und Colonel Reynolds sagten uns Lebewohl, und wir beobachteten, wie sie mit ihrem Karren die Bow Lane hinunterfuhren.

»Also dann«, wandte ich mich an Martha. »Schauen wir uns an, was für eine Unterkunft Mr. Marlowe uns zugedacht hat.«

Martha nickte, und wir kämpften uns durch die wogende Menschenmenge zu unserem Quartier.

# 6.

Mrs. Evelyn machte die Tür auf, noch bevor ich richtig angeklopft hatte. Sie war eine dicke, gutgelaunte Frau und strahlte eine Wärme aus, wie man sie sonst nur von den besten Freundinnen kennt.

»Willkommen!«, rief sie. »Willkommen in London! Ihr müsst Mrs. Hodgson sein.« Sie nahm meine Hand und zog mich ins Haus. »Bitte, tretet ein!« Mrs. Evelyn nahm uns unser Gepäck ab und stieg, nicht im Mindesten vom Gewicht der Taschen beeinträchtigt, die Treppe hinauf. Martha und ich folgten ihr eilig.

»In Euren Briefen steht, Ihr seid Geburtshelferin«, rief sie mir über die Schulter zu. »Sehr schön! So eine ist in der Cheap stets willkommen. Hier leben brave, anständige Frauen.«

Ich wollte etwas erwidern, aber sie ließ mich gar nicht zu Wort kommen.

»Natürlich gibt es in der Gegend schon ein paar Hebammen – Grace Ramsden, zum Beispiel. Aber sie ist selbst hochschwanger und kann jeden Moment entbinden. Und wenn das Kind erst da ist, muss jemand ihren Platz einnehmen, wenigstens eine Zeit lang. Warum nicht Ihr?«

Wir waren inzwischen drei Treppen hinaufgestiegen und unterwegs an Mrs. Evelyns privaten Räumlichkeiten vorbeigekommen. Vor einer derben Holztür blieb unsere Wirtin stehen und stieß sie dann auf.

»Leider kann man diese Tür nicht abschließen, aber wir haben ein sehr solides Schloss unten an der Haustür, Ihr müsst Euch also keine Sorgen machen. So, da wären wir!«

Wie vom Donner gerührt starrten Martha und ich durch die offene Tür. Mrs. Evelyn fiel nicht auf, wie entgeistert wir waren.

»Nur hereinspaziert!«, rief sie. »Es gibt reichlich Platz für euch beide. Und im Hinterzimmer steht ein schönes großes Bett, das ihr zwei euch teilen könnt.« Wie ein übereifriger Schäferhund, der die Schafe vor sich hertreibt, scheuchte sie uns durch die Tür.

Der Raum, in dem wir uns wiederfanden, enthielt eine kleine gemauerte Feuerstelle, zwei Hocker und einen Klapptisch. Der Tisch schien bereits unter dem Gewicht meines Blicks zu schwanken; ich befürchtete, ein Niesen könne ihn zusammenbrechen lassen. Im Nebenzimmer, dem einzigen anderen Raum, stand das Bett. Somit würde uns das Vorderzimmer als Küche, Esszimmer und Salon zugleich dienen müssen.

Ich spähte ins Schlafzimmer und rang mir mühsam ein Lächeln ab. In einer Ecke stand ein schmales Bett, dessen Gestell auf Holzblöcken statt auf richtigen Beinen ruhte. Die dünne Strohmatratze verhieß wenig Komfort, die schlaffe, mit Leinen bezogene Bettdecke noch weniger.

»Irgendwo muss noch eine zweite Truhe sein, die könnt ihr zwei gern haben«, erklärte Mrs. Evelyn fröhlich. Erst jetzt fiel mir die erbärmlich kleine Holzkiste in der Ecke auf. »Wenn erst der Winter kommt, werdet ihr beide froh sein, euch im Bett aneinander wärmen zu können, aber es gibt keinen Grund, warum ihr euch eine Truhe teilen solltet.«

»Wie nett«, sagte Martha säuerlich. »Wir können Euch für Eure Freundlichkeit gar nicht genug danken.«

Mrs. Evelyn strahlte, und ich dankte dem Herrn, dass Er sie wenigstens ein paar Augenblicke lang schweigen ließ. Nachdem sie anschließend noch ein Weilchen über ihre Nachbarn geschwatzt hatte, von denen wir natürlich niemanden kannten, verabschiedete sich Mrs. Evelyn und zog die Tür hinter sich zu.

Martha und ich warteten mit angehaltenem Atem, bis ihre Schritte verklungen waren.

»Guter Gott!« Ich stöhnte, während Martha in Gelächter ausbrach.

»Wenn Ihr mich fragt«, sagte sie, »unterscheidet dieses Zimmer sich nicht besonders von der Dachkammer in Eurem Haus in York, und ich habe jahrelang darin gewohnt. Der einzige Unterschied ist der, dass ich mein Bett nicht mit Hannah, sondern mit Euch teilen muss.« Trotz unserer misslichen Lage schien Martha sich über diese Wendung der Dinge sehr zu amüsieren.

»Eine Strohmatratze«, klagte ich. »Auf so etwas habe ich noch nie geschlafen!«

Das erheiterte Martha noch mehr. »Es ist das Einzige, worauf ich je geschlafen habe, so schlimm kann es also nicht sein, oder?«

Da mir keine Antwort einfiel, die nicht mürrisch geklungen hätte, hielt ich den Mund.

Inzwischen war die Sonne untergegangen, und ich fühlte, wie kalte Luft durch die schlecht eingesetzten Fenster bis in meine Knochen drang. Mein erster Gedanke war, Feuer zu machen, um die Kälte zu vertreiben, dann erst fiel mir auf, dass wir weder Kohle noch Holz hatten.

Ohne Vorwarnung stiegen mir Tränen der Furcht und der hilflosen Wut in die Augen. Ich ließ mich auf einen unserer Hocker sinken, der prompt zusammenbrach. Als ich nach hinten kippte, prallte ich an den Tisch, der zur Seite fiel, wobei er sich in seine Einzelteile zerlegte. Das war zu viel! Ich sah mich in der winzigen, schmuddeligen Kammer um, die mein neues Zuhause darstellen sollte, und brach in Tränen aus.

Ich spürte, wie Martha die Arme um mich legte und mir zu unserem letzten verbliebenen Hocker half. Nachdem sie sich vergewissert hatte, dass ich nirgendwo blutete, holte sie eine Flasche Wein aus einer unserer Taschen. Wir hatte nur die eine mitgenommen, aber jetzt schien der richtige Zeitpunkt, sie zu öffnen. Leider mussten wir feststellen, dass wir keine Gläser hatten, aus denen wir hätten trinken können. Sogar ich musste über diese neuerliche Misslichkeit lächeln.

Als Martha sich auf den Boden hockte und mit dem Rücken an die Wand lehnte, setzte ich mich zu ihr. Eine Weile saßen wir schweigend da, ließen die Flasche zwischen uns hin und her wandern und tranken direkt aus dem Flaschenhals.

»O Gott, in was sind wir da bloß hineingeraten?«, sagte ich schließlich. Wir hatten ungefähr drei Viertel der Flasche geleert, und der Wein wirkte lindernd auf die Wunden, die dieser Tag geschlagen hatte. »Keine Seide, kein Federbett, keine Stühle … keine Weingläser.«

Martha lachte. »An das meiste davon werdet Ihr Euch schnell gewöhnt haben. Und Weingläser können wir kaufen.«

Nachdem wir die Flasche ausgetrunken hatten, gingen Martha und ich – erschöpft, hungrig und ein bisschen beschwipst – zu Bett.

*

Am nächsten Morgen wurden wir jäh geweckt, als stürmisch an unsere Tür geklopft wurde, die gleich darauf mit lautem Knarren aufschwang.

»Hallo? Martha? Tante Bridget?« Wills Stimme hallte durch unsere kleine Wohnung.

Als ich mich aufsetzte, erhob jeder Muskel meines Körpers stöhnend Protest. Es war eine kalte Nacht gewesen, und obwohl ich schnell in den Schlaf gefunden hatte, war meine Nachtruhe immer wieder gestört worden, wenn der Wind durch unsere dünnen Decken drang und ich vor Kälte mit den Zähnen klapperte. Benommen schaute ich mich im Zimmer um. Im matten Morgenlicht sah es um nichts besser aus als am Vorabend.

»Mrs. Evelyn!«, rief Will ein wenig lauter. »Ich glaube, ich bin hier falsch. Ich will zu Mrs. Hodgson. Sie ist Hebamme.«

»Wir sind hier drinnen, Will«, rief Martha, während wir aus dem Bett stiegen.

Will steckte den Kopf zur Tür herein und riss erstaunt die Augen auf. »Das darf doch nicht wahr sein! Ist das die Unterkunft, die Mr. Marlowe für euch ausgesucht hat?«

»Anscheinend war mein Ehemann kein besonders erfolgreicher Tuchhändler«, erwiderte ich.

»Sieht so aus«, meinte Will. »Du hättest eine bessere Partie machen sollen.«

»Wenn du schon unverschämt zu einer armen Witwe bist, kannst du dich ruhig auch nützlich machen«, ermahnte Martha ihn. »Ich fange an, hier sauber zu machen, und du siehst zu, ob du Tisch und Hocker reparieren kannst. Wenn du das schaffst, spendiert dir Mrs. Hodgson vielleicht ein Frühstück.«

Will musste sich wohl oder übel fügen, das war ihm klar, aber ich hatte nicht den Eindruck, dass es ihm etwas ausmachte. Ich glaube, wir drei freuten uns auf einen gemeinsamen Morgen, auch wenn er dazu genutzt wurde, unsere kleine Behausung in Ordnung zu bringen. Wir waren zu lange voneinander getrennt gewesen.

Martha borgte sich von Mrs. Evelyn einen Eimer und ging Wasser holen, während ich mich auf den Weg zur Cheapside Street machte. Selbst zu dieser frühen Stunde wimmelte es auf den Straßen von Menschen, Pferden und Fuhrwerken. Ich kämpfte mich durch das Gedränge und kaufte Kohle für unsere

Feuerstelle, Brot und Käse sowie ein bisschen Geschirr, damit wir unsere Mahlzeiten halbwegs gesittet einnehmen konnten. Es schmerzte mich, die derbsten Teller und Schüsseln zu kaufen, die ich finden konnte, aber unser neues Geschirr musste meinem neuen Rang entsprechen; feines Porzellan wäre fehl am Platz gewesen.

Bei meiner Rückkehr stellte ich fest, dass Will unsere Möbel repariert hatte und jetzt zusammen mit Martha eifrig dabei war, den schlimmsten Schmutz zu beseitigen. Wir drei waren den ganzen Tag damit beschäftigt, die Zimmer so gut wie möglich zu reinigen und einzurichten, und langsam aber sicher wirkten unsere Räumlichkeiten weniger deprimierend. Gegen Nachmittag entschied ich, keine weitere unruhige Nacht mehr auf mich zu nehmen. Ein Federbett konnte ich nicht kaufen – Mrs. Evelyn würde es garantiert bemerken und sich wundern, woher ich so viel Geld hatte –, aber ein bisschen konnte ich tun, um unsere Lage zu verbessern. Während Martha etwas zu essen einkaufte, ging ich noch einmal zur Cheapside Street und erwarb eine Steppdecke, ein Laken aus feinem Leinen und zwei Stühle für unseren Wohnraum.

Als ich zurückkam, zog Will los, um Ale zu besorgen. Martha und ich nähten unsere neue Decke in den schmuddeligen Überzug, den Mrs. Evelyn uns überlassen hatte. Schön sah es nicht aus, aber wenigstens würde die Decke uns warm halten. Dann machte Martha sich daran, das Hühnchen zu braten, das sie gekauft hatte.

Wenig später saßen wir drei an unserem Tisch, Humpen mit Ale in den Händen und ein gutes Mahl auf dem Teller. Und abgesehen davon, dass Elizabeth nicht bei uns war, schien London an jenem Abend gar kein so übler Ort zu sein.

*

Martha und ich hatten in jener Nacht noch nicht lange geschlafen, als wir hochschreckten, weil laut an die Tür gehämmert wurde.

»Mrs. Hodgson! Mrs. Hodgson!« Selbst in meiner Benommenheit erkannte ich Mrs. Evelyns Stimme. »Ihr müsst sofort kommen!« Sie stürmte ins Zimmer und packte mich am Arm, als wollte sie mich aus dem Bett zerren. Hinter ihr stand eine Magd, einen Kerzenhalter in der Hand. Im flackernden Licht konnte ich sehen, dass Mrs. Evelyn in einem Zustand war, der an Panik grenzte.

»Was ist denn los? Wo brennt's?« Ich stieg aus dem Bett und kleidete mich an.

»Es geht um Grace Ramsden«, stieß Mrs. Evelyn hervor. »Ich ging zu ihr, als die Wehen einsetzten. Irgendetwas ist furchtbar schiefgegangen. Ihre Hebamme wusste, dass Ihr in diese Gegend gezogen seid, und bittet Euch, sofort zu den Ramsdens zu kommen. Sie braucht Eure Hilfe.«

Mittlerweile hatte sich auch Martha aus dem Bett gekämpft. Wir wechselten einen besorgten Blick. In Hereford waren bei meinen Patientinnen nie Probleme aufgetreten, aber die letzte Entbindung, zu der wir in York gerufen worden waren, hatte mit einer Katastrophe geendet. Während wir hastig in unsere Kleider schlüpften, betete ich, der Herr möge uns in die Lage versetzen, Grace Ramsden zu helfen.

Wir folgten Mrs. Evelyn Richtung Süden zur Pissing Alley und von dort nach Little Saint Thomas. Auf den unregelmäßig gepflasterten Straßen drohten wir bei jedem Schritt zu stolpern, genau wie in York, und überall ragten drohende Schatten auf.

Kurz vor dem Ziel kamen wir am Horned Bull vorbei. Ich blickte zu den dunklen Fenstern hinauf und fragte mich, hinter welchem Will schlafen mochte.

Während wir eilig dahinschritten, bestürmten Martha und ich Mrs. Evelyn mit Fragen nach Grace Ramsden. Sie war Mitte dreißig, erfuhren wir, und mit einem Hufschmied verheiratet.

»Wie viele Kinder hat sie schon zur Welt gebracht?«, wollte ich wissen. Ein wenig mehr über Grace Ramsdens frühere Entbindungen zu erfahren würde es mir erleichtern, ihr jetzt zu helfen. Mrs. Evelyns Antwort machte mich stutzig.

»Das ist ihr erstes«, sagte sie.

»Ihre erste Niederkunft?«, fragte Martha erstaunt.

Es war nicht ungewöhnlich für eine Frau in Grace Ramsdens Alter, ein Kind zu bekommen, wohl aber, dass es ihr erstes war. Ein Ehepaar, das so lange zusammenlebte, ohne Kinder zu bekommen, war höchstwahrscheinlich nicht zeugungsfähig, und daran änderte sich im Allgemeinen nichts, wenn beide älter wurden.

»Ja.« Mrs. Evelyn nickte. »Sie hat sich so sehr darauf gefreut. Es wäre ein furchtbarer Schlag, wenn sie das Kind so kurz vor der Geburt verlieren würde.«

Da gab ich ihr recht. Es wäre tatsächlich das schlimme Ende einer unverhofften Schwangerschaft.

»Da ist es«, sagte Mrs. Evelyn und bog mit uns in eine Nebenstraße. Als wir vor dem Haus der Ramsdens standen, fielen mir zwei Holzschilder über dem Eingang auf. Auf einem waren Hammer und Amboss zu sehen, auf dem anderen eine Wiege und der Name GRACE RAMSDEN.

Wir betraten das Haus und stiegen die Treppe zur Schlafkammer hinauf. Ich sprach ein kurzes Gebet, Gott möge Mrs. Ramsden und ihr ungeborenes Kind beschützen, dann trat ich durch die Tür – und mitten hinein in die seltsamste Niederkunft, die ich je erlebt hatte.

*

Ich wusste sofort, dass etwas nicht in Ordnung war, ganz und gar nicht, wenn auch nicht aus den üblichen Gründen. Die Frau, in der ich Grace Ramsden vermutete, kauerte neben ihrem Bett auf einem Geburtshocker. Seltsamerweise wurde sie nicht von ihren Klatschbasen, also ihren Freundinnen und Nachbarinnen, gestützt, sondern saß allein da. Noch eigenartiger war, dass sie mit beiden Händen einen Schürhaken umklammerte, den sie wie ein Schwert hin und her schwenkte. Ihre Freundinnen hatten sich in den hintersten Winkel des Raums zurückgezogen und starrten sie verstört an. Als eine Wehe einsetzte, stöhnte Mrs. Ramsden und senkte den Schürhaken, aber keine der Frauen machte Anstalten, ihr zu helfen.

»Habt ihr allesamt den Verstand verloren?«, rief ich, während Martha und ich zu Mrs. Ramsden eilten.

»Bleibt mir vom Leib!«, kreischte sie und holte so schwungvoll mit dem Schürhaken aus, dass sie beinahe vom Hocker gefallen wäre. »Einen Schritt näher, und ich schlage euch den Schädel ein!«

Martha und ich wichen langsam zurück und stellten uns zu den anderen Frauen.

»Wer ist ihre Hebamme?«, fragte ich. »Und was ist hier eigentlich los?«

Eine der Frauen trat vor. Sie war klein und zierlich und musste um die fünfzig sein. Ihre Gestalt war zart wie die eines Sperlings, ihre Züge jedoch scharf wie die eines Falken. Aber was mir von unserer ersten Begegnung am lebhaftesten in Erinnerung blieb, waren ihre Augen. Auf den ersten Blick mochte man sie für blau halten, tatsächlich waren sie von einem intensiven Grau und funkelten vor Energie und Intelligenz – mehr, als man bei hundert Männern finden würde.

»Ich bin Katherine Chidley«, sagte sie. »Ihr müsst Witwe Hodgson sein.«

»Katherine Chidley«, wiederholte ich und versuchte, mir nicht anmerken zu lassen, wie überrascht ich war. Wie war es möglich, dass wir Mr. Marlowes Rebellin so schnell gefunden hatten? Als ich sie eingehender betrachtete, staunte ich insgeheim, dass eine so schmächtige Person ihm solche Angst einzujagen vermochte. Ich sollte später erkennen, dass seine Ängste nicht gänzlich unbegründet waren, da Mrs. Chidley in der Tat eine zu allem entschlossene Gegnerin sein konnte.

»Ja, die bin ich«, antwortete ich, wobei ich wegen meiner neuen Anrede innerlich zusammenzuckte. »Und das ist meine Gehilfin Martha Hawkins. Was ist hier passiert?«

Katherine zog Martha und mich in die Diele, bevor sie meine Frage beantwortete. »Etwas höchst Merkwürdiges. Mrs. Ramsden hat seit Stunden Wehen, will sich aber weder von mir noch von ihren Freundinnen helfen lassen. Ihr habt selbst gesehen, was passiert, wenn man versucht, auch nur in ihre Nähe zu kommen. Sie sagt, sie habe schon viele Kinder entbunden und könne auch ihr eigenes allein zur Welt bringen.«

»Ist sie verrückt?« Ich meinte diese Frage durchaus ernst, denn ein derartiges Verhalten schien eher auf eine Wahnsinnige als auf eine erfahrene Hebamme hinzudeuten.

»Falls dem so ist, hat sie es bis heute Abend gut zu verbergen gewusst«, erwiderte Katherine. Sie wollte noch etwas hinzufügen, aber ein markerschütternder Schrei aus der Schlafkammer schnitt ihr das Wort ab. Wir eilten hinein. Mrs. Ramsden saß auf dem Boden und weinte, als wäre das Ende der Welt gekommen.

»Mein Baby, mein Baby«, schluchzte sie. Sie hielt ein winziges bleiches Geschöpf in den Armen – ihr tot geborenes Kind.

Tränen traten mir in die Augen, als ich an die Wochen und Monate des Trauerns dachte, die Mrs. Ramsden bevorstanden.

Katherine und ich traten gleichzeitig vor, um sie in die Arme zu schließen. Es war ein schwacher Trost, aber in einem Augenblick wie diesem konnten auch wir nicht mehr tun.

Zu meinem Entsetzen packte Mrs. Ramsden den Schürhaken und hieb nach meinem Kopf, den sie nur um Haaresbreite verfehlte. »Ihr werdet mir mein Kind nicht nehmen!«, schrie sie. »Ich will es noch eine Weile halten! Wenn Ihr versucht, es mir wegzunehmen, seid Ihr so gut wie tot und begraben!«

Katherine und ich zogen uns aus der Reichweite des Schürhakens zurück und wechselten einen Blick, um gleich darauf einmütig den Kopf zu schütteln. Etwas Derartiges hatte noch keine von uns erlebt.

Eine Zeit lang standen wir einfach da und starrten auf die Szenerie, die sich uns darbot. Mrs. Ramsden hatte den Schürhaken hingelegt und uns den Rücken zugekehrt; jetzt wiegte sie das Kind in den Armen. Die Klatschbasen, die zu Tode erschrocken waren, wie nicht anders zu erwarten, drängten sich an die Rückwand des Zimmers, so weit wie möglich von Mrs. Ramsden entfernt. Es war eine traurige und beklemmende Szene, und je mehr ich darüber nachdachte, desto seltsamer erschien sie mir. Ich winkte Martha zu mir.

»Ich muss mit Mrs. Chidley sprechen«, raunte ich ihr ins Ohr. »Aber ich traue mich nicht, Mrs. Ramsden mit den Klatschbasen allein zu lassen. Pass gut auf sie auf! Du darfst ihr nicht erlauben, das Zimmer zu verlassen, schon gar nicht mit dem Kind. Falls sie es versucht, halte sie auf, egal wie, und ruf nach uns. Wir bleiben in der Nähe.«

Martha nickte. Ihr Blick war hart wie Stein. Sollte Mrs. Ramsden tatsächlich einen Fluchtversuch unternehmen, stand ihr ein schwerer Kampf bevor.

»Gut«, sagte ich, ließ den Blick durch den Raum schweifen und entdeckte eine Flasche Wein, die die Klatschbasen mitgebracht, aber – nur zu verständlich! – noch nicht geöffnet hatten. Ich griff mir die Flasche und zwei Gläser und gab Katherine Chidley ein Zeichen. »Könnten wir uns kurz unterhalten, Mrs. Chidley?«

Sie nickte, folgte mir auf die Diele und von dort in die Küche der Ramsdens. In der Herdstelle brannte ein Feuer, um Wasser zum Waschen des Kindes zu wärmen, das nun tot in den Armen seiner Mutter lag. Wir setzten uns an den Tisch, und ich schenkte zwei Gläser Wein ein.

»Ein ausgesprochen merkwürdiger Fall«, sagte ich.

»Ja«, pflichtete Katherine mir bei. »Ich bin seit fast zwanzig Jahren Hebamme und habe noch nie etwas so Merkwürdiges erlebt.«

»Und damit meine ich nicht nur Mrs. Ramsdens Verhalten, obwohl das allein schon seltsam genug war.«

»Ganz recht«, erwiderte Katherine. »Es waren sehr kurze Geburtswehen. Wie lange waren wir außerhalb des Zimmers?«

»Nicht länger als ein paar Minuten«, sagte ich. »Und es war ihr erstes Kind?«

»Sagt sie jedenfalls.«

»Eigenartig, dass sie die ganze Zeit ihre Röcke anbehalten hat«, bemerkte ich. »Und dass sie während der Geburt trocken blieben.«

Katherine nickte. »Außerdem waren weder auf dem Fußboden noch auf dem Geburtshocker Spuren einer Geburt zu sehen.«

»Genauso seltsam finde ich, dass das Kind keine Nabelschnur hatte«, sagte ich. »Und es kam keine Nachgeburt – nicht bis jetzt, jedenfalls.«

»Ich schätze, wir könnten die ganze Nacht und bis in den Morgen hinein warten und würden keine Nachgeburt zu sehen kriegen«, meinte Katherine.

Ich nickte. Schweigend tranken wir unseren Wein. Keine von uns beiden wollte den Kreis schließen, den wir zu ziehen begonnen hatten, denn er schien viel zu sehr der Schlinge zu ähneln, die sich schon bald um Mrs. Ramsdens Hals legen könnte.

»Es ist nicht ihr Kind«, meinte Katherine schließlich.

»Anscheinend nicht«, sagte ich. »Aber irgendjemandem muss es gehören. Und es ist tot, möglicherweise durch die Hand der eigenen Mutter.«

»O Gott.« Katherine stöhnte auf und schob ihren Stuhl zurück. »Ich will das nicht tun!«

»Ich helfe Euch«, sagte ich. »Ich habe Ähnliches schon gemacht. Und ich weiß, dass es auch bei den besten Freundinnen passieren kann.«

»Das würde mich sehr freuen, Mrs. Hodgson.«

»Bridget. Wenn wir Freundinnen sein wollen, müsst Ihr mich Bridget nennen.«

»Dann nennt mich Katherine«, sagte sie. »Und nun lasst uns dieser blutigen Angelegenheit ein Ende machen.«

# 7.

Als wir uns Mrs. Ramsdens Schlafkammer näherten, hörten wir sie erneut toben und brüllen. Diesmal antwortete Martha ihr.

Katherine und ich wechselten einen Blick und stießen die Tür auf. Martha und Mrs. Ramsden waren in eine wilde Rangelei verwickelt, wobei Mrs. Ramsden versuchte, mit dem Kind zu fliehen, während Martha sich bemühte, genau das zu verhindern.

»Ich werde mein Kind beerdigen, und niemand wird mich davon abhalten!«, schrie Mrs. Ramsden.

Katherine und ich durchquerten das Zimmer, packten die Tobende an den Armen und zerrten sie ungeachtet ihrer lauten und zunehmend wüsten Beschimpfungen zum Bett. Das Kind hielt sie die ganze Zeit fest an ihre Brust gepresst.

»Das ist nicht Euer Kind, Grace«, verkündete Katherine. »Ihr müsst Mrs. Hodgson und mich für die größten Einfaltspinsel von ganz England halten, wenn Ihr Euch einbildet, wir würden auf einen solchen Schwindel hereinfallen.«

Die Klatschbasen schrien angesichts dieser Beschuldigung vor Überraschung laut auf. Über Marthas Lippen jedoch huschte ein Lächeln. Sie war zu demselben Schluss gekommen wie wir.

In dem lautstarken Durcheinander, das nun einsetzte, mischte sich das aufgeregte Geschnatter der Frauen. Jede von ihnen verrenkte sich den Hals, um das Kind in Mrs. Ramsdens Armen besser sehen zu können. Diese Geburt würde nicht so schnell in Vergessenheit geraten, und keine der Frauen wollte sich die Gelegenheit entgehen lassen, selbst etwas zum allgemeinen Klatsch und Tratsch beizutragen.

»Natürlich ist es meins!«, rief Mrs. Ramsden und brachte die Anwesenden damit zum Verstummen. »Wie könnte es anders sein?«

»Wann habt Ihr die Nabelschnur durchgeschnitten?«, wollte Katherine wissen. »Und wo ist die Nachgeburt?«

»Und warum ist das Kind so sauber?«, fragte ich. »Ihr habt es nicht gewaschen, denn das Wasser steht noch in der Küche. Außerdem hat das Kind keine Fruchtschmiere oder andere Spuren einer Geburt am Leib.«

Augenblicklich fingen die Frauen wieder zu schnattern an, und eine von ihnen schlüpfte aus dem Zimmer. Bald würde die gesamte Cheapside erfahren, was geschehen war.

»Gebt mir das Kind, Grace«, sagte Katherine. Ihre Stimme war kaum mehr als ein Flüstern, aber der stählerne Unterton entging mir nicht.

Als Grace Ramsden sich nicht rührte, traten Martha und ich vor und hielten sie fest, während Katherine das Kind ihren Armen entwand. Nach einem Moment fügte sich Mrs. Ramsden in ihr Schicksal und ließ das Kind los. Martha behielt sie im Auge, falls sie versuchen sollte, das Kind wieder an sich zu reißen, während Katherine und ich vom Bett weg traten, um den Leichnam zu untersuchen.

Es war ein Junge. Wir konnten zwar nicht beurteilen, wie lange er tot war, aber seine Haut war kalt und trocken. Auf keinen Fall konnte er erst vor wenigen Minuten zur Welt gekommen sein.

»Ihr seid nie schwanger gewesen, Grace«, wandte Katherine sich an Mrs. Ramsden. »Woher habt Ihr das Kind? Ihr müsst es uns sagen.«

Totenstille senkte sich über den Raum, als wir auf die Antwort warteten. Hatte Grace das Kind einer jungen Mutter gestohlen und es mit eigenen Händen getötet? Keine der Nachbarinnen hatte etwas von einem Kind gehört, das in der Gegend vermisst wurde, aber die Cheapside war nur ein kleiner Bereich Londons. Wenn Grace das Kind in einem der weiter entfernten Stadtviertel geraubt hatte, war den Nachbarinnen möglicherweise nichts davon zu Ohren gekommen. Oder war sie zufällig auf ein tot geborenes Kind gestoßen und hatte es in einem Anfall von Wahnsinn an sich genommen? Das war unwahrscheinlich, aber jede Erklärung schien weniger plausibel als die andere.

Katherine setzte ihr Verhör fort, indem sie Mrs. Ramsden abwechselnd drohte, gut zuredete und anflehte, ihr die Wahrheit zu sagen. Aber kein Wort kam über die Lippen der Frau.

Nicht lange, und das Zimmer füllte sich mit anderen Frauen aus der Nachbarschaft. Schließlich traf auch der Wachtmeister ein. Sobald er Katherine sah, winkte er sie zu sich. Sie zog mich mit sich und stellte mich als Witwe Hodgson vor. Beinahe hätte ich sie verbessert und »Lady Hodgson« gesagt, konnte es mir aber gerade noch verbeißen. Es würde noch ein Weilchen dauern, bis ich mich an meine neue Anrede gewöhnt hatte.

»Habt Ihr die Frau untersucht?«, fragte der Wachtmeister.

»Noch nicht.« Katherine schüttelte den Kopf. »Wir werden ohnehin nichts finden, was uns weiterhelfen könnte. Wir wissen, dass es nicht ihr Kind ist.«

»Das Gericht wird aber wissen wollen, dass Ihr Euch davon überzeugt habt«, gab der Wachtmeister zurück. »Ich warte währenddessen draußen. Danach muss ich die Frau nach Newgate bringen.«

Katherine nickte erneut, und der Wachtmeister verließ das Zimmer.

Zu meiner Erleichterung leistete Grace keinen Widerstand,

als wir sie mit dem Rücken aufs Bett legten und ihre Röcke hoben. Natürlich fanden wir keinerlei Spuren einer Schwangerschaft oder Geburt; sie hatte mit Sicherheit an diesem Tag kein Kind zur Welt gebracht.

Wir riefen den Wachtmeister, um ihm das Ergebnis unserer Untersuchung mitzuteilen. Er nickte bloß und führte Grace Ramsden ab. Zwei Klatschbasen machten sich auf die Suche nach dem Gemeindepfarrer, während zwei andere das tote Kind zur St.-Thomas-Kirche brachten, damit es beerdigt werden konnte. Langsam zogen sich die verbliebenen Freundinnen und Nachbarinnen zurück, eine nach der anderen, bis nur noch Katherine, Martha und ich im Zimmer waren.

»Wie lange kennt Ihr sie schon?«, wollte ich von Katherine wissen. »Warum sollte sie so etwas tun?«

Katherine stieß einen tiefen Seufzer aus. »Wir arbeiten schon seit Jahren als Hebammen zusammen. Sie kam zu mir, als sie und ihr Mann keine Kinder bekommen konnten, und ich versuchte zu helfen, leider erfolglos. Entweder sie ist unfruchtbar, oder ihr Mann.«

»Eine unfruchtbare Hebamme?« Dagegen gab es natürlich kein Gesetz, aber ich wusste, dass Mütter vor einer Hebamme, die selbst keine Kinder bekommen konnte, zurückscheuten.

»Ja«, sagte Katherine. »Sie hatte Angst, wegen ihrer Unfruchtbarkeit werdende Mütter an andere Hebammen zu verlieren. Aber ich hätte nie gedacht, dass sie auf ein so abwegiges Mittel zurückgreifen würde.«

Martha starrte Katherine erstaunt an. »Ihr meint, das Ganze war eine Täuschung, um die Frauen aus der Nachbarschaft für sich zu gewinnen? Warum sollte Mrs. Ramsden ein solches Wagnis eingehen?«

»Seht Euch doch um«, erwiderte Katherine.

Das taten wir und bemerkten erst jetzt den armseligen

Zustand der kleinen Schlafkammer. Die Möbel waren lieblos zusammengezimmert und hielten sich praktisch nur noch durch Gebete aufrecht, und die Bettwäsche war dermaßen fadenscheinig, dass an manchen Stellen das Stroh hervorlugte. In diesem Augenblick erinnerte ich mich, wie mager die Bestände in der Küche gewesen waren. Trotz Grace' Tätigkeit als Hebamme und der Arbeit ihres Mannes als Grobschmied waren die Ramsdens arm wie die Kirchenmäuse.

»Ihr Mann ist in seinem Gewerbe für seine Ungeschicklichkeit bekannt. Noch dazu schaut er gern zu tief ins Glas«, erklärte Katherine. »Das bisschen, das er verdient, rinnt durch seine Kehle, und sobald er Graces Geld in die Finger bekommt, erleidet es dasselbe Schicksal. Wenn Grace nicht mehr als Hebamme arbeiten könnte, wären die Ramsdens auf die Barmherzigkeit der Kirchengemeinde angewiesen und würden bald in Armut und Elend enden.«

»Was wird jetzt mit Grace geschehen?«, fragte Martha. Wir hatten erlebt, wie unberechenbar die Gerichte in York sein konnten, und hatten keine Ahnung, was von denen in London zu erwarten war.

»Weiß der Himmel«, antwortete Katherine. »Das hängt davon ab, was man ihr vorwirft und was sie bei der Befragung aussagt.«

»Könnte sie das Kind ermordet haben?«, fragte Martha. Wir wussten alle, welches Schicksal Kindsmörder erwartete.

»Das kann ich nicht glauben.« Katherine schüttelte den Kopf. »Grace ist seit Jahren Hebamme. Sie kann unmöglich zu einem solchen Ungeheuer geworden sein. Wie rätselhaft es auch scheinen mag, sie muss irgendwo die Leiche eines Kindes aufgetrieben haben.«

Katherine, Martha und ich gingen zusammen zur Watling Street zurück. Mittlerweile war die Stadt zum Leben erwacht, und auf den Straßen wimmelte es von Menschen, die ihren Tätigkeiten nachgingen. Es kam mir beinahe unwirklich vor, dass das Leben für so viele Leute seinen gewohnten Gang nahm, während Grace Ramsden jetzt in einem modrigen Kerker saß.

»Ihr solltet ein Schild aufhängen«, meinte Katherine, als wir vor unserer Tür standen. »Wir haben hier sehr viele Mütter, deshalb ist eine tüchtige Hebamme als Nachbarin stets willkommen.«

»Ich werde darüber nachdenken«, antwortete ich. »Und falls es etwas Neues über Mrs. Ramsden gibt, lasst es uns bitte wissen.«

»Das mache ich.«

Mir schien, als gäbe es noch viel mehr zu sagen, aber wir alle waren todmüde. Katherine umarmte Martha und mich, als wären wir seit Langem befreundet, und verabschiedete sich von uns.

*

Martha und ich erwachten früher, als uns lieb war, vom Straßenlärm unter unserem Fenster. Es fing mit zwei Männern an, die laut krakeelten, aber schon bald klang es nach Mord und Totschlag. Als abzusehen war, dass die Auseinandersetzung nicht so bald beendet sein würde, traten wir ans Fenster, um nachzuschauen, worum es bei dem Streit ging. Unter uns sahen wir zwei Fuhrmänner, die mit ihren Karren gleichzeitig aus entgegengesetzten Richtungen in unsere Straße eingebogen waren. Es war nicht genug Platz, als dass sie aneinander hätten vorbeifahren können, und da keiner von beiden nachgeben wollte, vergnügten sie sich jetzt damit, einander wüste Beschimpfungen an den Kopf zu werfen. Natürlich stauten sich immer mehr Menschen hinter ihnen, je länger sie brüllten, und bald sah es so aus, als wäre der Bürgerkrieg vor unseren Augen wieder auferstanden. Diejenigen, die Richtung Westen wollten, stritten mit denen, die nach Osten wollten, und niemand schien bereit, vernünftig zu reden, statt zu schreien.

»Stehen wir lieber auf«, meinte Martha. »Schlafen können wir sowieso nicht mehr.«

»Sieht nicht so aus«, gab ich ihr recht. »Hol du Wasser, dann räume ich schon mal auf.«

Da wir nur zwei Zimmer hatten und uns gemeinsam ans Werk machten, dauerte es nicht lange, bis wir fertig waren und der Tag vor uns lag und wartete – aber worauf? Wir hatten außer Katherine keine Freundinnen und auch keine Mütter, die wir besuchen mussten.

»Das also ist unser neues Leben«, bemerkte ich lachend. »Eine arme Witwe und ihre ledige Magd, die ihre Tage auf der Cheap verschleudern. Ziemlich langweilig!«

»Die letzte Nacht war nicht unbedingt langweilig«, meinte Martha. »Glaubt Ihr, Katherine hat recht und wir könnten hier unser Gewerbe betreiben?«

»Indem wir uns gewerbsmäßig als Hebammen niederlassen?« Ich dachte an Elizabeth, die daheim in Pontrilas wartete, solange Martha und ich unser Glück in London versuchten. »Ich hoffe, dafür werden wir nicht lange genug hier sein.«

»Aber wenn wir als Spitzel arbeiten sollen, müssen wir so tun, als wollten wir länger bleiben. Und wer weiß, was die Zukunft bringt.«

»Na schön«, gab ich nach. »Wenn wir wieder Hebammen sein wollen, besteht deine erste Obliegenheit als meine Gehilfin darin, ein Schild anfertigen zu lassen. Das ist für heute Morgen deine Aufgabe.«

Martha strahlte und flitzte hinaus, um sich auf die Suche nach einem Schildermaler zu machen.

Als ich allein war, kehrten meine Gedanken zu Elizabeth zurück. Es war zu früh, um auf Post aus Pontrilas zu hoffen, aber ich konnte ihr selbst noch einmal schreiben. Also verfasste ich einen Brief, in dem ich anschaulich die Mühseligkeiten des Lebens in der Großstadt schilderte, auch wenn ich bezweifelte, dass Elizabeth mir glauben würde.

Als ich fertig war, kam Martha vom Schildermaler zurück. Nachdem wir anschließend eine Weile Colonel Reynolds' Plan studiert hatten, machten wir uns auf den Weg zum Horned Bull. Zu meiner Freude schlugen wir nur zweimal die falsche Richtung ein, bevor wir unser Ziel erreichten, mussten zu unserer Enttäuschung jedoch feststellen, dass Will und Colonel Reynolds das Gasthaus bereits verlassen hatten. Ich hinterließ meinen Brief an Elizabeth beim Wirt; dann machten wir uns auf den Rückweg.

»Wie hat Will auf Euch gewirkt?«, fragte Martha, als wir durch die Straßen gingen. In ihrer Stimme schwangen Hoffnung und Furcht zugleich mit.

»Reifer und gesetzter«, antwortete ich. »Wegen seiner Gehbehinderung hat er schon immer zur Schwermut geneigt, aber er wirkt nicht mehr so unzufrieden wie früher.« Ich hielt kurz inne. »Aber das hast du nicht gemeint.«

»Nein«, sagte Martha.

Ich dachte einen Moment nach. »Er ist derselbe Mann, den wir in York zurückgelassen haben, und du bist dieselbe Frau. Das wird er schnell genug einsehen, und dann werdet ihr heiraten.«

»Und was dann?«

Auf diese Frage hatte ich keine Antwort. Wenn Will und Martha heirateten – wie sollte es weitergehen, wenn für mich die Zeit kam, nach Pontrilas zurückzukehren? Würde Will mit uns kommen? Würde er das wollen? Oder würden er und Martha in London bleiben?

»Das werden wir sehen«, sagte ich. »Ich weiß, das ist nicht die Antwort, die du dir wünschst, aber es ist nun mal so, dass wir abwarten müssen.«

Wir hatten gerade unsere Haustür erreicht, als eine Stimme das beständige Getöse der Stadt übertönte. »Guten Tag, Mrs. Hodgson!« Katherine Chidley kam über die Straße auf uns zugeeilt. Sie trug einen Salbeizweig an ihrem Mieder, und die Menge teilte sich vor ihr, als wäre sie ein heranpreschender Reitersoldat, keine schmächtige Frau. »Wir hatten uns bereits voneinander verabschiedet, als mir eingefallen ist, dass ich Euch noch gar nicht offiziell in Cheapside willkommen geheißen habe«, sagte sie.

»Nun, in gewisser Weise habt Ihr es doch getan«, erwiderte ich. »Nur dass es ein ziemlich ungewöhnliches Willkommen war.«

Katherine lachte. »Ja. Natürlich werden die Leute hier über nichts anderes reden als über das tote Baby. Andere Neuigkeiten haben derzeit keine Chance.« Ihr Lächeln verblasste. »Was für eine grauenvolle Nacht. Aber des Menschen Herz ist ein tiefer Abgrund, deshalb sollten wir nicht allzu überrascht sein.«

Nach diesen Worten war mir klar, dass Katherine zu den Puritanern gehörte, und ich fühlte, wie mein Herz schneller schlug. Ich kannte einige Anhänger dieser Religion, und die meisten waren wohlmeinende Menschen. Bei zu vielen anderen jedoch, Männern wie Frauen, verbargen sich grauenhafte Taten hinter den frommen Worten. Ich verdrängte diesen Gedanken, denn nichts an Katherine Chidley ließ den Schluss zu, dass es bei ihr genauso sein könnte.

»Und jetzt sagt mir, warum Ihr hier in der Cheap gelandet seid«, fuhr Katherine fort. »Ihr seid nicht aus London, oder?«

Ich erzählte ihr die Geschichte, die sich Mr. Marlowe und Colonel Reynolds für mich ausgedacht hatten, indem ich vom Leben in Halifax, dem Tod meines Mannes und meinem Entschluss, nach London zu ziehen, berichtete. »Ich habe gehört, dass eine Hebamme in London in einer Woche mehr verdienen kann als ihre Kolleginnen auf dem Land in einem Monat, also bin ich in eine Kutsche gestiegen und Richtung Süden gefahren«, schwindelte ich. »Anderenfalls hätte ich mich auf die Mildtätigkeit meiner Nachbarn verlassen müssen.«

»Ihr seid aus Halifax?« Katherine furchte die Stirn. »Ihr klingt eher, als würdet Ihr aus dem Westen kommen, nicht aus dem Norden.« Ihre Worte klangen weder argwöhnisch noch anklagend, aber eins stand fest: Katherine Chidley war eine scharfe Beobachterin. Mir klopfte das Herz bis zum Hals, als ich mir auf der Suche nach einer Erklärung für diesen Widerspruch den Kopf zerbrach. Ich verwünschte Mr. Marlowe, dass er mir diesen Stolperstein in den Weg gelegt hatte. Wie so oft rettete mich Marthas Geistesgegenwart.

»Ihr Vater war Prediger«, warf sie ein.

»Ja, so ist es«, sagte ich. Eine ausgezeichnete Lüge, das war mir sofort klar. »Wir haben viele Jahre in Hereford gelebt, aber er fand eine Anstellung in Bradford, als ich noch jung war, und dort sind wir hingezogen. Durch meine Heirat kam ich nach Halifax.«

»Und wie lang seid Ihr Hebamme?«

»Die Mutter meines Mannes brachte mir dieses Handwerk bei.« Nun, da wir uns auf sicherem Boden bewegten, schlug mein Herz wieder langsamer. »Vor zehn oder mehr Jahren – kann es wirklich schon so lange her sein?«

»Die Zeit läuft davon.« Katherine nickte. »Dann habt Ihr also eine Lizenz vom Bischof?«

»Ja«, antwortete ich. »Ich sah zwar keinen Grund dafür, aber Mr. Green, unser Vikar, hat darauf bestanden. Er hält sehr viel von Recht und Ordnung. Wenn der Bischof sagt, Hebammen brauchen eine Lizenz, setzt Mr. Green diese Forderung durch.«

»Wie lange arbeitet Ihr denn schon als Hebamme, Mrs. Chidley?«, erkundigte sich Martha. »Eine ganze Weile, könnte ich mir denken.«

»Das stimmt«, antwortete Katherine. »Der Herr hat mir in Seiner Güte nahezu zwanzig Jahre in diesem Gewerbe zugestanden.«

»Habt auch Ihr Euch eine Lizenz ausstellen lassen?«, fragte ich. Dank Mr. Marlowe kannte ich die Antwort bereits. Katherine würde eher ihren Beruf an den Nagel hängen, als vor einem Bischof das Knie zu beugen. Aber ich durfte mir nicht anmerken lassen, wie viel ich über sie wusste.

»An dem Tag, an dem ein Bischof ein Kind zur Welt bringt, werde ich mir von ihm die Erlaubnis geben lassen, mein Gewerbe auszuüben.« Katherine spie die Worte förmlich aus.

Noch vor zehn Jahren wäre ich über eine solche Bemerkung entsetzt gewesen. Ich liebte die Kirche und achtete ihre Bischöfe, die in meinen Augen gute, fromme Männer waren. Aber in den Jahren, die seit dem Ausbruch des Bürgerkriegs vergangen waren, hatte ich feststellen müssen, dass die Mächtigen und die Korrupten oft ein und dieselben waren und dass ich die Dinge selbst in die Hand nehmen musste, wenn ich Gerechtigkeit wollte. Daher gefiel mir Katherines Einstellung immer besser, auch wenn ich selbst nie Schwierigkeiten mit Bischöfen gehabt hatte.

»Ich hoffe«, sagte ich, »Ihr denkt nicht schlecht von mir, weil ich eine Genehmigung erbeten habe.«

»Aber nein. Auf dem Land genießt man nicht dieselbe Freiheit wie hier in London.«

»Das ist mir auch schon aufgefallen«, bemerkte ich, und wir alle mussten lachen.

»Wie lange bist du Mrs. Hodgsons Gehilfin?«, fragte Katherine, an Martha gewandt.

»Fast fünf Jahre.« Martha hielt kurz inne. »Ich denke, ich kann mich schon bald als Hebamme selbstständig machen.« Sie schaute zu mir. Ich glaube, die Aussicht auf ihre Unabhängigkeit, so offen ausgesprochen, erstaunte uns beide.

»Ihr beide verkörpert das, was in England gut und richtig ist«, sagte Katherine. »Zu viele unserer Geschlechtsgenossinnen wären zu zaghaft oder ängstlich, um so selbstständig zu handeln wie Ihr. Zu viele hätten sich damit abgefunden, auf Mildtätigkeiten angewiesen zu sein. Wären englische Frauen nicht so dumme Schafe, wäre England eine viel stärkere Nation. Deshalb liebe ich London so sehr. Die Frauen hier sind aus härterem Holz geschnitzt. Wir tun nicht einfach, was man uns sagt, ob es nun von Königen, Bischöfen oder Ehemännern kommt.«

Mir fiel auf, wie erstaunt Martha aussah. Wahrscheinlich machte ich ein genauso überraschtes Gesicht wie sie. Ich wusste, dass die Levellers danach strebten, die Monarchie zu stürzen, aber ich hätte nicht gedacht, dass die Frauen innerhalb dieser Bewegung dasselbe mit ihren Ehemännern vorhatten.

»Was ist mit törichten Frauen, die eine feste Hand brauchen?«, wollte ich wissen. »Ich habe viele Frauen kennengelernt, die ohne die Führung eines Ehemanns verloren gewesen wären.« So sehr ich die Wahl ihrer Ehemänner auch beklagte, ich wusste, dass Esther Cooper – mittlerweile Wallington – allein nicht hätte überleben können.

»Und was ist mit törichten Ehemännern?« Katherines Wangen röteten sich beim Sprechen. »Oder mit grausamen und bösartigen? Sicher habt Ihr mit den Jahren mehr als einen von dieser Sorte kennengelernt. Wenn eine Frau sich vollständig auf ihren Mann verlässt und nur die Freiheit beansprucht, die er ihr zugesteht, kann sie nichts Besseres erwarten, als sie bekommt. Das möge Gott ihr verzeihen!«

Meine Gedanken schweiften zu Phineas, meinen verstorbenen Ehemann, für den das Wort *töricht* eigens hätte erfunden werden können, der aber eine Seele von Mensch gewesen war. Dann dachte ich an die Frauen, die von ihren Männern erbarmungslos verprügelt wurden. Diese Gewalttätigkeit machte in der Tat dumme Schafe aus ihnen, wie Katherine es ausgedrückt hatte. Natürlich waren nicht alle Männer schlecht. Phineas hatte mich bei all seinen Fehlern nie geschlagen. Aber ich kannte zu viele brutale Männer, um sie als seltene Exemplare zu betrachten.

»Ja«, sagte ich schließlich. »Solche Männer habe ich kennengelernt. Die Dummen ebenso wie die Grausamen.«

»Dann versteht Ihr, was ich meine.« Katherine schien noch mehr sagen zu wollen, hielt dann aber inne. »Ich sollte mich entschuldigen. Wir kennen uns erst seit Kurzem, und ich habe schon zu viel geredet.«

Ich lachte. »Gerade Eure Bereitschaft, offen zu sprechen, und Euer Beharren, gehört zu werden, machen Euch zu einer guten Hebamme. Ich wäre enttäuscht, wenn Ihr außerhalb des Gebärzimmers eine andere wärt.«

»Danke, Bridget.« Katherine lächelte. »Habt Ihr selbst Kinder?«

Ich wusste, dass sie versuchte, das Thema zu wechseln und über erfreulichere Dinge zu sprechen, aber diesmal scheiterte sie.

»Ich hatte zwei«, antwortete ich. »Einen Sohn, der kurz

nach der Geburt starb, und ein Mädchen, das nicht älter als acht wurde. Mein Mann starb, bevor wir mehr Kinder bekommen konnten.«

»Oh nein!« Katherine seufzte. »Das muss schrecklich für Euch gewesen sein.«

»Wie ist es bei Euch?«

»Ich habe einen Jungen, unseren Erstgeborenen«, antwortete sie. »Er ist inzwischen erwachsen. Aber im Lauf der Jahre habe ich sieben weitere Kinder verloren.«

»Das tut mir leid«, sagte ich. Einen Moment fragte ich mich, was schlimmer war: Zwei Kinder und damit jede Aussicht auf Trost und Unterstützung im Alter zu verlieren, oder sieben Kinder zu beerdigen und eins zu behalten. Die Strafen des Herrn haben viele Gesichter.

»Der Herr stellt uns alle auf die Probe.« Katherine schien meine Gedanken gelesen zu haben. »Daniel und mich ebenso wie Euch. Manchmal, wenn wieder eines unserer Kinder gestorben war, flehte ich den Herrn an, auch mich zu sich zu nehmen und mein Leiden zu beenden, aber Er verwehrte mir diesen Wunsch. Durch Seine Gnade sind Daniel und ich in unserem Glauben unerschütterlich geblieben, und mit den Jahren hat Gott unsere Bürde leichter werden lassen.«

Ich spähte verstohlen zu Martha, um zu sehen, wie sie Katherines Worte aufnahm. Martha hatte ihren Glauben verloren, lange bevor wir einander begegnet waren; für die Frommen im Lande hatte sie nichts als Spott und Hohn übrig. Zu meinem Erstaunen nickte sie teilnahmsvoll, statt Katherines Überzeugung spöttisch abzutun.

»Verratet mir eins, Mrs. Chidley«, sagte sie. »Was hat es mit dem Salbei auf sich, den Ihr an Eurem Kleid tragt? Ich habe schon andere Leute so etwas tragen sehen, aber ich kenne den Grund nicht. Soll es den Gestank der Stadt abwehren?«

Insgeheim dankte ich Martha, das Gespräch so geschickt auf die Levellers gelenkt zu haben. Je eher wir dahinterkamen, ob sie tatsächlich eine Verschwörung planten, desto schneller könnten wir Mr. Marlowe zufriedenstellen und nach Hause zurückkehren.

»Es ist ein Zeichen, an dem wir diejenigen unter uns erkennen, die sich der Tyrannei widersetzen«, antwortete Katherine. »Meergrün ist die Farbe der Levellers.«

»Aber der König wurde doch schon abgesetzt«, wandte ich an. »Welche Tyrannei soll es denn noch geben?«

»England braucht keinen König, um von einem Tyrannen regiert zu werden.« Katherine klang jetzt wie ein Pfarrer auf der Kanzel, nicht wie eine Hausfrau auf der Straße. »Das Parlament unterdrückt die Freiheit genauso rücksichtslos wie der König. Wer schlecht über Cromwell spricht, wird in Eisen gelegt, noch bevor die Worte aus dem Mund sind. Was ist daran besser als Charles' Herrschaft?«

»Und das wollen die Levellers beenden?«, fragte ich. Ich erwartete nicht, dass Katherine frank und frei zugeben würde, eine Verschwörung gegen das Parlament zu planen, aber ihre Ideen waren so ausgefallen, dass ich gern gewusst hätte, wohin sie die Bewegung der Levellers und Katherine selbst geführt hatten.

»Die Levellers fordern nichts anderes als die Wiederherstellung unserer Rechte als freie Bürger«, verkündete sie. »Wir haben erkannt, dass wahre Freiheit nichts anderes ist als die Trauben, die im Weingarten des Herren wachsen. Wenn wir die Reben nicht pflegen, welken und verdorren sie.«

»Bis jetzt ist die Ernte eher mager ausgefallen«, sagte ich. »Eure Anführer verbringen mehr Zeit im Gefängnis als draußen.«

»Es ist keine leichte Arbeit«, gab Katherine mit einem trockenen Lächeln zu. »Aber Gott der Herr und die Bürgerrechte Englands stehen hinter uns, also wird der Sieg unser sein.« Sie hielt einen Moment inne. »Fall Euch diese Ideen zusagen, erzähle ich Euch gern mehr darüber. Schaut doch gelegentlich im Nag's Head vorbei. Es liegt nördlich der Cheapside Street, nicht weit von Blackwell Hall.«

»Danke«, sagte ich. »Vielleicht tun wir das.« Ich wusste, dass wir mit Sicherheit kommen würden – schließlich war das der Grund, warum wir in London waren –, wollte aber nicht übereifrig erscheinen.

Katherine sagte uns Lebewohl und verschwand in der Schneiderwerkstatt ihres Mannes. Als ich ihr hinterherschaute, fiel mir auf, dass auch sie eine Wiege für das Hebammen-Schild über ihrer Tür gewählt hatte.

*

Als Martha und ich an jenem Abend im Bett lagen, hörten wir, wie sich nebenan ein Mann und eine Frau anschrien. Ich betete, der Mann möge nicht gewalttätig werden, aber das Klatschen von Schlägen und das Weinen der Frau verrieten mir, dass der Herr mein Gebet nicht erhört hatte.

Zorn erfasste mich. Ich stand auf und zog mich an.

»Was habt Ihr vor?«, fragte Martha.

»Das da drüben zu beenden«, antwortete ich. »Ich kann nicht zulassen, dass ein Mann seine Frau derart misshandelt.«

»Aber wer seid Ihr denn schon?«, sagte Martha. »Hier in London, meine ich.«

Ihre Bemerkung ließ mich stocken. In York war ich Lady Hodgson gewesen und hatte mit einem scharfen Wort der Hand jedes Mannes, bis auf die brutalsten, Einhalt gebieten können. Und wenn ein Mann nicht von seinem Tun abließ, konnte ich einen Friedensrichter zum Essen einladen und ihn bitten, die Sache vor Gericht zu bringen. Aber in London war ich nur Witwe Hodgson, eine Frau von wenig Bedeutung und noch weniger Einfluss. Erst jetzt wurde mir klar, dass ich mit meinen seidenen Gewändern mehr abgelegt hatte als nur schöne Kleider.

»Wenn Ihr da hereinplatzt, schlägt er Euch noch ärger als seine Frau«, sagte Martha. »Und nachher wird sie noch mehr Prügel bekommen.«

Ich setzte mich aufs Bett und starrte an die Wand. So ungern ich es zugab, Martha hatte recht. Während ich dem Weinen der Frau lauschte, klang mir Katherines Bemerkung über bösartige Ehemänner in den Ohren. Vielleicht hatte die Frau sich ungehörig benommen, vielleicht war sie eine von den *törichten Ehefrauen*, die ich erwähnt und von denen ich behauptet hatte, sie bräuchten eine feste Hand. Aber hatte sie deshalb Schläge verdient? Zum ersten Mal fragte ich mich, was ich getan hätte, wäre mein verstorbener Phineas so brutal wie der Mann von nebenan gewesen. Hätte ich mich gewehrt? Nein, nicht damals, als ich noch sehr jung gewesen war. Wäre ich aus York geflohen und in mein Elternhaus zurückgekehrt, das Hunderte Meilen entfernt war? Ein derartiger Gedanke wäre mir nie gekommen. Nein, wenn Phineas ein solcher Rohling gewesen wäre, wäre *ich* die Frau gewesen, deren Weinen ich nun hörte.

Ich versuchte, diese bedrückenden Gedanken zu verdrängen, stattdessen aber musste ich an meine Tochter Elizabeth denken. In wenigen Jahren schon würden Männer um sie werben. Zwar würde ich versuchen, einen besseren Ehemann für sie zu finden, als Phineas für mich gewesen war, aber eine Garantie dafür gab es nicht. Wenn ich nun die falsche Wahl traf? Was würde ich Elizabeth raten, wenn ihr Mann zu Gewalt neigte? Stumm alles zu erdulden, was er ihr antat? Oder darauf zu pochen, mit jener Liebe und Güte behandelt zu werden, die ein Mann seiner Frau schuldete? Ich kannte meine Antwort auf diese Frage, aber ich wusste auch, dass mich die Leute, wenn ich solche Gedanken laut aussprach, genau wie Katherine als lästige und rebellische Person bezeichnen würden. Und vielleicht hätten sie damit sogar recht.

# 8.

Als Martha und ich am folgenden Sonntag vom Vespergottesdienst in der St. Mary-le-Bow zurückkehrten, warteten zwei Briefe aus Pontrilas auf uns, einer von Elizabeth und einer von Hannah. Ich öffnete den von Elizabeth zuerst, in der Hoffnung, ihr Zorn darüber, zurückgelassen worden zu sein, sei mittlerweile abgeflaut. Leider war dem nicht so. Die Empörung in ihren Worten – *verlassen, vergessen, abgeschoben* – zusammen mit den Tränen, die auf dem fleckigen Papier noch sichtbar waren, zerriss mir das Herz. Ich verwünschte Mr. Marlowe dafür, mich von meiner Tochter getrennt zu haben, und erneuerte meinen Schwur, seinen Auftrag so schnell wie möglich auszuführen.

Hannahs Brief bestätigte, was ich Elizabeths Schreiben entnommen hatte. Das Mädchen war abwechselnd wütend und trübselig und verbrachte so viel Zeit, wie sie konnte, außerhalb des Hauses, um nach Osten zur Grenze meines Besitzes zu reiten und in Richtung London zu starren.

Ich antwortete Hannah mit einer kurzen Nachricht, in der ich ihr für ihre Geduld dankte, und schrieb einen langen Brief an Elizabeth. Ich versicherte ihr, wie lieb ich sie hatte, und bemitleidete sie, weil ihr unsere Abreise so viel Kummer bereitete.

*Ich verspreche dir, sofort nach Hause zu kommen, wenn meine Arbeit hier getan ist,* schrieb ich. *Du musst Geduld haben.*

Aber natürlich konnte ich nicht vorhersagen, wann ich aus

London wegkam. Als ich fertig war, rief ich nach einem von Mrs. Evelyns Burschen und schickte ihn mit den Briefen zum Horned Bull.

Er war noch nicht lange fort, als Katherine Chidley an unsere Tür klopfte. »Gott sei Dank seid Ihr da!«, stieß sie hervor.

»Was gibt es denn?«, fragte Martha.

»Nicht hier«, antwortete Katherine. »Die Wände sind dünn. Außerdem brauche ich einen Humpen Ale.«

Als Katherine mit Martha und mir nach Norden zur Bread Street und weiter zur Milk Street eilte, wusste ich, dass wir zum Nag's Head unterwegs waren. Frauen und Männer in dem Viertel nickten, wenn sie Katherine kommen sahen, und machten den Weg frei, um uns durchzulassen. Katherine war einflussreicher, als ich vermutet hatte; zwar war man mir in York mit derselben Höflichkeit begegnet, aber nur aufgrund meiner Herkunft, während Katherine sich diese Achtung allein durch ihre Taten erworben hatte.

In der Schänke angelangt, bestellte Katherine drei Humpen Ale.

»Aus Newgate ist durchgesickert, dass Grace Ramsden des Kindsmords angeklagt werden soll«, verkündete sie. »Man wirft ihr vor, das Kind geraubt, getötet und dann in ihr Gebärzimmer geschmuggelt zu haben.«

»Mein Gott!«, hauchte Martha. »Man hat die Mutter gefunden?«

»Nein.« Katherine schüttelte den Kopf. »Und gestanden hat Grace auch nicht.«

Martha und ich starrten sie verwirrt an. »Wenn es weder eine Klägerin noch ein Geständnis gibt, warum soll sie dann vor Gericht gestellt werden?«, fragte ich schließlich.

Ich hatte in der vergangenen Woche oft an Grace Ramsden

gedacht, und ich konnte mir beim besten Willen nicht vorstellen, dass sie vorsätzlich ein Kind getötet hatte, nur um ihre Patientinnen nicht zu verlieren. Keine Hebamme wäre zu einer solchen Tat fähig.

»Abgesehen vom Verdacht des Sheriffs liegt nichts Handfestes vor«, sagte Katherine. »Aber allein das hat gereicht, einen Richter zu überzeugen, eine Gerichtsverhandlung anzusetzen. Und was Grace getan hat, war so schrecklich, dass ich fürchte, sie wird auf jeden Fall hängen, ob sie das Kind nun ermordet hat oder nicht.«

»Sie hat nicht erzählt, wo sie das Kind gefunden hat?«, fragte ich.

»Sie hat kein Wort mehr gesagt, seit sie in Newgate ist«, antwortete Katherine.

»Wann findet der Prozess statt?«, fragte Martha.

»Nur zu bald. Die vierteljährlichen Sitzungen der Schwurgerichte beginnen in dieser Woche.«

In meiner Jugend hätte ich darauf vertraut, dass das Gesetz für Gerechtigkeit sorgt, und den Prozess lediglich mit Interesse und Anteilnahme verfolgt. Aber die letzten Jahre in York hatten mich gelehrt, dass Macht über allem stand, auch über dem Gesetz. Wenn einem Angeklagten dennoch Gerechtigkeit widerfuhr, dann meistens nur durch einen glücklichen Zufall. Ich wusste auch, dass Katherine ähnlich dachte, und hatte eine ungefähre Ahnung, warum sie Martha und mich aufgesucht hatte.

Martha sprach für uns beide. »Wenn wir nichts tun, wird Mrs. Ramsden hängen«, erklärte sie. »Das können wir nicht zulassen, nicht bei so schwachem Beweismaterial. Wir müssen herausfinden, was wirklich passiert ist.«

»Ich habe gehofft, dass Ihr so reagieren würdet«, sagte Katherine. »Wenn Grace Ramsden den Jungen nicht selbst getötet hat, muss sie ein tot geborenes Kind gefunden haben. Aber wo?«

Während wir unser Ale tranken, dachten wir über diese Frage nach. »Die Mutter muss eine alleinstehende Frau sein, vielleicht eine Witwe oder ein junges Mädchen«, sagte ich schließlich. »Und noch dazu arm. Keine achtbare Frau würde ihr Kind ohne Weiteres hergeben, auch wenn es tot geboren ist. Sie würde auf eine anständige Beerdigung bestehen.«

»Mrs. Ramsden ist Hebamme. Sie könnte das Kind entbunden und der Mutter gesagt haben, sie würde sich darum kümmern, dass es beerdigt wird«, meinte Martha. »Wenn die Mutter keinen Mann hätte, der das überprüfen könnte, würde sie die Wahrheit nie erfahren und sich auch nicht an das Gericht wenden.«

Katherine überlegte einen Moment, schüttelte dann aber den Kopf. »Bei dieser Geschichte würde der Zufall eine zu große Rolle spielen«, sagte sie. »Grace Ramsden hat im Frühjahr verkündet, dass sie schwanger ist. Sie konnte unmöglich wissen, dass sie gerade rechtzeitig zu ihrem eigenen Geburtstermin eine ledige Mutter von einem tot geborenen Kind entbinden würde. Sie muss das Ganze viel sorgfältiger geplant haben.«

»Und wenn die Mutter nun eine Hure ist?«, fragte Martha. »In dem Fall hätte das Kind keinen Vater, der Anspruch erheben könnte, und die Mutter wäre überglücklich, einer Auspeitschung für das Austragen eines Bastards zu entgehen.«

»Und wenn Grace die Prostituierten der Stadt kennt«, sagte ich, »hätten sie ihr helfen können, ein tot geborenes Kind zu finden, als sie eines brauchte.«

Katherine nickte grimmig. »Grace musste nur abwarten, bis ihr angeblicher Geburtstermin erreicht war, und dann eine Mutter finden, die bereit war, bei ihrem Spiel mitzumachen. Sobald sie das Kind hatte, täuschte sie ihre eigenen Wehen vor.«

Sie wandte sich an mich. »Gebt gut auf Eure Gehilfin acht, Bridget, sonst mache ich sie Euch noch abspenstig.«

»Und was jetzt?«, fragte Martha.

»Wenn wir eine Dirne finden wollen, sollten wir uns in Southwark am anderen Flussufer umschauen. Gleich morgen früh fangen wir an.«

»Southwark?«, wiederholte ich mit einem Lächeln. »Dann habe ich den richtigen Begleiter für uns.«

*

Will und Katherine verstanden sich auf Anhieb so gut, als wären sie alte Freunde. Angeregt plaudernd schlenderten wir Richtung Süden zur London Bridge. Als wir das Torhaus am anderen Ende der Brücke erreichten, blieben wir stehen und betrachteten schweigend die abgeschlagenen Köpfe, die als Warnung vor Hochverrat reihenweise auf Piken gespießt waren. Auf dem Schädel eines Mannes hockte ein Rabe und krähte empört, als warte er begierig auf weitere Hinrichtungen. Ich wandte den Blick ab, und wir betraten Southwark.

Kaum hatten wir die Brücke überquert, fühlten wir uns, als wären wir in einer anderen Stadt, denn im Vergleich zu Southwark wirkte das Chaos in London wie ein mustergültiges Vorbild an Ruhe und Ordnung. Die Häuser waren niedriger – keines mehr als zwei Stockwerke hoch –, die Straßen in erbärmlichem Zustand, und die Bewohner schienen noch weniger geneigt, sich anständig zu betragen. Hausierer, Fischweiber und Krämer schrien sich die Kehlen heiser. Vor dem Krieg waren Londons Theater in Southwark beheimatet gewesen, dazu Arenen für Bären- und Stierhetzen. Obwohl die größten dieser Veranstaltungsorte geschlossen worden waren, blieben kleinere bestehen, denn Londons Beamte waren südlich des

Flusses machtlos. Diese Gesetzeslücke war es, die Southwark für Londoner Bordellbetreiber so anziehend machte und infolgedessen auch uns hierher führte.

»Am besten, wir fangen in der Clink an.« Will zeigte nach Westen, auf ein Gebäude hinter einer Kirche mit den Ausmaßen einer kleinen Kathedrale.

»Ich wage fast nicht zu fragen«, warf Martha heiter ein, »woher du weißt, wo man hier ein Bordell findet.«

»Auch ein Blinder könnte dich in das verrufene Viertel führen.« Will lachte. »Die Leute hier sind ganz und gar schamlos.«

Wir bewegten uns weiter nach Süden, bis hinter die Kirche, und kamen an einem verfallenen Stadthaus vorbei.

»Das ist Winchester House«, erklärte Will. »Das Zuhause des Bischofs, als wir noch Bischöfe hatten. Und das da sind die Theater.« Im Westen und Süden konnten wir runde Gebäude sehen, die hoch über den Nachbarhäusern aufragten.

»Als Erstes sollten wir zum Holland's Leaguer gehen«, sagte Will.

»Das gibt es wirklich?«, fragte ich überrascht. Vor Jahren hatte ich von einem höchst skandalösen Stück mit dem Namen *The Holland's Leaguer* gehört, aber mir war nie klar gewesen, dass dieser Ort auch außerhalb der ausschweifenden Phantasie des Verfassers existierte.

»Oh ja, das gibt es«, antwortete Will. »In Fleisch und Blut, könnte man sagen.«

Wir bogen ein letztes Mal um eine Ecke und fanden uns vor einem weitläufigen, heruntergekommenen Haus wieder. Im Eingang stand eine grell geschminkte Dirne, die versuchte, mit tiefen Einblicken in ihr Dekolleté Kunden anzulocken. Als ihr Wills Interesse auffiel – an dem Gebäude, sagte ich mir –, kam sie sofort näher. Sie fasste ihn am Arm und flüsterte ihm etwas ins Ohr, worauf er hochrot wurde. Martha lachte über Wills Verlegenheit, bevor sie zu ihm trat und seinen anderen Arm nahm.

»Äh … ja, sehr verlockend«, sagte Will zu der Dirne, nachdem er die Sprache wiedergefunden hatte. »Aber leider unmöglich, fürchte ich, denn wir sind in einer weit ernsteren Angelegenheit hier.«

»Wir möchten deinen Zuhälter sprechen«, erklärte Katherine.

Das gefallene Mädchen musterte uns von oben bis unten. »Er wird wissen wollen, warum«, sagte sie dann. »Ihr könnt hier nicht einfach so antanzen, klar?«

Wäre ich noch Lady Hodgson gewesen, hätte ich mir ein Gespräch mit dem Bordellwirt erkaufen können, zu welchem Preis auch immer, aber die Witwe Hodgson konnte nicht so leichtfertig mit ihrem Geld umgehen, jedenfalls nicht in Katherines Anwesenheit.

»Möglicherweise ist vor ein paar Tagen eine Frau hier gewesen.« Katherine stockte, als ihr bewusst wurde, wie merkwürdig das klingen musste. »Auf der Suche nach einem tot geborenen Kind.«

»Was soll das heißen?«, wollte die Dirne wissen. »Ihr habt ein Kind gefunden und sucht jetzt die Mutter?«

»Nein«, antwortete Katherine. »Eine Frau kam hierher, um ein tot geborenes Kind zu kaufen.«

Die Dirne schnappte nach Luft. »Seid ihr verrückt geworden, oder was?«, platzte sie heraus. »Wer macht denn so was?« Sie zog eine Trillerpfeife aus ihrer Schürze und pfiff dreimal. Zwei massige, ausgesprochen hässliche Männer kamen aus dem Bordell geschlurft. Jeder von ihnen schwang einen Knüppel und schien nur darauf zu warten, ihn benutzen zu können.

»Haut ab«, zischte uns die Stricherin mit wogendem Busen

an. »Wenn ihr euch noch mal hier blicken lasst, kommt ihr nicht so ungeschoren davon. Ihr habt sie wohl nicht alle! Ein tot geborenes Kind kaufen! Ihr seid ja nicht bei Trost!«

»Versteht doch, wir wollen kein Kind kaufen«, versuchte ich zu erklären. »Wir suchen eine Frau, die ...« Ich brach ab, als einer der Männer vortrat und seinen Knüppel auf seine Handfläche sausen ließ, dass es nur so knallte. Da jedes weitere Wort sinnlos schien, zogen wir uns schnell zurück, wenn auch mit all der Würde, die wir aufbringen konnten. Sobald wir außer Sichtweite waren, blieben wir stehen, um wieder zu Atem zu kommen.

»Vielleicht sollten wir es auf einem anderen Weg versuchen«, bemerkte Katherine lächelnd.

»Wenn wir Mrs. Ramsdens Spur verfolgen wollen«, sagte Martha, »müssen wir nicht mit Zuhältern und Bordellbetreibern reden, sondern mit den Huren selbst.«

»Wie sollen wir ohne den Umweg über den Zuhälter an eine von denen herankommen?«, fragte Katherine. »Wenn wir drei versuchen, ein Mädchen zu bezahlen, egal für was, lenkt es bestimmt unerwünschte Aufmerksamkeit auf uns.«

»Wir könnten Will allein losschicken«, meinte Martha. »Er kann sich eine Hure nehmen, ohne dass jemand Verdacht schöpft.« Während Will erneut scharlachrot wurde und kein Wort herausbrachte, erklärte Martha ihren Plan. »Will kann wie jeder andere Mann zu einer Prostituierten gehen. Und wenn die beiden allein sind, kann er dem Mädchen ein paar Pennys geben und sie nach Mrs. Ramsden fragen.«

Katherine und ich wechselten einen Blick und schauten dann Will an. Es schien ihn ziemlich zu erschüttern, dass Martha ihn allein in ein Bordell schicken wollte.

»Wenn jemand eine bessere Idee hat ...«, begann Martha.

Die hatte keiner von uns.

»Na schön«, sagte Martha. »Gehen wir es an!«

Wir legten unser Geld zusammen und kamen zu dem Schluss, dass Will von unserer Barschaft vier bis fünf Bordelle aufsuchen konnte, wenn alles gut ging. Nicht weit vom Hollander's Leaguer fanden wir, was wir suchten, und Will trat ein.

»Wie lange wird er brauchen, was meint ihr?«, fragte ich die anderen.

»Nicht sehr lange, wenn er weiß, was gut für ihn ist«, erwiderte Martha düster.

Will schien es zu wissen, denn kurz darauf wurde die Tür des Bordells aufgestoßen. Dicht gefolgt von einem jungen Mädchen, taumelte Will auf die Straße.

»Sein Pimmel ist weich wie 'ne zerkochte Karotte und sieht auch so aus, echt wahr!« Das Freudenmädchen kreischte vor Begeisterung. »Kannst ruhig wiederkommen, ich bring dein Ding schon hoch. Aber jetzt mach dich lieber davon und geh üben!«

Will kam zu uns geeilt, und wir verzogen uns hastig in eine schmale Gasse, wo wir ungestört reden konnten.

»Was war los?«, fragt Martha entgeistert. »Was hat sie damit gemeint?«

»Nichts! Der kleine Auftritt war die Idee von dem Mädchen.« Will errötete wieder bis über beide Ohren. »Sie hat gemeint, ich soll so tun, als ob mein ... er ... äh, nicht steht. Dann müsste sie nichts von ihrem Geld abgeben. Ich hatte ja keine Ahnung, dass sie mein angebliches Versagen auf der Straße herausposaunt.«

»Aha, angeblich«, murmelte Martha. »Das will ich auch stark hoffen.«

»Hat sie dir etwas sagen können, das uns weiterhilft?«, fragte Katherine.

»Ja. Sie hat Gerede über eine Frau gehört, die auf der Suche nach einer Hure kurz vor der Niederkunft war.«

»War es Grace Ramsden?«, hakte ich nach. »Sie muss es gewesen sein!«

»Das Mädchen hat die Frau nie gesehen«, antwortete Will. »Und sie kennt auch niemanden, der ihr persönlich begegnet ist. Aber ich denke, wir sind auf der richtigen Spur.«

»Na, hoffentlich«, sagte Martha. »Wenn du noch mehr Bordelle aufsuchst ... wer weiß, was wir sonst noch alles über dein bestes Stück erfahren.«

*

Will musste noch in zwei weitere Bordelle, aber schließlich fand er eine Stricherin, die behauptete, sie könne uns die gewünschten Auskünfte geben.

»Im Moment kann sie nicht reden«, sagte Will, als er zu uns zurückkam. »Aber sie will sich zum Abendessen in dem Wirtshaus an der Ecke mit uns treffen.«

Ich warf einen Blick auf die Herbstsonne, die schon tief am rötlich verfärbten Himmel stand. Ich hatte keine Ahnung, wann Dirnen ihr Abendessen einnahmen, hoffte aber, dass es nicht zu spät wurde. Ich verspürte nicht das geringste Verlangen auf einen Bummel durch das nächtliche Southwark.

Wir betraten die Spelunke und entdeckten einen Tisch am Fenster, von dem wir den Eingang des Bordells im Blick hatten. Das Bier war ungenießbar, das Essen nicht einmal gut genug für das übelste Gesindel der Stadt. In angespanntem Schweigen und in der Hoffnung, die Stricherin würde uns der Wahrheit näher bringen, saßen wir an unserem Tisch. Doch uns war klar, dass sie möglicherweise einen Haufen Lügen erzählte, um Will noch ein bisschen mehr Geld aus der Tasche zu ziehen.

Binnen einer Stunde kam eine Frau aus dem Bordell getorkelt und schlug den Weg zum Wirtshaus ein. Sie war dermaßen betrunken, dass es an ein Wunder grenzte, dass sie es schon beim ersten Anlauf schaffte, zur Tür hereinzukommen. Will winkte sie zu uns an den Tisch.

»Habt Ihr meine Tuppence?«, fragte sie, als sie sich setzte. Ich starrte sie entgeistert an. Die Syphilis hatte sie furchtbar zugerichtet. Auch wenn sie nur halb so alt war, wie sie aussah, war sie für eine Prostituierte uralt. Ich fragte mich, welcher Mann freiwillig bei einer solchen Frau liegen würde. Vermutlich einer, der genauso betrunken war wie sie.

Ich legte zwei Pennys auf den Tisch. Wie ich erwartet hatte, wollte sie sich die Münzen sofort schnappen. Ich packte ihr Handgelenk und hielt es fest.

»Zuerst musst du unsere Fragen beantworten«, ermahnte ich sie. »Und wenn wir zufrieden sind mit dem, was wir hören, bekommst du dein Geld.«

Die Nasenflügel der Stricherin bebten vor Zorn. Sie wand sich aus meinem Griff, versuchte aber nicht, die Pennys an sich zu raffen.

»Erzähl ihnen einfach, was du mir anvertraut hast«, forderte Will sie auf. »Dann kriegst du dein Geld und kannst gehen.«

»Ich will auch 'n Bier«, sagte die Frau. »Bin zu durstig zum Reden.«

Will und ich wechselten einen Blick. Da uns nichts anderes übrigblieb, gab Will dem Schankburschen ein Zeichen.

Als die Schlampe ihr Bier bekam, leerte sie den Humpen auf einen Zug und wischte sich den Mund am Ärmel ab. »Schon besser«, sagte sie. »Also, vor ein paar Wochen war 'ne Frau hier. Sie ist Hebamme, hat sie gesagt, und ihr Mann Doktor. Und dass sie und ihr Mann Müttern helfen wollen, damit ihre Kinder nicht jung sterben.«

»Und was hat sie gewollt?«, fragte Katherine.

»Sie hat gesagt, sie braucht 'nen Säugling, der gestorben ist. Sie und ihr Mann wollten ihn untersuchen, um was draus zu lernen.« Die Hure schüttelte verwundert den Kopf. »Sie hat der Mutter 'nen ganzen Schilling versprochen und auch, dass das Kind nachher ein christliches Begräbnis kriegt.«

»Wer war sie?«, fragte ich.

»Keine Ahnung.« Die Stricherin zuckte die Achseln. »Ich war ja nicht schwanger, deshalb war sie nicht an mir interessiert.«

»Erzähl ihr den Rest«, drängte Will.

»Diese Nutte, die ich kenne, Isabella Wroth, die hat ein totes Kind zur Welt gebracht. Sie war's, die nach der Frau geschickt hat.«

Mein Herz machte einen Satz. Ich blickte von Katherine zu Martha. Konnten wir so nahe dran sein, die Mutter des toten Kindes zu finden? Die Hure sah den Ausdruck in meinen Augen, und im Nu waren die Münzen vom Tisch verschwunden.

»Wo ist sie?«, fragte Katherine. »Du musst es uns sagen.«

Katherines bittender Tonfall trieb mich an den Rand der Verzweiflung, und auch über Marthas Gesicht huschte ein gequälter Ausdruck. Wenn diese Stricherin nicht völlig beschränkt war, würden wir unsere Börsen leeren müssen, um Isabella Wroth zu finden. Und an dem Funkeln, das jetzt in ihre Augen trat, konnte ich ablesen, dass sie keineswegs dumm war.

»Das ist es also, was ihr wirklich wissen wollt, oder?«, fragte sie. »Das kostet was extra.«

Zähneknirschend griff ich tief in die Tasche. Als die Hure meine letzten Münzen eingesteckt hatte, griff sie über den Tisch, nahm Will den Bierhumpen aus den Händen und leerte ihn. Dann rülpste sie laut, grinste uns an und sagte: »Gehen wir.«

Sie führte uns durch ein Labyrinth aus Straßen und Gassen. Der Weg kam mir so verschlungen vor, dass ich mich fragte, ob sie uns in die Irre führen wollte, bis wir ihr aus Verzweiflung Geld dafür gaben, uns zur London Bridge zurückzulotsen. Falls das ihr Plan war, würden wir sie enttäuschen müssen, da sie bereits jeden Penny bekommen hatte, den wir bei uns hatten.

Endlich erreichten wir ein betagtes Mietshaus und stiegen drei Stockwerke bis zur obersten Etage hinauf. Es gab nur eine Tür. Als wir anklopften, bat eine Frauenstimme uns herein.

# 9.

Die Kammer, die so spärlich eingerichtet war, dass unsere Räume bei Mrs. Evelyn dagegen wie der Whitehall-Palast wirkten, war genauso, wie ich erwartet hatte: Ein Bett, eine Truhe, eine Kerze, eine kleine Feuerstelle, das war alles. Isabella Wroth lag auf einem schmalen Bett; neben ihr saßen zwei Frauen. Selbst käufliche Mädchen hatten ihre Klatschbasen.

Isabellas freundliches Lächeln verblasste, als sie sah, dass unsere Begleiterin Fremde mitgebracht hatte. Sie konnte unmöglich wissen, aus welchem Grund wir gekommen waren, aber sie witterte Ärger.

»Die da wollen mit dir reden, Isabella«, verkündete unsere Begleiterin, bevor sie die Treppe wieder hinunterstapfte. Ich zweifelte nicht daran, dass unser Geld binnen kürzester Zeit durch ihre Kehle rinnen würde.

Isabella und ihre Freundinnen musterten uns argwöhnisch. Sie hätten offensichtlich gern gewusst, warum wir hier waren, trauten sich aber ebenso offensichtlich nicht, uns zu fragen. Selbst im flackernden Kerzenlicht konnte ich sehen, dass das Mädchen viel jünger war als die Hure, die uns hergebracht hatte. Anscheinend übte sie ihr Gewerbe noch nicht lange aus, und noch hatte die Syphilis ihr Gesicht nicht entstellt.

»Wir müssen allein mit dir sprechen«, sagte ich so sanft wie möglich.

Martha trat vor und kauerte sich neben das Bett. »Wir sind wegen deines Babys hier. Wir wissen, was passiert ist, und müssen mit dir darüber reden. Dir droht keine Gefahr.«

Nach einem Moment nickte Isabella, und ihre Klatschbasen schlüpften aus dem Zimmer. Will folgte ihnen.

»Deine Freundin hat uns erzählt, dass eine Frau bei dir war, die sich für ein tot geborenes Kind interessierte«, sagte Martha. Sie nahm die Hand des Mädchens und hielt sie, wie sie es bei einer Mutter getan hätte, tröstend und beschwichtigend. In diesem Augenblick verrichtete Martha die Arbeit einer Hebamme.

»Diese Schlampe ist nicht meine Freundin«, stellte Isabella richtig. »Nicht, wenn sie Euch für ein paar Pennys zu mir gebracht hat.«

Martha lächelte und wartete, bis das Mädchen sich ein wenig beruhigt hatte. »Erzähl mir von deinem Kind.«

»Eine Frau kam her«, berichtete Isabella. »Sie war Hebamme und mit einem Doktor verheiratet. Sie hat gesagt, wenn ich ihr meinen kleinen Jungen überlasse, kann sie vielleicht andere Kinder retten. Und sie hat mir versprochen, ihn anständiger zu beerdigen, als ich es mir leisten könnte, mit einer Predigt und Glockenläuten.«

Martha blickte auf und schaute Katherine und mich unsicher an. Wenn Isabella erfuhr, dass ihr Kind Teil von Grace Ramsdens abwegigem Plan gewesen war, eine Niederkunft vorzutäuschen, würde es viel schmerzhafter für sie sein als Mrs. Ramsdens ausgeklügelte Lüge.

Katherine trat zu Martha ans Bett. »Und das hat sie auch getan. Aber der Sheriff glaubt ihr nicht. Er beschuldigt sie, deinen Sohn geraubt und ermordet zu haben.«

»Was?«, rief Isabella. »Er ist tot auf die Welt gekommen, sie kann ihn gar nicht umgebracht haben! Und das hätte sie auch nie getan! Sie war so nett zu mir, als sich niemand anders um mich gekümmert hat.«

»Und jetzt braucht sie deine Hilfe«, sagte Martha. »Du

musst vor Gericht aussagen, dass dein Kind eine Totgeburt war. Tust du das nicht, wird Mrs. Ramsden hängen.«

Furcht flackerte in Isabellas Augen. »Wird man mich nicht auspeitschen, weil ich ein lediges Kind bekommen habe?«, fragte sie. »Ich kannte eine Hure, die an den Peitschenhieben gestorben ist, weil sich die Wunden entzündet hatten.«

Martha zwinkerte dem Mädchen verschwörerisch zu. »Das Kind ist in Southwark geboren, oder?«

Isabella nickte.

»Und Mrs. Ramsden wird in London vor Gericht stehen«, sagte Martha. »Andere Stadt, andere Gesetze. Niemand dort hat das Recht, dich für etwas zu bestrafen, das hier geschehen ist.«

Isabella lächelte schwach. Manchmal, wenn auch nicht oft, konnte der schmale Grat zwischen dem, was richtig, und dem, was rechtens war, den Armen helfen. »Was muss ich tun?«, fragte sie.

Da der Prozess schon in wenigen Tagen stattfinden sollte, schien es am besten, wenn Isabella uns nach London begleitete, damit wir uns am Vorabend der Verhandlung nicht erneut auf die Suche nach ihr machen mussten.

»Du kannst bei mir wohnen«, bot Katherine an. »Bei meinen Mägden ist Platz genug, und Kohle zum Heizen haben wir auch. Du wirst es dort viel behaglicher haben als hier.«

Isabella nickte. Vermutlich war es kein großer Verlust für sie, Southwark zu verlassen und ihren Platz im Bordell aufzugeben. Wie viel schlimmer konnte es nördlich der Themse schon sein?

Sie packte ihre Habseligkeiten zusammen. Dann gingen wir zu Will, der draußen auf der Straße wartete. Zu fünft traten wir den langen Heimweg zur Cheapside an. Für Isabella war es so kurz nach ihrer Niederkunft eine Strapaze, aber da wir kein Geld für eine Droschke oder eine Jolle mehr hatten, blieb uns nichts anderes übrig, als zu Fuß zu gehen. Weil wir eine ziemlich große Gruppe bildeten, machten wir uns eher Sorgen, von der Wache aufgehalten als von Räubern überfallen zu werden, aber alles ging glatt. Trotzdem war es nach Mitternacht, als Martha und ich unsere müden Knochen die Stiege hinaufschleppten und ins Bett fielen.

*

Als der Tag von Grace Ramsdens Gerichtsverhandlung gekommen war, begleiteten Katherine, Martha und ich Isabella Wroth zum Gefängnis Newgate. Wie bei vielen aufsehenerregenden Fällen erinnerte die Szenerie auch diesmal eher an einen Jahrmarkt als an einen Gerichtshof. Draußen vor den Gefängnismauern hatten sich Krämer mit Lebensmitteln und Bier eingefunden und machten trotz der frühen Stunde gute Geschäfte. Fliegende Händler schlenderten die Straßen auf und ab und priesen lauthals ihre Heftchen an, und sogar einige wenige unerschrockene Freudenmädchen boten ihre Reize feil.

Nachdem wir den Saal gefunden hatten, in dem Mrs. Ramsdens Fall verhandelt werden sollte, stellten wir fest, dass sie schon bald vor Gericht erscheinen würde. Wir sagten Isabella, sie müsse als Zeugin draußen warten. Das stimmte zwar nicht, aber da sie den wahren Grund, warum Mrs. Ramsden ihr Kind genommen hatte, immer noch nicht kannte, wollte ich sie nicht ihrer Illusionen berauben. Sie wirkte reichlich angespannt, bis Martha sich erbot, bei ihr zu bleiben.

Ich holte tief Luft, als ich den Gerichtssaal betrat, denn ich wusste, dass Mrs. Ramsden noch vor dem Abend hängen würde, falls es uns nicht gelang, ihre Unschuld zu beweisen.

In Einklang mit dem tristen Gefängnis war auch der Gerichtssaal trostlos und eng, was durch die Menschenmassen, die sich auf jede Sitzmöglichkeit zwängten, noch deutlicher hervorgehoben wurde. Tatsächlich ließ sich nur schwer feststellen, welche Männer als Geschworene oder Zeugen im Saal waren, und welche sich aus purer Neugier eingefunden hatten.

Irgendwann brachte ein Gefängniswärter Grace Ramsden in den Saal und führte sie vor den Richtertisch. Sie trug Handschellen, aber zu meiner Erleichterung war sie nicht in Eisen gelegt worden. Außerdem schien sie bei halbwegs guter Gesundheit zu sein, wofür ich ein stummes Dankgebet sprach, denn das Fleckfieber kostete viele Gefangene das Leben.

Der Wachtmeister, der Mrs. Ramsden festgenommen hatte, war als Erster an der Reihe, seine Aussage zu machen. Er erklärte den Geschworenen, was in der Nacht von Graces »Geburtswehen« geschehen war, wobei er lang und breit auf jedes grausige Detail einging – weit ausführlicher, als es nötig gewesen wäre. Nach den Mienen der Geschworenen zu urteilen, bestand kein Zweifel daran, dass er sie davon überzeugt hatte, die Frau hängen zu lassen. Vor Katherine und mir lag eine schwierige Aufgabe.

Als Mrs. Ramsdens Hebamme kam Katherine als Nächste an die Reihe. Sie berichtete, aus welchem Grund Grace etwas so Schreckliches getan hatte. Das würde zwar nicht für ihre Unschuld sprechen, sie aber weniger monströs erscheinen lassen – so hofften wir zumindest. Anschließend erklärte Katherine, das Kind sei sehr klein zur Welt gekommen und habe weder Haare noch Fingernägel gehabt. Das war gelogen, aber wir waren mehr daran interessiert, Grace Ramsdens Leben zu retten, als uns strikt an die Wahrheit zu halten. Wir wollten Gerechtigkeit, auch wenn wir dafür einen Meineid leisten mussten.

Ein paar Geschworene machten ratlose Gesichter – was hatten Haare und Nägel mit dieser Sache zu tun? Ich trat vor und bat Katherine, zu erklären, was es zu bedeuten hatte.

»Wenn er ohne Haare und Nägel geboren wurde, heißt das, dass er lange vor der Zeit zur Welt kam«, wandte sie sich an die Geschworenen. »Und wenn er so früh kam, wurde er wahrscheinlich tot geboren.«

Die Geschworenen nickten. Zum ersten Mal hatte ich das Gefühl, dass die Chance bestand, sie zu überzeugen.

Schließlich war Isabella an der Reihe. Sie war unverkennbar verängstigt, als sie vor den Richtertisch trat, und ich konnte es ihr nicht verübeln. Welches Mädchen würde sich in dieser Situation nicht fürchten? Da Grace Ramsden keinen Anwalt und Katherine bereits als Zeugin ausgesagt hatte, erlaubte mir der Richter, Isabella zu befragen. Ich vermied jede Erwähnung ihrer Tätigkeit, und auch die Tracht der Magd, die Katherine zur Verfügung gestellt hatte, lieferte keinen Hinweis, der die Geschworenen auf den Gedanken hätte bringen können, Isabella könne Prostituierte sein.

Sie erzählte, wie sie Grace Ramsden kennengelernt hatte, und berichtete dann von dem seltsamen und befremdlichen Ersuchen der Frau.

»Sie wollte tatsächlich ein tot geborenes Kind?«, fragte ich mit gespielter Verwirrung.

»Ja. Sie hat gesagt, dass sie etwas daraus lernt, wenn sie mein Baby untersucht, und dadurch vielleicht anderen Kindern helfen kann. Ich dachte, es hilft ihr weiter, wenn ich ihr meinen Sohn gebe. Sie hatte ja nichts Böses im Sinn.«

Einige Geschworene nickten und schauten sich Grace Ramsden näher an. Wenigstens zeigte sich auf ihren Gesichtern jetzt eher Verwirrung als kalte Wut. Ich wusste, dass auf das Gesetz nicht unbedingt Verlass war, aber dank Isabellas Aussage sah es fast danach aus, als hätten Katherine und ich Grace soeben vor dem Galgen bewahrt.

Eine Stunde später erfüllte sich meine Hoffnung, als das

Gericht Mrs. Ramsden des Kindsmords für nicht schuldig befand. Wie nicht anders zu erwarten, waren Richter und Geschworene entsetzt über das, was Grace getan hatte, und der Richter hielt ihr eine Strafpredigt, aber da kein Verbrechen vorlag, blieb ihm nichts anderes übrig, als sie freizulassen.

Als der Richter seinen Urteilsspruch verkündete, fielen Katherine, Martha und ich einander in die Arme und machten uns in dem Gedränge sofort auf die Suche nach Grace Ramsden. Bis wir uns zum vorderen Teil des Saals durchgekämpft hatten, war sie verschwunden.

»Lässt sich die Handschellen abnehmen«, erklärte ein Wärter auf unsere Frage, was mit Mrs. Ramsden sei.

»Wo können wir sie finden?«, wollte Katherine wissen.

»Wenn sie will, kommt sie hierher zurück.« Der Wärter zuckte die Achseln. »Wenn nicht, gibt es andere Türen, die sie benutzen kann.«

Katherine, Martha und ich warteten fast eine halbe Stunde im Gerichtssaal, aber Grace kam nicht zurück. Da wir nichts anderes tun konnten, kehrten wir in die Cheapside zurück. Graces Verschwinden hatte unserer Siegesfreude einen schalen Nachgeschmack verliehen.

In jener Nacht räumten die Ramsdens ihre Wohnung und verließen die Cheap auf Nimmerwiedersehen.

*

Durch den Prozess wurden Katherine, Martha und ich in der ganzen Cheapside als jene Hebammen berühmt, die Grace Ramsden vor dem Galgen bewahrt hatten. Welche andere Hebamme hatte etwas Derartiges jemals für eine Mutter getan? Es schien ein gutes Vorzeichen, dass gleich am nächsten Tag das Geschäftsschild, das Martha in Auftrag gegeben hatte, geliefert wurde und über der Haustür aufgehängt werden konnte. Binnen weniger Tage hatten Martha und ich Patientinnen aus der gesamten Nachbarschaft, einschließlich etlicher Frauen, die sich vorher von Grace Ramsden hatten betreuen lassen.

Mit den Müttern kam auch Geld, da sowohl Eltern wie Freunde und Verwandte uns anständig für unsere Arbeit entlohnten, und bald waren wir in der Lage, einige jener Dinge anzuschaffen, die mir aus meinem Leben als Edelfrau am meisten fehlten. Natürlich konnten wir keine allzu großen Sprünge machen – ich trug nach wie vor Kleider aus Wolle –, aber wir erstanden neue Bettwäsche, Möbel, die nicht vom bloßen Hinschauen zusammenzubrechen drohten, sogar eine Federmatratze. (Martha teilte meine Ansicht, dass Federn einer Stroheinlage deutlich überlegen waren, und schwor, nie wieder etwas anderes zu benutzen.)

Ich setzte meinen Briefwechsel mit Elisabeth fort. Ihre Schreiben waren immer noch bitter, meine jedoch so liebevoll, wie es mir nur möglich war. Jeden Abend bat ich Gott, den Zorn meiner Tochter zu mildern und unsere kleine Familie bald wieder zu vereinen.

Unsere Freundschaft mit Katherine Chidley wuchs ebenso wie unser bescheidener Wohlstand. Aber dasselbe galt auch für das Unbehagen wegen der Lügen, die wir Katherine aufgrund unserer Verpflichtung gegenüber Mr. Marlowe aufgetischt hatten. Ich empfand eine innere Verbundenheit mit Katherine, die auch durch ihre merkwürdigen Ansichten nicht zu erschüttern war. Doch sie versuchte nie, mich zu ihren Überzeugungen zu bekehren, obwohl sie weder aus ihrer strengen Gläubigkeit noch aus ihren seltsamen politischen Ideen ein Hehl machte. Sie lebte ihren Glauben, statt ihn einfach nur zu predigen. Ich hatte indes nicht den Wunsch, sie zu verraten, schon gar nicht an einen so bösartigen Mann wie Marlowe. Genau dies erwähnte ich eines Abends beim Essen Martha gegenüber, in der Hoffnung, ihr würde ein Ausweg aus dem Labyrinth einfallen, in das man uns gestoßen hatte.

»Mir gefällt der Gedanke genauso wenig wie Euch«, erwiderte sie. »Aber wenn wir Katherine zuliebe Mr. Marlowe hinters Licht führen, wird er es Euch heimzahlen. Ihr riskiert, alles zu verlieren, was Ihr habt.«

Eine Zeit lang saßen wir schweigend da. Martha hatte natürlich recht, aber die Situation behagte mir trotzdem nicht. Schließlich beschloss ich, Mr. Marlowe alles zu berichten, was wir über etwaige Verschwörungen in Erfahrung bringen konnten, gleichzeitig aber mein Bestes zu tun, um Katherine zu schützen. Wenn Marlowe mich für diese Loyalität bestrafen wollte, ließ es sich eben nicht ändern.

Ich konnte es nur als ein Zeichen göttlicher Vorsehung betrachten, dass Mr. Marlowe mir einen Tag, nachdem ich diesen Entschluss gefasst hatte, einen Brief schickte, in dem er uns neuerlich aufforderte, etwas über die Umtriebe der Levellers und die Rolle, die die Chidleys dabei spielten, herauszufinden. Also begannen Martha und ich, regelmäßig das Nag's Head zu besuchen, die Schänke, die als Treffpunkt dieser Bewegung galt. Dort wurden wir in die seltsamsten Diskussionen einbezogen. Einige Mitglieder der Gruppe forderten eine neue Regierung und neue Gesetze; ein Mann wünschte sich sogar, dass Scheidungen legal würden. Es schien, als würden Klatsch und Tratsch über Freunde und Nachbarn der Vergangenheit angehören; alles, worüber diese Leute reden wollten, waren Staat und Politik. In manchen der radikaleren Forderungen konnte ich zwar keinen Sinn erkennen, aber die Ansprachen und Diskussionen machten mir Spaß. Ich schrieb Mr. Marlowe, was wir gehört hatten, erwähnte Katherine aber mit keinem Wort. Er schien zufrieden zu sein, und solange es dabei blieb, drohte uns keine Gefahr.

An einem Abend kam ein Mann, den ich nie zuvor gesehen hatte, ins Nag's Head. Obwohl er mir fremd war und niemand ihn beim Namen nannte, schien jeder zu wissen, um wen es sich handelte. Er stellte sich auf eine der Bänke und fing an, gegen die Tyrannei der Gesetzgebung zu wettern. Er schaute mich an, als er sprach. Irgendetwas in meinem Gesicht schien seine Aufmerksamkeit zu erregen, denn auf einmal wandte er sich direkt an mich.

»Ihr habt es schon erlebt, nicht wahr?«, rief er. »Das Gesetz, das ein Instrument der Gerechtigkeit sein sollte, ist zu einem Knüppel geworden, mit dem die Reichen und Mächtigen die Armen und Demütigen unterdrücken.«

Katherine, die an diesem Abend von ihrem Mann Daniel begleitet wurde, pflichtete dem Fremden mit lauten Rufen zu, und andere Gäste fielen ein.

»Welches Schicksal droht dem Mann, der Brot stiehlt, um den Hunger seiner Kinder zu stillen?« Der Fremde sprach mit dem Nachdruck und der Autorität der besten Prediger in England, und niemand im Raum konnte den Blick von ihm wenden. »Wenn er Glück hat, ein paar Stunden am Pranger und Peitschenhiebe. Aber was erwartet den Reichen, der das Gesetz benutzt, um seine Pächter von ihrem Land zu vertreiben? Noch mehr Reichtum, noch mehr Macht, das ist seine Belohnung. Was ist daran gerecht?«

Während die Zuhörer applaudierten, kletterte Daniel Chidley auf eine andere Bank, um den Worten des Redners einen flammenden Appell folgen zu lassen. »John hat vollkommen recht. Das Gesetz muss geändert werden und dem Wohl *aller* Menschen dienen, nicht nur denen, die Latein verstehen! Vor dem Gesetz müssen alle Menschen gleich sein. Sie dürfen nicht ohne Grund eingesperrt werden, und wenn man sie eines Verbrechens beschuldigt, muss ihr Fall von Bürgern beurteilt werden, wie wir es sind, nicht von Edelleuten, die nichts vom Leben der Armen wissen.«

»Aber es ist nicht nur das Gesetz, das geändert werden muss«, warf John ein, als wären sie zwei Schauspieler und wir anderen das Publikum. »Wir müssen die Art der Regierung selbst ändern, unter der wir leben und arbeiten. Kein Bürger sollte einer Regierung unterstehen, der er nicht selbst seine Zustimmung gegeben hat – alles andere ist Tyrannei. Kein Engländer, nicht einmal der ärmste, ist einer Regierung verpflichtet, wenn er nicht selbst wählen darf. Und jeder Engländer hat das Recht – nein, die heilige Pflicht! –, gegen die tyrannische Herrschaft dieses Parlaments zu protestieren.«

Nach diesen Worten brach ein so wüster Tumult aus, dass ich befürchtete, es könnte vor meinen Augen zu einer offenen Revolte kommen. Schlussendlich endeten die Reden jedoch ohne den Ruf zu den Waffen, und die Gäste gingen ihrer Wege.

An jenem Abend lag ich noch lange wach, nachdem Martha eingeschlafen war, und dachte darüber nach, was John über Recht und Gesetz gesagt hatte. Ich dachte weniger an Bauern, die von ihrem Land vertrieben wurden, als vielmehr an Mägde, die von ihren Dienstherren vergewaltigt und später für das Austragen eines unehelichen Kindes ausgepeitscht wurden. Ich dachte an Esther Wallington, die des Mordes an ihrem Mann beschuldigt worden war, weil es dem Lord Mayor von York in den Kram gepasst hatte. Und ich dachte an mein eigenes Geschick, als ich aus York vertrieben worden war, weil ich es mit meinem Streben nach Gerechtigkeit allzu ernst genommen hatte.

Natürlich quälten mich solche Gedanken nicht zum ersten Mal, aber dieser Abend im Nag's Head hatte mir bewusst gemacht, wie viele andere Menschen von ähnlichen Zweifeln geplagt wurden. War es möglich, Recht und Gerechtigkeit in Einklang zu bringen? Und falls es möglich war – konnte es geschehen, ohne einen Volksaufstand und Anarchie herbeizuführen?

*

Am nächsten Morgen fanden Martha und ich einen Brief von Will, der unter der Tür durchgeschoben worden war. Das Papier war von einem größeren Bogen abgerissen worden, und er hatte sich nicht die Mühe gemacht, sein Schreiben zu unterzeichnen.

*Tante Bridget, Colonel Reynolds wird dich heute zu sich befehlen. Du musst ihm die Wahrheit sagen. Er weiß mehr, als du ahnst.*

Unruhe erfüllte mich. Was meinte Will damit? Was wusste Colonel Reynolds?

Wills Worte erwiesen sich als prophetisch, da genau in diesem Moment Mrs. Evelyn vor unserer Tür erschien. Sie brachte mir eine Nachricht von Colonel Reynolds, in der Martha und ich aufgefordert wurden, uns am östlichen Ende des Kirchhofs der St.-Pauls-Kathedrale mit ihm zu treffen.

»Wer ist denn dieser Tom Reynolds?«, wollte Mrs. Evelyn wissen. Falls sie sich dafür genierte, unsere Post gelesen zu haben, verbarg sie es gut.

»Mein Vetter«, antwortete ich. »Er ist nach London gekommen, um mir das restliche Geld zu geben, das er meinem Mann schuldete. Als Witwe kann man es sich nicht erlauben, auch nur einen Penny zu verschwenden.«

»Und er ist zum ersten Mal in London?«, fragte Mrs. Evelyn.

»So ist es. Deshalb haben wir uns gesagt, dass es leichter für ihn ist, zur St.-Pauls-Kirche zu finden als zur Watling Street.« Bevor Martha in meinen Dienst trat, wäre ich beim Lügen derart ins Stammeln gekommen, dass mir nicht einmal ein Kind geglaubt hätte. Aber während ich ihr das Handwerk der Geburtshilfe beibrachte, lehrte sie mich die Kunst der Täuschung – und obwohl sie schneller lernte als ich, stellte auch ich mich nicht ungeschickt an. Ich bemerkte das Lächeln, das über Marthas Gesicht huschte, und spürte, wie sich leiser Stolz in mir regte. Was für eine seltsame Freundschaft wir doch hatten!

»Was mag das bedeuten?«, fragte Martha, als wir uns später auf den Weg zur Kathedrale machten. »Bis jetzt waren sie mit unseren nichtssagenden Nachrichten doch zufrieden.«

»Keine Ahnung«, antwortete ich. »Aber wir sollten vorsichtig sein. Irgendwas muss passiert sein.«

Kaum hatten wir den Kirchhof betreten, tauchte ohne jede Vorwarnung Colonel Reynolds neben mir auf und nahm meinen Arm. Ich muss gestehen, dass mein Herz einen Satz machte, als er mich berührte, obwohl ich nicht sagen kann, ob es an der Überraschung lag oder an seiner Nähe. Es war ein paar Jahre her, seit ein Mann mir gegenüber so kühn gewesen war.

Es erstaunte mich fast noch mehr, als Will sich plötzlich an Marthas Seite schob, sie am Arm fasste und wegführte.

Der Oberst und ich waren allein.

»Erzählt mir, was sich gestern Abend im Nag's Head ereignet hat«, forderte er mich auf.

»Auch Euch einen guten Morgen, Colonel«, gab ich zurück.

»Oje.« Colonel Reynolds lachte. »Das war unhöflich von mir. Guten Morgen, Mrs. Hodgson. Sprecht mich bei Treffen wie diesen bitte mit Tom an. Je weniger Leute wissen, wer ich bin, desto besser.«

»Gut. Dann also Tom.«

»Also, Mrs. Hodgson, erzählt mir, wie es Euch in den letzten Wochen ergangen ist.«

»Ich nehme an, Will hat Euch von unserem Abenteuer vor dem Schwurgericht erzählt«, entgegnete ich.

»Ja. Und ich muss sagen, dass Mr. Marlowe zwar Eure Hartnäckigkeit bewundert, aber eigentlich gehofft hatte, Ihr würdet nicht ganz so auffällig in Erscheinung treten. Aber wenn Euer Erlebnis Euch näher an Katherine Chidley herangeführt hat, umso besser. Schließlich ist es Eure Aufgabe, sie und ihren Mann zu bespitzeln. Das habt Ihr hoffentlich nicht vergessen?«

Ich starrte ihn an, erschrocken über seine Direktheit und verunsichert von seiner unverhohlenen Ermahnung, nicht zu vergessen, dass ich die Frau verraten sollte, mit der ich mich angefreundet hatte. Die ständigen Zweifel, die mich quälten, nagten mehr und mehr an meinem Inneren.

»Sie ist ein guter Mensch und eine tüchtige Hebamme«, sagte ich. »Ihr braucht sie nicht zu fürchten.«

Colonel Reynolds – nein, Tom, rief ich mir in Erinnerung – wandte mir sein Gesicht zu. Ich sah gewisses Mitgefühl in seinen Augen und war dankbar dafür.

»Ich weiß, dass Ihr Freundinnen geworden seid«, sagte er leise. »Aber Ihr dürft Euch durch Eure Loyalität zu Mrs. Chidley nicht dazu verleiten lassen, Mr. Marlowe zu betrügen. In seinen Augen wäre es Verrat, und damit hätte er nicht ganz unrecht.«

Ich sagte nichts. Wie sehr verabscheute ich Mr. Marlowe, weil er mich in diese Lage gebracht hatte!

»Wenn Mrs. Chidley so unschuldig ist, wie Ihr sagt, braucht Ihr keine Angst um sie zu haben«, versicherte mir Tom.

»Warum nicht?«, fragte ich. »Weil Mr. Marlowe einer unschuldigen Frau nichts zuleide tun würde?« Es überraschte mich selbst, wie zornig meine Stimme klang.

»Nein«, gab Tom zu. »Wenn er es für notwendig hielte, würde er sogar die Jungfrau Maria hängen lassen. Aber wenn Ihr von Katherine Chidleys Unschuld überzeugt seid, werde ich mein Möglichstes tun, um sie zu beschützen. Ich verspüre kein Verlangen, Unschuldige leiden zu sehen.«

»Danke«, sagte ich. »Bitte verratet mir eins: Warum hat Mr. Marlowe solche Angst vor einer einzelnen alten Frau?«

Tom lachte. »Wenn es nur um eine einzelne alte Frau ginge, würde er sich keine Sorgen machen. Auch nicht, wenn es nur die Gästeschar im Nag's Head wäre. Diese Leute können geschickt argumentieren, aber kaum einer von ihnen wird jemals mehr tun als das – reden.«

»Wovor fürchtet Mr. Marlowe sich dann?«

»Soldaten der New Model Army haben sich den Reihen der Levellers angeschlossen.«

Ich konnte nicht anders, ich musste lachen. »Cromwell bekommt Angst vor seiner eigenen Armee? Er befürchtet, die Parlamentsarmee, die den König besiegt hat, könnte jetzt ihn zu Fall bringen? Das ist wirklich köstlich!«

Tom schien es plötzlich eilig zu haben, mich vom Kirchhof zu einer Garküche in der Nähe zu führen. »Mögt Ihr etwas essen?«, fragte er. »Ich bin ausgehungert.«

Ohne meine Antwort abzuwarten, führte er mich an einen Tisch im hinteren Bereich des Gastraums, setzte sich mit dem Rücken zur Wand und starrte unverwandt auf die Tür, durch die wir eingetreten waren. Als niemand uns folgte, sagte er mit gesenkter Stimme: »Jetzt können wir ernsthaft reden.«

# 10.

Ihr befürchtet, bespitzelt zu werden?«, fragte ich.

»Ich gebe gut darauf acht, *ob* ich bespitzelt werde«, gab Tom mit einem schwachen Lächeln zurück. »Aber nicht mehr, als ein Kavallerist darauf achtet, nicht vom Pferd abgeworfen zu werden. Es bereitet mir kein sonderliches Kopfzerbrechen, aber in Betracht ziehen muss ich die Möglichkeit.«

»Ein feiner Unterschied«, bemerkte ich. »Stimmt es, dass Mr. Marlowe und Cromwell Angst vor ebender Armee haben, die Cromwell an die Macht gebracht hat? Die New Model Army?«

»Es ist Mr. Marlowes Aufgabe, Angst zu haben. Er hat Angst vor der Armee. Er hat Angst vor dem König, und er hat Angst vor den Freunden des Königs. Er hat sogar Angst vor Cromwells Freunden, wenn er den Eindruck hat, sie könnten mit dem König verhandeln. Seine Angst ist der Grund, weshalb er sich schon so lange behaupten kann.«

»Ungeachtet Mr. Marlowes Ängsten mag ich es ganz und gar nicht, Informationen über meine Freunde weiterzugeben«, erklärte ich.

»Und ich mag den Krieg nicht«, entgegnete Tom. »Ich mag es nicht, mit Kanonen auf tapfere Engländer zu feuern, die versuchen, sich einen schlammigen Hügel hinaufzukämpfen. Aber die Welt ist ein gefährlicher Ort – wesentlich gefährlicher als Mr. Marlowe. Sie schert sich nicht um die Wünsche und Vorstellungen der Menschen.« Er hielt einen Moment inne, und ich staunte über die Vehemenz in seiner Stimme.

In diesem Moment trat der Koch an unseren Tisch. »Wir

haben Hühnchen und Karotten. Und Ale.« Er klang seltsam kampflustig, als wollte er uns herausfordern, an seinen Worten zu zweifeln.

»Schon recht«, erwiderte Tom.

Der Koch zog leise murrend ab, als hätte Toms umgängliche Art ihn noch mehr erzürnt.

»Was für ein reizender Mensch«, stellte ich fest.

Tom lachte, und mir stockte der Atem. In diesem Augenblick erinnerte er mich an Luke, meinen ersten Ehemann. Ich hätte nicht sagen können, worin die Ähnlichkeit bestand – vielleicht im Klang seines Lachens oder in den Fältchen, die sich um seine Augenwinkel bildeten –, aber ich war so perplex, dass ich kein Wort herausbrachte. Luke war nur wenige Monate nach unserer Heirat gestorben, und noch immer zählte ich seinen Verlust zu Gottes grausamsten Strafen. Doch als Tom nun lachte, war es, als sähe ich Luke vor mir. Das war mehr als eigenartig, denn in jeder anderen Hinsicht hätten Tom und Luke unterschiedlicher kaum sein können. Während Luke schmal gebaut und schlank gewesen war, war Tom breitschultrig und kräftig; Lukes helle Locken waren ihm bis auf den Kragen gefallen, Toms Haare waren soldatisch kurz geschnitten. Aber trotz dieser Unterschiede weckte irgendetwas an Tom Reynolds dieselben Gefühle in mir, die ich vor vielen Jahren empfunden hatte. Zu meiner Erleichterung fiel es Tom nicht auf, wie sehr ich aus der Fassung geraten war.

»Ich möchte mich für meine schroffen Worte entschuldigen«, sagte er. »Was Ihr tun müsst, ist nicht leicht, das ist mir klar. Aber wir nähern uns einem entscheidenden Punkt, und wir wissen nicht, ob die Würfel zu unseren Gunsten oder gegen uns fallen werden.«

»Was meint Ihr damit?«, fragte ich. Deshalb also hatte er ein ruhiges Plätzchen gesucht, um ungestört mit mir zu reden.

»Es geht um den König.«

Ich hielt den Atem an. Ich wusste, dass der König auf der Isle of Wight gefangen gehalten wurde und die ganze Nation sich nun die entscheidende – im Grunde einzige – Frage stellte: Was würde das Parlament mit ihm anstellen?

»Also steht eine Entscheidung, was mit dem König geschehen soll, kurz bevor?«, fragte ich.

Tom zuckte die Achseln. »In diesen Dingen mischen zu viele Leute mit, als dass ich mich dazu äußern könnte, aber letzten Endes ist die Sachlage denkbar einfach: Wir können den König tausend Mal besiegen, er bleibt trotzdem der König. Aber wenn er uns nur ein einziges Mal besiegt, werden wir alle hängen. Und wenn es darauf hinausläuft, was sollen wir mit ihm machen?«

»Exil?«, fragte ich.

»Um auf seine Rückkehr an der Spitze einer irischen Armee auf französischen Schiffen zu warten? Ich kann mir nicht vorstellen, dass Cromwell diesen Kurs einschlägt.«

»Was dann?«, fragte ich. »Wenn er in England gefährlich ist und im Ausland eine Bedrohung darstellt, was kann Cromwell tun?«

»Eins nach dem anderen«, erwiderte Tom. »Erzählt mir lieber, was sich gestern Abend im Nag's Head abgespielt hat.«

Ich stieß einen resignierten Seufzer aus. »Ein Fremder war da«, berichtete ich. »Er sprach über die Ungerechtigkeit der Gesetze und sagte, die Menschen sollten auf Veränderungen hinarbeiten.«

»Was hat er noch gesagt?«

»Dass kein Mensch einer Regierung verpflichtet ist, der er nicht selbst zugestimmt hat. Wenn Ihr mich fragt – dieser Mann strebt nach Anarchie.« Ich war mir nicht sicher, ob ich

Letzteres wirklich glaubte, aber ich dachte mir, bei Mr. Marlowe würde etwas Derartiges gut ankommen.

»Hat sonst noch jemand gesprochen?«

Ich lachte. »Jeder hat gesprochen. Es war das reinste babylonische Sprachgewirr.«

»Hat noch jemand eine solche Rede gehalten wie dieser Fremde?«

Ich zögerte, denn Daniel Chidley hatte genau das getan, aber es widerstrebte mir, etwas zu sagen, das Katherine schaden könnte. Dann fiel mir Wills Nachricht ein: *Du musst ihm die Wahrheit sagen. Er weiß mehr, als du ahnst.*

»Ja, Daniel Chidley«, sagte ich. »Er vertrat dieselbe Ansicht wie dieser Fremde und kritisierte die Ungerechtigkeit des Gesetzes.«

Tom nickte. »Der Fremde war John Lilburne. Man nennt ihn Freeborn John, den Freigeborenen.«

»Das war Lilburne?« Mir blieb vor Staunen der Mund offen stehen. Der Name war mir natürlich ein Begriff. Wenn man bei einer so aufsässigen Gruppe wie den Levellers von einem Führer sprechen konnte, dann war es Lilburne, und der Gedanke, dass ich mit einem so berühmten, um nicht zu sagen berüchtigten Mann in einem Raum gewesen war, faszinierte mich.

Dann aber wurde mir plötzlich etwas ganz anderes bewusst. »Woher wisst Ihr das?«, fragte ich.

»Was?«

»Woher wisst Ihr, dass der Mann, den ich gesehen habe, John Lilburne war? Das habe nicht einmal ich selbst gewusst.«

Er grinste. »Ihr seid nicht der einzige Spitzel in der Cheapside, Mrs. Hodgson.«

»Wenn Ihr das alles schon wusstet, warum habt Ihr mich überhaupt danach gefragt?« Die Worte waren noch nicht über meine Lippen gekommen, als ich die Antwort auch schon kannte. »Ihr habt mich auf die Probe gestellt! Ihr habt gewusst, was John Lilburne gesagt hat, und Ihr habt gewusst, dass Daniel Chidley diese Rede gehalten hat. Ihr wolltet Euch vergewissern, ob ich die Wahrheit über die Chidleys sage.«

Tom nickte. »Ich wollte Euch allerdings nicht auf die Probe stellen. Ich musste mich nur davon überzeugen, dass ich mich in diesen Dingen auf Euch verlassen kann.«

»Und wenn ich gelogen hätte?«

»Das habt Ihr nicht«, erwiderte er. »Die Frage ist also nicht von Belang.«

»Ich lebe seit Wochen in der Cheap; warum stellt Ihr mich gerade jetzt auf die Probe?«

Tom dachte kurz nach, ehe er antwortete. »Aus zwei Gründen. Erstens seid Ihr mittlerweile mit Mrs. Chidley befreundet, und wir mussten sichergehen, dass Ihr Euch nicht ihrer Partei angeschlossen habt. Das habt Ihr bewiesen, indem Ihr wahrheitsgetreu über gestern Abend berichtet habt.

Zweitens – und das ist weit wichtiger«, fuhr er fort, »sind wir beim letzten Akt des blutigen Stücks angelangt, das unsere Nation aufführt. Nächsten Monat wird der König nach London gebracht. Zu welchem Zweck, kann ich nicht sagen. Vielleicht wird er wieder König. Vielleicht wird er des Hochverrats angeklagt.«

Wäre seine Miene nicht so ernst gewesen, hätte ich laut aufgelacht. Ich blickte mich im Raum um, um mich zu vergewissern, dass niemand ihn gehört hatte, beugte mich dann zu ihm vor und flüsterte: »Man kann den König nicht des Hochverrats anklagen.« Allein diese Worte auszusprechen bewirkte, dass sich mir der Magen umdrehte. »Wer hat das Recht zu so etwas? Das Parlament? Er ist der König.«

»Ob sie das Recht dazu haben, ist nicht der Punkt«, gab Tom zurück. »Sie haben die Macht, und nur darauf kommt es an.«

Er schob seinen Stuhl zurück und stand auf. »Ich habe mehr als genug gesagt, und mittlerweile ist mir der Appetit vergangen.«

Er legte für das Essen, das wir nicht bekommen hatten – und das war vermutlich auch besser so –, ein paar Münzen auf den Tisch, und wir gingen zum Kirchhof zurück. Schon von Weitem konnten wir Martha und Will sehen, die Arm in Arm im Schatten der Kathedrale schlenderten.

»Will hat nicht viel davon erzählt, wie sein Leben war, bevor er nach London kam«, bemerkte Tom. »Aber er liebt Euch beide.«

»Ja«, sagte ich. Ich sah, wie Will Martha etwas ins Ohr flüsterte; sie warf den Kopf zurück und lachte.

»Was ist Euch dreien passiert?«

Ich schaute zu Tom auf und fragte mich, ob das eine weitere Probe war, aber seine Augen blickten freimütig und arglos.

»Als wir in York waren, haben Martha und ich …« Ich schwieg einen Moment. »Wir haben Will sehr wehgetan.«

»Ging es um die Hexenjagd?«

»Ja. Wir hatten keine Wahl, aber Will sah es anders. Wir verließen die Stadt, und er blieb. Tiefe Wunden heilen nicht so schnell.«

Wir beobachteten, wie Martha sich vorbeugte und Will auf die Wange küsste. Tom lachte leise. Wieder bekam ich Herzflattern. »Sie scheinen einander wiedergefunden zu haben«, sagte er.

»Ja.« Ohne lange zu überlegen, nahm ich seinen Arm, wobei ich wegen meiner Kühnheit rote Ohren bekam. Ich wagte nicht aufzublicken, um festzustellen, wie er reagierte, aber wenigstens zog er den Arm nicht zurück.

Als Will und Martha näher kamen, rief Tom: »Tut mir leid, Will. Ich habe dringende Geschäfte zu erledigen, und du musst mich begleiten.«

Will nickte und wandte sich Martha zu, um sich von ihr zu verabschieden. Ich schaute Tom an und stellte fest, dass er mich mit einem merkwürdigen Gesichtsausdruck betrachtete. Hastig drehte ich den Kopf, in der schwachen Hoffnung, nicht allzu sehr errötet zu sein.

Nachdem Will und Tom in der Menge verschwunden waren, drehte Martha sich lächelnd zu mir um. »Wie kam es, dass Ihr seinen Arm gehalten habt? Ihr gebt ein schönes Paar ab, wirklich.«

»Ach, hör auf! Ich habe nichts Unschickliches getan.« Ich wusste, dass mein Hals mittlerweile genauso rot war wie mein Gesicht. »Gehen wir heim.«

Wir machten uns auf den Rückweg zur Cheapside.

Unterwegs bekannte Martha: »Will hat mir erzählt, dass er und der Colonel bereits wussten, was im Nag's Head los war. Sie haben Euch auf die Probe gestellt.«

»Stimmt«, gab ich zu. »Ich habe die Falle gerade noch rechtzeitig erkannt. Ich habe mich an Wills Nachricht erinnert und die Wahrheit gesagt.«

»Gott sei Dank«, sagte Martha. »Wenn Mr. Marlowe den Eindruck hätte, dass wir ihn betrügen ... ich möchte nicht wissen, wie er uns dafür büßen ließe.«

»Ich auch nicht«, sagte ich leise.

Wir erreichten den Little Conduit, wo sich die Bewohner des westlichen Cheapside ihr Wasser holten. Als ich in London eingetroffen war, erschien mir das System der Leitungen, die Wasser von Quellen in Tyburn, nördlich der Stadtmauer, durch Rohre in die Stadt transportierten, wie ein wahres Wunder. Fast zu jeder Tageszeit fand sich an diesen Stellen eine Menschenmenge ein, um darauf zu warten, den Hahn zu betätigen und über die letzten Neuigkeiten in der Stadt zu tratschen. So war es auch heute wieder.

An der Straßenecke stand ein fliegender Händler und pries laut seine Ware an. »He, ihr guten Leute!«, rief er. »Muss ich euch daran erinnern, was für ein Tag heute ist? Das habt ihr doch gewiss nicht vergessen!«

Martha und ich wechselten einen Blick. Wir hatten nicht die leiseste Ahnung, was er meinte.

Der Händler zog ein Blatt Papier aus seinem Stapel und fing an zu singen. Seine Stimme war so klar und schön, dass ich einen Moment lang wie gebannt innehielt.

*Im Jahre sechzehnhundertfünf, vor über vierzig Jahren,*
*als Bischöfe in England noch die Politik befahlen,*
*da sollten König, Prinz und Lords und jeder edle Mann*
*mit Pulver und mit Feuer heiß hinab zur Hölle fahr'n.*

Natürlich, in dem Lied ging es um die Pulververschwörung, als Guy Fawkes und seine verräterischen Kumpane sich zusammengerottet hatten mit dem Ziel, die Nation zu zerstören, indem sie das Parlament in die Luft sprengten, während sich König James darin aufhielt! Es war eine Geschichte, die jedes Kind in England kannte: Die Verschwörer hatten unter dem Sitzungssaal des Parlaments einen Keller gemietet und dann mit ihrem heimtückischen Werk begonnen.

*Die Pulverfässer lagerten sie*
*dutzendweis im Schacht,*
*zu enden gar auf einen Streich*
*den langen Kampf um Macht.*

Zum Glück hatte ein Sergeant die Verschwörung entdeckt.

*Durchsucht die Keller wurden wohl*
*von ein paar wack'ren Recken,*
*die zwischen Eisen, Stein und Holz*
*das Pulver rasch entdecken.*
*Da drunten hielt mit Zündern drei*
*ein einz'ger Mann die Wacht.*
*So stand Guy Fawkes mit grimmem Mut*
*allein in tiefster Nacht.*

Guy Fawkes und seine Mitverschwörer wurden als Verräter zum Tode verurteilt und hingerichtet, aber die Furcht vor papistischen Verschwörungen blieb, was durch die große Zahl der Blätter bestätigt wurde, die der Händler nach Beendigung seines Liedes unter die Leute brachte.

Als ich diesem Abend über Guy Fawkes und die Pulververschwörung nachdachte, sah ich meine Arbeit für Mr. Marlowe in einem zunehmend anderen Licht. In jener Nacht damals hatte ein einziger Mann – besagter Sergeant – die Zerstörung von Parlament und Monarchie verhindert und den schlimmsten Verräter in der langen Geschichte Englands gefangen genommen. Was, wenn dieser Soldat nicht die Keller überprüft hätte, sondern stattdessen mit seinen Freunden ins Wirtshaus oder nach Hause zu seiner Frau gegangen wäre? In dem Fall hätte er König und Parlament zum Untergang verurteilt, und Gott allein mochte wissen, welche Folgen eine solche Katastrophe gehabt hätte. Die Sache der Protestanten hatte überlebt, ganz England hatte überlebt, weil ein einzelner Mann seine Arbeit mit der größtmöglichen Sorgfalt ausgeführt hatte.

Natürlich glaubte ich nicht, dass Katherine Chidley eine ähnliche Gefahr für die Nation darstellte, aber was war mit den Menschen in ihrer Umgebung? Tom hatte gemeint, die Leute im Nag's Head würden lieber reden als handeln. Was aber war mit ihren Kameraden in der Armee? Wenn sie wegen meiner Nachlässigkeit das Land in einen Bürgerkrieg stürzten, wie sollte ich das vor mir selbst verantworten?

Ich beschloss, in Gegenwart der Levellers wachsamer zu sein, wurde aber das unbestimmte Gefühl nicht los, dass die größere Gefahr von den Männern des Königs drohte. Schließlich waren sie erst vor Kurzem vom Parlament besiegt worden. Und sie waren es auch, die geschworen hatten, für ihren Herrscher zu sterben.

*

Als der November in den Dezember überging, machten sich in der Stadt Veränderungen bemerkbar – und nicht nur solche, die mit dem Nahen des Winters zusammenhingen. Es stellte sich heraus, dass Tom Reynolds recht gehabt hatte, was das Schicksal des Königs anging, denn Charles wurde wenige Wochen vor Weihnachten von der Isle of Wight geholt und nach Hurst Castle im Süden des Landes gebracht, wo er unter strenger Bewachung der Armee stand. Angesichts dieser Neuigkeiten tobten Gerüchte und Vermutungen wie ein Steppenbrand durch die Stadt, und nirgendwo loderten die Flammen heißer als im Nag's Head.

Natürlich wurde gemunkelt, der König solle des Hochverrats angeklagt werden, aber das war längst nicht alles. Manche behaupteten, Cromwell plane, König Charles wieder auf den Thron zu setzen und dann über ihn zu herrschen, als wäre er ein Kind. Andere hofften, die Jahre des Bürgerkriegs hätten den König geläutert und er könne den Thron wieder besteigen – nicht als Tyrann, sondern als gütiger Herrscher.

Einige der radikaleren Elemente unter den Levellers beschworen jedoch eine für sie weit beängstigendere Vision herauf. Sie waren der Überzeugung, Cromwell fürchte die Gleichmacher so sehr, dass er den König wieder in Amt und Würden einsetzen würde, um die Royalisten zu beschwichtigen und freie Hand zu haben, sie, die Levellers, ein für alle Mal zu vernichten.

Ich betete jeden Abend, dass König und Parlament einen Weg finden mochten, ihre Unstimmigkeiten ohne weiteres Blutvergießen zu regeln. Doch der Herr erfüllte meine Bitten nicht. Den Schmierblättern zufolge, die schon bald sämtliche Straßen Londons überschwemmten, ließ Cromwell auf den Stufen, die zum Unterhaus führten, Soldaten Wache stehen mit dem Befehl, alle gemäßigten Abgeordneten aus dem Parlament zu entfernen und diese armen Seelen zum Queen's Court zu schleifen. Zurück blieben nur diejenigen, die am hitzigsten gegen König Charles wetterten.

Falls Cromwell tatsächlich vorhatte, den König wiedereinzusetzen, hatte er für diesen Schritt eine seltsame Schar von Helfern ausgesucht. Zudem wurde von diesem Tag an die Hetze gegen den König immer aggressiver. Prediger verkündeten lautstark, man könne seinem Wort nicht vertrauen und dass jeder Mann, der zugunsten Seiner Majestät sprach, ein Verräter Englands sei. Ich konnte nur staunen über eine Welt, in der Männer, die nichts anderes taten, als ihren Souverän zu verteidigen, als Verräter bezeichnet wurden.

Am seltsamsten schien, dass zur selben Zeit, als das Königreich ins Wanken geriet, mein Leben in der Cheapside sich nicht besser hätte entwickeln können. Marthas und mein Ruf verbreitete sich weit über unser Viertel hinaus, und immer mehr Frauen in der Stadt baten um unsere Dienste als Geburtshelferinnen. Bald hatten wir mehr zu tun als früher in York. Ich schrieb bei jeder Gelegenheit an Elizabeth, aber mein Versprechen, bald nach Hause zu kommen, klang mit jeder Woche, die verging, leerer. Wie gut ist schon die Verheißung auf »bald«, wenn dieser Tag nie kommt?

Zu meiner Erleichterung schrieb auch Elizabeth nach wie vor fleißig, und ihr Zorn wich allmählich einem Verdruss, den ich durchaus nachempfinden konnte. Mir war klar, dass sie entweder nach London kommen oder ich nach Pontrilas zurückkehren musste, wenn ich ihr eine gute Mutter sein wollte. Ich hoffte, eines von beiden würde sich ergeben, sobald über das Schicksal des Königs entschieden worden war.

Anfang dieses Winters vollzog sich in unserem Haushalt eine endgültige Veränderung, als sich abzeichnete, dass Martha nicht mehr meine Gehilfin, sondern meine Partnerin sein würde. Das zeigte sich ganz deutlich, als eine Frau namens Mary Moffat zu uns ins Haus kam und Martha in meiner Gegenwart bat, ihr bei der Niederkunft beizustehen.

Martha suchte sichtlich nach Worten, bevor sie etwas Zustimmendes stammelte. Als Mary ging, drehte Martha sich zu mir um. Ihre Augen waren größer, als ich sie je gesehen hatte.

»Wie es scheint, bist du die längste Zeit meine Gehilfin gewesen«, sagte ich. »Jetzt bist du Hebamme. Herzlichen Glückwunsch! Gut gemacht!«

Martha brach in Lachen und Tränen zugleich aus, als wir einander umarmten. Ich dachte an den Tag vor vielen, vielen Jahren, an dem ich dasselbe erlebt hatte. Hebamme zu werden war eine großartige und zugleich beängstigende Herausforderung, und Martha würde sich den Rest ihres Lebens an diesen Augenblick erinnern.

Und so wurde ein kurzes Stück der Watling Street als »Hebammenzeile« bekannt, da dort in nächster Nähe drei von unserer Zunft zu finden waren: Katherine Chidley, ich und nun auch Martha. Infolgedessen wurden wir drei immer engere

Freundinnen, die einander bei schwierigen oder ungewöhnlich langen Geburten mit Rat und Tat zur Seite standen.

Während wir in unserem Gewerbe als Hebammen die Cheap immer besser kennenlernten, machten wir die Feststellung, dass die Frauen des Viertels sich nicht weniger für Politik interessierten als die Männer. Tatsächlich bestürmten Nachbarinnen und Freundinnen einander mit Fragen, die man gewöhnlich nur in den Häusern des Parlaments hörte: Was würde Cromwell mit dem König machen? Wer würde über ihn richten, wenn er angeklagt wurde? Wie sollte es weitergehen, wenn er wieder auf den Thron kam? Klatsch und Tratsch gingen flinker von Hand zu Hand als eine abgegriffene Münze.

So war es wenigstens bis zum neunten Januar – ein sehr kalter Tag –, als sich die Dinge zuspitzten. Martha und ich gingen gerade am Little Conduit vorbei, als vier Herolde der Armee in Begleitung einer Kompanie Pikenträger auf die Cheapside Street marschierten. Gellende Fanfaren kündeten die Ankunft des Sergeant at Arms an, des Zeremonienmeisters des Parlaments. Binnen kürzester Zeit stieg die Zahl der Anwesenden auf Hunderte, wenn nicht Tausende.

Als der Sergeant zu der Ansicht gelangte, dass sich genug Leute versammelt hatten, stieg er auf eine Art Podest, zog einen Bogen Papier hervor und verlas laut, was darauf stand.

»Auf Befehl des Parlaments von England«, dröhnte er, und die Menge verstummte. »Es ist bekannt, dass Charles Stuart, König von England, versucht hat, die uralten Rechte dieser Nation zu zerstören und an ihrer Stelle mit Tyrannei zu regieren. Diese schändliche Absicht hat er mit Feuer und Schwert verfolgt und auf verräterische Weise Krieg gegen seine eigenen Untertanen geführt. Das Land ist verwüstet worden, die Schatzkammern sind leer, Tausende wurden abgeschlachtet. All dies ist im Namen des Königs geschehen.«

Die Menschen standen stumm da, während der Sergeant Luft holte.

»Das gegenwärtige Parlament hatte die Hoffnung, der Aufruhr in diesem Land würde sich durch die Gefangennahme des Königs legen. Stattdessen hat diese Milde nur dazu gedient, besagten Charles Stuart in seinen heimtückischen Plänen zu bestärken, da er sowohl Rebellionen angefacht wie auch die Invasion feindlicher Truppen eingeleitet hat.«

Mir schnürte sich die Brust zusammen, als mir klar wurde, was die einzig mögliche Schlussfolgerung dieser Ansprache sein konnte.

»Somit wurde angeordnet, besagten Charles Stuart unter der Anklage des Hochverrats vor Gericht zu stellen.«

Mit angehaltenem Atem wartete ich darauf, wie die Menge reagieren würde.

# 11.

Der Sergeant hatte seine Ankündigung noch nicht beendet, als die erste Rufe laut wurden, und schon bald stellte sich heraus, dass die Cheap nicht weniger gespalten war als der Rest Englands. Rufe wie »Schmach und Schande!« und »Lang lebe unser guter König Charles!« wetteiferten mit »Lobet den Herrn!« und »Amen, amen!«

Als Martha und ich vor dem Tumult flüchteten, dachte ich an Tom Reynolds' Feststellung, dass der König immer König bleiben würde, egal, wie oft die Parlamentsarmeen ihn besiegten. Wenn andererseits Charles nur ein einziges Mal den Sieg errang, würden alle seine Feinde gehängt. Falls diese Thesen zutrafen – und wer könnte das bestreiten? –, wie sollten dann unsere Kriege anders als mit Gerichtsverhandlungen und Hinrichtungen enden? Die Frage war nur, welche Partei die Todesstrafen vollziehen würde.

An diesem Abend gingen Martha und ich ins Nag's Head, um mehr darüber zu erfahren, wie die Neuigkeit aufgenommen worden war, dass dem König der Prozess gemacht werden sollte. Ich ging davon aus, dass die Levellers in Hochstimmung waren, denn ich hatte den Eindruck, dass ihre Hoffnungen auf ein neues England durch den Tod des Königs ein Stück näher in Reichweite rückten. Als wir in der Schänke eintrafen, hatten die Debatten – oder vielmehr die Auseinandersetzungen – bereits begonnen. Katherine Chidley saß im hinteren Bereich des Raums an einem Tisch, und wir setzten uns zu ihr. Natürlich drehte sich alles um das Schicksal des Königs. Einige Leute vertraten die Meinung, die Verlogenheit des Königs, ganz zu schweigen von seiner Entscheidung, ein Heer barbarischer Schotten aufzustellen, ließe dem Parlament keine andere Möglichkeit als eine Gerichtsverhandlung und Hinrichtung. Andere, unter ihnen Daniel Chidley, sahen die Dinge etwas differenzierter.

»Es kann kein Zweifel daran bestehen, dass der König ein schlechter Mensch ist.« Daniels Stimme erhob sich laut und deutlich über das Stimmengewirr. Er war ein großer, gut aussehender Mann, und wenn er sprach, hingen alle Anwesenden an seinen Lippen. Ich konnte verstehen, warum Katherine ihn geheiratet hatte; die beiden passten wirklich sehr gut zusammen. »Und ich würde nicht leugnen, dass ein echtes Parlament das Recht hätte, ihn für jedes Verbrechen vor Gericht zu bringen. Aber was wir haben, ist kein echtes Parlament. Ein echtes Parlament würde von allen Engländern gewählt werden. Dieses Parlament – oder dieser Rumpf eines Parlaments, sollte ich wohl sagen – setzt sich zur Gänze aus Cromwells Kreaturen zusammen.«

Viele nickten zustimmend; andere schienen von Daniels Worten weniger angetan zu sein. Ich musterte Daniel eingehend und fragte mich, ob er tollkühn genug wäre, gegen Cromwell zu rebellieren.

»Oliver Cromwell würde uns alle zu Knechten degradieren, die vor der Macht seines Schwertes zittern«, fuhr Daniel fort. »Mit Cromwell als Alleinherrscher würde England zu einem Land, in dem die Starken über die Schwachen herrschen und keiner von uns wirklich frei wäre. Merkt euch meine Worte: Falls der König von diesem ungesetzlichen Parlament gerichtet wird, verfällt ganz England der Sklaverei. Und wir werden die Baumeister unserer eigenen Knechtschaft sein.«

»Was schlägst du dann vor?« Der Ruf kam von dem Wirt, der hinter der Theke stand. Nach den Falten in seinem Gesicht zu urteilen, schätzte ich sein Alter auf ungefähr fünfzig, aber ein

Leben lang Bierfässer zu schleppen und zu zapfen hatte ihm eine Statur verliehen, die genauso kräftig und muskulös war wie die der jungen Burschen, die im Nag's Head verkehrten. »Der König lässt uns keine andere Wahl, als ihn vor Gericht zu stellen. Tun wir das nicht, wird er eine Armee von Papisten aufstellen – ob Iren oder Franzosen, ist egal – und England wieder mit dem Gemetzel der Bürgerkriege überziehen.«

Ich lehnte mich zu Katherine vor und raunte ihr ins Ohr: »Wer ist das?«

»Jeremiah Goodkey«, antwortete Katherine. »Er ist der Besitzer des Nag's Head und ein Hitzkopf, wie man ihn kein zweites Mal in London findet. Ich werde ihm antworten.«

Zu meiner Überraschung stieg Katherine auf unseren Tisch und hob die Hände, um Ruhe herzustellen. »Jeremiah Goodkey, du bist mein Freund, aber hier irrst du. Wenn wir den König vor Gericht stellen wollen, müssen wir ein echtes Parlament haben, ein Parlament, das von *allen* Engländern gewählt worden ist, unabhängig von ihrem Einkommen.« Sie machte eine Pause, bis Beifall und Pfiffe verebbten. Dann fuhr sie fort: »Und das auch von allen *Engländerinnen* gewählt wurde!«

Eine Zeit lang sah es so aus, als hätten Katherines Worte die Revolte angefacht, die Mr. Marlowe so sehr fürchtete, denn jetzt blieb kein Mund geschlossen. Alle Anwesenden taten lautstark ihre Meinung kund, ob sie für oder gegen die Idee waren, Frauen das Wahlrecht zu geben, und einige Männer schienen geneigt, ihre Ansichten nicht nur mit dem Mund, sondern mit den Fäusten zu verteidigen. Ein Lächeln huschte über Katherines Gesicht, als sie sich vor einer Hühnerkeule duckte, die jemand in ihre Richtung schleuderte, und gleich darauf aus der Schänke schlüpfte. Ich lief ihr nach, dicht gefolgt von Martha.

»Ihr habt gewusst, was für ein Spektakel Eure Worte hervorrufen würden«, rief ich, als wir draußen auf der Straße waren. »Warum sagt Ihr so etwas?«

Sie lachte hellauf, und ich fiel in ihr Lachen ein.

»Weil ich daran glaube, und weil es wahr ist«, antwortete sie dann. »Den Propheten des Herrn wird nicht immer ein warmes Willkommen zuteil. Und sie stiften unweigerlich Unruhe.«

»Meint Ihr wirklich, Frauen sollten wählen?«, fragte Martha. In ihrer Stimme schwang das Staunen über eine derartige Vorstellung mit.

»Aber ja«, erwiderte Katherine. »Sonst hätte ich es nicht gesagt.«

»Aber seht Euch doch an, was für einen Aufruhr Ihr verursacht habt«, wandte ich ein. »Wozu soll das gut sein? Wer würde Frauen wählen lassen, wenn schon der bloße Gedanke zu Unruhen führt?«

»Kein Mensch«, gab Katherine zurück. »Und niemand wäre überraschter als ich, wenn Frauen tatsächlich wählen dürften. Aber ich habe die Wahrheit im Herrn gesprochen, und jetzt redet jeder im Wirtshaus darüber. Manchmal ist Unruhe stiften das Einzige, was man tun kann.« Sie spähte durch das Fenster der Schänke. »Die Lage hat sich ein bisschen beruhigt. Ich sollte wieder reingehen.« Katherine sagte uns Lebewohl und schlüpfte zur Tür hinein.

Ich schüttelte den Kopf. »Ich glaube, für heute Abend habe ich genug gehört. Gehen wir heim.«

Als Martha und ich uns der Cheapside Street näherten, kam eine Hand voll Männer von der Stadtwache an uns vorbei. Sie marschierten in Richtung Nag's Head. Ich fragte mich, ob die Auseinandersetzung in der Schänke den Siedepunkt erreicht hatte und in Gewalttätigkeit ausgeartet war.

»Werdet Ihr Mr. Marlowe von dem Aufstand erzählen, den Katherine verursacht hat?«, fragte Martha.

»Das habe ich mich auch gerade gefragt«, gestand ich. »Ich will ihr keinen Ärger machen, aber was passiert, wenn wir lügen und Mr. Marlowe kommt dahinter?« Ich dachte immer noch über diese Frage nach, als wir an der Kirche St. Mary-le-Bow vorbeikamen und Richtung Süden zur Bread Street schlenderten. Wie vertraut uns die Cheap doch geworden war! Noch vor wenigen Monaten war mir dieser Stadtteil Londons wie ein heilloses Labyrinth erschienen, und jetzt fand ich mich hier sogar im Dunkeln zurecht. Das Gewirr der Gassen und Straßen lieferte mir die Lösung für unser Problem.

»Was du im Nag's Head gehört hast – bist du da sicher?«, fragte ich.

»Was meint Ihr?«

»Ich weiß, dass Katherine gesprochen hat, aber bei so vielen Leuten in der Schänke und all dem Lärm konnte ich kaum etwas verstehen. Ehrlich gesagt, es wurde so viel durcheinandergeschrien, dass ich nicht mit Sicherheit sagen könnte, wer den Tumult hervorgerufen hat.«

An diesem Abend schrieb ich einen etwas wirren Brief an Mr. Marlowe, in dem ich die Streitigkeiten schilderte, zu denen es im Nag's Head gekommen war, und auf die unterschiedlichen Ansichten von Daniel Chidley und Jeremiah Goodkey hinwies. Ich erwähnte, dass Katherine aufgestanden war, um etwas zu sagen, behauptete aber, es wäre zu laut gewesen, als dass man sie hätte verstehen können.

Als ich mit dem Brief fertig war, legte ich mich zu Martha ins Bett. Sie war noch wach.

»Was haltet Ihr von alldem?«, fragte sie.

»Vom Prozess gegen König Charles?«, fragte ich zurück. »Oder davon, dass jeder Engländer, ob reich oder arm, das Wahlrecht haben sollte? Oder von Katherines hirnrissigem Plan, auch Frauen wählen zu lassen?«

»Von allem.«

Ich dachte eine Weile nach, bevor ich antwortete. »Ich weiß es nicht. Ich bin nicht blind für die Ungerechtigkeit, die in England herrscht, aber ich kann nicht in der Hoffnung, dass Anarchie der Tyrannei vorzuziehen ist, die ganze Welt auf den Kopf stellen.« Wieder überlegte ich. »Aber letzten Endes kommt es nicht darauf an, was du oder ich denken, denn Staatsangelegenheiten liegen nicht in unserer Hand. Wir sind die Matrosen auf einem Schiff in stürmischer See, nicht die Kapitäne. Wir müssen unsere Pflicht tun, so gut wir können, aber im Grunde sind wir der Gnade und Barmherzigkeit anderer ausgeliefert.«

»Und seid Ihr zufrieden damit, ein einfacher Matrose zu sein?«, fragte Martha.

»Wir haben unseren Beitrag geleistet«, erwiderte ich. »In York haben wir Esther Wallington vor der Hinrichtung bewahrt und dafür gesorgt, dass Mörder für ihre Verbrechen hängen mussten. Und vergiss nicht, welches Schicksal Grace Ramsden erwartet hätte, wären wir nicht hier gewesen, um ihr zu helfen. Kein Schiff kann einen Sturm ohne Matrosen überstehen. Wir müssen unser Bestes geben und hoffen, dass der Kapitän unser Schiff in einen sicheren Hafen lenkt.«

Am nächsten Morgen aber sollte sich herausstellen, dass unser sicherer Hafen eine Illusion war. Martha und ich waren gerade mit dem Hausputz fertig, als eine von Katherine Chidleys Mägden die Treppe hinaufgepoltert kam und zur Tür hereinplatzte.

»Mrs. Hodgson, bitte, helft!«, rief sie. »Mrs. Chidley braucht Euch. Ihr Mann wurde ermordet!«

*

Martha und ich rannten die Treppen hinunter und über die Straße ins Geschäft der Chidleys. Die Werkstatt war voller Stoffballen, die darauf warteten, für die New Model Army zu Mänteln zugeschnitten und genäht zu werden, aber an diesem Tag wurde nicht gearbeitet. Wir fanden Katherine allein vor, den Blick unverwandt auf Daniels leblosen Körper gerichtet. Obwohl wir viele Stunden miteinander verbracht hatten, hatte Katherine nie viel über Daniel oder ihre Ehe gesprochen, aber der Schmerz und die Qual in ihrem Gesicht machten deutlich, dass sein Tod sie bis ins Mark getroffen hatte.

Daniel saß an die Wand gelehnt und starrte zur Eingangstür, als hätte er einen Besucher erwartet – oder seinem Mörder nachgeschaut, als der das Haus verließ. Seine Jacke war aufgeknöpft und gab den Blick auf ein Leinenhemd frei, das bis auf ein kleines Loch und einen runden Blutfleck im Stoff unversehrt war. Eine dünne, tiefrote Spur verlief von dem Loch nach unten. Er musste schnell gestorben sein, wenn er so wenig geblutet hatte.

Ich lief zu Katherine und legte ihr einen Arm um die Schultern. Sie sagte nichts, lehnte sich aber an mich, um den Trost anzunehmen, den ich ihr gab. Martha durchquerte das Zimmer und kauerte sich neben Daniels Leichnam. Wir hatten schon früher Tote unter ähnlichen Umständen untersucht, und Martha hatte sich bei ihren Beobachtungen als überaus scharfsinnig erwiesen. Wenn Daniels Mörder irgendeinen Hinweis auf seine Identität hinterlassen hatte, würde Martha ihn finden.

Sie hob die Jacke an und schlug behutsam Daniels Hemd auseinander, um die Wunde in seiner Brust zu begutachten. Dann suchte sie seine Hände und Fingernägel auf Reste von Haut oder Blut ab. Schließlich hob sie sein Kinn, um seinen Hals zu betrachten. Sie überlegte einen Moment, nickte und stand auf.

In diesem Augenblick flog die Tür auf, und der Wachtmeister kam hereingestürmt, gefolgt von einer Schar Bütteln und der Magd der Chidleys. Als er Daniels Leichnam sah, wurde er kreidebleich. Panisch blickte er sich um, als könnte der Mörder noch irgendwo in einer Ecke lauern. Als sein Blick auf Katherine fiel, kniff er die Augen zusammen und stapfte zu ihr.

»Das habt Ihr getan, alte Hexe, leugnet gar nicht erst!«, fauchte er Katherine an. »Endlich habt Ihr die Rebellion, die Ihr Euch schon so lange wünscht. Hat es nicht gereicht, den König zu ergreifen? Musstet Ihr auch noch Euren eigenen Mann vernichten?«

Ich wollte einschreiten, bekam aber keine Gelegenheit. Aber auch Martha hatte genug von diesem Unsinn, und sie ließ sich durch nichts aufhalten.

»Das kann nicht Euer Ernst sein!«, rief sie und stellte sich zwischen Katherine und den Wachtmeister. Der setzte zu einer Erwiderung an, aber Martha war noch nicht fertig.

»Bring Mrs. Chidley auf ihr Zimmer«, wies sie die Magd an. »Sie soll nichts von dem hier hören.«

Ich rechnete es dem Mädchen hoch an, dass es nicht einmal in Richtung des Wachtmeisters schaute, sondern sofort zu ihrer Herrin eilte. Katherine nickte abwesend und ließ sich von ihrer Magd die Treppe hinaufführen.

Martha wandte sich wieder dem Wachtmeister zu.

»Wie wurde Mr. Chidley getötet?«, wollte sie wissen.

»Er ist erstochen worden«, antwortete der Wachtmeister verächtlich. »Das kann sogar der größte Einfaltspinsel erkennen.«

»Ihr habt in beiden Punkten recht«, entgegnete Martha. »Er wurde erstochen. Jetzt wissen wir tatsächlich, dass es der größte Einfaltspinsel erkennen kann. Aber *wie* wurde er erstochen?«

»Wie? Was?«, fragte der Wachtmeister verwirrt. »Er wurde in die Brust gestochen. Mit einem Messer.«

Ich sah Martha an, dass sie sich beherrschen musste, den Kerl nicht zu erwürgen. »Schaut Euch Mr. Chidley an und stellt Euch vor, wie es passiert ist.«

»Seine Frau, diese Furie, hat ihn erstochen!«, erwiderte der Wachtmeister stur. Ich bewunderte Martha, dass sie ihm nicht an die Kehle fuhr.

»Das sagtet Ihr bereits. Aber wenn es so war, wie hat sie es angestellt?« Sie hob ein Stück Anmachholz auf, das neben dem Kamin lag, und reichte es dem Wachtmeister. »Zeigt mir, wie Mrs. Chidley ihren Mann niedergestochen hat.«

»Ich werde nichts dergleichen tun.« Marthas Unverfrorenheit schien den Wachtmeister mehr zu empören als der Mord, der hier so offensichtlich verübt worden war.

»Tut, was sie sagt«, befahl ich. »Oder der Richter wird davon erfahren.« Es war eine leere Drohung – welchen Einfluss hatte ich schon auf einen Friedensrichter? –, aber meine Rechnung ging auf.

»Aber …«

»Mr. Chidley wurde ermordet, und das Mädchen versucht zu helfen. Tut, was sie sagt.«

»Na schön.« Der Wachtmeister drehte sich zu Martha um und tat so, als würde er sie in die Brust stechen.

Martha schrie auf und fiel mit rudernden Armen nach hinten. Gleich darauf lehnte sie neben Daniel an der Wand.

»Seht Ihr?«, sagte der Wachtmeister zufrieden. »Genauso, wie ich gesagt habe.«

»Und warum ist dann hier im Laden alles in peinlichster Ordnung?«, fragte Martha. »Warum ist kein Stoff auf den Boden gefallen? Könnt Ihr irgendwo Blut sehen außer an seinem Körper?«

Der Wachtmeister schaute sich um und schüttelte den Kopf.

»Dann meint Ihr also, dass Mr. Chidley, als er niedergestochen wurde, sich weder gewehrt noch um Hilfe gerufen hat? Stattdessen hat er sich hingesetzt und auf seinen Tod gewartet?«

»Sein Frau hat ihn festgehalten«, entgegnete der Wachtmeister, doch ohne rechte Überzeugung. Ich hatte nicht das Gefühl, dass er es selbst glaubte.

»Eine so kleine Frau wie Mrs. Chidley hat ihren Mann auf den Boden gedrückt, während er starb? Und das, ohne auch nur einen Tropfen Blut auf ihre Kleidung zu bekommen oder ihre Magd aufzuschrecken?«

Der Wachtmeister sah aus, als hätte ihn ein schlimmer Schnupfen erwischt.

»Schaut Euch seinen Hals an«, forderte Martha ihn auf.

Der Wachtmeister kniete sich neben Daniel, hob sein Kinn, wie Martha es zuvor getan hatte, und starrte eine Zeit lang auf Daniels Hals, ehe er wieder aufstand. »Nun ja, er hat Male am Hals.«

»Aha. Und was für welche?«

»Sieht aus, als wären es Abdrücke von Fingern und einem Daumen«, murmelte der Sergeant. »Jemand hat ihn an der Kehle gepackt.«

»Und deshalb ist er so schnell gestorben«, trumpfte Martha auf. »Der Mörder hat ihn am Hals gepackt, ihn erstochen und dann an die Wand gedrückt. Er hat die Klinge erst herausgezogen, als Mr. Chidley tot war. Deshalb hat er kaum geblutet.«

»In dem Moment, als er starb, hat Daniel in die Augen seines Mörders geschaut«, sagte ich zu mir selbst.

»Und jetzt verratet mir eins, Wachtmeister«, fuhr Martha fort. »Glaubt Ihr, Mrs. Chidley ist stark genug, um ihren Mann am Hals zu packen, ihn gleichzeitig in die Brust zu stechen und ihn dann festzuhalten, bis er tot ist? Und ist sie kaltblütig genug, ihrem eigenen Mann ins Gesicht zu sehen, während er seinen letzten Atemzug tut?«

Eine Zeit lang sagte niemand etwas.

»Vielleicht solltet Ihr den Leichenbeschauer und einen Friedensrichter kommen lassen«, sagte ich schließlich. »Überlasst es Männern von höherem Rang, diese Angelegenheit zu klären.«

Ein Ausdruck der Erleichterung trat in die Augen des Wachtmeisters. Er nickte einem der Büttel zu, der sofort loslief, um Hilfe zu holen.

Innerhalb weniger Minuten kamen Männer, um Daniels Leichnam zu untersuchen, und Frauen, die sich um Katherine kümmerten. Auch Martha und ich gingen zu ihr nach oben, aber Katherine war so betäubt vor Kummer, dass sie unsere Worte des Trostes und des Beileids gar nicht wahrnahm. Wir blieben bis Einbruch der Dunkelheit und noch länger bei ihr, teilten ihren anderen Freundinnen mit, was zu tun war, und kümmerten uns darum, dass im Haus alles seinen gewohnten Lauf nahm. Irgendwann schlief Katherine ein. Erst da kehrten Martha und ich nach Hause zurück.

»Zünde eine Kerze an«, bat ich Martha, sowie die Tür hinter uns ins Schloss gefallen war. »Wir müssen Mr. Marlowe berichten, was passiert ist.«

Wir brauchten fast eine Stunde, um unseren Brief abzufassen. Dabei bemühten wir uns, kein Detail zu vergessen – die Würgemale an Daniels Hals, die einzelne Einstichwunde in der Brust, die auffallende Ordnung in seinem Laden. Gleich bei Sonnenaufgang brachten Martha und ich den Brief zum Horned Bull, nur um festzustellen, dass weder Will noch Tom – wie schnell ich dazu übergegangen war, ihn in Gedanken Tom zu nennen! – dort waren.

»Oh, bei den beiden kann man nie wissen«, redete die Wirtin munter drauflos. »Manchmal bleiben sie tagelang weg, wisst ihr. Sagen nie, wohin sie wollen. Und glaubt ja nicht, ich würde nicht fragen! Was wollt Ihr denn von ihnen?«

Martha und ich wechselten einen Blick. Wenn wir den Brief bei dieser Frau ließen, konnten wir den Inhalt gleich von den Kanzeln Londons hinausposaunen. Schließlich begnügten wir uns damit, für Will und Tom die nichtssagende Nachricht zu hinterlassen, dass wir »interessante Neuigkeiten« hätten und sie so bald wie möglich in die Cheapside kommen sollten.

In den Tagen darauf gab es in der Cheap nur zwei Gesprächsthemen. Einmal der Mord an Daniel und die bisher erfolglose Suche nach dem Täter, versteht sich. Aber wenn die Leute davon genug hatten, debattierten sie über das andere große Thema, die Absicht des Parlaments, König Charles wegen Hochverrats anzuklagen und vor Gericht zu stellen.

Seltsamerweise reagierten weder Will noch Tom auf unsere Nachricht. Auch nicht auf eine der anderen, die wir ihnen in weiterer Folge schickten. Ich ging sogar so weit, Mr. Marlowe einen Brief in den Tower zu senden, aber auch auf dieses Schreiben erfolgte keine Reaktion.

Da es für uns in dieser Sache einstweilen nichts weiter zu tun gab, beschäftigten Martha und ich uns mit dem Leben statt mit dem Tod. Wir hatten mittlerweile unsere eigenen Patientinnen und übernahmen nun auch die von Katherine, während sie um Daniel trauerte.

Am zwanzigsten Januar, dem Tag, an dem der Prozess gegen den König beginnen sollte, wurde Martha zu einer Entbindung gerufen. Ich nutzte die freie Zeit, um mir ein neues Kleid zuzulegen. Natürlich war es wieder aus Wolle, nicht aus Seide, aber diesmal entschied ich mich immerhin für einen besseren, weicheren Stoff.

Auf dem Heimweg erschien plötzlich ein Mann an meiner Seite und ging neben mir her. Zu meinem Erstaunen sah ich, dass es sich um Tom handelte. Er ließ sich nicht anmerken, dass er mich kannte, raunte mir nur unauffällig zu: »Folgt mir.«

Er ging an Mrs. Evelyns Haus vorbei und führte mich in Richtung Süden über die Bread Street zur Pissing Alley und schließlich zum Horned Bull. Wir traten ein und suchten uns im hinteren Teil des Speiseraums einen Tisch – gespenstisch von einer Kerze beleuchtet –, an dem wir ungestört reden konnten.

»Wo ist Will?«, fragte ich. »Warum habt Ihr ihn nicht zu uns geschickt?«

»Weil er immer noch im Auftrag Mr. Marlowes unterwegs ist.« Ein Lächeln huschte über Toms Lippen. »Und dafür bin ich ihm dankbar, denn ein Gespräch mit Euch ist eine überaus angenehme Pflicht.«

Mein Herz schlug schneller, und das Blut stieg mir in die Wangen. Ich hoffte, dass Tom es im flackernden Kerzenlicht nicht sehen konnte. »Ich habe Neuigkeiten«, sagte ich schließlich. »Daniel Chidley ist ermordet worden.«

»Das wissen wir«, erwiderte Tom. »Deshalb habe ich Euch gesucht.«

»Aber Ihr wisst noch längst nicht alles!« Ich erzählte ihm, was Martha und ich an jenem furchtbaren Tag erlebt hatten.

»Ja«, sagte Tom. »Das habt Ihr sehr gut gemacht.«

Ich schaute ihn an. Irgendetwas an seiner Art kam mir merkwürdig vor. »Ihr habt es schon gewusst?«, fragte ich. »Ihr wusstet von den Wundmalen, von der Stichwunde in der Brust ... alles?«

Tom lächelte und zuckte die Achseln. »Wir haben viele Augen und Ohren in der Cheap. Genau aus diesem Grund bin ich hier.«

»Was meint Ihr damit?«

»Mr. Marlowe war gar nicht glücklich, als er von Daniel Chidleys Ermordung hörte.«

»Nicht?« Meine Verwirrung wuchs immer mehr. »Aber Daniel war überzeugter Leveller! Ist Mr. Marlowe da nicht froh, ihn los zu sein?«

»Wenn es ein anderer Leveller gewesen wäre, vielleicht«, gab Tom zurück. »Aber Daniel Chidley war einer von Mr. Marlowes Spitzeln.«

Ich starrte Tom fassungslos an.

»Aber ... Warum sollte Daniel so etwas tun? Er hat für die Sache der Levellers gelebt und geatmet. Und warum sollte Mr. Marlowe von mir verlangen, Daniel Chidley zu bespitzeln, wenn der schon in seinen Diensten war?«

Tom lachte. »Wenn es um seine Spitzel geht, ist Mr. Marlowe mehr als gründlich. Er wollte sicher sein, dass er Daniel vertrauen kann.«

Jetzt fiel mir ein, dass jemand Martha und mich an jenem Abend, als Daniel im Nag's Head sprach, beobachtet hatte. Es musste Daniel selbst gewesen sein. Ich schüttelte verwundert den Kopf über das feine Netzwerk, das Mr. Marlowe gesponnen hatte. »Aber wieso hat Daniel sich darauf eingelassen, für Mr. Marlowe zu arbeiten?«

»Er hatte keine Wahl«, antwortete Tom.

Nach kurzem Überlegen war mir klar, was passiert sein musste. »Daniels Sohn, nicht wahr? Mr. Marlowe hat den Sohn der Chidleys auf dieselbe Weise bedroht wie Will.«

»Ja«, sagte Tom. »Ihr Junge ist in der New Model Army und damit nicht weniger verwundbar, als es Will im Tower war. Elternliebe ist eine sehr wirkungsvolle Waffe.«

»Welche Drohung hat Mr. Marlowe ausgesprochen?«, fragte ich.

Tom zuckte die Achseln. »Das habe ich ihn nie gefragt. Es ist nicht von Belang.«

»Mr. Marlowe ist ein abscheulicher Mensch!«

»Er ist tüchtig. Nur das zählt in Zeiten wie diesen«, gab Tom zurück. »Außerdem zieht er es beim Rekrutieren seiner Spitzel im Allgemeinen vor, mit Bestechung statt mit Drohungen zu arbeiten. Ihr und Daniel wart Ausnahmen.«

»Wusste Katherine, dass Daniel ein Spitzel war?«

»Nein. Es sei denn, er hat es ihr gesagt. Niemand wusste es außer Mr. Marlowe und mir. Dachten wir zumindest.«

»Wieso? Glaubt Ihr, jemand hat entdeckt, dass Daniel für Mr. Marlowe spioniert hat, und ihn deshalb umgebracht?«

»Es wäre gefährlich, etwas anderes anzunehmen. An dem Tag, an dem er ermordet wurde, hat Daniel mir eine Nachricht geschickt, in der er mir mitteilte, dass er wichtige Neuigkeiten für mich habe. Wir wollten uns an jenem Abend treffen. Er kam nicht.«

»Das kann kein Zufall sein«, sagte ich.

Tom schüttelte den Kopf. »Irgendjemand wusste von Daniels Spitzeltätigkeit und hat ihn deshalb getötet.«

»Die Levellers wären wenig erfreut gewesen, hätten sie von Daniels falschem Spiel erfahren. Glaubt Ihr, er wurde ermordet, weil er ihre Sache verraten hat?«

»Möglich. Genauso gut aber kann es ein Royalist gewesen sein, der Daniel wegen seiner lautstarken Forderung nach Demokratie gehasst hat. Daniel hatte Feinde genug, weiß Gott.«

Mir kam ein beängstigender Gedanke. »Wenn jemand dahintergekommen ist, dass Daniel in Mr. Marlowes Diensten stand, könnte er dasselbe von mir wissen«, sagte ich. »Hat Mr. Marlowe Euch geschickt, um mich vor der Gefahr zu warnen?«

»Ich wünschte, es wäre so«, gab Tom mit einem zerknirschten Lächeln zurück. »Aber so menschenfreundlich ist Mr. Marlowe nicht. Er will, dass Ihr Daniel Chidleys Mörder findet.«

# 12.

Fassungslos über diese Unverschämtheit starrte ich Tom an. »Oliver Cromwells oberster Geheimdienstmann erwartet von *mir*, den Mann zu finden, der *seinen* Spitzel ermordet hat?«, stieß ich hervor. »Das kann Mr. Marlowe selbst ganz sicher besser als ich!«

Tom lächelte über meinen Zorn und nahm meine Hand. Ein wohliger Schauer rann mir über den Rücken.

»Kann er nicht«, sagte Tom. »Auch der Leiter eines Geheimdienstes ist nur so gut wie seine Spione, und Mr. Marlowe zählt Euch zu seinen Leuten. Genau aus diesem Grund hat er Euch nach London kommen lassen.«

Ich versuchte, Toms Ausführungen zu folgen, war aber nicht imstande, mich auf etwas anderes zu konzentrieren als darauf, dass er immer noch meine Hand hielt. Ich entzog sie seinem Griff, um wieder zur Besinnung zu kommen.

»Gibt es keinen anderen, der die Sache übernehmen könnte?«, fragte ich.

»Keinen, der für diese Aufgabe besser geeignet wäre. Ihr seid praktisch eine Nachbarin der Chidleys und habt obendrein wesentlich mehr Erfahrung in diesen Dingen als irgendein anderer, der in Marlowes Diensten steht. Es wäre dumm von ihm, Euch diesen Auftrag nicht zu erteilen, und Mr. Marlowe ist zwar hart und unnachgiebig, aber alles andere als ein Dummkopf.«

Ich saß schweigend da und dachte über die Herausforderung nach, die vor mir lag. So sehr ich Marlowe und seine Methoden hasste – ich konnte Katherine Chidley und ihr Leid nicht vergessen. Durfte ich mich noch ihre Freundin nennen, wenn ich mich weigerte, diesen Auftrag zu übernehmen und den Mörder ihres Mannes zu suchen? Einen äußerst geschickten und kaltblütigen Mörder, wie ich zugeben musste.

»Wer Daniel auch ermordet hat, er wird nicht zögern, noch einmal zu morden«, sagte ich.

Toms Gesicht wurde ernst. »So ist es. Und wie es scheint, versteht er sich sehr gut auf das Töten. Daniel hatte nicht die geringste Chance.«

»Ich kann ohnehin nicht ablehnen, oder?«

»Stimmt«, erwiderte Tom. »Bei Mr. Marlowe kann es immer nur ein Ja geben.«

»Also gut«, gab ich mich geschlagen. »Kann ich sonst noch etwas für ihn tun?«

»Nein, Ihr müsst nur diesen einen Mörder fassen«, antwortete er.

Ich musste unwillkürlich lachen.

»Aber ich kann Euch in dieser Angelegenheit ein wenig Hilfe anbieten.« Tom griff in seine Tasche und zog einen Umschlag hervor, ähnlich wie der, den er mir im Tower gegeben hatte. »Es gibt da ein paar Leute, die eher als andere bei Daniel Chidleys Tod die Hand im Spiel gehabt haben könnten. Ich habe hier eine Liste der betreffenden Personen. Dazu einige Informationen, die wir über sie zusammengetragen haben. Wo und wie Ihr anfangt, ist Eure Sache, aber Ihr solltet diese Männer im Auge behalten.«

»Ich werde Euch nicht danken, aber ich weiß diese Geste zu schätzen.« Ich lächelte leicht, als ich den Umschlag nahm.

»Noch etwas«, fuhr Tom fort. »Möglicherweise könnt Ihr Daniels Tätigkeit für Mr. Marlowe zu Eurem Vorteil nutzen.«

»Wie das?«

»Wenn Ihr meint, dass es Euch weiterhelfen könnte, wenn Ihr Daniels Verrat preisgebt, dürft Ihr es tun.«

»Das hat Mr. Marlowe gebilligt?«

Tom lächelte. »Es war seine Idee. Wenn sich herumspricht, dass David Chidley ein Spitzel Cromwells war, werden sich die Levellers fragen, wer aus ihren Reihen noch ein Verräter ihrer Sache sein könnte. Wenn sie einander nicht mehr trauen, wird es äußerst schwierig für sie, eine Rebellion zu planen.«

»Sehr wahr«, stimmte ich zu.

Wir standen auf, und Tom trat vor, um meine Hand zu ergreifen. Ich blickte mich um und stellte fest, dass wir den Raum für uns hatten. »Ich bedaure meine Rolle in diesem blutigen Spiel«, sagte Tom. »Ihr seid eine wundervolle Frau und hättet Besseres verdient.«

Obwohl ich wusste, was Tom vorhatte, noch bevor er sich zu mir beugte, traf sein Kuss mich unerwartet. Als unsere Lippen sich voneinander lösten, konnte ich kaum atmen, und mir war heiß, als hätte ich Fieber.

*

Martha war immer noch unterwegs, als ich in unsere Wohnung zurückkehrte. Ich nutzte die kurze Zeit der Stille, um an Elizabeth zu schreiben. Anschließend studierte ich die Papiere, die Tom mir gegeben hatte. Als ich fertig war, hörte ich Martha die Treppe heraufkommen.

Unruhe erfasste mich, denn ich musste immerzu daran denken, wie Tom mich geküsst hatte, und war mir ziemlich sicher, dass Martha mir auf den ersten Blick ansah, was passiert war. Tatsächlich bewirkte allein der Gedanke an diesen Kuss, dass meine Wangen sich röteten und mein Herz zu pochen begann, als wäre ich den ganzen Weg vom Horned Bull nach Hause gerannt.

Zu meiner Erleichterung brachte Martha viel Klatsch und Tratsch und herzliche Grüße mit und ahnte nicht, dass ich von einem Mann geküsst worden war, zum ersten Mal seit ... mein Gott, wie lange war es her? Fast ein Jahrzehnt?

Als Martha alles losgeworden war, was es zu berichten gab, war ich halbwegs sicher, die große Neuigkeit für mich behalten zu können. Mit erzwungener Leichtigkeit erzählte ich ihr von meinem Treffen mit Colonel Reynolds.

»Ist er immer noch nicht überzeugt, dass wir vertrauenswürdig sind?«, fragte sie. »Oder ist er nur gekommen, um Euch schöne Augen zu machen?«

Ich erkannte an Marthas Tonfall, dass sie nur scherzte, wurde aber dennoch feuerrot – was ihr natürlich sofort auffiel.

»Was denn?«, rief sie. »Er hat tatsächlich mit Euch geschäkert?« Ihre Augen funkelten durchtrieben.

»Willst du wohl still sein!«, rief ich. »Denk dran, wie dünn hier die Wände sind. Wenn einer unserer Nachbarn oder – Gott bewahre! – Mrs. Evelyn dahinterkommt, weiß es noch vor heute Abend die ganze Cheap.«

Martha senkte die Stimme, feixte aber nach wie vor. »Wo seid Ihr denn gewesen? Erzählt mir, was passiert ist.«

»Wir waren im Horned Bull ...«, setzte ich an.

»Ja, das dachte ich mir«, fiel Martha mir ins Wort und brach in Gelächter aus.

»Martha!«

»Ja, ja, schon gut, tut mir leid. Ihr wart also im Horned Bull. Weiter!«

»Wir haben über den Mord an Daniel Chidley gesprochen, und dann ... dann hat er mich geküsst ... das heißt, eigentlich haben wir einander geküsst ...«

Martha starrte mich an. »Ihr zwei habt über den Mord an Daniel gesprochen und seid euch dann um den Hals gefallen?

Alle Achtung, der Mann weiß wirklich, wann man einer Frau zur rechten Zeit den Hof macht.«

»Vergiss nicht, dass du und Will euch zum ersten Mal bei einer Leiche nähergekommen seid«, gab ich zurück. »Um genau zu sein, hat er um dich geworben, als wir drei auf Mörderjagd waren.«

Wieder musste Martha lachen. »Ein Punkt für Euch. Was hatte Colonel Reynolds denn nun über Daniel Chidley zu sagen ... falls Ihr noch imstande wart, ihm zuzuhören?«

»Mr. Marlowe verlangt von uns, Daniels Mörder zu finden«, sagte ich.

Martha furchte die Stirn. »Warum will er das? Hat er vor, sich beim Täter persönlich zu bedanken?«

»Nein. Daniel stand in Mr. Marlowes Diensten. Er hat die Levellers bespitzelt.«

Martha setzte sich abrupt hin, nicht weniger überrascht, als ich es gewesen war. Sie brauchte nicht lange, um die Bedeutung dieser Neuigkeit zu erkennen. »Wenn Daniel die Levellers ausspioniert hat und die seinen Verrat entdeckt haben ...«

»Genau«, sagte ich. »Der Mörder könnte einer der Levellers sein, genauso gut aber ein Anhänger des Königs. In den Augen der Monarchisten war Daniel ein Rebell, ob er nun zur Partei der Levellers gehörte oder für Cromwell tätig war.«

»Wer hat denn gewusst, dass er ein Spitzel war?«

»Colonel Reynolds zufolge nur er selbst und Mr. Marlowe. Er muss durch einen Zufall aufgeflogen sein.«

Martha überlegte einen Moment. »Was, wenn Mr. Marlowe sein Geheimnis zu gut gehütet hat?«

»Was meinst du?«, fragte ich.

»Marlowe hat Daniels Tätigkeit so geheim gehalten, dass jeder andere in London eine Stimme gegen das Parlament und für die Anarchie in ihm sah.«

»Durchaus möglich«, meinte ich. »Dasselbe haben wir schließlich auch gedacht.«

»Was, wenn ein Abgeordneter genug von Daniels streitbarem Wesen hatte und ihn umbrachte?«

»Du meinst, einer von Cromwells Leuten könnte unabsichtlich einen Spitzel Cromwells ermordet haben?« Mir schwirrte der Kopf.

»Wir können diese Möglichkeit nicht ausschließen«, sagte Martha. »Wenn nur Mr. Marlowe und der Colonel wussten, wer Daniel in Wirklichkeit war, könnte er von jedem getötet worden sein, auch von den eigenen Leuten.«

»Mag sein«, gab ich zu. »Zum Glück hat Colonel Reynolds uns Hinweise geliefert, mit denen wir einen Anfang machen können.« Ich hielt die Papiere hoch, die Tom mir gegeben hatte.

Martha und ich verbrachten eine gute Stunde damit, die Unterlagen gründlich zu studieren. Beim Lesen wurde mir klar, dass es sich bei dem Inhalt um eine Art Darstellung des englischen Bürgerkriegs im Kleinformat handelte. Selbst wenn wir alle abwegigeren Theorien außen vor ließen, hatte offenbar jede Partei gute Gründe, Daniel Chidley zu töten.

»Jeremiah Goodkey«, las Martha laut vor. »Ist er nicht der Besitzer des Nag's Head?«

»Ja. Er ist zwar nicht mehr der Jüngste, aber er kann ein frisches Fass Bier stemmen, als wäre es leer.« Der Brief verriet uns, dass Goodkey in den Kriegen aufseiten des Parlaments gekämpft hatte, wie so viele andere Levellers auch. Mr. Marlowes Notizen zufolge war Goodkey *ein ungutes, aufrührerisches Element und darauf erpicht, jede Ordnung umzustoßen. Nichts wäre ihm lieber als vollständige Anarchie in Kirche und Staat.*

»Natürlich würden die Königstreuen dasselbe von Cromwell behaupten«, bemerkte Martha trocken.

»Apropos königstreu, da wäre noch ein gewisser Charles Owen«, sagte ich. »Nach Mr. Marlowes Aufzeichnungen zu schließen, ist er nicht weniger gefährlich als Goodkey. Der einzige Unterschied besteht darin, dass Owen die Monarchie bevorzugt.«

Wie Goodkey war auch Owen Gastwirt und Besitzer einer Schänke namens The Crown, die südlich der Cheapside lag, nicht weit vom Themseufer entfernt. Die Anhänger des Königs benutzten das Lokal schon seit vielen Jahren für ihre Treffen, und auch royalistische Nachrichtenblätter waren dort gratis zu bekommen. Laut Toms Notizen waren in der Crown eine Hand voll Komplotte geschmiedet worden. Mr. Marlowe hätte die Schänke beinahe schon schließen und Owen als Verräter verhaften lassen.

»Wenn die Crown so ein Schlangennest ist, warum lässt Marlowe die Bude dann offen?«, wunderte Martha sich. »Er könnte Owen doch ohne Weiteres festnehmen und die Türen vernageln lassen, basta.«

Ich wendete die Seite und las weiter. »Das Wirtshaus blieb auf Anraten von Colonel Reynolds weiter geöffnet«, sagte ich. »Er konnte Mr. Marlowe davon überzeugen, dass es klüger wäre, zu beobachten statt einzugreifen. Hör zu: *Besser die Männer des Königs im Licht lassen, wo wir sie sehen können, als diese Rebellen in die Schatten scheuchen, wo sie untertauchen könnten.*«

»Vielleicht bereut er diese Entscheidung noch«, meinte Martha. »Und was ist mit Katherine Chidley?«

»Was soll mit ihr sein?«, fragte ich.

»Ich denke, wir müssen die Frage ihrer Schuld noch einmal näher beleuchten.«

Ich starrte Martha offenen Mundes an. »Die Frage ihrer Schuld?«, rief ich. »Du hast doch den Wachtmeister von ihrer

Unschuld überzeugt! Du hast ihren Schmerz über Daniels Tod doch selbst erlebt!«

»Ich habe auch ihr Temperament erlebt«, gab Martha zurück. »Und wer hätte Daniels Verrat leichter entdecken können als seine eigene Frau? Wenn Katherine dahintergekommen ist, dass Daniel den Spitzel für Cromwell gemacht hat, könnte sie ihn getötet haben, um sich selbst und die Sache der Levellers zu schützen.«

Der Gedanke, Katherine könnte schuldig sein, war mir zutiefst zuwider, aber ich konnte ihn nicht von der Hand weisen. Falls Katherine klar geworden war, dass Daniel sie verraten hatte, hätte sich ihr Zorn zu Mordlust steigern können.

»Was ist mit den Malen an Daniels Hals?«, fragte ich. »Katherine ist zu klein, als dass sie so etwas schaffen könnte, egal, wie wütend sie geworden sein mag. Das hast du selbst gesagt.«

»Vielleicht hat sie diesen Goodkey über Daniels Verrat informiert«, meinte Martha. »Sie hat ihn in den Laden gelassen, Daniel in Sicherheit gewiegt und auf diese Weise dafür gesorgt, dass Goodkey an ihren Mann herankam und ihn erstechen konnte.«

»Möglich«, gab ich zu. »Aber im Moment sind das alles reine Mutmaßungen. Wir fangen mit Goodkey und Owen an und arbeiten uns dann weiter vor.« Ich wusste, es könnte ein Fehler sein, Katherine als Täterin auszuschließen, aber sie war eine Freundin; ich wollte keinen so schlimmen Verdacht gegen sie nähren, ehe wir nicht einen eindeutigen Hinweis auf ihre Schuld hatten.

An diesem Nachmittag klopfte Katherines Magd an unsere Tür. Es war dieselbe, die uns geholt hatte, um Daniels Leichnam zu begutachten. Mrs. Chidley, erklärte das Mädchen, lade uns zum Essen ein. Wir nahmen die Einladung nur zu gern an und überquerten zusammen mit der Magd die Straße.

An diesem Tag hatte der Winter beschlossen, sich in seiner ganzen Härte zu zeigen, und selbst die kurze Strecke ließ uns frieren bis ins Mark. Ich fragte mich, ob auch die Themse jemals zufror, so wie die Ouse daheim in York.

Als wir durch die Werkstatt gingen, in der es jetzt bedrückend still und leer war, zog es meinen Blick unwillkürlich zu der Stelle, wo wir Daniel gefunden hatten. Natürlich wies nichts mehr darauf hin, was hier geschehen war; beinahe schien es, als hätte die Welt Daniel Chidley vergessen.

Wir fanden Katherine in ihrer Stube vor, wo sie sich mit einem Mann unterhielt, den ich vom Sehen kannte, aber noch nicht persönlich kennengelernt hatte.

Der Mann stand auf, als wir eintraten. Katherine stellte ihn als Abraham Walker vor.

»Er war Daniels Freund«, sagte sie. »Wir haben seit vielen Jahren geschäftlich mit ihm zu tun. Er liefert uns das Tuch für unsere Mäntel. – Abraham, das sind die Witwe Hodgson und Martha Hawkins. Beide sind Hebammen und erst vor Kurzem nach London gezogen.«

Walker begrüßte uns mit einem freundlichen, unbefangenen Lächeln. Trotz seiner erstklassigen Kleidung – offensichtlich war er im Tuchhandel sehr erfolgreich – war er ein farbloser und nichtssagender Mann, weder so hübsch, dass man ihn gern in Erinnerung behielt, noch so hässlich, dass man ihn rasch vergessen wollte. Ich schätzte sein Alter auf ungefähr fünfzig, aber er strahlte noch immer einiges an jugendlicher Energie aus.

»Ich kam Mrs. Chidley besuchen, kaum dass ich von Daniels Tod erfahren hatte«, sagte er. »Ich wäre früher gekommen, aber ich musste geschäftlich nach York.«

Die Erinnerung an die Verbannung aus meiner Wahlheimat war eine schmerzliche, unangenehme Überraschung, und einen Moment fragte ich mich, ob Walker vielleicht an meinem

Haus vorbeigegangen war oder mit Freunden von mir, die auch im Tuchhandel tätig waren, gespeist hatte. Ich konnte ihn natürlich nicht danach fragen, und im Grunde war es auch egal. Ich würde nach York zurückkehren, sobald der Lord Mayor gestorben war, aber bis dahin zog ich es vor, nicht an diese Stadt zu denken.

»Ich wollte Mrs. Chidley gerade von meinem Besuch beim Friedensrichter und dem Leichenbeschauer berichten«, sagte Mr. Walker. »Sie hat mich gebeten, in Erfahrung zu bringen, welche Erkenntnisse über Daniels Tod es gibt. Und sie wollte Euch beide gern dabeihaben.«

Martha und ich blickten Walker gespannt an. »Was hat man herausgefunden?«, fragte ich.

»Nichts.« Er schüttelte den Kopf. »Sie haben es natürlich in schönere Worte gekleidet, aber letzten Endes mussten sie zugeben, dass sie keine Ahnung haben, wer Mr. Chidley ermordet hat.«

Das war keine Überraschung. Da der Friedensrichter nichts von Daniels Spitzeldiensten für Cromwell ahnte, würde er niemals auf die Idee kommen, Männer wie Goodkey oder Owen zu verdächtigen.

Wir vier unterhielten uns noch eine Weile, aber Walker hatte nichts von Bedeutung zu berichten. Mich beschäftige ohnehin die Frage, warum Katherine gewünscht hatte, wir sollten zu ihr kommen und uns anhören, was Walker zu sagen hatte. Aber diese Frage konnte ich in Walkers Beisein natürlich nicht stellen. Sobald er ging, schloss Katherine die Tür hinter ihm.

»Ich bin froh, dass Ihr zwei hier seid.« Ihre Augen glänzten. »Ich muss mit Euch über Daniels Tod sprechen.«

Bevor Katherine uns den Grund dafür nennen konnte, schlüpfte die Magd herein und verkündete, das Essen stehe bereit.

»Gut«, sagte Katherine. »Ich hoffe, Ihr leistet mir Gesellschaft. Es ist ein gutes Essen.«

Natürlich folgten wir ihr und wurden üppig belohnt. Schmackhafter Braten und frisches Brot füllten unsere Bäuche, Rotwein wärmte unser Blut. Als wir fertig waren, entließ Katherine ihre Magd und kam auf den Mord an ihrem Mann zurück.

»Ich weiß, dass ich noch lange um Daniel trauern werde«, sagte sie. »Aber ich will mich nicht durch meinen Kummer vom Handeln abhalten lassen. Ich habe vor, Daniels Mörder aufzuspüren.«

»Was denn, Ihr ganz allein?« Die Worte kamen mir über die Lippen, ehe ich sie abmildern konnte. Doch Katherine nahm meine Unhöflichkeit nicht zur Kenntnis oder störte sich nicht daran.

»Das Gesetz zeigt wenig Interesse an diesem Fall«, erwiderte sie. »Das ist unverkennbar. Die Behörden haben in Daniel lediglich einen Aufwiegler und Unruhestifter gesehen und schätzen sich glücklich, nichts mehr mit ihm zu tun zu haben. Das wird mir natürlich niemand ins Gesicht sagen, aber die Männer, die mit der Aufklärung des Mordes an Daniel beauftragt sind, betrachten seinen Tod als Geschenk des Himmels.« Sie spie die Worte aus, als wären sie Gift.

»Bestimmt nicht«, widersprach ich, wenn auch ohne große Überzeugung.

»Wenn Ihr mir nicht glaubt, kennt Ihr weder meinen Mann noch Londons Amtsträger«, entgegnete Katherine. »Wenn ich Gerechtigkeit will, muss ich mich selbst dafür einsetzen. Oder denkt Ihr etwas anders darüber?«

Ich dachte an meine letzten Tage in York und an das Furchtbare, das ich bei meiner eigenen Suche nach Gerechtigkeit getan hatte – tun *musste.*

Katherine deutete meinen Gesichtsausdruck richtig. »Ich kenne Euch noch nicht lange, Bridget Hodgson, aber gut genug. Und ich weiß, dass wir vom selben Schlag sind. Ihr habt erlebt, wie die Reichen und Mächtigen das Recht als Waffe einsetzen. Ihr habt die Ungerechtigkeit ihrer Gesetze verflucht. Und Ihr habt getan, was in Euren Kräften stand, um Gerechtigkeit walten zu lassen, ohne Euch dabei um den Buchstaben des Gesetzes zu scheren.«

»Ja«, gab ich zu. »Das habe ich.«

»Warum habt Ihr uns hergebeten?«, fragte Martha. »Was haben wir mit Eurer Suche nach Daniels Mörder zu tun?«

»Daniel war ein schwieriger Mann«, antwortete Katherine, »und einer, der keine Auseinandersetzung gescheut hat, wenn er sich im Recht glaubte. Wie hitzig die Debatte, wie mächtig sein Gegner auch sein mochte, er vertrat unbeirrt seinen Standpunkt und gab keinen Zoll nach.«

»Also hatte er viele politische Feinde«, schloss ich.

Katherine schüttelte den Kopf. »Das würden der Wachtmeister und der Richter vielleicht behaupten, aber es liegen Welten zwischen einem Streit im Nag's Head und einem Mord.« Katherine machte eine Pause. »Nein, Daniel wurde aus einem anderen Grund getötet, der wichtiger war als die Form irgendeiner zukünftigen Regierung.«

»Aber was könnte das sein?« Natürlich kannte ich die Antwort – Daniels Tätigkeit für Mr. Marlowe –, und in diesem Moment erschien mir meine Frage wie eine Lüge, weil ich Unkenntnis einer Tatsache vortäuschte, die Katherine bei der Suche nach Daniels Mörder helfen könnte. Wieder nagte es an meinem Gewissen, Verrat an Katherine zu begehen, aber wenn ich eins wusste, dann dies: Ein leises Unbehagen wie dieses war nichts im Vergleich zu den Qualen, die ich leiden müsste, falls ich Mr. Marlowe in die Quere kam.

»Ich habe keine Ahnung, warum jemand Daniel töten sollte«, sagte Katherine. »Aber die Antwort auf diese Frage zu finden ist der erste Schritt auf dem Weg zu seinem Mörder. Und ich würde mich freuen, wenn ihr zwei mir dabei helfen könntet.«

Ich konnte Katherine nur stumm anstarren, denn mir verschlug es für den Moment die Sprache.

»Ich weiß, dass ich viel von euch verlange«, fuhr Katherine fort. »Aber ich will Vergeltung für Daniels Tod. Jemand muss dafür hängen, das ist für mich Gerechtigkeit. So, wie es gerecht war, dass Grace Ramsden *nicht* für ein Verbrechen büßen musste, das sie nicht begangen hatte.«

»Es ist eine Sache, eine unschuldige Frau freizubekommen«, sagte ich, »aber eine ganz andere, einen Schuldigen an den Galgen zu bringen. Mehr noch, in Grace Ramsdens Fall gab es gar keinen Mord. Wenn wir uns auf die Suche nach Daniels Mörder begeben, könnten wir in große Gefahr geraten.«

»Ich weiß«, erwiderte Katherine. »Deshalb möchte ich auch bis morgen auf Eure Antwort warten. Diese Entscheidung müsst Ihr in aller Ruhe treffen.«

Ich nickte zustimmend. Nachdem wir uns kurz darauf verabschiedet hatten, machten Martha und ich uns auf den Heimweg, wobei wir beim Überqueren der Straße erneut die Köpfe vor dem eisigen Nordwind einzogen.

»Das ist ein mehr als seltsamer Zufall«, sagte Martha, als wir in unserer Wohnung waren. Wir hatten die Sessel näher an den Kamin geschoben und beugten uns über das Feuer, das nur widerwillig das Zimmer erwärmte.

»Du meinst, von zwei verschiedenen Leuten gebeten zu werden, denselben Mord aufzuklären?«, sagte ich. »In der Tat ein merkwürdiger Zufall.«

»Wir werden äußerst behutsam vorgehen müssen«, sagte Martha.

»Allerdings«, pflichtete ich ihr bei. »Glaubst du immer noch, Katherine könnte bei Daniels Tod die Hand im Spiel gehabt haben?«

»Eine Frau muss schon sehr wagemutig sein, um ihren Mann zu ermorden und dann ihren Entschluss zu verkünden, den Täter zu finden«, erwiderte sie. »Aber Katherine *ist* sehr wagemutig.«

»Und du bist bereit, ihrer Bitte nachzukommen.«

»Ja.« Martha nickte. »Trotzdem habe ich das Gefühl, dass wir uns auf ein neues und gefährliches Terrain begeben.«

»Das glaube ich auch«, sagte ich. »Und es wird von allen möglichen Wilden und Bestien bevölkert. Wir können nur hoffen, Daniels Mörder aufzuspüren und unversehrt in sicheres Gebiet zurückzukehren.«

Am nächsten Morgen gingen Martha und ich zu Katherine, um ihr mitzuteilen, dass wir ihr bei der Mördersuche helfen wollten. Wir trafen sie in der Werkstatt an, wo sie einen Stoß Mäntel inspizierte und einen Wandergesellen wegen der schlechten Ausführung abkanzelte. Der Geselle, ein strammer Bursche, einen Kopf größer als Katherine, war den Tränen nahe.

Als Katherine mit ihm fertig war, wandte sie sich uns zu. »Ihr werdet mir helfen?«, fragte sie.

Ich nickte. »Ja. Wenn eine Freundin und Nachbarin nicht helfen will, einen Mord aufzuklären, wozu ist sie dann nütze?«

»Gut«, sagte Katherine. »Gehen wir nach oben und besprechen alles.«

# 13.

Oben in Katherines Stube setzten wir uns mit dem Rätsel um Daniels Tod auseinander. »Ich nehme an, Ihr habt schon darüber nachgedacht, wer einen Grund haben könnte, Daniel umzubringen«, sagte ich.

»Ja«, erwiderte Katherine. »Aber wie ich bereits sagte, fällt mir niemand ein. Politische Meinungsverschiedenheiten führen kaum jemals zu Blutvergießen.«

Ich erwog, sie daran zu erinnern, dass die englische Nation gerade einen Krieg geführt hatte, um einen Tyrannen zu stürzen: War das etwas anderes als eine lange und blutige Auseinandersetzung über Politik? Doch bevor ich darauf hinweisen konnte, meldete Martha sich zu Wort.

»Habt Ihr die Papiere Eures Mannes durchgesehen?«, fragte sie. »Vielleicht enthalten sie einen Hinweis auf das, was ihm zugestoßen ist. Ein Drohbrief, ein geschäftliches Problem oder irgendein anderes Geheimnis.«

Katherine funkelte Martha an. »Irgendein anderes Geheimnis?«, wiederholte sie. »Was meint Ihr damit?« Ein drohender Unterton schwang in Katherines Stimme mit. Ich hoffte inständig, dass Martha ihre Worte sorgfältig wählte.

Martha erschrak über die Heftigkeit von Katherines Reaktion, fing sich aber schnell wieder. »Alle Menschen sind Sünder und vielen Versuchungen ausgesetzt«, sagte sie. »Mr. Chidley wäre nicht der erste Mann, der ein Opfer seiner niedrigen Instinkte wurde. Und wenn es so war, kann sein Verhalten alle möglichen Konsequenzen gehabt haben.«

Katherine dachte kurz nach und stand dann auf. »Ihr habt recht. Meine Liebe zu Daniel darf mich nicht blind für die Wahrheit machen, so unschön sie auch sein mag. Gehen wir in sein Arbeitszimmer!«

Martha und ich folgten Katherine weiter nach oben in ein Zimmer, von dem man auf die Watling Street sah. In Daniels Regalen standen zahlreiche Bücher, und auf seinem Schreibtisch häuften sich Stöße sorgfältig geordneter Papiere neben einem kunterbunten Durcheinander von Notizblöcken und Geschäftsbüchern. Vermutlich hatte Daniel darin die Stoffe vermerkt, die hereinkamen, ebenso die Mäntel, die hinausgingen.

Katherine drehte sich zu uns um. »Verzeiht, dass ich Euch vorhin angefahren habe, Martha, als Ihr angedeutet habt, Daniel könnte Geheimnisse vor mir gehabt haben. Aber bevor wir anfangen, müsst Ihr beide mir etwas versprechen. Wenn Ihr herausfindet, dass Daniel tatsächlich gesündigt hat, müsst Ihr der Spur dieser Sünde folgen, wohin sie ihn auch geführt haben mag. Ich will nicht, dass Eure Zuneigung zu mir Euch auf dem Weg zur Wahrheit behindert, wie schmerzlich sie auch sein mag.«

»Versprochen«, sagte ich. »Und jetzt lasst uns anfangen.«

Wir machten uns ans Werk, indem wir zuerst Daniels gedruckte Bücher durchgingen. Sie waren eine Mischung aus Werken der Levellers – manche kurz, andere lang – und religiösen Themen. Falls seine Lektüre als Hinweis auf seine Gesinnung gelten konnte, lehnte Daniel nicht nur den König, sondern auch die Bischöfe strikt ab. Er befürwortete die Idee, dass jede Gemeinde ihren Geistlichen selbst wählen konnte und ein Priester niemand anderem als seinen Gefolgsleuten verantwortlich sein sollte. Diese Betrachtungsweise hatte sich in den Bürgerkriegen entwickelt und nirgendwo mehr durchgesetzt als in London. Vor der Rebellion allerdings wäre Daniel wegen solcher Gedanken im Kerker gelandet.

»Er hatte auf jeden Fall seine ganz eigene Sichtweise«, stellte ich fest. »Männer sollten ihre eigenen Regierungen, ihre Gesetze *und* ihre Priester bestimmen?«

»Seid Ihr anderer Meinung?«, fragte Katherine. »Wer sonst sollte unsere Regierenden und Geistlichen wählen?«

Beinahe hätte ich geantwortet, dass ich in Pontrilas und in York die Politik so weit mitbestimmt hatte, wie es einer Frau nur möglich war, indem ich Kandidaten für das Parlament unterstützte und meinen Gemeindepfarrer selbst aussuchte. Doch die arme Witwe, die ich nun war, konnte dergleichen natürlich nicht vorbringen.

»Ich habe zu viele schlechte Männer gekannt, um an solche Ideen zu glauben«, sagte ich stattdessen. »Diese Art von Demokratie ist nichts anderes als aufgeputzte Anarchie, die sich Freiheit nennt.« In der Hoffnung, Unterstützung zu finden, blickte ich zu Martha, sah ihr aber an, dass sie Katherines Meinung teilte.

»Da liegt Ihr falsch, Bridget Hodgson«, sagte Katherine mit einem feinen Lächeln. »Und eines Tages werde ich Euch zur Einsicht bringen.«

Da wir beide wussten, dass es weder der Ort noch der richtige Zeitpunkt für derart gewichtige Themen war, wandten wir uns wieder den schier endlosen Papierstößen auf Daniels Schreibtisch zu.

Die Briefe waren eine nicht minder bunte Mischung als die Bücher und befassten sich nicht nur mit Geschäftsangelegenheiten, sondern auch mit religiösen und politischen Fragen. Weit interessanter fanden wir Dutzende kurzer, rätselhafter Notizen mit Kürzeln, von denen etliche die Zeit und den Ort für ein Treffen zu enthalten schienen. Einige davon sollten offenbar im Nag's Head stattfinden – falls dafür das *NH* stand –, andere waren weniger offensichtlich: *SP, GC, LC, PA.*

»Habt Ihr die schon mal gesehen?« Ich reichte Katherine einige der Zettel.

»Ja«, sagte sie. »Daniel und seine Freunde haben sie benutzt. Ich habe ihn oft damit aufgezogen, dass er wohl gern den Spion spielt und sich Cromwell hätte anschließen sollen, wenn ihm so ein Leben gefällt.«

Ich spähte verstohlen zu Martha, aber deren Blick war unverwandt auf Katherines Gesicht gerichtet.

»Als Geheimkode ist es nicht viel wert«, bemerkte Martha.

Katherine lachte. »Und Daniel wäre als Spion nicht viel wert gewesen. *NH* ist das Nag's Head, *SP* steht für St. Paul und *GC* für Great Conduit. Und wenn er einen *JG* getroffen hat, dürfte es Jeremiah Goodkey gewesen sein. Er war einer von Daniels besten Freunden. Hier gibt es keine Geheimnisse.«

Als wir unsere Suche fortsetzten, entdeckten wir Dutzende dieser Notizen, die aufs Geratewohl in Bücher und Hefte gesteckt worden waren, wie es schien. Ich blätterte gerade in einem von Daniels Geschäftsbüchern, in dem Mäntel für die Marine aufgelistet wurden, als ein weiterer Zettel zu Boden flatterte.

*Dienst. iv Nov, xxii Uhr, HB*, stand darauf, unterzeichnet mit *TR*.

Ich zuckte kaum merklich zusammen, denn ich erkannte auf Anhieb Tom Reynolds' Handschrift. Und *HB* konnte nur Horned Bull bedeuten. Rasch schob ich den Zettel zu den anderen. Meine Gedanken überschlugen sich. Vermutlich könnte ich diese Nachricht zu unserem Vorteil nutzen – aber wie?

Während wir Daniels restliche Bücher durchsahen und sämtliche Zettel einsammelten, die wir fanden, zerbrach ich mir den Kopf über dieses Problem, bis ich eine Antwort gefunden hatte. Ich musste nur die richtige Gelegenheit abwarten, um meinen Plan in die Tat umzusetzen.

Wir lasen weiter, fanden letztendlich aber wenig von Interesse: keine Schmiergelder, keine Drohungen und keine Hinweise auf Daniels Tätigkeit für Cromwell, sah man von Toms Nachricht ab. Daniels Einnahmen durch die New Model Army waren beträchtlich, halfen uns bei der Aufklärung des Mordes aber auch nicht weiter. Als wir fertig waren, blieben uns als Lohn für unsere Mühen nur die kleinen Zettel.

»Gott allein weiß, wie viele andere Treffen es noch gegeben hat«, sagte Martha. »Daniel kann nicht alle Zettel aufgehoben haben. Wie viele hat er verbrannt? Und wie viele hat er selbst verschickt?«

»Er hat so viele verschickt, wie er bekommen hat«, erklärte Katherine. »Und er hat sehr viel mehr als die hier erhalten. Könnte sich Daniels Mörder irgendwo in diesem Stapel Papier verbergen?«

Jetzt war der richtige Zeitpunkt, um meinen Plan in die Tat umzusetzen.

»Geht die Zettel noch einmal durch, Katherine«, sagte ich. »Ihr habt Daniel am besten gekannt. Wir verhalten uns ganz ruhig, während Ihr beschreibt, was Euch auffällt.«

Katherine nickte und begann in den Papieren zu blättern. »Es sind alles öffentliche Plätze«, stellte sie fest, »die normalerweise so überfüllt sind, dass man leicht unbemerkt kommen und gehen könnte.«

»Daniel konnte in der Menge untertauchen«, sagte Martha. »Er wollte sich an einem Ort treffen, wo er gesehen werden konnte, ohne aufzufallen oder in Erinnerung zu bleiben.«

»Warum sollte Daniel andere Leute auf diese Art treffen wollen?«, fragte ich. »Warum die Leute nicht einfach hierherkommen lassen?«

Katherine zuckte ratlos die Achseln, aber ich sah, wie sich leise Besorgnis in ihre Züge stahl. Vielleicht befürchtete sie, wir könnten tatsächlich ein schreckliches Geheimnis aufdecken. Sie wandte sich wieder den Zetteln zu. Als sie zu der Nachricht gelangte, die Tom Reynolds geschickt hatte, legte sie sie achtlos beiseite.

»Einen Augenblick«, sagte ich. »*HB*. Gibt es in der Nähe nicht ein Wirtshaus namens Horned Bull?«

»Ja.« Katherine nickte. »In der Pissing Alley, gleich bei der Bow Lane. Glaubt Ihr, Daniel könnte sich dort mit jemand getroffen haben?«

»Möglich wäre es. Erkennt Ihr die Schrift? Hat Daniel je den Horned Bull oder einen Mann mit den Initialen *TR* erwähnt?«

»Nein, nie«, antwortete Katherine. »Ich habe keine Ahnung, worum es da gehen könnte.«

»Nun, es ist immerhin ein Anfang«, sagte ich. »Martha und ich werden diese Schänke aufsuchen und uns ein bisschen umhören.«

»Soll ich mitkommen?«

»Lieber nicht«, sagte ich. »Wenn Daniel von jemandem umgebracht wurde, der ihn kannte, kennt der Täter Euch wahrscheinlich auch. Und wenn er uns dort zu dritt auftauchen sieht, wird er womöglich misstrauisch, und das wollen wir auf keinen Fall. Martha und ich gehen jetzt gleich hin.«

»Aber ihr kommt wieder, wenn ihr etwas erfahrt?«

»Ja, natürlich«, antwortete ich. *Das war schließlich der Plan.*

Martha und ich machten uns auf den Weg zur Bread Street und von dort zur Pissing Alley und zum Horned Bull. Sobald wir außer Hörweite waren, wandte ich mich an Martha.

»Katherine verhält sich nicht wie eine Frau, die schuldig ist. Wäre sie es, würde sie uns kaum in Daniels Papieren stöbern lassen.«

»Es sei denn, sie hat sie selbst schon durchgesehen«, meinte Martha. »Und diejenigen, die wir nicht zu Gesicht bekommen sollen, verbrannt. Sagt Ihr mir jetzt bitte, was wir im Horned Bull wollen?«

Ich vertraute ihr meinen Plan an.

»Ihr wollt Katherine belügen, obwohl Ihr sie für unschuldig haltet?«, fragte Martha verwirrt.

»Wir belügen sie jeden Tag«, gab ich zurück. »Und wenn es uns hilft, Daniels Mörder zu finden, kann sie sich kaum beschweren.«

Im Horned Bull baten Martha und ich ein Zimmermädchen, Will und Tom zu holen, und suchten uns im Speiseraum des Gasthauses einen Tisch. Wenig später erschien Will und eilte in unsere Richtung. Erst als Martha zu lachen anfing, wurde mir bewusst, dass ich an Will vorbeischaute, statt ihn anzusehen.

»Nach wem haltet Ihr denn Ausschau?«, fragte Martha kichernd.

»Wie meinst du das?«, gab ich zurück. »Ich schaue Will an.« Ich spürte, wie meine Ohren sich röteten, und hoffte, es würde ihr nicht auffallen.

Marthas schallendes Lachen ließ jedes Gespräch im Gasthaus verstummen. »Wenn Ihr Will so anschmachten würdet, wäre ich jetzt ganz schön wütend. Ihr seid in den letzten Jahren eine bessere Lügnerin geworden, aber als Meisterin kann man Euch immer noch nicht bezeichnen.«

»Wirst du wohl still sein?« Meine Demütigung war vollständig. »Wenn du weißt, nach wem ich Ausschau halte, warum fragst du dann?«

Will trat an unseren Tisch und ließ den Blick unsicher von einer zu anderen wandern. »Was ist los? Was habe ich angestellt?«

»Nichts«, brummte ich. »Ist Tom … Colonel Reynolds da?«

Natürlich bekam Martha noch einen Lachanfall.

»Er ist im Tower, um Mr. Marlowe zu sehen.« Jetzt war Will völlig durcheinander. »Lachst du über mich, Martha?«

»Nein, nein«, prustete sie. »Mit dir hat es nichts zu tun. Wir sind nur zwei alberne Tratschtanten, das ist alles.«

»Wir bringen Neuigkeiten von der Cheap«, sagte ich in der Hoffnung, das Gespräch in eine vernünftigere Richtung zu lenken. »Setz dich lieber hin.«

Will nahm gehorsam Platz, und Martha hatte sich nach ein paar Minuten genug gefangen, um reden zu können, ohne gleich wieder in Gelächter auszubrechen.

»Worum geht's?«, wollte Will wissen.

»Katherine Chidley hat uns gebeten, ihr zu helfen, den Mord an Daniel aufzuklären«, antwortete ich.

Will zog überrascht die Augenbrauen hoch. »Na so was! Das kommt nicht ungelegen, würde ich sagen. Sie wird eure Fragen beantworten, ohne sich zu wundern, warum ihr sie stellt.«

»Genau. Ich nickte. »Aber es bedeutet auch, dass sie uns schärfer beobachten wird, als wir gedacht hatten.«

»Und wir müssen ihr erzählen, was wir herausfinden«, fügte Martha hinzu. »Zumindest einen Teil davon.«

»Ich gebe es an Colonel Reynolds weiter«, sagte Will. »Was habt ihr jetzt vor?«

Ich erklärte meinen Plan ein zweites Mal, und Will nickte. »Das könnte hinhauen. Auf jeden Fall wird es sie aus dem Gleichgewicht bringen. Brauchst du irgendwas von mir? Oder von Colonel Reynolds?«

Martha fing wieder an zu kichern. Will schüttelte verärgert den Kopf und stand auf. »Dann gehe ich jetzt lieber. Gebt mir Bescheid, wenn ihr etwas Wichtiges erfahrt.«

»Zurück zur Cheap?«, fragte Martha, nachdem Will gegangen war.

»Ja«, sagte ich. »Wir müssen Katherine erzählen, was wir hier im Bull ›herausgefunden‹ haben.«

*

Auf dem Rückweg zur Cheapside dachte ich über die Lügen nach, die ich Katherine bereits aufgetischt hatte, und über die, die folgen würden. Ich sagte mir, dass ich sie nicht aus Bösartigkeit, sondern in den besten Absichten täuschte, und dass uns beiden daran gelegen war, Daniels Mörder zu stellen. Trotzdem war ich nicht gänzlich überzeugt, richtig zu handeln. Aber hatte ich eine andere Wahl?

Als wir bei Katherine eintrafen, teilte ihre Magd uns mit, dass sie ins Nag's Head gegangen war. Wir machten uns auf den Weg zu der Schänke, wo wir Katherine in einem angeregten Gespräch mit Jeremiah Goodkey antrafen. Sie schien alles daranzusetzen, ihn davon zu überzeugen, dass jede Frau das Recht haben sollte, zu wählen und – wenn sie fromm und gottesfürchtig war – das Amt eines Ratsherrn oder sogar Lord Mayors zu bekleiden. Goodkey wollte nichts davon hören und widersetzte sich ihren Argumenten mit einem wahren Feuereifer. Als er uns entdeckte und merkte, dass wir mit Katherine reden wollten, verzog er sich an seinen gewohnten Platz hinter der Theke.

»Schon wieder zurück?«, fragte Katherine. »Habt ihr herausgefunden, mit wem Daniel sich getroffen hat?«

»Ja«, antwortete ich mit gesenkter Stimme. »Aber diese Neuigkeit sollten wir nicht allzu laut verkünden.«

Katherine lehnte sich zu mir, sodass ich ihr ins Ohr flüstern konnte.

»Wir glauben, *TR* ist ein Mann namens Thomas Reynolds«, sagte ich. »Ich habe dem Zimmermädchen einen Penny gegeben, und sie hat mir erzählt, dass er der einzige *TR* im Bull ist.«

»Kennt Ihr ihn, Katherine?«, fragte Martha.

Katherine schüttelte den Kopf. »Wie sieht er denn aus?«

»Wir haben ihn nicht gesehen«, antwortete ich. »Aber das Zimmermädchen hat uns gesagt, dass er nach Southwark gegangen ist. Und in seiner Abwesenheit haben wir …« Ich brach ab und tat so, als müsste ich nach den richtigen Worten suchen.

»Wir haben uns in seinem Zimmer umgeschaut.« Martha spielte ihre Rolle perfekt.

Katherines Augenbrauen schossen in die Höhe. »Ihr seid in sein Zimmer eingebrochen?«, flüsterte sie. »Habt ihr den Verstand verloren?«

»Es war kein richtiger Einbruch«, sagte Martha. »Wir haben nichts mitgenommen, bloß seine Papiere durchgesehen.«

»Ich bin mir nicht sicher, ob ein Richter diesen feinen Unterschied anerkennen würde«, bemerkte Katherine. »Aber was geschehen ist, ist geschehen. Was habt ihr gefunden?«

»Die Neuigkeit wird Euch nicht gefallen«, sagte ich. »Aber Ihr müsst uns glauben, denn es ist wahr.«

Katherines Augen wurden hart. Sie nickte. »Sagt es mir!«

»Wir haben Briefe gefunden, die in einer Art Kode geschrieben waren. Einige waren an diesen Reynolds geschickt worden, andere hatte er an einen Mann namens Marlowe im Tower of London geschrieben.«

Wir saßen schweigend da, während Katherine diese Neuigkeit verdaute. Ich wollte, dass sie die Wahrheit mit eigenen Augen erkannte, statt sie aus meinem Mund zu hören.

»Ihr glaubt, Thomas Reynolds steht in Cromwells Diensten«, sagte sie.

»Wer sonst würde verschlüsselte Briefe in den Tower schicken?«, fragte ich.

»Und wenn Reynolds für Cromwell tätig ist, kann Daniel es

genauso gewesen sein«, fuhr Katherine fort. »Warum hätten sie sich sonst heimlich getroffen?«

Mit angehaltenem Atem beobachtete ich, wie Katherine nachdachte. Ich sah ihr an, dass sie versuchte, eine andere Erklärung für die Briefe und Treffen zu finden – eine Begründung, die das Verhalten ihres Mannes erklärte, ohne einen Verräter an der Sache der Levellers aus ihm zu machen.

»Vielleicht hat Cromwell Daniel zu seiner Kreatur gemacht«, gab sie schließlich zu. »Old Nol ist ein mächtiger und skrupelloser Mann.«

Ich atmete vor Erleichterung auf, dass Katherine endlich die Möglichkeit erwog, Daniel könne ein Verräter sein. Da mein erstes Ziel erreicht war, konnte ich unseren Plan weiterführen. »Wenn jemand Daniel verdächtigt hat, für Cromwell zu arbeiten, hat dieser Jemand ihn vielleicht deshalb getötet«, sagte ich. »Vielleicht einer der Levellers?«

Mein Blick wanderte zu Jeremiah Goodkey. Er rieb gerade die Theke mit einem Tuch trocken; die harten Muskeln an seinen Armen traten deutlich hervor. Er hätte Daniel mühelos überwältigen können.

»Ihr glaubt, Daniel ist von einem der Levellers ermordet worden?« Katherine riss die Augen auf. »Von einem seiner eigenen Freunde?«

»Wenn der Mörder glaubte, Daniel hätte die Sache verraten«, bemerkte Martha, »hat er sich von ihrer Freundschaft vielleicht nicht aufhalten lassen.«

»Und falls Daniel tatsächlich die Welt der Spionage betreten hat, könnte er sich noch andere Feinde gemacht haben«, fügte ich hinzu. »Schließlich sind es nicht nur die Levellers, die sich gegen Cromwell auflehnen.«

»Ihr meint, es könnte ein Royalist gewesen sein«, sagte Katherine.

»Ja. Cromwell hat viele Feinde, die ihn nur zu gern tot sehen würden. Dasselbe könnte für Daniel gelten.«

»Könnte dieser Thomas Reynolds der Täter sein? Oder dieser Mr. Marlowe?«, fragte Katherine. »Vielleicht haben die beiden von Daniel verlangt, für sie zu arbeiten, und er hat sich geweigert.«

Bei ihren Worten wurde mir heiß und kalt vor Schreck. Ich versuchte, diesen hässlichen Gedanken abzutun, schaffte es aber nicht. Zwar konnte und wollte ich nicht glauben, Tom könnte hinter dem Mord stecken, aber was war mit Mr. Marlowe? Könnte er so gerissen sein, Daniel Chidley zu ermorden und uns dann aufzufordern, das Verbrechen aufzuklären? Die Möglichkeiten für Täuschungen schienen in diesem Fall unendlich zu sein.

»Ich weiß es nicht«, sagte ich schließlich. »Es wäre möglich.«

»Ich würde gern mit Abraham Walker reden«, erklärte Katherine. »Und ich möchte ihm erzählen, was wir in Erfahrung gebracht haben.«

»Ist es der Mann, den wir bei Euch kennengelernt haben?«, fragte Martha. »Ich dachte, er wäre Tuchhändler.«

»Das ist er auch«, sagte Katherine, »aber er ist mehr als das. In den Kriegen hat er sich neutral verhalten und ist dadurch zu einem Mann geworden, dem alle Parteien vertrauen. Vielleicht weiß er besser als wir, wer Daniels Feinde waren.«

»Vertraut Ihr ihm?«, fragte ich.

»Bedingungslos«, antwortete Katherine. »Er ist seit vielen Jahren ein wahrer Freund. Er wird nicht zögern, uns zu helfen.«

Ich nickte zustimmend, und Katherine machte sich auf, Abraham Walker zu suchen.

Wir waren kaum allein, als Martha auch schon die Frage stellte, die mir selbst auf den Lippen brannte. »Könnte es tatsächlich Mr. Marlowe gewesen sein?«

»Ich weiß es nicht«, antwortete ich. »Alles und jedes scheint möglich.«

»Aber würde er Daniel töten und uns nachher auf Mörderjagd schicken, nur um seine Spuren zu verwischen?«

Ich konnte nur ratlos den Kopf schütteln.

Schweigend saßen wir da und bemühten uns, Marlowes Knoten zu entwirren.

Und auf einmal löste er sich.

»Wenn Marlowe tatsächlich Daniel umgebracht hat, könnte er versuchen, zwei Fliegen auf einen Streich zu erwischen«, sagte ich. »Er tötet Daniel aus Gründen, die nur ihm bekannt sind, und hetzt dann uns beide auf Goodkey und Owen. Wen immer wir als Täter festnageln – Marlowe wird ihn hängen lassen, ohne sich darum zu scheren, wer es ist. Daniel ist tot, und gleichzeitig wird einer von Cromwells Feinden ausgeschaltet.«

Martha nickte. »Ein Feind wäre ermordet, ein anderer würde für das Verbrechen hingerichtet. Selbst für einen so abgefeimten Mann wie Marlowe eine beachtliche Leistung.«

»Marlowe könnte aber auch die Wahrheit sagen. Vielleicht haben Jeremiah Goodkey oder Charles Owen Daniel tatsächlich umgebracht.« Ich schüttelte verwirrt den Kopf. »Für einen simplen Mantelschneider hatte Daniel ziemlich viele Feinde.«

»Und wenn wir nicht gut aufpassen«, warnte Martha, »werden seine Feinde zu unseren.«

»Genau. Je eher wir diese Angelegenheit hinter uns bringen, desto besser für uns«, sagte ich. »Hoffen wir, dass Abraham Walker uns weiterhelfen kann!«

## 14.

Wir hatten gehofft, gleich am nächsten Tag mit Mr. Walker sprechen zu können, aber noch bevor sich die Gelegenheit dazu ergab, stand ganz London kopf, als der Prozess gegen den König mit seinem Todesurteil endete. Als sich die Nachricht in der Cheapside herumsprach, strömten alle Bewohner aus ihren Häusern und weinten und jammerten über dieses unfassbare Ereignis.

Martha und ich wanderten die Cheapside Street hinunter, um das Geschehen zu beobachten. Als wir an der Kirche St. Mary-le-Bow vorbeikamen, stimmte gerade ein Bänkelsänger – derselbe, den ich schon über Guy Fawkes und die große Pulververschwörung hatte singen hören – ein Lied über jüngere Ereignisse an.

*Dem Volke sei's gedankt,*
*dass England nun zur Hölle wankt.*
*Kein Bischof, kein König mehr,*
*der dem Land die Ordnung gewähr'.*
*Drum her mit euch, Kinder und Narren,*
*und auch ihr Weiber, kommt in Scharen!*
*Gebt eure Stimmen recht klug ab,*
*stürzt uns ins Elend hinab!*

»Wenn Katherine den Kerl hören könnte, würde sie ihm die Ohren langziehen«, wisperte Martha. Und tatsächlich fingen schon einige Frauen in der Menge an, über den Sänger zu murren. Unglücklicherweise merkte er nicht, dass er sich auf abschüssigem Boden bewegte und bald hinunterpurzeln würde.

*»Her mit dem König«, so spricht John.*
*»Oh nein«, sagt Mary, »wir wollen den Sohn!«*
*»Wir brauchen keinen«, meint die sabbernde Ann.*
*»Wir alle sind König«, grölt jedermann.*

Das erwies sich als zu viel für eine der Frauen in der Menge. Ein rohes Ei sauste am Kopf des Sängers vorbei, bevor es hinter ihm an der Wand zerschellte.

»Was denn? Willst du etwa uns die Schuld an allem in die Schuhe schieben?«, schrie sie. »Welcher der sogenannten Richter, die den König verurteilt haben, trägt den Namen Mary? Welcher Parlamentarier heißt Ann? Alles, was ich sehe, sind Richards und Williams. Ihr Männer seid es, die uns so weit gebracht haben, nicht wir Frauen.«

Noch bevor sie ihre Ansprache beendet und in ihren Korb gegriffen hatte, um ein weiteres Ei hervorzuholen, war der Sänger geflüchtet.

»Der König war nie so beliebt wie seit dem Tag, an dem er eingesperrt wurde.« Ich fuhr beinahe aus den Stiefeln, als ich so unvermittelt Katherines Stimme hörte. Sie war hinter uns in die Menge geschlüpft und stellte sich jetzt zu mir und Martha. »Bevor Charles gefangen genommen wurde, haben diejenigen, die ihn nicht mochten, ihn mehr gehasst als den Leibhaftigen. Und die, die ihn liebten, haben ihn nicht ganz so sehr geliebt wie ihr Abendessen. Aber nun, da er seiner Macht beraubt ist, vergessen die Menschen seine Sünden und sehnen sich nach der Ordnung, die er versprochen, aber nie hergestellt hat.«

»Und wie steht es mit Euch?«, wollte Martha wissen. »Hasst Ihr ihn mehr als den Teufel?«

»Ich hasse Tyrannei, ob sie nun vom König oder von Cromwell ausgeübt wird. Und ich werde mich ihr stets widersetzen.«

»Aber jetzt sieht es so aus, als ob ein Tyrann den anderen aufs Schafott schickt«, sagte ich. »Wie wollt Ihr das in Einklang bringen?«

Katherine grinste. »Wir haben uns ganz schön in die Zwickmühle gebracht, stimmt's? In dieser Sache muss ich zum König halten. Dieses Rumpfparlament hat nicht das Recht, Charles zu verurteilen. Ich kann nicht darüber klagen, dass das Gesetz die Armen unterdrückt, und dann schweigend hinnehmen, wenn Reiche ungerecht behandelt werden. Und ja, letztes Jahr wollte ich, dass der König gestürzt wird, und jetzt lehne ich seine Hinrichtung ab.« Sie lachte über diesen Widerspruch.

Mittlerweile hatte sich die Menge zerstreut, und Katherine schlug den Weg zum Nag's Head ein. Ich sagte mir, dass es eine gute Gelegenheit sein könnte, mit Jeremiah Goodkey über Daniels Tod zu sprechen. Vielleicht, überlegte ich mir, unterlief ihm bei all der Aufregung über die Verurteilung des Königs ein kleiner Fehler, und er verplapperte sich. Ich teilte Katherine mein Vorhaben mit. Sie wurde blass.

»Glaubt Ihr wirklich, Jeremiah könnte Daniel getötet haben?«

»Wenn er dahintergekommen ist, dass Daniel für Cromwell tätig war ...«, sagte ich.

Katherine holte tief Luft, dann nickte sie. »Ich finde diese Vorstellung zwar unerträglich, und Jeremiah ist ein guter Freund, aber er *ist* cholerisch. Wenn er geglaubt hat, Daniel hätte die Sache der Levellers verraten, könnte er tatsächlich gewalttätig geworden sein. Lasst Euch von meinen Wünschen und Hoffnungen nicht beeinflussen.«

Als wir das Nag's Head betraten, stellten wir fest, dass es gerammelt voll war. Natürlich war das Schicksal des Königs *das* Gesprächsthema, und schon waren hitzige Debatten in Gange. Katherine tauchte in der Menge unter, während Martha und ich uns in der Hoffnung, Jeremiah Goodkey zu überrumpeln, zu ihm durchkämpften. Wir fanden ihn hinter der Theke, wo er mit einem kleinen, rattengesichtigen Mann stritt.

»Solange der König lebt, kann es keine Freiheit geben!« Goodkey hieb so kräftig auf die Theke, dass die Gläser klirrten. »Ich will dieses Parlament nicht verteidigen, aber der Preis für die Freiheit ist nun mal königliches Blut.«

Der Mann mit dem Rattengesicht sagte etwas, das ich nicht verstehen konnte, aber seine Worte brachten Goodkey so sehr in Rage, dass ihm der Kragen platzte. Seine Hand schoss vor und packte Rattengesicht an der Hemdbrust. Ohne erkennbare Mühe zog Goodkey seinen Gegner halb über den Tresen und brüllte ihm ins Gesicht: »So etwas darf in meinem Wirtshaus keiner laut sagen!«

Rattengesicht versuchte etwas zu erwidern, brachte aber keinen Laut über die Lippen.

»Vielleicht sollten wir ein anderes Mal wiederkommen«, murmelte Martha. »Er scheint nicht in der Stimmung zu sein, Fragen zu beantworten.«

»Hast recht«, pflichtete ich ihr bei. »Und was machen wir jetzt?«

»Wir könnten Charles Owen aufsuchen. Gerade am heutigen Tag werden die Königstreuen eher in gedämpfter Stimmung sein.«

»Hoffen wir's«, sagte ich.

*

Auf dem Weg zu Charles Owens Schänke, die den passenden Namen The Crown trug, besprachen wir, wie wir am besten an Owen herankommen könnten, und schon bald wurde uns klar, dass wir ein Problem hatten.

»Goodkey kennt uns zumindest vom Sehen«, sagte ich. »Aber Owen ist ein Fremder. Er nimmt es bestimmt nicht gut auf, wenn zwei Frauen bei ihm hereinspaziert kommen und ihn zu einem Mord befragen.«

»Verschieben wir die Fragen lieber auf morgen«, meinte Martha, »und beschränken uns heute aufs Zuhören. Wenn wir Owens Temperament einschätzen können, wissen wir besser, wie wir ihn anpacken sollen.«

Ich nickte zustimmend. Auch wenn diese behutsame Vorgehensweise unsere Suche nach Daniels Mörder verlangsamte, war an Marthas Überlegungen nichts auszusetzen. »Da gäbe es nur noch ein Problem«, sagte ich. »Was machen wir, wenn Owen sich als Täter entpuppt?«

»Was meint Ihr?«

»Wir wissen nur über Mr. Marlowe von diesem Owen. Wie könnten wir unsere Entdeckung Katherine erklären?«

»Unter Daniels Zetteln fand sich keiner mit dem Monogramm *CO*, nicht wahr?«, fragte Martha.

»Stimmt«, antwortete ich. »Und auch kein Treffpunkt C.«

»Dann hat Daniel sich also nie mit Owen oder sonst jemand in der Crown getroffen.«

»Oder die Treffen waren so geheim, dass er die Zettel sofort verbrannt hat«, sagte ich.

Schweigend gingen wir weiter und grübelten über die Probleme nach, die vor uns lagen, fanden aber keine Lösung.

»Diesen Knoten müssen wir dann entwirren, wenn es so weit ist«, entschied Martha.

Ich nickte. »Und lass es uns als Warnung dienen, dass wir

uns in unsere eigenen Lügen verstricken, wenn wir nicht gut aufpassen«, sagte ich. »*Diesen* Fallstrick haben wir noch rechtzeitig erkannt, aber er ist bestimmt nicht der einzige.«

Mithilfe des Plans, den Tom für uns skizziert hatte, fanden wir die Crown mühelos, und Martha und ich traten aus dem Winterwind in die Wärme der Gaststube. Als wir unsere Umhänge ablegten, schaute ich mich um und überlegte, welcher der Männer Charles Owen sein könnte.

Rein äußerlich hatte die Crown viel mit dem Nag's Head gemeinsam: grob gezimmerte Möbel, die schon einiges erlebt hatten, und eine bunte Mischung von Stühlen und Bänken, die sich um kleine und größere Tische drängten. Das Publikum hätte an diesem Tag allerdings nicht unterschiedlicher sein können. Während die Männer und Frauen im Nag's Head lang und breit darüber diskutierten, ob die Hinrichtung des Königs gerecht war, herrschte in der Crown in diesem Punkt Einigkeit. Hier war die Hinrichtung des Königs nichts anderes als Mord.

Ein paar Männer, die uns hereinkommen sahen, starrten uns mit unverhohlenem Argwohn an. Ich versuchte mir vorzustellen, wie Daniel in geschäftlichen Angelegenheiten dieses Gasthaus aufgesucht hatte. Ob einer dieser Besuche jene Ereignisse in Gang gesetzt hatte, die letzten Endes zu seinem Tod führten? Hatten Martha und ich durch unser Eintreten auf ähnliche Weise einen Stein ins Rollen gebracht?

Ich zeigte auf einen großen Tisch – groß genug, um andere zu ermuntern, sich zu uns zu setzen – und ging mit Martha hin. »Hier herrscht eine Stimmung wie bei einer Totenwache«, murmelte sie.

»Ja«, gab ich ihr recht. »Für diese Leute ist es auch so etwas Ähnliches. Es wird ein schwarzer Tag, wenn der König hingerichtet wird.«

Martha ging zur Theke und holte zwei Humpen Ale. Wir lehnten uns zurück, um abzuwarten und zu lauschen. Nach einer Weile machten mich die Wärme des Feuers und das starke Ale benommen und schläfrig. Wäre ich aufmerksamer gewesen, wäre mir der Mann nicht entgangen, der sich unvermittelt zu mir auf die Bank setzte und seinen Arm um meine Taille legte.

Ich fuhr empört hoch und musste einen Schrei unterdrücken, als ich zu meinem Entsetzen feststellte, dass es Lorenzo Bacca war, der neben mir saß. Ich wollte etwas sagen, brachte aber kein Wort heraus. Sogar Martha hatte es die Sprache verschlagen.

»Mir fehlen die Worte, Lady Hodgson«, schnurrte Bacca. Mir sträubten sich die Nackenhaare, als ich seinen Akzent hörte. »Ich habe so viele Fragen an Euch, dass ich gar nicht weiß, womit ich anfangen soll.«

*

Es war fast fünf Jahre her, seit ich Lorenzo Bacca zum letzten Mal gesehen hatte, aber ich hätte ihn nie vergessen können. Im Zuge der Untersuchungen, die ich vorgenommen hatte, um zu beweisen, dass Esther Wallington nicht die Mörderin ihres Mannes sein konnte, war ich zu dem Schluss gelangt, Bacca könnte der Täter sein. Nicht nur, dass er ein Auftragsmörder im Dienst des Königs war – er hatte noch dazu gedroht, mich umzubringen, wenn ich meine Suche nach dem Mörder Wallingtons nicht aufgab. Meine Weigerung, mich von solchen Drohungen einschüchtern zu lassen, zählte ich zu einem meiner ersten Beweise von echtem Mut.

Obwohl sich in jenem speziellen Fall Baccas Unschuld erwiesen hatte, konnte kein Zweifel bestehen, dass er einer der gefährlichsten Männer war, die je meinen Weg gekreuzt hatten. Baccas Äußeres entsprach seinem Charakter, denn seine Skrupellosigkeit spiegelte sich in seinen scharfen Zügen und dem Lächeln eines Raubtiers wider. In den Jahren, die seit seiner Flucht aus York vergangen waren, hatte sein Haar sich ein wenig gelichtet, und um seine Augen waren mehr Fältchen entstanden, aber im Großen und Ganzen hatte die Zeit ihn gnädig behandelt.

»Ihr müsst mir unbedingt erzählen, was Euch derart ... verändert hat.« Er zupfte an meinen Wollröcken, als hätte ich Läuse. Wie damals in York trug Bacca auch jetzt Kleidung aus den denkbar buntesten und kostbarsten Seiden und Tuchen. Selbst unter den Anhängern des Königs, die solche Gewänder bevorzugten, stach er hervor wie ein Schwan unter Enten.

»Und wenn Ihr Euer schlichtes Gewand erklärt habt«, fuhr er fort, »erzählt Ihr mir hoffentlich, warum Ihr ausgerechnet heute in der Crown seid. Da ich weder auf die eine noch die andere Frage eine Antwort erraten kann, erwarte ich Eure Erklärung mit größter Spannung.« Bacca zog eine Augenbraue hoch und wartete.

Fieberhaft zerbrach ich mir den Kopf auf der Suche nach Antworten, die ihn zufriedenstellen könnten, aber mir fiel beim besten Willen nichts ein. Einen Moment lang spielte ich mit dem Gedanken, aufzuspringen und auf die Straße zu rennen. Bacca schien es zu ahnen, denn seine Hand spannte sich ein wenig fester um meine Hüften.

»Dasselbe könnten wir Euch fragen«, sagte ich schließlich. »In York habt Ihr bis zum Hals in den Angelegenheiten des Königs gesteckt, und das könnte nun, da sein Schicksal besiegelt ist, noch gefährlicher sein als damals.«

»Der König ist tot – oder wird es bald sein«, erwiderte Bacca mit einem wissenden Lächeln. »Also: Lang lebe der König!«

»Ihr dient dem Prinzen von Wales?«, fragte ich. »Und das gebt Ihr freimütig zu?«

Baccas Lachen war nicht unfreundlich, aber sein Lächeln erinnerte immer noch an einen Wolf. »Die Hälfte der Männer in dieser Schänke steht im Dienst des Prinzen. Und alle anderen werden sich anschließen, sobald der Kopf seines Vaters rollt. Aber genug von mir. Warum erzählt Ihr mir nicht, weshalb Ihr wie eine gewöhnliche Bürgersfrau gekleidet seid?«

In der Hoffnung, Martha könne einen Geistesblitz haben, warf ich ihr einen Blick zu, aber die Panik in ihrem Gesicht spiegelte meine eigene wider.

Nach einigen Augenblicken, die mir wie eine Ewigkeit erschienen, redete Bacca weiter. Wie viele seiner Landsleute konnte er einfach nicht still sein.

»Ihr antwortet nicht?«, fragte er mit einem Lachen. In diesem Moment wurde mir klar, dass er sich aufrichtig freute, mich wiederzusehen, welchen Verdacht er auch hegen mochte. »Na schön, lasst mich raten. Ich weiß nicht, was Euch nach London geführt hat, aber nach Eurem Äußeren zu urteilen, seid Ihr entweder verarmt, oder Ihr tragt eine Verkleidung. Da ich weiß, dass Ihr zu umsichtig seid, um zu verarmen, habt Ihr Euch getarnt. Ihr müsst als eine Art Spitzel hier sein. Und weil die Crown vorzugsweise von Royalisten frequentiert wird, dient Ihr weder dem König noch dem Prinzen, seid also höchstwahrscheinlich eine von Cromwells Kreaturen. Ich kann mir nicht vorstellen, warum Ihr Euch einem so schlechten Menschen anschließt, aber Ihr seid eine kluge Frau und dürftet Eure Gründe haben.«

Mir wurde übel angesichts der Schnelligkeit, mit der Bacca zur Wahrheit gelangt war. Hoffentlich erkannte er nicht, wie präzise er ins Schwarze getroffen hatte!

»Die einzigen Fragen, die bleiben«, fuhr er fort, »oder vielmehr die einzigen Fragen, auf die es ankommt, lauten: Warum seid Ihr hier? Und kommen Eure und meine Tätigkeiten einander ins Gehege? Das wäre sehr bedauerlich.«

»Warum erzählt Ihr uns nicht, worin Eure Tätigkeit besteht?«, schlug Martha unbefangen vor. »Dann können wir Euch sagen, ob es Überschneidungen geben wird.«

Bacca lachte. »Da liegt natürlich das Problem. Da ich aufseiten des Königs stehe und Ihr auf der des Verräters Cromwell, können wir einander nur belügen. Was machen wir bloß, um aus dieser Sackgasse zu entkommen?«

»Wir könnten getrennte Wege gehen«, meinte Martha. »Und damit einander jeden Ärger ersparen.«

»Ich fürchte, dafür ist es zu spät«, erwiderte Bacca. »Der Ärger ist schon da, nicht wahr? Ihr müsst mir erzählen, was Ihr zwei treibt, sonst bleibt mir nichts anderes übrig, als all diesen Männern mitzuteilen, wer Ihr seid. Ich bin sicher, sie hätten nichts dagegen, zwei von Cromwells Spitzeln in die Finger zu kriegen, insbesondere an einem Tag wie heute.«

Ich atmete tief ein und aus. Mir war klar, dass Bacca sich nur durch eine absolut glaubwürdige Lüge täuschen ließ. Ich beschloss, die Wahrheit tröpfchenweise einfließen zu lassen und sie mit so vielen Lügen zu spicken, wie Bacca gerade noch schlucken würde. Ich fing an, indem ich unsere Suche nach Daniels Mörder mit einem Verbrechen vermischte, das Martha und ich vor ein paar Jahren aufgeklärt hatten.

»Mit der Verkleidung liegt Ihr richtig, nicht aber mit den Gründen dafür«, sagte ich. »Wir arbeiten nicht für Cromwell, wir suchen einen Mörder.«

Selbst ein so abgebrühter Intrigant wie Bacca konnte seine Überraschung nicht verbergen.

»Ach was?«, rief er. »Ein Mord? Erzählt mir alles!«

»Jemand hat in der Stadt zwei Huren umgebracht. Wir

haben den Auftrag, den Täter zu finden.« Martha und ich hatten erst vor wenigen Jahren in York eine derartige Mordserie aufgeklärt. Ich konnte nur hoffen, dass Bacca nichts davon zu Ohren gekommen war.

Er beäugte uns skeptisch. »Warum können die Behörden den Schuldigen nicht selbst aufspüren? Warum eine Hebamme zu Hilfe rufen?«

»Ihr kennt doch die Puritaner«, erwiderte ich. »Sie behandeln Huren noch schlechter als Komödianten. Welche Dirne würde schon einem puritanischen Beamten trauen?«

»Und warum sollten sie Euch trauen?«, fragte Bacca.

»Weil ich als Hebamme arbeite, seit ich in London bin, und ihnen geholfen habe, ihre armen Kinder zur Welt zu bringen. Ich habe ihnen nie etwas Böses getan.«

»Ich finde Eure Geschichte faszinierend, nur erklärt sie nicht Eure Anwesenheit in der Crown. Hier verkehren keine Dirnen.«

»Wir glauben, der Täter könnte ein Mann sein, der oft in diese Schänke kommt«, sagte Martha. »Wir hatten gehofft, ihn hier zu finden.«

Bacca musterte uns beide. Sein Misstrauen war nicht zu übersehen. »Und warum sagt Ihr mir ohne Umschweife die Wahrheit?«

»Wir haben keinen Grund zu lügen«, antwortete ich. »Welche Einwände könntet Ihr gegen unsere Tätigkeit haben? Und vorausgesetzt, Ihr seid nicht selbst der Mörder, können Eure und unsere Vorhaben einander nicht ins Gehege kommen.«

Nach einem Moment nickte Bacca. »Wenn Ihr die Wahrheit sagt, habt Ihr ein gefährliches Unterfangen auf Euch genommen. Vielleicht kann ich helfen. Wer ist der Mann, den Ihr zu finden hofft?«

Ein solches Angebot hatte ich nicht erwartet. Ich zögerte.

Natürlich konnte ich nicht ablehnen – welchen Grund hätte ich dafür anführen können? Aber ich wusste auch, dass Bacca sich durch einen ausgedachten Namen nicht lange in die Irre führen ließe.

»Charles Owen«, sagte ich. »Der Besitzer der Crown.«

»Charles Owen«, wiederholte Bacca. »Und welche Beweise habt Ihr?«

Ich zuckte die Achseln. »Darüber darf ich nicht sprechen, hat der Richter gesagt. Wir sind nicht einmal sicher, ob Owen tatsächlich der Mörder ist. Aber wir wissen, dass er Kunde bei den Mordopfern war, also könnte er den Täter gesehen haben.« Ich hoffte, meine ausweichende Antwort, was diesen Punkt anging, würde den Rest meiner Geschichte glaubwürdiger erscheinen lassen.

Bacca nickte. »Ich kenne Charles Owen. Auf mich wirkt er nicht wie ein Mann, der eines Mordes fähig wäre. Aber wer kann schon einem anderen Menschen hinter die Stirn schauen?« Er stand auf, und einen Moment lang gab ich mich der Hoffnung hin, ihn los zu sein. »Ich schicke Owen her, damit er Eure Fragen beantwortet, und bleibe in der Nähe, um aufzupassen, dass Euch nichts geschieht.«

»Ihr dürft ihm nicht sagen, warum wir hier sind«, warf ich hastig ein. »Wir wollen ihn überrumpeln.«

Bacca hielt inne; dann nickte er. »Ja, Ihr habt recht. Ein Überraschungsangriff ist besser. Ich werde nichts verraten.«

Bacca schlenderte zu einem Mann und einer Frau, die hinter der Theke standen. Es konnte sich nur um Charles Owen und seine Gemahlin handeln. Bacca beugte sich vor und raunte Owen etwas zu. Der Wirt wandte den Kopf in unsere Richtung und starrte uns unfreundlich an. Als Bacca geendet hatte, nickte Owen, kam hinter der Theke hervor und näherte sich uns. Er war ein hochgewachsener, schlaksiger Mann, dessen geschmeidige Bewegungen eher an eine Schlange erinnerten als an ein menschliches Wesen.

»Ihr seid Freunde von Lorenzo«, begrüßte Owen uns, als er an unserem Tisch stand. Sein Akzent verwies auf seine Herkunft aus Englands Südwesten, Devon oder Cornwall. »Er sagt, Ihr wollt mir ein paar Fragen stellen. Worum geht's?«

Als er sich über den Tisch beugte, stellte ich erschrocken fest, dass er ungemein kräftige Arme hatte. Die Muskeln unter seiner Haut schienen selbst im Ruhezustand zu zucken, als könnten sie es nicht erwarten, ihre ganze Kraft zu entfalten. Ich stellte mir vor, wie er Daniel mit seiner linken Hand gepackt hatte, während er ihm mit der rechten ein Messer ins Herz stieß.

»Wir sind wegen des Mords an Daniel Chidley hier«, antwortete ich.

»Ach ja?« Owens Augen blitzten, und die Luft um uns herum schien mit einem Mal bedrohlich zu knistern. »Und seid Ihr zwei scharf darauf, ihm ins Grab zu folgen? So wird es nämlich kommen, verlasst Euch drauf!«

# 15.

Mir stockte der Atem. Ich war überzeugt, mit Martha und mir würde es bald ein ähnliches Ende nehmen wie mit Daniel Chidley. Nur zu gern hätte ich Lorenzo Bacca durch ein Zeichen zu verstehen gegeben, dass sein »Freund« unser Leben bedrohte, aber ich wagte nicht, den Blick von Charles Owen zu wenden.

»Was soll das heißen?«, wollte Martha wissen. Ihr Blick blieb unerschrocken, und ihre Stimme bebte nicht, wie meine es sicher getan hätte.

Owen starrte Martha an. Nach einem kurzen Moment wurde seine Miene milder, und er setzte sich. »Das soll heißen, dass Daniel ein gefährliches Spiel mit gefährlichen Leuten getrieben hat und dass ihr gut beraten wärt, es ihm nicht nachzumachen.«

»Was für ein Spiel?«, fragte ich. »Mit welchen Leuten?«

Owen schaute zur Tür, als würde er jemanden erwarten. Ob Furcht oder Argwohn in seinem Blick lag, hätte ich nicht sagen können. Dann starrte er uns wieder an, schwieg aber.

»Woher habt Ihr Daniel Chidley gekannt?«, fragte Martha. »Ihr haltet zum König, und Mr. Chidley war Leveller – da gibt es nicht viele Gemeinsamkeiten.«

»Wir haben beide Cromwell gehasst, oder etwa nicht?« Owen sprach so leise, dass Martha und ich uns vorbeugen mussten, um ihn zu verstehen. »Seltsame Zeiten bringen seltsame Bettgenossen mit sich. Cromwell oder eine seiner Kreaturen muss genug von Daniels Auftritten gehabt haben, also her er ihn getötet. Wie gesagt – eine Schande, aber keine Überraschung.«

Ich staunte, dass er seinen Hass auf Cromwell so offen aussprach, aber vermutlich gab es dafür in ganz London keinen besseren Ort.

»Ihr glaubt, Daniel Chidley wurde von einem Parlamentsanhänger getötet?«, fragte ich.

»Klingt doch am wahrscheinlichsten, oder? Cromwell fürchtet die Levellers genauso wie die Royalisten. Und wenn er schon so weit geht, Seine Majestät mit dieser Farce von Gerichtsverhandlung zum Tode zu verurteilen, wird er kaum davor zurückscheuen, einen gewöhnlichen Sterblichen wie Daniel ohne Prozess ins Jenseits zu befördern.«

Ich überlegte, wie wir Owen am besten überrumpeln könnten, und beschloss, unsere Trumpfkarte auszuspielen. »Daniel ist kein Opfer von Cromwells Willkür«, sagte ich. »Er hat für Cromwell gearbeitet. Daniel Chidley war ein Spitzel.«

Owen starrte mich teils überrascht, teils ungläubig an. »Wer seid Ihr?«, fragte er. »Was wollt Ihr hier?«

»Wie gesagt, wir suchen Daniel Chidleys Mörder«, antwortete ich. »Wir haben gehört, dass Ihr etwas darüber wissen könntet.«

»Und wie es scheint, stimmt das auch«, fügte Martha hinzu.

Owen ging nicht darauf ein. »Der Italiener sagte, Ihr seid Hebammen. Warum steckt Ihr Eure Nasen in solche Sachen?«

»Wir tun es für Daniels Frau«, entgegnete ich. »Sie bezweifelt, dass die Behörden das Ihrige tun werden, und hat uns gebeten, ihr bei der Suche nach Daniels Mörder zu helfen. Habt Ihr gewusst, dass Daniel Chidley für Cromwell tätig war?«

»Nein, hab ich nicht, und ich glaube es auch nicht«, sagte Owen. »Wer immer Euch das erzählt hat, er hat Euch einen

Bären aufgebunden. Daniel und ich waren uns in vielen Dingen uneins, aber er war ein waschechter Leveller. Wie ich schon sagte, schaut Euch lieber unter Cromwells Leuten um. Aber seid vorsichtig – wenn Ihr der Wahrheit zu nahe kommt, wird man nicht zögern, Euch zu töten.«

»Was habt Ihr und Daniel zusammen gemacht?«, fragte ich. »Was genau habt Ihr gegen Cromwell unternommen?«

Owen lachte bitter auf. »Sehe ich aus, als wäre ich dumm genug, Euch das zu erzählen? Da könnte ich mir ja gleich den Strick nehmen!« Er hielt einen Moment inne und starrte mich aus zusammengekniffenen Augen an. »Wer weiß, vielleicht arbeitet Ihr ja für Cromwell und wollt mir ein Geständnis entlocken?« Er stand auf. »Ich habe nichts Unrechtes getan, also trinkt aus und geht. Ich will euch zwei nicht mehr hier sehen. Ihr bringt nur Ärger, euch selbst und allen in eurer Umgebung, und ich habe schon genug Probleme.«

Ich warf einen verstohlenen Blick auf Owens Gürtel, als er ging, und fragte mich, ob er ein Messer bei sich hatte, konnte unter seinen Hemdzipfeln aber nichts entdecken.

»Mr. Owen«, rief ich ihm nach. »Wo wart Ihr am achten Januar? Das war einen Tag, nachdem die Gerichtsverhandlung gegen den König angekündigt wurde.«

Owen kam an unseren Tisch zurück und lehnte sich zu uns vor. »Habt Ihr den Verstand verloren? Wie könnt Ihr das so laut herausbrüllen?«, stieß er zwischen zusammengebissenen Zähnen hervor. »Es stehen nicht weniger gefährliche Männer im Dienst des Königs wie in Cromwells Diensten, und ich will nicht unbedingt ihre Aufmerksamkeit erregen.« Er schaute sich in der Schankstube um, ehe er mit gesenkter Stimme fortfuhr: »Ich hatte keinen Grund, Daniel zu töten. Wie ich bereits sagte – wir waren keine Feinde.«

»Wo wart Ihr am achten Januar?«, wiederholte ich.

»Hier, bei meiner Frau. Der Laden läuft nicht von selbst. Vielleicht war ich auch unten bei den Docks, um mich nach frisch importierten Weinen aus Frankreich umzusehen. Aber wo ich auch gewesen sein mag, bei Daniel war ich jedenfalls nicht. Ich hatte nicht den Wunsch, ihn tot zu sehen.«

»Ist das Eure Gemahlin?« Martha deutete mit einer Kopfbewegung auf die Frau, mit der wir ihn vorher zusammen gesehen hatten.

»Meine Frau?« Die Frage schien Owen aus der Fassung zu bringen. »Ja, warum?«

»Ihr sagt, Ihr wärt hier bei Eurer Frau oder in Geschäften unterwegs gewesen. Wenn das stimmt, kann sie es uns sicher bestätigen. Erlaubt uns, sie danach zu fragen, dann gehen wir unserer Wege.«

Owen hämmerte die Faust auf den Tisch. Anscheinend hatten wir eine Frage zu viel gestellt. »Ihr werdet nicht mit ihr reden, nicht heute und auch an keinem anderen Tag. Und wenn ich Euch beide noch einmal hier erwische, wird es Euch übel ergehen.« Er wandte sich zum Gehen, drehte sich dann aber noch einmal zu uns um. »Daniels Tod sollte Euch beiden eine Lehre sein. Wenn Ihr ein Messer an der Klinge anfasst, lauft Ihr Gefahr, Euch zu schneiden.«

»Ich muss mein Ale nicht unbedingt austrinken«, raunte Martha mir zu, als Owen davonstapfte. Das Misstrauen, das uns beim Eintreten der Schänke begrüßt hatte, war in offene Feindseligkeit umgeschlagen, und ich sprach ein stummes Dankgebet, dass Lorenzo Bacca in der Nähe geblieben war. Ein Lächeln spielte um seine Lippen, als er uns zum Abschied zunickte.

»Meine Güte«, japste Martha, als wir uns nach draußen geflüchtet hatten. »Was für ein unglaublicher Zufall!«

»Lorenzo Bacca nach all den Jahren wiederzusehen, meinst

du? Ja, wirklich bemerkenswert. London scheint auf einmal sehr klein zu sein. Glaubst du, Bacca hat uns unsere Geschichte über die ermordeten Dirnen abgekauft?«

»Sah ganz danach aus. Ihr habt es sehr überzeugend vorgebracht.«

»Wie dem auch sei, er ist und bleibt ein Meuchelmörder im Dienst von Prinz Charles«, sagte ich. »Und Daniel war nicht nur ein Leveller, er war obendrein einer von Cromwells Spitzeln. Bacca hatte mindestens zwei Gründe, ihn zu beseitigen.«

Martha nickte. »Und wenn er tatsächlich der Mörder ist und die Lüge über die Huren durchschaut hat ...«

»Sind wir in großer Gefahr«, beendete ich den Satz und beschleunigte instinktiv meine Schritte, um möglichst schnell aus Baccas Nähe zu kommen.

»Was haltet Ihr von Charles Owen?«, fragte Martha.

»Kräftig genug ist er auf jeden Fall«, antwortete ich. »Und er ist jähzornig. Er oder Bacca könnten Daniel getötet haben.«

»Es könnten aber auch Jeremiah Goodkey oder Mr. Marlowe gewesen sein«, meinte Martha.

»Richtig«, sagte ich. »Jeder Einzelne von ihnen. Gehen wir in den Horned Bull. Ich möchte Colonel Reynolds gern erzählen, was wir herausgefunden haben.«

Martha lachte. »Das kann ich mir vorstellen.«

Wir fanden ohne Mühe den Weg zum Bull – eine Leistung, auf die ich nicht wenig stolz war – und trafen zu unserer Freude gleichzeitig mit Will ein. Ich umarmte ihn, und er gab Martha einen Kuss, bevor er mit uns in den Speisesaal ging. Er wirkte müde und war über und über mit Staub und Schlamm bedeckt.

»Du warst außerhalb der Stadt?«, fragte ich und zeigte auf seine Stiefel. »So schmutzig macht man sich auf gepflasterten Straßen nicht.«

Will lachte auf. »Dir entgeht wirklich kaum etwas. Was habt ihr zwei denn heute unternommen?« Offensichtlich hatte er nicht vor, uns zu verraten, wo er gewesen war.

»Ist Colonel Reynolds hier?«, fragte ich.

Will schüttelte den Kopf. »Aber er muss bald kommen. Wir können etwas essen, während wir auf ihn warten.«

Beim Essen sprachen wir über alles Mögliche, nur nicht über unsere Tätigkeit für Mr. Marlowe; deshalb wurde es ein angenehmer Nachmittag. Eine Zeit lang vergaßen wir beinahe die Schwierigkeiten und Gefahren, die vor uns lagen.

*

Einige Zeit später rutschte Tom Reynolds neben Will auf die Bank. »Was für eine schöne Überraschung!«, sagte er. »Was führt Euch her? Habt Ihr Daniel Chidleys Mörder schon aufgespürt?«

Ich war entsetzt, als ich das alberne Kichern hörte, das über meine Lippen kam. Eine erwachsene Frau kicherte nicht, schon gar nicht über einen Mord. Ich riss mich zusammen, so gut ich konnte. »Noch nicht. Aber wir haben Neuigkeiten.«

»Und zwar?«, fragte Tom.

»Wir haben mit Charles Owen gesprochen.«

»Wie bitte? Ihr habt mit ihm gesprochen? Er könnte der Mörder sein!«

»Es ist eine etwas längere Geschichte«, entgegnete ich. »Und wenn Ihr mich ausreden lasst, werdet Ihr alles erfahren.«

Tom nickte mir aufmunternd zu.

»Owen hatte nicht viel für Daniel übrig«, fuhr ich fort. »Aber er sagt, er hätte auch keinen Grund gehabt, ihn umzubringen. Sie beide haben Oliver Cromwell gehasst.«

»Und glaubt Ihr ihm?«, fragte Tom.

»Ich weiß nicht. Er macht den Eindruck, als könne er gewalttätig werden, und er hat gute Gründe, zu lügen.«

»Dann haben wir also immer noch keine Ahnung, wer Daniel auf dem Gewissen hat«, warf Will ein. »Owen, Goodkey oder der große Unbekannte.«

»Und das ist noch nicht alles«, meldete Martha sich zu Wort. »Wir sind Lorenzo Bacca begegnet.«

Will schnappte nach Luft. »Bacca? Hier in London? Wieso?«

»Wer ist dieser Bacca?«, wollte Tom wissen. »Und was habt ihr zwei mit ihm zu tun?«

Ich überlegte kurz, wie ich unsere seltsame Vergangenheit und die noch seltsamere Begegnung mit dem Italiener am besten erklären könnte. »Als ich noch in York wohnte, wurde eine Freundin von mir beschuldigt, ihren Ehemann ermordet zu haben«, begann ich schließlich. »Ich versuchte, ihre Unschuld zu beweisen, und habe mir dabei ein paar sehr mächtige Männer zu Feinden gemacht.«

»Ja«, sagte Tom. »Das hat uns Will schon erzählt. Aber wie passt dieser Italiener ins Bild? Wer ist er?«

»Ein Auftragsmörder«, antwortete ich. »1644 wurde York von den Royalisten gehalten, und Bacca stand auf der Seite des Königs und des Lord Mayors. Als Martha und ich zu gefährlich wurden, hetzte der Lord Mayor Bacca auf uns, um uns einzuschüchtern.« Ich erinnerte mich an den Tag, als Bacca mich in eine Gasse gedrängt und mir seinen Dolch zwischen die Rippen gedrückt hatte, bis die Spitze fast durch die Haut drang. »Er benutzte ein Messer mit einer langen, schmalen Klinge und hätte mich mit einem Stich töten können.«

»Genauso, wie Daniel Chidley getötet wurde«, warf Martha ein.

»Ja, stimmt«, sagte ich leise. Auf diesen Gedanken war ich noch gar nicht gekommen.

»Und jetzt arbeitet dieser Bacca für Prinz Charles?«, fragte Tom. »Warum sollte sich ein italienischer Verbrecher in einen englischen Krieg hineinziehen lassen?«

»Er ist kein Royalist, falls Ihr das meint. Ich glaube, er hat einfach nur einen Herrn gefunden, der bereit ist, seinen Preis zu bezahlen. Aber deshalb ist er nicht weniger gefährlich.«

»Und Ihr seid sicher, dass er mit dem Mord in York nichts zu tun hatte?«, fragte Tom.

Ich nickte. »Ganz sicher. Aber ein Mörder ist er trotzdem. Wenn er von Prinz Charles dafür bezahlt worden wäre, Daniel zu töten, hätte er es, ohne zu zögern, getan.«

»Und Daniel hätte nicht die geringste Chance gehabt«, fügte Martha hinzu.

Tom griff in seinen Beutel und zog Feder, Papier und Tinte hervor. »Mal sehen, was ich über Bacca herausfinden kann«, sagte er und machte sich ein paar Notizen. »Mr. Marlowe ist auf der Hut vor ausländischen Spionen, wir könnten also eine Akte über ihn haben. Habt Ihr sonst noch etwas entdeckt?«

»Nichts von Bedeutung«, gestand ich. »Wir wollen noch mit einem Tuchhändler namens Abraham Walker reden. Er war mit Daniel befreundet, und Mrs. Chidley meint, er könnte uns vielleicht weiterhelfen.«

»Abraham Walker, sagt Ihr? Ich werde nachschauen, ob ich etwas über diesen Mann herausfinden kann.« Tom kritzelte erneut etwas auf das Papier.

»Mrs. Chidley sagt, dass Walker sich aus allem heraushält und Auseinandersetzungen meidet, wann immer er kann. Er ist sicher kein Mann, der Mr. Marlowes Aufmerksamkeit auf sich ziehen würde.«

»Dasselbe könnte man von Euch sagen«, bemerkte Tom mit einem Lächeln. »Und doch seid Ihr hier.«

»Ja«, sagte ich. »Ich bin hier.«

Will räusperte sich. »Tante Bridget«, begann er, »es ist Wochen her, seit Martha und ich Gelegenheit hatten, miteinander zu reden. Allein, meine ich. Könnten wir ein paar Minuten für uns haben?«

»Natürlich.« Tom und ich standen auf und schlenderten zur Theke, wo wir einige Zeit in verlegenem Schweigen herumstanden und Martha und Will beobachteten. Da die Gästeschar im Horned Bull seit unserer Ankunft beträchtlich zugenommen hatte, waren Tom und ich gezwungen, praktisch Nase an Nase zu stehen. Aus seiner Kleidung wehte mir Tabakduft zusammen mit wohliger Körperwärme entgegen, und als ein anderer Gast in uns hineinstolperte, legte Tom mir seine Hände auf die Hüften, um mich festzuhalten. Ich erschauderte von Kopf bis Fuß.

»Soll ich einen Tisch für uns suchen?«, murmelte er. »Dort hätten wir es bequemer.«

Ich stimmte zu, obwohl ich keine Ahnung hatte, wo wir sitzen sollten, denn es gab keine freien Plätze. Tom trat an einen Tisch und raunte den Männern, die dort saßen, irgendetwas zu. Sofort standen sie auf und verschwanden. Lachend ging ich zu ihm. »Was habt Ihr zu ihnen gesagt?«

»Nichts als die Wahrheit: Dass mir aufgefallen ist, wie begehrlich ihre Blicke auf der Börse dieses Herrn ruhten.« Er deutete mit einem Nicken auf einen großen und sehr betrunkenen Mann, der schwer an der Theke lehnte; seine Börse schien darum zu betteln, ihm abgenommen zu werden. »Ich habe ihnen vorgeschlagen, woanders einen Schluck zu trinken, und sie waren einverstanden.«

Obwohl Diebstahl nicht viel amüsanter war als Mord,

musste ich erneut lachen. Wenigstens war es diesmal ein Lachen, kein jungmädchenhaftes Kichern.

»Ich hole uns Wein«, sagte Tom und ging zur Theke zurück.

Mir drehte sich der Kopf, und das Herz schlug mir bis zum Hals, als Tom den Schankraum durchquerte. Ich spähte zu Martha, die mir durchtrieben zuzwinkerte. Mit einem Mal fühlte ich mich wie berauscht, obwohl ich nur ein einziges Glas Wein zum Essen getrunken hatte. Tom kehrte mit einer Flasche Wein und zwei Bechern zurück, nahm mir gegenüber Platz und schenkte uns ein.

»Will hat mir anvertraut«, sagte er, »dass er und Martha sich in York verlobt haben. Wann werden sie heiraten, was meint Ihr?«

»Sie waren jahrelang getrennt«, erwiderte ich. »Sie müssen erst wieder vertraut miteinander werden. Aber auch das liegt bei Euch und Mr. Marlowe, nicht wahr?«

Tom nickte. »Und Ihr? Ihr wart verwitwet?«

»Einmal in Hereford, einmal in York.«

»Kinder?«

Meine Gedanken flatterten hin und her, von Michael und Birdy, die beide tot waren, zu Tree, der noch in York lebte, und schließlich zu Elizabeth, die zurzeit in Pontrilas gut aufgehoben und in Sicherheit war. »Zwei sind vor vielen Jahren gestorben«, sagte ich. »Aber jetzt habe ich wieder zwei Kinder, eines in Hereford, eines in York.«

Zu meiner Erleichterung wollte er nicht von mir wissen, wie ich zwei Kinder verlieren und zwei andere finden konnte. Vielleicht hatte Will es ihm erzählt. Ich erinnerte mich an Toms wehmütigen Gesichtsausdruck, als er gesehen hatte, wie Martha und Will einander beim Tower in die Arme fielen.

»Ihr seid auch verwitwet?«, fragte ich.

»Ja. Ich hatte eine Frau und einen erwachsenen Sohn. Beide

kamen ums Leben, als die Truppen des Königs Bolton einnahmen.«

Mir wurde elend, als ich das hörte. Ganz England wusste, wie viel Bolton erleiden musste, als der Earl of Derby die Stadt eroberte. Seine Männer hatten Hunderte abgeschlachtet, ohne einen Unterschied zwischen Soldaten, Frauen und Kindern zu machen. Ich sah die Trauer in Toms Augen, als er von seiner Familie sprach. Dieselbe Trauer empfand auch ich, wenn ich an meine toten Kinder dachte. Aus irgendeinem Grund gab Tom sich die Schuld am Tod seiner Frau und seines Sohnes.

»Ihr wart dort?«, fragte ich.

Er nickte. »Ich wurde bei den Kämpfen verwundet. Ich habe überlebt. Sie nicht.«

Ich versuchte, in seinem Gesicht zu lesen, aber es blieb so ausdruckslos, als wäre es aus Stein gemeißelt. »Und wie seid Ihr in Mr. Marlowes Dienste gekommen?«, fragte ich.

»Er hat versprochen, mir zu helfen, Derby zu finden, und dafür sorgen, dass der Kerl gehängt wird«, antwortete er.

»Ist der Earl denn in London?« Die Frage kam mir über die Lippen, bevor ich sie unterdrücken konnte. Natürlich war er das nicht. Sogar in Hereford hatte ich von Derbys Flucht nach Frankreich gehört. »Tut mir leid«, sagte ich. »Ich habe es nicht so gemeint.«

»Doch, doch, die Frage ist berechtigt.« Tom lächelte traurig. »Wenn ich Derby suche, warum bin ich dann auf dieser Seite des Ärmelkanals?«

Ich nickte.

»Mr. Marlowe versteht es, dich mit einem Versprechen an Bord zu holen und dann zu seinen eigenen Zwecken einzusetzen. Und wenn ein Auftrag erledigt ist, gibt er dir einen anderen, aber nicht den, den du wolltest. Aber ich denke, das werdet Ihr noch selbst herausfinden.«

»Ihr meint, er fordert mich an einem Tag auf, die Levellers zu bespitzeln, und am nächsten, einen Mord aufzuklären?«

Tom lachte. »Ach ja, ich hatte vergessen, dass Ihr seine Sprunghaftigkeit bereits kennengelernt habt.« Er wurde wieder ernst und schaute mir in die Augen. »Ihr solltet wissen, dass er Euch nicht freigeben wird, wenn er es irgendwie verhindern kann. Er wird Eure Freiheit vor Eurer Nase tanzen lassen, so, wie er es bei mir mit dem Earl of Derby macht.«

»Warum bleibt Ihr dann?«, fragte ich.

»Weil ich England liebe und nicht will, dass es in Tyrannei und Papismus abgleitet. Weil ich Derby allein nicht finden kann, Mr. Marlowe es aber irgendwann schaffen könnte.« Tom machte eine Pause und wandte den Blick von mir ab. »Und was soll ich ohne Familie sonst schon tun?«

Ich langte über den Tisch und nahm seine Hand. Jetzt erinnerte er mich nicht an Luke, sondern an mich selbst, denn der Schmerz in seinen Augen spiegelte meinen eigenen wider.

Tom lächelte bitter und drückte meine Hand. »Tut mir leid. Ich weiß nicht, seit wann ich so wehleidig bin.«

»Wenn Liebe zur Familie wehleidig ist, sollten es mehr Männer sein«, gab ich zurück. »Sagt mir eins: Würde es Euren Schmerz lindern, den Earl of Derby zu finden?«

Tom starrte mich an, als hätte ich behauptet, die Sonne würde im Westen aufgehen. Dann dachte er kurz nach, vielleicht um sich vorzustellen, wie der Earl durch seine Hand starb, und schaute weg. »Wahrscheinlich nicht.«

Eine Zeit lang saßen wir schweigend da, ließen uns vom Lärm im Schankraum einlullen. Tom sprach als Erster wieder. »Wie habt Ihr Euren Kummer überlebt? Nach all dem Schmerz, all den Verlusten – was habt Ihr da getan?«

»Getan?«, echote ich. Ich dachte an all die Jahre, die vergangen waren, seit der Tod meiner Tochter meine Familie ausgelöscht und mich in Englands dunklem Norden allein zurückgelassen hatte. »Ich habe von vorn angefangen. Damals war es mir nicht bewusst, aber genau das habe ich getan. Erst zog Martha zu mir, dann Will. Dann gibt es einen Jungen namens Tree – er ist noch in York. Und durch Gottes Gnade fand Elizabeth in mein Haus. Nachdem mir der Tod meine Familie geraubt hatte, baute ich mir eine neue auf. Anders hätte ich nicht überleben können.«

Tom antwortete nicht. Sicher dachte er daran, was er hätte tun können, um seine Familie zu retten. Hätte er sie nur aus Bolton weggeschickt. Wäre er nur nicht verwundet worden. Hätte er nur ...

»Ihr kennt Mr. Marlowe besser als sonst jemand«, wechselte ich das Thema. Ich hoffte, es würde unsere Stimmung heben, wenn wir nicht über die Vergangenheit sprachen, sondern über die Zukunft. »Wie kann ich meine Freiheit zurückbekommen?«

»Hm, das ist eine heikle Angelegenheit.« Toms Erleichterung über den Themenwechsel war spürbar. »Wenn Ihr Euch als zu tüchtig erweist, wird er Euch vielleicht nie wieder gehen lassen. Ein General entlässt seine besten Soldaten nicht, er befördert sie.«

»Und wenn ich mich ungeschickt anstelle und alles verpfusche – wird er sich dann gegen mich wenden?«

»Ja. Und da Ihr Mrs. Ramsden freibekommen habt, weiß er, dass Ihr alles andere als ungeschickt seid.«

»Was kann ich denn tun?«

Tom überlegte kurz. »Er wird Euch nicht freigeben, aber er weiß auch, dass er Euch nicht an sich binden kann, indem er Euch Angst macht. Ich glaube, wenn Ihr einen großen Erfolg vorweisen könnt, wird er die Bedingungen Eurer Knechtschaft mildern.«

Ich dachte einen Moment nach. »Ich könnte Elizabeth nach London kommen lassen. Diesen Punkt hat er bei unserem Treffen unerwähnt gelassen.«

»Ja, möglich, dass er es erlaubt«, gab Tom zu. »Aber zuerst müsst Ihr ihm etwas bieten.«

»Zum Beispiel Daniels Mörder.«

»Das würde sicherlich reichen.«

Tom und ich waren so sehr ins Gespräch vertieft, dass wir gar nicht bemerkten, wie der Schankbursche an unseren Tisch trat. »Austrinken, wenn ich bitten darf. Es ist spät. Wird Zeit, dass Ihr Euch auf den Weg macht.«

Martha und Will gesellten sich zu uns, und wir vier verabschiedeten uns voneinander. Als die beiden sich umarmten, machten Tom und ich unwillkürlich einen Schritt aufeinander zu, bevor wir uns besannen und so abrupt innehielten, dass wir beide lachen mussten.

Tom verbeugte sich unbeholfen. »Gebt uns Bescheid, wenn Ihr etwas herausfindet«, sagte er. »Wir sehen uns bald wieder.«

Martha und ich traten hinaus in einen stürmischen Wind, der die Wärme der Gaststube rasch vertrieb. Schweigend wanderten wir zu unserem Zuhause in der Cheap zurück.

*

Den nächsten Tag, einen Sonntag, durften Martha und ich in Frieden verbringen, aber schon am Montag erfuhren wir gleich nach dem Aufstehen, dass man vor dem Banqueting House des Whitehall-Palasts bereits mit dem Errichten eines Schafotts begonnen hatte. Schon in zwei Tagen sollte der König enthauptet werden. Zu meiner Überraschung wurde diese Nachricht in der Cheap weder mit Zorn noch mit Jubel, sondern mit stiller

Resignation aufgenommen. Mit jedem Schritt, der den Tod des Königs näherbrachte – der Prozess, das Urteil und jetzt die Hinrichtung –, fügten sich die Menschen mehr und mehr ins Unvermeidliche. Wenn nicht ein Wunder geschah – oder seine Freunde sich erhoben –, würde Charles am Donnerstag sein Leben verlieren, und England würde zum ersten Mal in seiner langen Geschichte ohne König sein.

# 16.

Martha und ich waren gerade von den Einkäufen zurück, wo wir die Neuigkeit erfahren hatten, als es an unserer Tür klopfte. Als ich aufmachte, stand Abraham Walker auf unserer Schwelle.

»Witwe Hodgson«, sagte er. »Katherine Chidley hat mich gebeten, mit Euch zu reden. Darf ich eintreten?«

»Natürlich«, entgegnete ich. »Wir hatten gehofft, eher mit Euch sprechen zu können, aber bei all der Unruhe ...«

Walker schüttelte bekümmert den Kopf, als er über die Schwelle trat und sich zu Martha und mir an den Tisch setzte. »Wir leben in unruhigen Zeiten, daran kann kein Zweifel bestehen.« Er seufzte. »Katherine hat mir erzählt, dass Ihr Euch an der Jagd auf Daniels Mörder beteiligen wollt.«

»Sie hat uns um Hilfe gebeten. Und sie meinte, Ihr könntet über Informationen verfügen, die uns möglicherweise bei der Suche weiterhelfen.«

»Was habt Ihr bis jetzt herausgefunden?«, fragte er.

»Nichts von Bedeutung, wie es scheint«, antwortete ich. »Nur, dass Daniel mehr Feinde hatte, als jemand haben sollte.«

»Weil er zur Gruppe der Levellers gehörte und gleichzeitig als Spitzel für Cromwell gearbeitet hat«, stellte Walker fest.

»Katherine hat es Euch erzählt?«

»Ja. Außerdem hat sie mir anvertraut, dass Ihr Jeremiah Goodkey verdächtigt.«

Ich nickte. »Natürlich gibt es auch einige Anhänger des

Königs, die Daniel getötet haben könnten. Ein Schankwirt namens Owen und ein Italiener, der sich Bacca nennt.«

Walker machte ein erstauntes Gesicht. »Ich betrachte Charles Owen als Freund«, sagte er. »Und ich kann Euch gleich sagen, dass Ihr mit ihm Eure Zeit verschwendet.«

»Warum?«, fragte Martha.

»Er verehrt den König mehr, als gut für ihn ist, und er hat ein loses Mundwerk. Aber er ist kein Mörder.«

»Woher wollt Ihr das wissen?« Martha vertraute Walker augenscheinlich weniger, als Katherine es tat. »Menschen haben Geheimnisse. Menschen ändern sich.«

»Owen ist ein Mann der Worte, nicht der Taten. Das ist er immer schon gewesen. Er hat nie für den König zu den Waffen gegriffen, nicht einmal, als Seine Majestät noch fest im Sattel saß. Nun, da der König am Ende ist, würde er es noch viel weniger tun. Wenn Ihr Daniels Mörder finden wollt, könnt Ihr einen Feigling wie Charles Owen von Eurer Liste streichen.«

»Und eher Bacca oder Jeremiah Goodkey unter die Lupe nehmen, meint Ihr?«

»Diesen Bacca kenne ich nicht, aber Goodkey ist schon etwas anderes. Er ist Charles Owen so unähnlich, wie man es sich nur vorstellen kann. Im Krieg war er bereit, für seine Überzeugung Blut fließen zu lassen, und wenn man den Gerüchten Glauben schenken darf, hat er es literweise vergossen. Ich glaube nicht, dass er zögern würde, erneut zu töten, wenn er es für notwendig hielte.«

»Wir haben erlebt, wie aufbrausend er sein kann«, meinte Martha nachdenklich.

»Das kommt noch hinzu. Goodkey ist schlau genug, um Daniels Ermordung zu planen, und jähzornig genug, um ihn in einem Wutanfall umzubringen. Ich weiß nicht, ob er schuldig ist, aber überraschen würde es mich keineswegs.«

»Gibt es noch andere, die Ihr verdächtigt?«, fragte ich.

Walker zuckte die Achseln. »Ein paar, aber keinen so sehr wie unseren Freund Goodkey.«

»Wer kommt denn noch als Täter infrage?« Ich spürte, dass Walker mehr wusste, als er preisgab.

»Einige Leute in Cromwells Lager, schätze ich. Der Mann, der Cromwells Geheimdienst leitet, ist ein gewisser Marlowe. Seine Hände sind vom Töten bereits so blutig, dass es sein Gewissen kaum belasten würde, Daniel der Liste seiner Opfer hinzuzufügen.«

Mir stockte der Atem. Wenn Walker über Mr. Marlowe im Bilde war, wusste er dann auch, dass Martha und ich für Marlowe arbeiteten?

»Warum sollte Marlowe seinen eigenen Spitzel töten?«, fragte Martha.

»Spionage ist ein riskantes Geschäft«, sagte Walker. »Man kann leicht dem Falschen in die Quere kommen und dabei den Tod finden. Wenn Marlowe glaubte, Daniel hätte ihn betrogen, wäre Daniels Leben keinen Humpen schales Bier mehr wert gewesen.«

»Und wenn es tatsächlich Marlowe war?«, fragte Martha. »Was machen wir dann?«

»Was wir dann machen?« Walker lachte. »Versucht mal, einen Friedensrichter aufzutreiben, der bereit wäre, Oliver Cromwells Geheimdienstleiter zu verhaften! Falls Marlowe oder ein anderer von Cromwells Leuten Daniel getötet hat, können wir gar nichts tun. Nehmt Euch lieber zuerst Goodkey vor, der ist wenigstens nicht unverwundbar.«

»Das gefällt mir nicht«, sagte ich. »Wenn einer von Cromwells Leuten der Täter ist ...«

Walker fiel mir ins Wort. »Es bringt nichts, nach Früchten zu greifen, die zu hoch hängen, und an einen Mann wie Marlowe kommt Ihr nicht heran. Nehmt die Frucht, die für Euch erreichbar ist – Jeremiah Goodkey.« Er stand auf. »Ich muss jetzt gehen. Falls Ihr mehr erfahrt, insbesondere über Goodkey, lasst es mich wissen. Vielleicht kann ich helfen.« Walker verabschiedete sich und stieg die Treppe hinunter. Martha und ich warteten, bis wir ihn unten auf der Straße sahen.

»Er scheint versessen darauf zu sein, uns von Charles Owen abzulenken und den Verdacht auf Goodkey zu richten«, meinte Martha.

»Er kennt beide Männer«, erwiderte ich. »Er hat uns bloß gesagt, was er denkt.«

»Ich traue ihm nicht.«

»Er ist ein Freund von Katherine«, sagte ich. »Und wenn sie ihm vertraut, können wir es auch. Wir dürfen nicht in jedem Mann, den wir treffen, einen Verdächtigen sehen. Komm, gehen wir ins Nag's Head und reden mit Jeremiah Goodkey. Vielleicht kann er Licht auf manche Dinge werfen.«

*

Als Martha und ich das Nag's Head betraten, war uns augenblicklich klar, dass wir heute mehr Glück mit Goodkey haben würden als bei unserem letzten Besuch. Ich glaubte nicht, dass das Feuer der Levellers erloschen war, aber zumindest hatte jemand die Glut bedeckt. Im Wirtshaus hielten sich nur eine Hand voll Gäste auf, hauptsächlich Männer, die herumstanden und sich leise unterhielten. Jeremiah Goodkey stand wie gewöhnlich hinter der Theke.

Als Martha und ich uns setzten, kam er sofort zu uns. Er hatte mehr graue Strähnen in seinem Haar, als mir zuvor aufgefallen war, und die Falten in seinem Gesicht würden bald zu tiefen Furchen werden. Der Mann war mindestens so alt wie

Katherine, aber es konnte kein Zweifel daran bestehen, dass er sich seine jugendliche Kraft bewahrt hatte, denn seine Oberarme waren dick wie Holzkloben.

»Was darf es sein?«, fragte er. Wenn er nicht gerade hitzige politische Debatten führte, wirkte Goodkey eher umgänglich als bedrohlich.

»Dünnbier, bitte«, antwortete ich. In Wirklichkeit wäre mir etwas Stärkeres lieber gewesen, aber ich wollte meinen Verstand beisammenhalten.

Goodkey brachte unsere Getränke und stellte sie auf den Tisch.

»Auf ein Wort, wenn ich bitten darf«, sagte ich.

Goodkey schaute uns überrascht an, setzte sich dann aber. »Worum geht's?«

»Um den Mord an Daniel Chidley«, sagte ich.

Diese Eröffnung traf Goodkey völlig unerwartet, wie ich es gehofft hatte. Zuerst wirkte er erstaunt, dann besorgt.

»Was soll das heißen?«, wollte er wissen.

»Wie lange ist es her, seit Daniel ermordet wurde?«, fragte Martha.

Goodkey überlegte kurz. »Wochen. Bald wird es ein Monat.«

»Richtig«, sagte Martha. »Und haben die Behörden seinen Mörder gefunden?«

Goodkey schnaubte. »Wenn sie Daniels Mörder suchen, dann nur, um ihm einen Orden zu verleihen.«

»Stimmt genau«, sagte ich. »Das weiß auch Katherine. Deshalb hat sie beschlossen, den Schuldigen auf eigene Faust aufzuspüren.«

»Klingt ganz nach Katherine«, meinte Goodkey lächelnd. »Und sie hat Euch rekrutiert? Klingt auch nach ihr. Also, warum seid Ihr hier bei Daniels Freunden?«

»Daniel wurde nicht von einem Fremden getötet«, erklärte ich.

»Von wem dann?«, fragte Goodkey. »Daniel hat mehr geredet als die meisten, aber wir sind hier in London. Wenn in dieser Stadt eine große Klappe ein Grund zum Morden wäre, wären wir alle entweder Mörder oder Mordopfer.«

»Daniel war ein Spitzel von Oliver Cromwell.«

Goodkey brach in schallendes Gelächter aus. »So ein Unsinn! Daniel hätte eher vor einem Bischof das Haupt geneigt, als diesem Tyrannen gedient.«

»Mag sein«, sagte Martha. »Aber er war trotzdem ein Spitzel.«

»Nie im Leben!«

»Katherine Chidley hat Briefe gefunden, die Daniel an Cromwells Geheimdienstleiter geschickt hat«, log ich. »Und Antworten auf diese Briefe.«

Goodkey starrte mir in die Augen, als hoffte er, dort einen Hinweis zu finden, dass meine Beschuldigung falsch war. »Stimmt das?«, fragte er.

Ich nickte.

»Nun, das könnte allerdings ein Grund gewesen sein, warum Daniel getötet wurde, sogar von einem Freund«, sagte Goodkey. »Und Ihr glaubt, sein Mörder könnte einer meiner Stammgäste sein.«

»Das wäre die eine Möglichkeit«, sagte Martha.

»Und die andere?« Goodkey dachte kurz nach und kam dann selbst auf die Antwort: »Ihr glaubt, *ich* habe Daniel umgebracht.«

»Ihr hättet ein gutes Motiv gehabt«, entgegnete ich. »Und Ihr seid kräftig genug, um ihn mit einer Hand festzuhalten und mit der anderen zu erstechen.«

»Aber ich hatte doch keine Ahnung, dass er ein Spitzel war! Warum also hätte ich das tun sollen?« Goodkeys Reaktion wirkte ehrlich, aber ich konnte sie ihm nicht einfach auf Treu und Glauben abnehmen.

»Das ist die Frage«, sagte Martha. »Wenn Ihr wusstet, dass Daniel sich gegen die Levellers gewandt hatte, wäre das ein Motiv für Euch gewesen.«

»Aber ich wusste es nicht!«, beharrte Goodkey. Er hielt einen Moment inne. »Na klar, wenn ich ihn ermordet hätte, würde ich jede Kenntnis seines Verrats leugnen. Wie kann ich Euch zwei überzeugen?«

»Wo wart Ihr an dem Morgen, als Daniel starb?«, fragte ich. »Wenn Ihr das beantworten könnt, glauben wir gern an Eure Unschuld.«

Goodkey schüttelte den Kopf. »Ich kann es Euch sagen, aber es wird nichts nützen. Ich war hier, und zwar allein. Ich habe meine Wohnung über der Schänke und hatte den Vormittag damit verbracht, in der Bibel zu lesen. Als ich von Daniels Tod erfuhr, war ich auch oben in der Wohnung. Ich bin nicht ausgegangen, und niemand ist zu mir gekommen.«

»Habt Ihr ein Messer bei Euch?«, fragte Martha.

Goodkey blinzelte und warf unwillkürlich einen Blick auf seine rechte Hüfte. Martha beugte sich blitzschnell vor und griff in Goodkeys Gürtel. Als sie die Hand hob, lag ein Messer darin. Goodkey protestierte, brach aber unvermittelt ab. Ich beobachtete sein Gesicht, als Martha das Messer untersuchte, konnte seiner Miene aber nichts entnehmen.

»Ihr hättet bloß zu fragen brauchen«, beschwerte Goodkey sich. »Welcher Wirt hat denn kein Messer bei sich? Ich benutze es täglich.«

Eine flinke Bewegung des Handgelenks, und Martha hatte das Messer umgedreht, sodass die Klinge in ihrer Hand lag. Sie gab das Messer an Goodkey zurück. Der steckte es wieder ein und musterte uns misstrauisch.

»Das ist nicht die Klinge, die Daniel getötet hat«, sagte Martha zu mir. »Sie ist zu breit und leicht gebogen.«

»Daniel wurde mit einem Stilett erstochen?«, fragte Goodkey. »Dann könnt ihr jeden Kneipenwirt vergessen. Für so was haben wir keine Verwendung. Wir brauchen Messer zum Schneiden, nicht zum Erstechen.«

»Dass Ihr ein solches Messer nicht bei Euch habt, ist noch lange kein Beweis für Eure Unschuld«, machte Martha ihn aufmerksam.

»Ich habe Daniel nicht getötet!«, beharrte Goodkey. »Er war mein Freund.«

»Wer war es dann?«, fragte ich. »Er war ein lautstarker und hartnäckiger Verfechter seiner Ideen, der seine Freunde verraten hat. Er hätte sich schneller Feinde machen können, als seine Werkstatt Mäntel herstellt.«

Goodkeys Blicke huschten hin und her, und für einen Moment erinnerte mich seine Unruhe an Charles Owen. »Na ja, einer der Anhänger des Königs hat Daniel erledigt, wer sonst? Sie haben ihn gehasst, weil er gegen den König war, Mäntel für die New Model Army angefertigt und sich obendrein den Levellers angeschlossen hat.«

»Wen habt Ihr denn in Verdacht?«, fragte ich. »Euch schwebt jemand vor, nicht wahr?«

Wieder überflog sein Blick den Raum, als befürchtete er, einer der Spione des Königs könnte sich unbemerkt eingeschlichen haben. »Es gibt da einen Mann«, sagte er schließlich. »Einen Italiener. Er ist sehr gefährlich.«

Martha und ich wechselten einen Blick. Goodkey konnte damit nur einen meinen.

»Wie heißt er?«, fragte ich.

»Es sind nur Gerüchte«, wich Goodkey aus. »Ich könnte mich irren.«

»Sagt uns den Namen«, beharrte ich.

Goodkey beugte sich zu uns vor, so weit, dass seine Stirn beinahe die meine streifte. »Man nennt ihn Bacca. Lorenzo Bacca. Wenn Ihr diesen Mann auf die leichte Schulter nehmt, werdet Ihr es bereuen.« Damit stand er auf und zog sich beinahe fluchtartig hinter den Schutz seiner Theke zurück.

*

»Womit wir wieder bei Lorenzo Bacca wären«, stellte Martha fest. Wir hatten das Nag's Head verlassen und waren auf dem Rückweg zu unserer Seite der Cheapside.

»Ja«, sagte ich. »Kurz vor seinem Tod hat Daniel Colonel Reynolds mitgeteilt, er habe ein Komplott entdeckt. Vielleicht wollten die Royalisten eine Revolte anzetteln, um den König zu retten.«

»Das wäre Grund genug, Daniel zum Schweigen zu bringen.«

»Mehr als genug«, sagte ich. »Und wenn Daniel sterben musste, warum nicht Bacca damit beauftragen?«

Während wir eine Weile schweigend dahingingen und über unsere weitere Vorgehensweise nachdachten, fiel mir plötzlich eine Möglichkeit ein, wie wir Goodkeys Verdacht gegen Bacca zu unserem Vorteil nutzen konnten. Als wir vor Katherines Laden stehen blieben, erklärte ich Martha meinen Plan.

Sie nickte, als ich geendet hatte. »Das müsste klappen. Gehen wir rein!«

Katherine blickte auf, als wir die Werkstatt betraten. Ein halbes Dutzend junger Frauen saßen über Tische gebeugt und waren damit beschäftigt, Wollstoffe zu Mänteln zuzuschneiden und zu nähen. Katherine bedeutete uns mit einer Handbewegung, zu warten, und begutachtete ein paar Augenblicke lang die Arbeit eines der Mädchen. »Gut gemacht«, lobte sie die Näherin. »Genauso soll es sein.«

Nachdem sie noch ein paar weitere Mäntel gemustert hatte, wandte sie sich an uns: »Kommt bitte mit nach oben.«

Sobald wir in ihrer Stube waren, drehte Katherine sich zu uns um. »Ihr habt etwas herausgefunden, nicht wahr?«

»Nichts Bestimmtes«, antwortete ich.

»Erzählt es mir!«

»Wir haben mit Jeremiah Goodkey geredet«, sagte ich. »Er leugnet, Daniel getötet zu haben, aber er hat jemanden genannt, der der Täter sein könnte.«

»Wer?«

»Einer der Männer des Königs«, sagte Martha. »Ein Italiener namens Bacca.«

Katherine dachte einen Moment nach. »Ihr meint, Daniel könnte ein royalistisches Komplott aufgedeckt haben mit dem Ziel, Charles wieder auf den Thron zu bringen?«

»Bacca verkehrt in einer Schänke namens The Crown. Kennt Ihr sie?«

»Ja.« Katherine nickte. »Eine Schlangengrube, wenn es je eine gegeben hat. Bis an den Rand voll mit Royalisten. Ihr glaubt, Bacca hat Daniel getötet?«

»Möglich wäre es«, sagte Martha. »Dann wäre da noch der Besitzer der Crown, ein gewisser Charles Owen. Es heißt, dass er den König über alles verehrt.«

Katherine schüttelte den Kopf. »Ich kenne den Mann nicht, aber wenn er den König verehrt, hätte er jeden Grund gehabt, Daniel zu hassen. Habt Ihr noch mehr erfahren?«

»Alles, was wir haben, sind Verdachtsmomente und Mutmaßungen«, sagte ich.

»Nicht nur«, widersprach Katherine. »Wir haben Namen: Bacca und Owen ...« Sie machte eine Pause. »Und dann ist da natürlich noch Jeremiah Goodkey, auch wenn mir die Vorstellung, er könnte der Mörder meines Mannes sein, zutiefst zuwider ist. Mit diesen drei Männern können wir einen Anfang machen, und das ist ja schon mal was. Wie geht es weiter?«

Ich überlegte kurz. »Ihr könnt schwerlich in die Crown gehen«, sagte ich dann. »Deshalb werden Martha und ich uns um Bacca und Owen kümmern.«

Katherine nickte. »Und ich nehme mir Jeremiah vor. Falls er Daniel getötet hat, kriege ich es heraus. Ein so schlimmes Geheimnis könnte er nicht ewig für sich behalten.«

Martha und ich verabschiedeten uns von Katherine und kehrten in unsere Wohnung zurück. Während Martha dann noch etwas fürs Abendessen einkaufen ging, schrieb ich an Elizabeth. Ich berichtete von der Verurteilung des Königs und der Unruhe, die dadurch in der Stadt entstanden war. Nach kurzem Überlegen fügte ich hinzu: *Du musst Geduld haben, aber es ist möglich, dass du bald zu uns nach London kommen kannst.* Ich wusste, dass ich damit ein Risiko einging, aber ich wollte sie nicht ganz ohne Hoffnung lassen.

»Alles, was wir jetzt noch brauchen, ist der Name von Daniels Mörder«, sagte ich mir.

*

In den Tagen darauf wälzte London sich hin und her wie ein von Fieber geplagter Patient. Bei jedem Gespräch ging es um die Hinrichtung des Königs, und alle sprachen mit gesenkten Stimmen. Wie hätte es auch anders sein können, wenn man sich überlegte, welchen Weg England eingeschlagen hatte? Mit Charles' Tod würde England weder König noch Königin haben, und Gott allein wusste, welche Folgen das hatte.

Am Abend des neunundzwanzigsten Januar, nur wenige

Stunden vor der Hinrichtung, stand Katherine Chidley mit feierlicher Miene vor unserer Tür.

»Wir erleben bedeutsame Tage«, verkündete sie. »Und morgen ist der bedeutsamste von allen. Ich werde morgen Vormittag zum Banqueting House gehen, um mit eigenen Augen den Umsturz der alten Ordnung zu sehen. Wollt ihr zwei nicht mitkommen?«

»Ihr wollt zur Hinrichtung des Königs?«, fragte ich.

»Ja. Wo sollte man an so einem Tag denn sonst sein?«

Ich dachte über ihre Frage nach und kam zu dem Schluss, dass sie recht hatte. Wenn Elizabeth mich irgendwann einmal fragen sollte, wo ich gewesen sei, als man König Charles hingerichtet habe, wollte ich dann antworten: *Daheim in meinem Bett?* Nein, es waren tatsächlich bewegte Zeiten, und auch ich würde eines Tages Zeugnis darüber ablegen.

Am nächsten Morgen standen Martha und ich vor Tagesanbruch auf, kleideten uns leise an und gingen mit Katherine zum Banqueting House. Wir mussten gute zwei Meilen zurücklegen und folgten dabei derselben Strecke, die Martha und ich bei unserer Ankunft in London gekommen waren. Wir durchschritten das Ludgate, überquerten den stinkenden Bach, der reichlich hochtrabend als Fleet-Fluss, bezeichnet wurde, und gingen von dort zur Strand weiter. Mit jedem Schritt schlossen sich mehr Leute der Prozession zum Whitehall Palace an. Obwohl sich mit Sicherheit etliche von ihnen gegen den König erhoben und ihn bekämpft hatten, war nichts von den derben Späßen zu hören, die sonst bei Hinrichtungen üblich waren. Uns allen war klar, dass mit dem Tod des Königs nicht nur irgendein Mann sein Leben verlor. Zum ersten Mal in Englands Geschichte würden dem Ausruf »Der König ist tot!« nicht die Worte »Lang lebe der König!« folgen. Der König würde wirklich tot sein – und fertig.

Es war immer noch ziemlich dunkel, als wir uns dem Banqueting House näherten und das Schafott in Sichtweite kam. Beim Banqueting House erweiterte sich die King Street – welcher Hohn dieser Name doch war! – zu einer Art Burghof, und man erkannte sofort, warum die Armee diesen Ort für die Hinrichtung gewählt hatte. Im Süden befand sich ein mit Zinnen bewehrtes Tor, das auf der einen Seite vom Banqueting House, auf der anderen von einer hohen Backsteinmauer flankiert wurde. Der König würde buchstäblich in einer Sackgasse enden.

Das flackernde Licht der Fackeln beleuchtete ein Podium, von dem der gesamte Hof zu überblicken war. Die Armee hatte Kanonen daraufgestellt, deren Rohre sich direkt auf die Menge richteten. Jeder Versuch, den König zu befreien, würde zu einem unvorstellbaren Blutbad führen. Das Schafott war schwarz verhängt und wurde schon jetzt, Stunden vor der Hinrichtung, von einem Trupp Reiter mit Schwertern und Pistolen und von Soldaten mit Hellebarden bewacht. Die Armee ging kein Risiko ein.

In den Stunden darauf füllte sich der Hof mit Menschen, bis er zum Bersten voll war. Als dann die Sonne aufging, konnten wir sehen, dass jede Stelle mit Aussicht auf das Schafott besetzt war. Aus allen Fenstern blickten Gesichter, und einige beherzte Seelen waren auf die Dächer der umliegenden Gebäude geklettert. Alle waren gekommen, um den Tod ihres Herrschers mitzuerleben.

Die Menge wartete schweigend. Es dauerte eine gefühlte Ewigkeit. Zu meiner Erleichterung hatte Katherine genug Brot und Käse mitgenommen, um den schlimmsten Hunger zu vertreiben, aber gegen Mittag waren wir ausgehungert.

Wenig später betraten ein paar Leute das Schafott, und wir wussten, dass der letzte Akt begonnen hatte. Die Ersten, die wir sahen, waren Soldaten, die prüfend die Menschenmenge musterten, um sich zu vergewissern, ob alles in Ordnung war. Ihnen folgten Männer mit Büchern und Tintenfässern, vermutlich Schreiber, die die letzten Worte des Königs notieren sollten. Schließlich kamen der Scharfrichter und sein Gehilfe. Sie trugen nicht nur die üblichen schwarzen Henkersmasken, sondern falsche Bärte und Perücken. Der Scharfrichter überprüfte die Klinge seines Beils und den flachen Block, auf den der König seinen Kopf legen würde, und nickte einem der Soldaten zu, der daraufhin im Banqueting House verschwand.

Kurz darauf erschien der König. Er trug einen schweren schwarzen Umhang, aber nichts von dem Putz, den man von einem Monarchen erwartet hätte. Er blickte über die Menge hinweg und nickte. Später erfuhr ich, dass er unter seinem Umhang ein zusätzliches wollenes Hemd trug, um nicht in der Kälte zu zittern; der Gedanke, seine Untertanen könnten denken, er fürchte den Tod, war ihm zuwider.

Der König zog ein Blatt Papier unter seinem Umhang hervor und fing an zu lesen. Er war so weit entfernt und von so vielen Soldaten umringt, dass wir ihn unmöglich hören konnten. Schließlich drehte er sich zu seinem Henker um, und die beiden Männer wechselten ein paar Worte. Der König legte seinen Umhang und die wenigen Kronjuwelen ab, die er noch trug. Ein Mann trat vor und half dem König, eine Kappe aufzusetzen, die verhindern sollte, dass seine Haare den tödlichen Hieb des Beils dämpften.

Schließlich kniete er nieder und legte den Kopf auf den Block. Der Scharfrichter beugte sich vor und schob zärtlich wie ein Liebender eine verirrte Locke des Königs unter die Kappe. Dann richtete er sich auf, hob das Beil und wartete auf das Zeichen des Königs. Der König streckte seine Hand aus, und das Beil fiel.

Auf das Geräusch des Beils folgte ein Stöhnen der Menschenmenge, wie ich es nie zuvor gehört hatte und nie wieder zu hören hoffte. Ich schloss die Augen, um zu beten – nicht für Charles' Seele, denn er war bereits gerichtet worden, sondern für England. Ich wusste nicht, wohin uns eine derart blutrünstige Tat führen würde, aber in der Bibel steht, dass vergossenes Blut aus der Erde nach Vergeltung schreit. Wie laut mussten die Schreie königlichen Bluts sein, und wie würde der Herr darauf reagieren?

Das Haupt des Königs war kaum im Korb des Henkers gelandet, als wir Schreie und das Klappern von Hufen auf Pflastersteinen hörten. Eine andere Vorwarnung gab es nicht, bevor Berittene den Hof stürmten und die Menge vor sich her scheuchten. Martha, Katherine und ich packten uns an den Händen und rannten, so schnell wir konnten. Bis wir Charing Cross erreicht hatten, legte sich das Getümmel und wurde zu einem beklommenen Trauerzug. Martha und ich begleiteten Katherine zu ihrer Tür, wo wir einander zum Abschied umarmten. In diesem Moment wünschte ich mir nur noch, mich ins Bett zu legen, die Decken über mich zu ziehen und wochenlang zu schlafen. Aber aus der erhofften Ruhe sollte nichts werden. Martha und ich eilten gerade über die Straße, als jemand unsere Namen rief.

»Martha! Tante Bridget!« Will kam auf uns zugelaufen. Ich sah ihm an, dass er schlimme Neuigkeiten brachte.

»Was ist?«, fragte ich besorgt.

»Ihr müsst mitkommen. Daniel Chidleys Mörder hat wieder zugeschlagen. Colonel Reynolds und Mr. Marlowe sind bei der Leiche. Sie haben mich geschickt, euch zu holen.«

Noch bevor Martha oder ich antworten konnten, rief uns eine Frau von der anderen Straßenseite zu: »Da seid Ihr ja, Martha Hawkins!« Sie kam zu uns. »Bei Lucy Sheldon haben die Wehen eingesetzt. Sie hat mich gebeten, Euch zu ihr zu bringen.«

Marthas Blicke huschten zwischen Will und mir hin und her.

»Geh«, sagte ich zu ihr. Sie wollte protestieren, aber ich ließ sie nicht zu Wort kommen. »Du sorgst für die Lebenden, ich kümmere mich um die Toten. Lauf nach oben, hol den Geburtshocker und geh zu der werdenden Mutter. Sie hat Vorrang. Wenn du Hilfe brauchst, lass Mrs. Chidley kommen.«

Martha nickte und verschwand im Haus.

Ich wandte mich zu Will um. »Bring mich zu der Leiche.«

# 17.

Will und ich schlugen uns von der Cheapside nach Süden in Richtung Fluss durch. Es dauerte nicht lange, bis ich vollständig die Orientierung verloren hatte. So gut ich mich mittlerweile in der Cheap zurechtfand – der Rest Londons blieb mir so fremd, dass es genauso gut eine andere Stadt hätte sein können.

»Wer wurde ermordet?«, fragte ich.

»Ein Mann namens Enoch Harrison«, antwortete Will. »Nur wenige Leute kannten seinen Namen, aber er gehörte zu den wichtigsten Männern im Königreich.«

»Wer ist er?«

»Ihm gehört eine Schießpulverfabrik in der Nähe von Greenwich. Er war der Hauptlieferant für die New Model Army und auch für Cromwells Marine.« Wir bogen in eine breite Straße und blieben vor einem imposanten Haus stehen. »Da ist es!«

Will lief die Steintreppe zur Haustür hinauf und öffnete sie, ohne anzuklopfen. Wir betraten die Eingangshalle und von dort einen Raum, bei dem es sich um das Arbeitszimmer dieses Enoch Harrison zu handeln schien. In der Zimmertür blieb ich kurz stehen und betrachtete sie eingehend. Irgendjemand hatte die Tür mit solcher Gewalt aufgebrochen, dass der Rahmen gesplittert war.

Enoch Harrison lag mit dem Gesicht nach unten auf einem reich geschnitzten Schreibtisch im hinteren Teil des Raumes. Tom und Mr. Marlowe standen links und rechts vom Toten und blickten betroffen auf ihn hinunter. Harrisons Arbeitszimmer war groß und gut ausgestattet. Die Regale waren voller Bücher, aber es fanden sich auch Pistolen und Musketen in verschiedenen Stadien der Demontage; in einer Ecke stand sogar eine kleine Kanone aus Messing.

»Endlich!«, sagte Mr. Marlowe, als wir hereinkamen. »Kommt her und seht Euch an, was wir hier haben.«

Ich schob mich hinter den Schreibtisch und schaute auf den Toten. Mir war auf den ersten Blick klar, warum Mr. Marlowe diesen Mord mit dem an Daniel Chidley in Zusammenhang gebracht hatte. Eine einzelne Wunde, nicht einmal zwei Zentimeter breit, verunzierte den Rücken einer ansonsten makellosen Seidenjacke. Das Loch befand sich auf der linken Seite des Körpers, direkt unter dem Schulterblatt und genau über dem Herzen. Harrisons Papiere lagen ordentlich gestapelt um ihn herum. Wie Daniel hatte auch Harrison kaum geblutet, und er war ohne Kampf gestorben.

Ich zog seinen Kragen zurück, um einen Blick auf seinen Hals zu werfen. Anders als bei Daniel fanden sich hier keine Würgemale, aber der Täter hatte ihn in den Rücken gestochen; deshalb war es vielleicht nicht nötig gewesen, Harrison am Hals zu packen. Ich strich mit einer Hand über seine Haut. Sie war kalt und fühlte sich wächsern an.

»Wissen wir, wie lange er schon tot ist?«, fragte ich.

»Sein Diener war der Letzte, der ihn lebend gesehen hat«, sagte Mr. Marlowe. »Er ließ Harrison gestern Abend allein zurück und ging zu Bett. Er dachte sich nichts dabei, als sein Herr nicht zum Frühstück kam, aber als er die versperrte Tür entdeckte, machte er sich Sorgen. Er rief Nachbarn zu Hilfe, und sie brachen die Tür auf.«

»Und niemand hat etwas gehört oder gesehen?«

»Sein Diener ist älter als Methusalem«, sagte Marlowe erbittert. »Der Mörder hätte eine Kanone abfeuern können, ohne den Schlaf des Alten zu stören. Harrisons Tochter war hier, aber sie ist noch früher als der Diener zu Bett gegangen und hat keinen Laut gehört.«

»Er starb so schnell, dass er wahrscheinlich keinen Mucks von sich geben konnte«, fügte Tom hinzu.

Ich nickte zustimmend. »Wenn er nicht einmal lange genug am Leben blieb, um die Papiere von seinem Schreibtisch zu stoßen, dürfte er auch kaum um Hilfe gerufen haben.« Ich stellte mich zu Tom und Mr. Marlowe und betrachtete Harrisons Leichnam. »Warum sollte jemand Daniel Chidley und Enoch Harrison töten?«, fragte ich. »Was hatten sie gemeinsam?«

»Das ist die eine Frage«, erwiderte Mr. Marlowe mit gepresster Stimme. »Aber nicht die dringlichste.«

»Was meint Ihr?«, fragte ich.

»Die Armee bereitet eine Invasion Irlands vor«, antwortete Tom. »Harrison hätte diese Woche eine große Sendung Schießpulver liefern sollen.« Er brach ab und sah Marlowe an.

»Das Pulver ist verschwunden«, sagte Mr. Marlowe schließlich. »Heute Morgen sind bei Harrisons Lagerhaus zwei Männer mit Pferdefuhrwerken und einem versiegelten Brief von Mr. Harrison erschienen, in dem die Übergabe des Schießpulvers verlangt wurde. Die Männer luden das Pulver auf ihre Karren und machten sich davon.«

Ich versuchte, die Teile des Puzzles zusammenzusetzen.

»Ich wette, der Mörder hat Mr. Harrison gezwungen, den Brief zu schreiben und zu versiegeln, damit seine Kumpane an das Pulver herankommen konnten«, sagte ich schließlich. »Und dann hat er Mr. Harrison getötet, um zu verhindern, dass er Alarm schlägt.«

Tom nickte. »Das ist die plausibelste Erklärung.«

»Wie viel Schießpulver ist abhandengekommen?«, wollte ich wissen.

»Genau wissen wir es nicht«, antwortete Tom. »Aber die Diebe haben vier, vielleicht fünf Fuhrwerke beladen. Der Wächter im Lagerhaus war sich nicht sicher.«

Marlowe sah aus, als hätte er sich ein schweres Fieber zugezogen, und das wunderte mich nicht. Seine Aufgabe war es, die Handlungsfähigkeit des Parlaments zu gewährleisten, und jetzt hatte ihm jemand fünf Wagenladungen Schießpulver vor der Nase weggeschnappt. Oliver Cromwells Meisterspion hatte kläglich versagt.

»Woher wusste der Mörder von dem Schießpulver?«, fragte ich.

Marlowe zuckte die Achseln. »Spione gibt es überall. Wie der Täter es erfahren hat, ist nebensächlich.« Seine Stimme war kaum mehr als ein Flüstern. »Es geht ausschließlich darum, das Pulver wiederzubekommen.«

Es klopfte an der Tür, und zwei Frauen kamen herein, eine Magd und eine junge, hochschwangere Frau.

»Mrs. Hodgson«, sagte Tom, »das ist Mr. Harrisons Tochter Margaret.«

Unter normalen Umständen wäre Margaret Harrison eine hübsche junge Frau gewesen, aber der Schmerz über den Tod ihres Vaters ließ ihre Züge mit den geröteten Augen, eingefallenen Wangen und bebenden Lippen abgehärmt erscheinen.

»Gebt ihr seinen Leichnam jetzt frei?« Margarets Stimme brach beim Sprechen, und Tränen liefen ihr aus den Augenwinkeln. »Ich ertrage den Gedanken nicht, ihn noch länger hier liegen zu lassen.«

Marlowe warf mir einen Blick zu, und ich zuckte die Achseln. Martha hätte sich die Leiche sicher gern angesehen, aber ich hatte keine Ahnung, wie viel Zeit die Entbindung, bei der sie gerade half, in Anspruch nehmen würde.

»Ja, Ihr könnt ihn haben«, sagte Marlowe. »Wir setzen unser Gespräch woanders fort.«

Als wir in die Eingangshalle zurückkehrten, fanden wir dort eine kleine Gruppe von Männern vor, vermutlich die Bestatter. Wir nickten ihnen zu und gingen in Mr. Harrisons Salon weiter, der nicht weniger prachtvoll eingerichtet war als sein Arbeitszimmer. Kostbare Wandbehänge hielten die Kälte des Winters fern, und auf dem Boden lagen fein gewebte Teppiche. Cromwell entlohnte seine Armeelieferanten großzügig.

»Also, wer könnte den Wunsch haben, sowohl Daniel Chidley wie auch Enoch Harrison zu töten?«, wiederholte ich meine Frage.

»Da liegt das Problem«, antwortete Tom. »Da wir nicht wissen, warum Daniel umgebracht wurde, macht der Mord an Harrison die Dinge nicht gerade einfacher.«

»Vielleicht haben Royalisten das Schießpulver gebraucht, um einen Aufstand anzuzetteln«, sagte Marlowe. »Und um es in die Finger zu kriegen, haben sie Harrison getötet.«

»Und Daniel wurde umgebracht, weil er von ihren Plänen Wind bekam, meint Ihr?«, fragte ich.

»Das wäre möglich.« Marlowe zuckte die Achseln. »Natürlich gilt dasselbe für die Levellers. Falls John Lilburne und die Aufwiegler in seiner Armee ebenfalls eine Revolte planten, würden sie das Schießpulver genauso dringend brauchen wie die Männer des Königs.«

»Und wenn die Morde nun gar nicht so eng zusammenhängen?«, warf Will ein. »Falls es um einen bezahlten Mörder geht, könnte er von den Levellers beauftragt worden sein, Daniel wegen seiner Spitzeldienste zu erledigen, und von den Royalisten, um Harrison zu töten und so an das Schießpulver zu kommen.«

Mr. Marlowe machte ein Gesicht, als hätte er Will wegen dieser Bemerkung am liebsten den Kopf abgebissen. Die Situation war auch ohne weitere Komplikationen heikel und gefährlich genug.

»Vielleicht sollten wir uns mit der Frage befassen, woher der Mörder von der Pulverlieferung wusste«, sagte Tom, um Marlowe abzulenken. »Wenn wir das erfahren, ergibt sich möglicherweise ein Gesamtbild.«

Als Mr. Marlowe nicht antwortete, meldete ich mich zu Wort. »Wir könnten die Mordfälle aus zwei verschiedenen Richtungen angehen. Martha und ich suchen nach Verbindungen zu Daniel. Und da Harrison eng mit der Regierung zusammengearbeitet hat, solltet Ihr in dieser Richtung ermitteln.«

Mr. Marlowe dachte kurz nach und nickte. »Mrs. Hodgson, Ihr macht weiter wie gehabt. Findet heraus, was die beiden Morde verbindet. Colonel Reynolds wird in Erfahrung bringen, wie der Mörder vom Lagerplatz des Schießpulvers wissen konnte.« Er deutete mit einer Kopfbewegung zur Tür. Anscheinend waren wir entlassen.

Als wir hinausgingen, rief Marlowe uns nach: »Einen Moment noch, Will. Ich muss dem Stadtrat einen Bericht über die jüngsten Ereignisse geben und werde Euch brauchen, um das Schreiben so schnell wie möglich abzufassen.«

Will nickte, verabschiedete sich von mir und kehrte an Mr. Marlowes Seite zurück.

Tom und ich traten in den Winterwind hinaus und machten uns auf den langen Weg zum Horned Bull und von dort weiter zu meinem Zuhause in der Cheapside.

»Mr. Marlowe vertraut Will«, sagte ich.

»Und das mit gutem Grund«, erwiderte Tom. »Will hat sich als ebenso zuverlässig erwiesen wie jeder andere in Mr. Marlowes Diensten.«

»Seltsam, aber eigentlich freue ich mich darüber«, gestand ich. »Mr. Marlowe ist ein harter Mann, aber ich habe Will selten so zufrieden gesehen.«

»Ihr liebt Euren Neffen. Seltsam wäre, wenn Ihr anders empfinden würdet.«

»Danke«, sagte ich. »Irgendwie scheint alles aus den Fugen zu geraten. Der König ist tot, und sein Sohn ist geflohen. Wer weiß, ob er je zurückkehren wird. Im letzten Herbst war es noch meine größte Sorge, welchen meiner Nachbarn in Pontrilas ich besuchen sollte. Jetzt bin ich keine Edelfrau mehr, sondern ein Spitzel, und Martha und Will stecken auch mit drin. Manchmal bin ich morgens nicht mehr sicher, ob die Sonne im Osten oder im Westen aufgeht.«

Tom nickte verständnisvoll. »Ich nehme an, Euch ist klar, wie viel gefährlicher die Sache durch Enoch Harrisons Ermordung geworden ist.«

»Ja. Wenn es nur um Daniel Chidley ginge, wäre es nicht weiter von Bedeutung – ein interner Zwist unter Levellers oder ein Streit zwischen Mann und Frau ...«

Tom nickte. »Und nun ...«

»Nun, da so viel Schießpulver abhandengekommen ist, könnte eine weitere Rebellion drohen.«

»Eine Rebellion oder ein Bürgerkrieg.« Tom nickte. »Es lässt sich nicht absehen, wie das Volk auf die Hinrichtung des Königs reagieren wird. Würde Prinz Charles morgen den Kanal überqueren ... wer weiß? Vielleicht würden ihm die Menschen in Scharen zuströmen. Und was, wenn bei seiner Ankunft ausreichend Munition für eine kleine Armee vorhanden wäre? Dann könnten wir uns von Neuem mit einem Bürgerkrieg konfrontiert sehen. Und das wäre ...« Tom verstummte. Die Konsequenzen wären in der Tat verheerend.

»Ihr glaubt also nicht, dass es die Levellers waren?«, fragte ich.

»Eine solche Bereitschaft zur Gewalt ist mir bei ihnen noch nicht aufgefallen. Sie verfassen ihre Schmähschriften und Petitionen ans Parlament, sind aber im eigentlichen Sinne keine Rebellen. Zumindest jetzt noch nicht.«

Wir erreichten den Horned Bull und blieben vor der Tür stehen.

»Ich weiß nicht, ob Ihr bei Euch daheim etwas zum Abendessen habt«, sagte Tom. »Aber mir ist der Gedanke zuwider, schon wieder eine Mahlzeit in diesem Wirtshaus zu mir zu nehmen. Wenn man weiß, wo man suchen muss, finden sich weit bessere Möglichkeiten, etwas zu essen, sogar zu dieser Stunde. Wollt Ihr mich begleiten?«

Zwar hatten Martha und ich genug Brot, Käse und Salzheringe vorrätig, aber mir gefiel die Vorstellung, mit Tom zu Abend zu essen. Ich nahm seinen Arm. »Liebend gern!«

Tom führte mich zu einem Gasthaus, das so hell erleuchtet war, dass ich mich trotz der winterlichen Kälte geborgen und wohl fühlte. Die Wärme im Inneren war alles, was ich erhofft hatte, und binnen kürzester Zeit verzehrten Tom und ich ein köstliches Mahl, bestehend aus Fleisch und Käse, das wir mit schwerem Rotwein hinunterspülten. Wir redeten über unsere Vergangenheit, vermieden aber sorgfältig, die Probleme anzusprechen, die uns zusammengeführt hatten. Wir wussten beide, wie viel der andere durchgemacht hatte, und das brachte uns einander noch näher.

Als wir eine zweite Flasche Wein bestellten, war mir klar, wie der Abend enden könnte, wenn ich es wollte. Ich dachte daran, wie viele Jahre seit Lukes Tod vergangen waren, denn damals hatte ich zum letzten Mal wahre Zuneigung für einen Mann empfunden. Aber Luke und ich waren in der Blüte unserer Jugend gewesen und ahnten nichts von den Härten des Lebens. Jetzt war ich älter und weiser und wusste nur zu gut, dass Gott kein Versprechen gab – bis auf eines: Der Tod ereilte jeden Menschen. Ich könnte schon in wenigen Tagen tot sein: von einem Meuchelmörder erstochen, von einer Kutsche überfahren, von einem Dachziegel erschlagen. Das galt auch für Tom.

Der Gedanke, Tom könnte sterben, bedrückte mich am meisten. In den Jahren seit Lukes Tod hatte ich mich immer wieder gefragt, ob er meine einzige Liebe bleiben würde; im Grunde hatte ich mich schon damit abgefunden. Aber hier war ein Mann, der in mir nicht die Hebamme Hodgson oder die Witwe Hodgson oder Lady Hodgson oder auch nur einen Spitzel sah, sondern alles zusammen. Er sah mich und er kannte mich, und ich wusste, dass er mich liebte.

»Bridget«, sagte Tom, als er mein Glas auffüllte. »Ich bleibe heute Nacht hier, und ich hoffe, du bleibst bei mir.«

Ich nahm seine Hand und nickte. »Ja.«

*

Am nächsten Morgen erwachte ich in den Armen eines Mannes, zum ersten Mal, so schien es mir, nach zehntausend Leben. Graues Licht kroch zögernd durch die Fenster, als hätte es Angst, uns zu stören, und ich dankte dem Herrn für diese Gunst. Tom und ich wussten, dass der andere wach war, aber wir lagen noch einige Zeit schweigend da, um den Zauber nicht zu brechen, der uns in seinem Bann hielt. Ich kann nicht sagen, wie lange dieser beglückende Zustand anhielt, bevor ein Rumoren aus Toms Magen uns beide zum Lachen brachte.

»Ihr regt meinen Appetit in mehr als einer Hinsicht an, Mylady«, sagte Tom.

Ich musste fast weinen, als ich das hörte, und die Liebe, die ich in der Nacht für ihn empfunden hatte, überflutete mich förmlich. Da mir die Worte fehlten, drückte ich nur stumm seine Hand, und wieder verfielen wir in Schweigen, bis sein Magen sich erneut meldete. Tom lachte und rollte sich aus dem Bett. »Sehen wir zu, dass wir ein Frühstück bekommen!«

Er schlüpfte in seine Hose und half mir so liebevoll in meine Kleider, wie er sie mir am Vorabend ausgezogen hatte. Ich küsste seine Finger, als er fertig war.

»Bridget«, sagte er. »Meine Liebste.«

Mein Herz jubelte bei diesen Worten. Ich musste die heftige Regung unterdrücken, in lauten Gesang auszubrechen, und sagte nur: »Tom.«

»Wir sollten heiraten, Bridget.«

Ich starrte ihn offenen Mundes an und brachte kein Wort heraus.

»Na ja«, sagte er schließlich. »Also, ich finde …«

»Heiraten?«, wiederholte ich.

»Ja, sicher. Heiraten.«

Alle möglichen Gefühle stürmten auf mich ein – Liebe, Furcht, Aufregung, Beklommenheit –, und ich brachte keinen zusammenhängenden Satz heraus. »Tom … ich … ich weiß nicht.«

Tom lachte, und zu meiner Erleichterung war es ein warmes, aufrichtiges Lachen. »Das verstehe ich. Du bist eine zweifach verwitwete Edelfrau und Spionin, die auf Verlangen eines Mannes, den du verachtest und der noch dazu mein Vorgesetzter ist, eine arme Hebamme spielt. Du hast keine Ahnung, wo – oder auch nur wer! – du heute in einem Monat sein wirst. Du weißt nicht, was für ein Ehemann ich wäre oder was für eine Ehefrau du nach all diesen Jahren abgeben würdest. Du bist seit fast einem Jahrzehnt deine eigene Herrin, und du hast nicht den Wunsch, einem Mann zu gehören, welchem auch immer. Und da stehe ich nun vor dir und rede von Heirat.«

Ich blickte Tom an und wünschte mir sehnlichst, dass mir irgendeine Antwort einfiele. Schließlich begnügte ich mich mit: »Ja, darauf läuft es hinaus.«

Tom lachte wieder. »Ich erwarte heute keine Antwort von dir, denn es ist keine leichte Entscheidung. Aber lass dir eins gesagt sein, Bridget Hodgson: Ich liebe dich so, wie du bist, und ich würde nie versuchen, daran etwas zu ändern.«

Ohne Vorwarnung brachen Lachen und Weinen gleichzeitig aus mir hervor und schwemmten alles weg, was ich hätte erwidern können. Immer noch lachend und weinend fiel ich ihm um den Hals, und er hielt mich in seinen Armen, bis ich mich wieder beruhigt hatte.

Als ich aufblickte, stellte ich fest, dass auch Tom feuchte Augen hatte. Ich beugte mich vor, um ihn zu küssen. »Ich werde daran denken«, versprach ich. »Ich liebe dich.«

Tom und ich verließen zusammen das Gasthaus und verabschiedeten uns draußen voneinander. Auf dem Rückweg zur Cheapside schwirrte mir von allem, was in den Stunden passiert war, seit ich Enoch Harrisons Haus verlassen hatte, immer noch der Kopf.

Als ich mich der Watling Street näherte, bereitete ich mich innerlich darauf vor, von Mrs. Evelyn und Martha ausgefragt zu werden, falls ihnen aufgefallen war, dass ich die Nacht nicht unter meinem eigenen Dach verbracht hatte. Tatsächlich stand Mrs. Evelyn in der Tür, ein Auge auf ihrem Laden, das andere auf der Straße.

»Guten Morgen, Mrs. Hodgson!«, rief sie mir zu, als sie mich sah. »Was hat Euch letzte Nacht von daheim fortgelockt? Wart Ihr bei einer Entbindung?«

Ich war zu gewitzt, um eine so neugierige Frau zu beschwindeln. Wenn ich behauptete, bei einer Entbindung gewesen zu sein, würde sie mich mit Fragen löchern, auf die ich keine Antworten parat hätte: Wo war die Geburt gewesen? Wer war die Mutter? Welche Nachbarinnen hatten ihr beigestanden? Wie hatten sie sich benommen? Wie ging es dem Kind? Ich nahm Mrs. Evelyn ihre Neugier nicht übel, aber deshalb wollte ich noch lange nicht, dass meine Nacht mit Tom Reynolds zum allgemeinen Gesprächsthema in der Cheap wurde.

»Nein, so interessant war es leider nicht«, sagte ich. »Ich war bis spätabends bei meinem Neffen und wollte nicht ganz allein zu Fuß nach Hause gehen. Es war sehr kalt. Außerdem ist die Stadt nicht mehr so sicher wie früher.«

Mrs. Evelyn zweifelte meine Erklärung nicht an – warum sollte sie auch? –, aber ich wusste, dass es nicht unbemerkt bleiben würde, wenn ich noch einmal frühmorgens nach Hause kam.

Als ich die Treppe hinaufstieg, hoffte ich inständig, dass Martha noch nicht von Lucy Sheldons Entbindung zurückgekehrt war. Die kalten Kohlestücke im Kamin verrieten mir zu meiner Erleichterung, dass sie noch unterwegs war. Ich sprach ein Dankgebet, denn Martha Sand in die Augen zu streuen wäre viel schwerer gewesen, als Mrs. Evelyn zu beschwindeln. Irgendwann würde ich ihr die Wahrheit gestehen, aber ich wollte es freiwillig tun, nicht wegen eines Kreuzverhörs.

Martha traf kurz nach mir ein, erschöpft von der Entbindung und leicht schwankend von dem Wein, den man ihr nachher aufgenötigt hatte. »Nichts Ungewöhnliches«, berichtete sie, während sie ihre Röcke abstreifte und sich aufs Bett fallen ließ. »Aber es war ihr erstes Kind, und die Klatschbasen waren kreuzfidel. Sie wollten mich erst gehen lassen, als der Wein alle war.«

Ich nickte verständnisvoll. Hebammen waren sehr angesehen und beliebt, aber diese Ehre brachte etliche Verpflichtungen mit sich.

Innerhalb kürzester Zeit schlief Martha tief und fest. Mein Körper verlangte danach, sich zu ihr zu legen, um den Schlaf nachzuholen, den ich in der Nacht versäumt hatte; stattdessen aber setzte ich mich an den Tisch und ließ mir die Ereignisse des Vortags durch den Kopf gehen.

Meine ersten Gedanken galten natürlich Tom, der Nacht, die wir miteinander verbracht hatten, und seinem Heiratsantrag. Es war die Wahrheit gewesen, als ich ihm gesagt hatte, dass ich ihn liebe, aber wie er meine Bedenken in Sachen Heirat zusammengefasst hatte, traf den Nagel auf den Kopf. Ich war als Bridget Baskerville zur Welt gekommen, hatte ein glückliches Jahr als Bridget Thurgood verlebt und war Bridget Hodgson geworden, als ich Phineas geheiratet hatte. Wenn ich Tom heiratete und Bridget Reynolds wurde – wie würde sich das auf mein Leben auswirken?

Ich glaubte Tom, wenn er sagte, er würde nicht versuchen, mich zu ändern, aber mit einer Ehe wagte man sich immer auf unerforschtes Terrain. Ich wusste genau, was meine Witwenschaft mir zu bieten hatte, und diese Sicherheit aufzugeben würde mir nicht leichtfallen.

Überwältigt von Müdigkeit und den Gedanken an eine ungewisse Zukunft, vergrub ich mein Gesicht in den Händen und gestattete mir den Luxus zu weinen. Als meine Tränen versiegt waren, legte ich mich zu Martha ins Bett, schloss die Augen und schlief gleich darauf ein.

Ich hatte erst ungefähr eine Stunde geschlafen, als mich lautes Gebrüll von der Straße aus dem Schlaf riss. Ich lief ans Fenster, um nachzuschauen, was los war, aber bis ich am Fenster stand, hatten die Streithähne sich verzogen. Martha hatte den Tumult dank ihrer Weinseligkeit gar nicht mitbekommen. Ich legte mich wieder ins Bett, konnte aber keinen Schlaf mehr finden.

Nach einer halben Stunde gab ich es auf und ging in unsere Wohnstube. Immer wieder stahlen sich Gedanken an Tom in meinen Kopf, aber ich verdrängte sie; ich wollte nicht wieder in Tränen ausbrechen. Stattdessen beschäftigte ich mich mit der Blutspur, die Daniel Chidleys Mörder gelegt hatte, und mit der Rolle, die Enoch Harrison dabei spielte. Ich hegte keine Zweifel, dass beide Männer von ein und demselben Täter getötet worden waren: Die einzelne Stichwunde war genauso eindeutig wie das königliche Siegel. Meiner Meinung nach schien der Mörder zu den Königsanhängern zu gehören oder zumindest von einem der Männer des Königs angeheuert worden zu sein. Der Diebstahl des Schießpulvers würde nicht nur die Parlamentstruppen schwächen, sondern auch einer Rebellion innerhalb Englands nützen – ein doppelter Erfolg für Prinz Charles, wenn er tatsächlich vorhatte, den Kanal zu überqueren. Falls Daniel Chidley irgendwie von einer Verschwörung Wind bekommen hatte, hätten die Leute des Königs bestimmt nicht gezögert, ihn zu töten. Was wog schon der Mord an einem Einzelnen, wenn das Ziel darin bestand, einen Krieg anzuzetteln?

Und die Levellers? Wenn Lilburnes Männer in der Armee wirklich einen Aufstand gegen die Tyrannei des Parlaments planten, würden auch sie Schießpulver brauchen. Und auch sie würden ihre Feinde nicht verschonen.

Royalisten oder Levellers? Oder hatte ich eine weitere Partei übersehen? Meine Gedanken wandten sich Mr. Marlowe zu. Könnte er seine eigenen Gründe haben, sich den Tod beider Männer zu wünschen?

Ich fand auf keine dieser Fragen eine Antwort und beschloss, mit Katherine zu sprechen. Immerhin hatte sie Martha und mich auf diesen Fall angesetzt.

Ich schrieb Martha eine Nachricht, dass ich auf der anderen Straßenseite sei, und machte mich auf den Weg.

# 18.

Ich fand Katherine in ihrer Stube vor. Sie stand auf und hieß mich herzlich willkommen, brauchte aber nicht lange, um zu erkennen, dass es sich nicht um einen reinen Freundschaftsbesuch handelte.

»Was führt Euch her?«, fragte sie. »Bringt Ihr Neuigkeiten?«

»Ja. Daniels Mörder hat erneut zugeschlagen.«

»Was?« Die Männerstimme hinter meinem Rücken ließ mich vor Schreck zusammenfahren. Ich wirbelte herum und sah Jeremiah Goodkey, der mich mit weit aufgerissenen Augen anstarrte.

»Wie bitte?«, rief Katherine. »Wie ist das möglich?«

»Und woher wisst Ihr, dass es derselbe Täter war?« Goodkey machte ein erschrockenes Gesicht. »Ist er etwa geschnappt worden?«

Ich geriet für einen Moment ins Stammeln, während ich fieberhaft überlegte, wie ich es anstellen sollte, Goodkey nicht *alles* zu erzählen, was ich erfahren hatte. Ich wusste, dass ich nicht mit einer solchen Nachricht herausplatzen konnte, um dann zu behaupten, mehr wüsste ich nicht. Da mir nichts anderes übrigblieb, erzählte ich ihnen, das Opfer wäre ein gewisser Enoch Harrison, ein Geschäftsmann, der am Vortag mit einem einzigen Stich ins Herz getötet worden war. Das Schießpulver ließ ich unerwähnt. Falls Goodkey hinter den Morden steckte, war es umso besser für uns, je weniger er über den Stand unserer Ermittlungen wusste.

»Wie habt Ihr davon gehört?«, wollte Goodkey wissen.

Mein Herz setzte einen Schlag aus, denn mir fiel keine plausible Antwort darauf ein. Warum sollte jemand ausgerechnet mich, eine Hebamme aus der Cheapside, an den Schauplatz von Enoch Harrisons Ermordung kommen lassen?

»Über den Mann einer Bekannten«, sagte ich schließlich. »Eine Frau, deren Kind ich entbunden habe, ist mit einem Wachtmeister verheiratet. Weil er von Daniels Ermordung wusste und die Gemeinsamkeiten mit dem Mord an Harrison sah, ließ er mich kommen.« Ich wusste, dass meine Erklärung reichlich fadenscheinig war und vermutlich mehr Fragen aufwarf, als ich beantworten konnte. Mit angehaltenem Atem beobachtete ich, wie Goodkey über meine Behauptung nachdachte, und sprach ein stummes Dankgebet, als er nicht weiter nachfragte.

»Anscheinend ist Daniels Tod Teil eines Komplotts, das größer und gefährlicher ist, als irgendjemand gedacht hätte«, stellte Goodkey fest. Er machte eine Pause. »Katherine, ich fürchte, es wird ein böses Ende mit dir nehmen, wenn du in dieser Richtung weiterforschst. Es wäre besser, die Angelegenheit den Behörden zu überlassen.«

»Was soll das heißen, Jeremiah Goodkey?«, fragte Katherine. Der stählerne Unterton in ihrer Stimme machte unmissverständlich klar, dass sie wusste, was er meinte, und dass es sie unbeschreiblich ärgerte. In diesem Moment tat Goodkey mir fast leid.

»Du hast es hier mit einem erfahrenen und höchst geschickten Mörder zu tun«, sagte er zu Katherine. »Wenn du ihm zu dicht auf den Pelz rückst, könnte er sein Augenmerk auf *dich* richten. Er hat Daniel und diesen Harrison umgebracht. Welche Chance hättest du wohl gegen ihn? Du könntest schon morgen früh tot sein.«

»Bist du wirklich so ein Feigling?«, fuhr Katherine ihn an. »Mein Mann – dein Freund! – ist ermordet worden, und du willst dich drücken?«

»Bitte, Katherine. Du musst auf mich hören! Es geht um deine Sicherheit. Wer weiß, wozu dieser Mann fähig ist, wenn er sich bedroht fühlt!«

»Hinfort mit dir, Satan!«, spie Katherine hervor. »Geh mir aus den Augen!«

»Katherine, nimm doch Vernunft an!«

»Du kommst her, um mir den Hof zu machen, und jetzt verrätst du mich?« Katherines Stimme hatte sich zu einem Geschrei gesteigert, das, so befürchtete ich, bis in die Nachbarhäuser zu hören war. Sie scherte sich nicht darum.

Goodkey starrte sie verdutzt an. »Dir den Hof machen?«

»Bildest du dir etwa ein, ich erkenne die wahre Natur deiner Freundschaft nicht?«, stieß Katherine hervor. »Glaubst du, eine Witwe erkennt nicht den Unterschied zwischen einem trauernden Freund und einem Freier auf der Suche nach einer wohlhabenden Witwe? Jeremiah Goodkey, du bist so unauffällig wie ein Aasgeier, der über frischer Beute kreist. Und genauso willkommen. Verschwinde aus meinem Haus!« Katherine unterstrich die letzten Worte mit wohlgezielten Schlägen auf Goodkeys Kopf.

Unter dem Ansturm von Katherines Zorn, der sich zu einem tätlichen Angriff auswuchs, hielt Goodkey schützend die Arme über den Kopf, flitzte zur Tür und flüchtete die Treppe hinunter. Ich war mir nicht ganz sicher, aber ich hatte den Verdacht, dass er seinen Mantel zurückgelassen hatte.

Katherine drehte sich zu mir um. Ihre Augen sprühten immer noch Funken. »Hat man so was schon erlebt? Was sagt Ihr zu dieser Feigheit?« Sie holte tief Luft und versuchte, sich zu beruhigen. »Ihr haltet zu mir, nicht wahr, Bridget? Ihr werdet mir helfen, den zu finden, der meinen Daniel auf dem Gewissen hat. Ihr werdet mir helfen, Vergeltung zu üben.«

»Ja, natürlich«, erwiderte ich. Katherine war meine Freundin und brauchte meine Hilfe. Was hätte ich sonst tun sollen?

»Gut.« Sie nickte zufrieden. »Also, was sagt uns dieses neue Verbrechen?«

»Es steckt mehr hinter dem Mord an Enoch Harrison, als ich erzählt habe«, erwiderte ich. »Harrison war kein gewöhnlicher Kaufmann, und es war kein gewöhnlicher Mord.«

»Was meint Ihr damit?«

»Er hat Schießpulver hergestellt und war Cromwells Hauptlieferant«, sagte ich. »Und nachdem der Täter Harrison ermordet hatte, raubte er genug Pulver, um den Tower von London in die Luft zu sprengen.«

Katherine dachte einen Moment nach. »Aber was hat das mit Daniels Tod zu tun? Er war Mantelschneider.«

»Und Spitzel für Oliver Cromwell«, erinnerte ich sie.

Katherine zuckte zusammen. »Ihr glaubt, Daniel wurde getötet, weil er hinter den Plan gekommen war, das Schießpulver zu stehlen?«

»Wäre möglich. Jetzt ist bloß die Frage, wer dahintersteckt.«

»Die Royalisten«, sagte Katherine. »So muss es sein. Der Italiener, den Ihr erwähnt habt, dieser Bacca, könnte seine Hand im Spiel haben.«

»Ja, könnte er«, gab ich zu. »Vielleicht war es aber auch Jeremiah Goodkey.«

Wieder dachte Katherine kurz nach. »Ihr meint, er war nicht hier, um mir den Hof zu machen, sondern weil er herausfinden wollte, was wir über den Mord an Daniel in Erfahrung gebracht haben?« Katherine lächelte schwach. »Findet Ihr mich so wenig anziehend? Das ist wirklich nicht nett von Euch, Bridget.«

»Ich bin sicher, seine Werbung war ernst gemeint«, sagte ich mit einem Lachen. »Aber wir müssen für alle Möglichkeiten offen sein. Cromwell hat viele Feinde, und eine solche Menge Schießpulver würde jedem dieser Feinde erlauben, schlimme Dinge anzustellen.«

»Die Levellers haben keine derartigen Pläne«, sagte Katherine. »Wenn es so wäre, wüsste ich davon.«

*Genau deshalb hat Mr. Marlowe mich hergeschickt*, ging es mir durch den Kopf.

»Mag sein«, sagte ich. »Aber es wäre gefährlich, zu viel als gegeben vorauszusetzen. Und es war Goodkey, der Euch davor gewarnt hat, die Jagd nach Daniels Mörder fortzusetzen, nicht irgendein Royalist.«

Katherine nickte. »Na schön, dann behalten wir eben beide Gruppen im Auge. Was tun wir als Nächstes?«

»Reden wir in meiner Wohnung weiter«, schlug ich vor. »Martha sollte sich an unserem Gespräch beteiligen.«

Als wir über die Straße gingen, wurde mir klar, dass ich Katherine von meiner Vergangenheit erzählen musste, wenn wir unsere Suche nach dem Mörder fortsetzen wollten. In meiner Wohnung angekommen, sah ich nach Martha. Sie schnarchte leise; deshalb schloss ich die Tür, bevor ich mich zu Katherine an den Tisch setzte. Ich nahm ihre Hände, bevor ich zu sprechen begann. »Ich muss Euch etwas sagen. Und Ihr müsst mir zuhören, bis ich fertig bin.«

Katherine sah mich erstaunt an, nickte jedoch. Ich hatte den Eindruck, dass ich Nachsicht und Verständnis von ihr erwarten konnte.

»Schon einmal, vor etlichen Jahren, eigentlich in einem anderen Leben, fiel mir die Aufgabe zu, einen Mord aufzuklären.«

Katherine wollte etwas entgegnen, hielt sich aber zurück und nickte mir stattdessen aufmunternd zu.

»Eine Freundin von mir wurde fälschlich des Mordes an ihrem Mann angeklagt und zum Tode verurteilt. Sie bat mich um Hilfe. Ich fand die Wahrheit heraus und sorgte dafür, dass Gerechtigkeit walten konnte. Damals glaubte ich, die Justiz wäre gut und hätte nur ein Ziel: Gerechtigkeit. Aber in den Jahren, die folgten, sah ich Unschuldige leiden und Schuldige ungeschoren davonkommen. Ich sah, wie schlechte Menschen ein gutes Leben führten, und mir dämmerte, dass sie es nicht trotz, sondern wegen der Gesetze taten. Mir wurde klar, dass das Gesetz ein Werkzeug ist wie jedes andere, ein Messer, das von einem Wundarzt benutzt werden kann, um ein Geschwür aufzuschneiden, aber auch von einem Mörder, um Kehlen aufzuschlitzen.«

»Das predige ich schon seit Jahren«, warf Katherine ein.

»Aber im Gegensatz zu Euch wurde ich ein Teil des Übels, das ich bekämpfte«, sagte ich. »Ich nutzte das Gesetz zu meinem eigenen Vorteil aus – mit derselben Unbarmherzigkeit, die ich bei anderen verdammte. Ich sorgte dafür, dass Leute ohne Gerichtsverhandlung gehängt wurden und dass ein Mann, der durch und durch böse, aber unschuldig war, mithilfe der Gesetze sein Leben verlor.«

Katherine starrte mich an. Zum ersten Mal, seit ich sie kannte, fehlten ihr die Worte.

»Ich wurde zu dem, was ich selbst verabscheute«, fuhr ich fort. »Aber ich werde es nie wieder tun. Wenn wir den Mann finden, der Daniel getötet hat, werde ich mich nicht an Eurem Rachefeldzug beteiligen. Ihr werdet auf das Gesetz vertrauen müssen.«

»Ihr seid eine ungewöhnliche Frau, sogar für eine Hebamme«, stellte Katherine fest.

»Und Ihr kennt erst die Hälfte.« Martha stand in der Tür. Ich sah ihr an, dass sie alles gehört hatte. »Aber den Rest der

Geschichte sollte sie für sich behalten, zu Eurem wie zu ihrem eigenen Besten.«

»Wenn dem so ist, werde ich Euch nicht bitten, mehr zu erzählen«, sagte Katherine. »Selbst Klatschbasen sollten ihre Geheimnisse haben.«

Ich nickte. »Danke.«

»Was das Geschick von Daniels Mörder angeht«, fuhr Katherine fort, »habt Ihr von mir nichts zu befürchten. Wenn wir ihn finden, wird er an die Behörden ausgeliefert.«

»Leicht gesagt«, meinte ich. »Aber welches Lied werdet Ihr anstimmen, wenn sich herausstellt, dass der Mörder über dem Gesetz steht? Wer Daniel auch getötet hat, er könnte einflussreiche Beschützer haben.«

Katherine dachte kurz nach. »Ihr wollt wissen«, sagte sie dann, »ob ich zu morden würde, um Daniels Tod zu rächen.«

Ich nickte.

»Nein, würde ich nicht. Ziel der Levellers ist, das Gesetz zu reformieren, und nicht, es zu zerstören. Würde jeder die Gesetze nach Lust und Laune missachten, hätten wir überhaupt kein Recht und keine Ordnung mehr. Das hört sich kaltherzig an, ich weiß, aber Daniel würde es verstehen.« Sie schwieg einen Moment. »Wenn ich durch das Gesetz nicht an Daniels Mörder herankomme, werde ich meine Bemühungen verdoppeln, es zu verbessern. Und wenn das fehlschlägt, muss ich mich eben darauf verlassen, dass Gott der Herr irgendwann für Gerechtigkeit sorgt.«

»Dann sind wir uns einig«, sagte ich. »Wir helfen Euch.«

Martha setzte sich zu uns, und ich erzählte den beiden alles, was passiert war: der Mord an Enoch Harrison, der Diebstahl des Schießpulvers und noch einmal für Martha Jeremiah Goodkeys unbeholfener Versuch, Katherine zu überreden, ihre Suche nach Daniels Mörder aufzugeben.

»Was fangen wir mit alldem an?«, fragte Martha. »Wie weit sind wir gekommen?«

»Nicht sehr weit, fürchte ich«, sagte ich. »Enoch Harrison könnte von Royalisten ermordet worden sein – von Charles Owen, Lorenzo Bacca oder irgendeinem anderen, den wir nicht einmal verdächtigen. Er könnte aber auch von einem der Levellers getötet worden sein – von Jeremiah Goodkey, zum Beispiel. Die einzige Gruppe, die wir ausschließen können, sind Cromwells Leute, denn sie hätten keinen Grund gehabt, ihren eigenen Lieferanten zu töten.«

»Seid Ihr Euch sicher?«, fragte Katherine. »Was, wenn Mr. Harrison an irgendeinem Komplott beteiligt war und aus Gründen starb, die wir nicht ahnen können? Was, wenn die beiden Morde gar nicht so eng zusammenhängen, wie es den Anschein hat?«

»Ihr meint, es könnte einen Mörder, aber zwei Motive geben?«, fragte Martha.

»Das ist möglich«, erwiderte Katherine. »Heutzutage ist alles möglich.«

In bedrücktem Schweigen saßen wir da und zerbrachen uns den Kopf, in welcher Richtung wir weiter ermitteln sollten. Ich bezweifelte, dass eine neuerliche Befragung der Verdächtigen etwas brachte. Weder Charles Owen noch Jeremiah Goodkey würden auf einmal den Mord an Daniel gestehen, nur weil wir sie ein zweites Mal danach fragten. Da mussten wir uns schon etwas Besseres einfallen lassen.

Das Geräusch unregelmäßiger Schritte auf der Treppe kündigte Wills Kommen an, noch bevor er vor unserer Tür stand, und seine Hast verriet, dass er dringliche Neuigkeiten mitbrachte. Ohne anzuklopfen, platzte er zu uns herein.

»Tante Bridget! Martha! Ihr müsst euch beeilen!« Er bemerkte Katherine und schaute sie überrascht an. »Mrs. Chidley! Gleich drei Hebammen? Das trifft sich gut.«

»Was ist los?«, fragte Martha.

»Bei Margaret Harrison haben die Wehen eingesetzt«, antwortete Will. »Sie redet wirres Zeug, wie im Fieberwahn, und sie hat den Mord an ihrem Vater gestanden.«

Wir starrten Will offenen Mundes an. Wie war das möglich?

»Mr. Marlowe schickt nach euch«, fuhr er fort. »Er will, dass ihr das Kind entbindet.«

Kaum hatte er die Worte ausgesprochen, wurde er kreidebleich. Im vollen Bewusstsein, welchen Schnitzer er sich gerade geleistet hatte, starrte er Katherine an. »Also, was ich meine ...«, stammelte er.

Katherine drehte sich zu mir um. Der Zorn stand ihr ins Gesicht geschrieben. »Mr. Marlowe schickt nach Euch? *Jonathan* Marlowe?«, fragte sie. »Woher kennt Ihr ihn? Und warum sollte er ausgerechnet Euch kommen lassen?«

Noch während ich um eine Antwort rang, kochte Katherines Zorn über. »Ihr seid einer von Cromwells Spitzeln!«, rief sie. »Dieser Tyrann hat Euch hergeschickt, um mich und die Meinen auszuspionieren!«

»Und woher wisst Ihr, dass Mr. Marlowes Vorname Jonathan ist?«, fragte Martha. »Als wir Euch von Daniels Arbeit für Cromwell erzählten, habt Ihr sehr überrascht getan und vorgegeben, noch nie etwas von einem Mr. Marlowe gehört zu haben.«

Marthas Frage beraubte Katherine von einem Moment auf den anderen ihrer gerechten Empörung. Wenn sie Marlowes vollen Namen kannte, musste sie gewusst haben, dass Daniel in seinen Diensten stand.

»Anscheinend haben wir beide einiges zu erklären«, sagte Katherine schließlich.

»Ja, schön und gut, aber nicht jetzt«, unterbrach Will drängend. »Jetzt müsst ihr euch erst um Margaret Harrison kümmern. Ein Arzt ist bei ihr, und er ist sehr besorgt.«

»Gut.« Katherine wandte sich an mich. »Habt Ihr Tasche und Geburtshocker zur Hand?«

Ich erkannte die wahre Bedeutung ihrer Frage. Indem sie mir bei Margaret Harrisons Niederkunft das Sagen überließ, hielt sie mir gewissermaßen einen Ölzweig hin. »Ja«, entgegnete ich und neigte dankend den Kopf.

Wir vier eilten die Treppe hinunter und hinaus in das schwindende Licht des Winternachmittags.

»Wo müssen wir hin?«, fragte ich.

»Zu Mr. Harrison«, erwiderte Will. »Sie wohnen dort.«

Es dauerte einen Moment, bis mir klar wurde, was Will uns gerade mitgeteilt hatte. »Du hast sie vorhin Margaret Harrison genannt«, sagte ich. »Und sie lebt bei ihrem Vater?«

»Ja«, sagte Will. »Na und?«

»Margaret erwartet ein uneheliches Kind?«, sagte Katherine.

»Ja, schon«, antwortete Will, den unser Interesse am legitimen Status des Kindes offensichtlich überraschte.

»Ist sie verlobt?«, wollte Martha wissen. »Konnte der Vater des Kindes nicht dazu gebracht werden, sie zu heiraten?« Es war ungewöhnlich für die Tochter eines reichen Kaufmanns, vor der Ehe schwanger zu werden.

»Keine Ahnung«, erwiderte Will. Für ihn schien die Frage nicht von Belang zu sein.

Ich wusste nicht, was es zu bedeuten hatte, aber in Anbetracht der unüblichen Schwangerschaft Margarets und ihres unerwarteten Geständnisses stand fest, dass im Haus der Harrisons mehr vorging, als wir geahnt hatten. Die einzige Frage war lediglich, ob diese Vorgänge uns zu Enoch Harrisons Mörder führen würden.

Wir eilten die Stufen zur Eingangstür der Harrisons hinauf

und traten ein. Will führte uns nach oben in ein Schlafzimmer, wo ziemliches Gedränge herrschte: Margaret Harrison, eine Magd, Mr. Marlowe, ein Mann, den ich für den Arzt hielt, und Tom Reynolds. Sobald ich Tom sah, schlingerte mein Magen, als wäre ich bei stürmischer See an Bord eines Schiffs. Ich empfand es als Segen, dass ich mein Essen nicht von mir gab.

Tom und ich begrüßten einander betont förmlich, hätten damit aber wohl nicht einmal ein leichtgläubiges Kind täuschen können. Ich konnte nur hoffen, dass niemand auf uns achtete.

»Raus, raus, raus!«, rief Katherine, kaum dass wir das Zimmer betreten hatten. »Männer haben hier nichts verloren.«

Will und Tom waren vernünftig genug, ihren Befehl zu befolgen und aus dem Zimmer zu schlüpfen, Marlowe und der Arzt jedoch starrten Katherine verwirrt an.

»Das ist Frauensache«, sagte ich, während ich Katherine half, die beiden zur Tür zu scheuchen. »Ihr seid überflüssig.«

Während Mr. Marlowe lauthals Protest erhob, als er aus dem Zimmer gedrängt wurde, schien es den Arzt eher zu erleichtern, von seinem Posten enthoben zu werden.

»Also gut«, sagte Mr. Marlowe schließlich und fixierte Katherine und mich. »Aber ich muss mit euch beiden sprechen, bevor ihr euch ans Werk macht.«

Katherine und ich wechselten einen Blick. Ich nickte und wandte mich an Martha. »Du bleibst bei ihr.«

»Natürlich«, sagte Martha.

Katherine und ich folgten Marlowe in die Diele. Ich erhaschte noch einen letzten Blick auf den Arzt, der förmlich die Treppe hinunterfloh und Will, Tom und Mr. Marlowe bei uns Frauen zurückließ.

»Worum geht es?«, fragte ich. »Wenn die Wehen so problematisch sind, wie Will gesagt hat, sollten wir uns jetzt lieber um das Mädchen kümmern.«

Marlowe durchbohrte Katherine und mich mit einem bösen Blick, bevor er antwortete. »Die Frage, wieso ihr beide hergekommen seid, lasse ich einstweilen beiseite. Aber ich hätte wohl damit rechnen müssen, dass ihr einander irgendwann auf die Schliche kommt.«

»Ihr habt Spitzel für Eure Spitzel?«, fragte ich.

»Es ist immer besser, auf Nummer sicher zu gehen«, antwortete Marlowe mit mehr als nur einem Anflug von Selbstgefälligkeit.

»Wir wären lausige Spitzel, wenn wir es *nicht* irgendwann gemerkt hätten«, warf Katherine ein.

Tom lachte, wurde aber von einem giftigen Blick Marlowes zum Schweigen gebracht.

Marlowe wandte sich wieder Katherine zu und neigte leicht den Kopf, als wollte er ihr recht geben. »Wie dem auch sei, Ihr müsst das Mädchen zu dem Vater befragen.«

»Ja, natürlich«, sagte ich. »Aber warum interessiert Euch der Name des Kindsvaters?«

»Es schert mich keinen Pfifferling, wer der Kindsvater ist«, gab Marlowe zurück. »Ihr sollt Margaret Harrison nach *ihrem* Vater befragen. Wir müssen die Wahrheit über diesen Mord erfahren, koste es, was es wolle.«

Katherine und mir verschlug es die Sprache. Entgeistert starrten wir ihn an.

»Wir sollen sie zu dem Mord an ihrem Vater verhören, während sie in den Wehen liegt?«, fragte ich schließlich.

Marlowe nickte. »Es muss sein. Sie behauptet, sie wäre schuldig, aber Näheres hat sie nicht dazu gesagt. Wir glauben nicht, dass Margaret ihren Vater, geschweige denn Mr. Chidley erstochen hat. Aber sie muss wissen, wer es war. Sie ist der Schlüssel zur Lösung.«

»Und Ihr wollt, dass wir ihr drohen?«, fragte Katherine.

»Und sie im Stich lassen, wenn sie ihren Anteil an dem Mord nicht zugibt? Mit einem derartigen Geständnis würde sie sich selbst an den Galgen bringen.«

»Es ist die einzige Möglichkeit, die Wahrheit herauszufinden«, erwiderte Marlowe. »Ihr müsst es tun.«

Wieder wechselten Katherine und ich einen Blick. Sie schien nicht weniger verunsichert als ich. Ich hatte keine Bedenken, ein Mädchen, das einen Bastard austrug, nach dem Vater des Kindes zu fragen oder ihr damit zu drohen, sie ihrem Schicksal zu überlassen, wenn sie sich weigerte. Meiner Erfahrung nach zog es sogar die uneinsichtigste Mutter vor, den Namen des Vaters preiszugeben, statt ihr Kind allein zur Welt zu bringen. Aber das hier war etwas anderes. Wir sollten von Margaret verlangen, einen Mord zu gestehen. Sie würde sich die Schlinge selbst um den Hals legen und zuziehen.

»Das werde ich nicht tun«, erklärte ich. »Es ist unmenschlich, ein Mädchen zu zwingen, sich zwischen dem Tod im Kindbett oder dem Tod durch Erhängen zu entscheiden. Damit will ich nichts zu tun haben.«

Marlowe warf Tom einen Blick zu, worauf Tom in sich hineinlächelte und etwas murmelte, das wie »Ich hab's ja gesagt« klang.

»Und Ihr, Mrs. Chidley?«, fragte Mr. Marlowe.

»Ihr dürft Euch gern selbst als Geburtshelfer betätigen«, sagte Katherine. »Auch ich mache da nicht mit.«

»Sie weiß, wer ihren Vater ermordet hat«, beharrte Marlowe. »Und wer der Mörder Eures Mannes ist.«

»Wir werden sie fragen«, entgegnete Katherine. »Und wenn sie nicht antworten will, werden wir ihr Kind wie bei jeder anderen Mutter entbinden. Wir werden nicht Komplizen ihrer Hinrichtung sein.«

»Mrs. Hodgson?«, wandte Marlowe sich noch einmal an mich.

»Ihr kennt unsere Antwort. Wenn sie Euch nicht gefällt, könnt Ihr die Arbeit selbst übernehmen. Oder habt Ihr vielleicht noch eine Hebamme in Euren Diensten?«

Mr. Marlowe schaute zu Tom.

»Was erwartet Ihr von mir?«, fragte Tom, der ein Grinsen unterdrücken musste. »Sie sind Eure Spitzel, nicht meine.«

Marlowe zog ein Gesicht, als hätte er eine Kröte verschluckt. »Na gut«, sagte er schließlich. »Gebt Euer Bestes.«

»Das werden wir«, versprach ich.

# 19.

Margaret Harrisons Schlafzimmer war groß und luxuriös eingerichtet, genau wie es bei der Tochter eines so vermögenden Mannes zu erwarten war. Auch dadurch bildete sie eine Ausnahme unter den Frauen, deren uneheliche Kinder ich entbunden hatte; sie lebten gewöhnlich in armseligen Bruchbuden oder winzigen Kämmerchen. Im Kamin brannte ein Feuer, das die Winterkälte vertrieb. Margaret saß, an dicke Kissen gelehnt, in ihrem breiten Bett, das personifizierte Abbild einer Frau in der angenehmen Phase der ersten Anfangswehen.

Doch als wir näher traten, sah ich Furcht in den Augen der jungen Frau. Sie fühlte sich ganz und gar nicht wohl.

»Wer seid Ihr?«, wollte sie wissen. »Was wollt Ihr hier?«

»Ganz ruhig«, entgegnete ich. »Ich bin Witwe Hodgson, Eure Hebamme.« Ich legte meine Hand an ihre Stirn. Sie war ein wenig erhitzt, aber keineswegs fiebrig.

»Welcher Dummkopf hat behauptet, sie hätte Fieber?«, fragte ich. »Sie hat Wehen und liegt in der Nähe eines warmen Feuers – kühler könnte ihre Stirn unter diesen Umständen kaum sein.«

»Der Arzt hat es gesagt.« In Margarets Augen schimmerten Tränen. »Er hat auch gesagt, dass eine Frau nicht von ihrem Kind entbunden werden kann, solange sie fiebert. Ist das wahr?«

»Es ist nicht wahr, und Ihr habt auch kein Fieber«, beruhigte ich sie. »Alles wird gut.«

»Was ist mit meiner Kolik? Mein Bauch tut mir weh. Er hat gesagt, es ist eine Kolik.«

Eine Kolik war mit keinem Wort erwähnt worden. Das war tatsächlich eine andere Sache. »Schauen wir mal«, sagte ich. »Ich muss Euch untersuchen, bevor ich mehr dazu sagen kann.«

Martha hielt Margarets Hand, während Katherine und ich unsere Untersuchung vornahmen. Ich tastete den Bauch des Mädchens ab, um die Ursachen ihrer Schmerzen zu unterscheiden. »Sind die Bauchkrämpfe anders als die Wehen?«, fragte ich. Wenn der Arzt nicht einmal wusste, wann ein Patient Fieber hatte, würde er vermutlich auch keine Kolik erkennen, da war ich mir sicher.

»Ich weiß nicht«, sagte Margaret.

Ich drückte in die linke Seite ihres Bauches, und das Mädchen stöhnte. Ich wartete einen Moment und drückte noch einmal. »Lieber Gott, steh mir bei!«, stieß Margaret aus.

»Es ist tatsächlich eine Kolik«, wandte ich mich an Katherine. »Wir müssen uns darum kümmern, bevor das Kind zur Welt kommt.«

Katherine nickte. »Sollen wir ihr einen Heiltrank mit Zimt geben?«

»Ja, und Mandelöl«, sagte ich. »Und für den Fall, dass es nicht hilft, sollten wir ein Klistier vorbereiten. Wir müssen auf alles vorbereitet sein.«

Nachdem Katherine in die Küche geeilt war, schaute ich Margaret an. Angst schimmerte in ihren Augen. »Alles wird gut«, wiederholte ich und nahm ihre Hand. »So etwas habe ich bei Geburten schon oft erlebt. Wir können Euch helfen.«

»Danke«, flüsterte sie. Tränen der Erleichterung und Dankbarkeit traten ihr in die Augen, was meine nächste Aufgabe nicht unbedingt leichter machte.

»Wir helfen Euch, aber als Gegenleistung müsst Ihr uns die Wahrheit über den Vater des Kindes sagen – und darüber, was Eurem Vater zugestoßen ist.«

Margarets Erleichterung verwandelte sich schlagartig in Furcht. »Ihr wisst es? Dieser widerwärtige Mr. Marlowe hat Euch das gesagt?«

»Ja. Aber auch, dass Ihr ihm nicht alles verraten wolltet. Ihr müsst uns den Rest erzählen, Margaret. Ihr lebt mit einer schrecklichen Last. Legt sie auf meine Schultern, damit Euch leichter wird.«

Tränen liefen ihr über die Wangen, und im nächsten Moment schluchzte sie herzzerreißend. Ich setzte mich zu dem armen Mädchen aufs Bett und nahm sie in die Arme. Sie weinte immer noch, als Katherine mit dem Zimtwasser zurückkam. Margaret trank fügsam ein paar Schlucke und beruhigte sich ein wenig.

»Ihr habt gestanden, beim Tod Eures Vaters die Hand im Spiel gehabt zu haben«, nahm ich den Faden wieder auf. »Aber wir wissen, dass Ihr ihn nicht selbst getötet habt.«

Wieder traten Tränen in Margarets Augen. »Es ist trotzdem meine Schuld. Ich habe Bram an jenem Abend ins Haus kommen lassen. Er muss es getan haben. Ich kann es immer noch nicht glauben, aber so muss es gewesen sein.«

»Fangt mit dem Anfang an«, schlug ich vor. »Und erzählt mir alles.«

Margaret holte tief Luft, um sich zu sammeln, und begann: »Er, also Bram, hat vor einem Jahr angefangen, um mich zu werben. Er war freundlich und liebevoll, wie nur wenige Männer es sind. Er hat mir gesagt, wie schön ich bin.«

Wieder brach sie in Tränen aus. Es war unmöglich, kein Mitleid mit diesem Mädchen zu haben, das so kaltblütig verraten worden war. Mit ein paar gütigen Worten und banalen Komplimenten hatte dieser Bram, wer immer er sein mochte, dieses einsame junge Ding erobert. Und nachdem er ihr Vertrauen gewonnen hatte, zerstörte er ihr Leben, indem er ihr ein Kind machte und ihren Vater ermordete.

»Bram ist der Vater des Kinds?«, fragte ich.

»Er hat mir die Ehe versprochen«, sagte Margaret leise, beinahe kläglich. »Wir wollten im Herbst heiraten, aber er wurde in einer dringenden Angelegenheit abberufen.«

Ich hatte unzählige uneheliche Kinder entbunden und unzählige Geschichten von Verrat und Ablehnung gehört, aber noch nie ein Mädchen gesehen, das so verloren und einsam klang.

»Was hat er noch gewollt?«, fragte ich. »Wie hat das alles zum Tod Eures Vaters geführt?«

»Bram hat gesagt, er wäre einer der Männer des Königs. Er hat mir einen Brief mit dem Siegel Seiner Majestät gezeigt. Und er hatte eine Seidenschnur, die zu dem schönsten Knoten geschlungen war, den Ihr Euch nur vorstellen könnt. Er hat gesagt, diese zwei Sachen wären Zeichen, dass er im Auftrag des Königs arbeitet, und wenn er Erfolg hätte, würde ihn der König zum Ritter schlagen, und wir würden ein Gut bekommen und dort leben. Er hat gesagt, dass er meine Hilfe braucht ... dass der König meine Hilfe braucht.«

»Was solltet Ihr für ihn tun?«, fragte ich.

»Zuerst wollte er von mir alles über die Geschäfte meines Vaters wissen. Mein Vater hat mit Schießpulver gehandelt. Bram fragte mich, wo es hergestellt und gelagert wird ... alles, was ich herausfinden konnte. Und dann wollte er wissen, wann mein Vater London verlässt, um seine Fabrik zu besuchen. Er wollte in Vaters Abwesenheit herkommen. Ich wartete, bis die Dienstboten schliefen, und öffnete ihm die Tür.«

»Und habt mit ihm geschlafen«, bemerkte Katherine.

Das Mädchen nickte.

»Aber das war nicht der einzige Grund für sein Kommen«, sagte ich.

Margaret wandte den Blick ab, und ich wusste, dass wir beim

wichtigsten Punkt ihrer Geschichte angelangt waren. »Bram wollte einen Blick in die Geschäftsbücher und Dokumente meines Vaters werfen, um herauszufinden, wann das Parlament wieder Bedarf an Schießpulver hatte. Er meinte, mit dieser Information könnte er Prinz Charles besser beraten. Die Leute des Königs planen einen Aufstand, müsst Ihr wissen.«

Das Mädchen ahnte nicht, dass sie mit jedem Wort nicht nur ihren Liebsten und dessen Sache verriet, sondern ihren eigenen Kopf immer tiefer in die Schlinge steckte.

»Und Bram hat Euren Vater ermordet?«, fragte ich.

»Er muss es getan haben, auch wenn ich es immer noch nicht glauben kann.« Margaret brach erneut in Tränen aus.

»Erzählt mir von der Nacht, in der Euer Vater starb.«

»Bram wollte mit ihm sprechen. Er wollte ihn überreden, uns heiraten zu lassen *und* dem König zu helfen. Wenn mein Vater das täte, hat Bram gesagt, wäre es für uns alle am besten. Ich wäre eine verheiratete Frau, und niemand könnte meinen Vater mehr als Verräter bezeichnen.«

»Ihr habt diesen Bram ins Haus gelassen«, sagte Katherine.

»Mein Vater hat immer bis tief in die Nacht hinein gearbeitet und stand am nächsten Tag erst am späten Vormittag auf. Bram hielt es für das Beste, nachts mit ihm zu reden, wenn niemand sie stören würde. Ich wartete, bis die Diener schliefen, und entriegelte die Tür. Als Zeichen, dass alles in Ordnung war, stellte ich eine Kerze in mein Fenster. Dann ging ich zu Bett.«

»Habt Ihr etwas gehört? Einen Streit oder einen Wortwechsel?«

Margaret schüttelte den Kopf und tupfte sich mit einem Zipfel ihrer Bettdecke die Augen. »Ich habe die ganze Nacht wachgelegen und mich gefragt, was wohl geschehen würde. Ich dachte, am nächsten Morgen würde alles gut sein. Und dann hörte ich, wie die Tür zugeschlagen wurde, und dann das Geschrei der Nachbarn, als sie die Leiche fanden.« Sie sank nach vorn und barg ihr Gesicht an meiner Brust. Ich hielt sie in den Armen und blickte in Katherines und Marthas grimmige Gesichter. Anscheinend hatten wir unseren Mörder gefunden.

Ich nahm Margarets Gesicht in meine Hände. »Margaret, Ihr müsst uns helfen, Bram zu finden. Ihr müsst! Wer ist er? Wo wohnt er?«

Margaret machte einen zittrigen Atemzug und nickte. »Er heißt Abraham Walker«, sagte sie. »Und er wohnt südlich von St. Paul.«

Hinter mir schnappten Martha und Katherine nach Luft. Meine Lippen bewegten sich einen Augenblick stumm, bevor ich einen Laut hervorbrachte, der sich wie das klägliche Fiepen eines Kätzchens anhörte. Trotz der Kolik und der Wehen bemerkte Margaret, dass ihre Worte uns getroffen hatten wie ein Schlag ins Gesicht.

»Was ist?«, fragte sie. »Was habe ich gesagt?«

»Abraham Walker«, wiederholte ich benommen.

»Und er wohnt in der Knightrider Street?«, fragte Katherine.

»Ja«, sagte Margaret verwirrt. »Dorthin habe ich meine Briefe geschickt. Manchmal habe ich mich heimlich aus dem Haus gestohlen, um mich dort mit ihm zu treffen. Was ist denn los? Was stimmt nicht?« Ich hörte die wachsende Panik in der Stimme des Mädchens, wusste aber nicht, was ich sagen sollte.

»Wie sieht er aus?«, fragte Katherine, obwohl wir alle die Antwort kannten.

Margaret beschrieb Abraham Walker bis ins Kleinste. Ein Irrtum war ausgeschlossen: Katherines Freund hatte Enoch Harrison und höchstwahrscheinlich auch Daniel Chidley ermordet.

Katherine ließ sich schwerfällig aufs Bett sinken. Alle Farbe war aus ihrem Gesicht gewichen.

»Kennt Ihr ihn denn auch?«, fragte Margaret.

»Oh ja, wir kennen ihn«, sagte ich und hielt den Becher mit Zimtwasser an ihre Lippen. »Und jetzt trinkt Eure Medizin.«

*

Nach Margarets Beichte schlüpfte ich aus dem Zimmer, um den anderen zu berichten, was wir erfahren hatten.

Ich traf Tom, Will und Mr. Marlowe in Enoch Harrisons Arbeitszimmer an. Sie hatten sich an seinem Weinvorrat bedient und schienen es sich recht gemütlich gemacht zu haben. Marlowe blätterte in einem von Harrisons Geschäftsbüchern, während Tom und Will die Waffen auf den Regalen begutachteten. Marlowe erhob sich, als ich hereinkam.

»Nun?«, fragte er. »Hat sie ihn umgebracht?«

»Nicht mit eigener Hand«, antwortete ich. »Aber sie hat uns verraten, wer das Messer geführt hat: Abraham Walker.«

Tom runzelte die Stirn. »Ist er nicht angeblich neutral? Warum sollte er Harrison töten und das Schießpulver stehlen?«

»Er hat Margaret erzählt, er sei Agent im Dienst des Königs«, erklärte ich. »Bewiesen hat er das mit einem Wachssiegel und einer Art Knotenschlinge aus Seide. Er hat Margaret nur verführt, um ihren Vater auszuspionieren.«

»War das Siegel echt?«, fragte Tom.

»Wer kann das schon wissen«, sagte ich. »Sie ist so blind vor Liebe, dass er ihr auch das untere Ende einer Kerze hätte zeigen können, um sie zu überzeugen.«

»Indem er Harrison nachspionierte, hat Walker von dem Schießpulver erfahren«, murmelte Tom.

»Ja«, sagte ich. »Und dann hat er zugeschlagen. Er zwang

Mr. Harrison, den Brief zu unterschreiben, und gab ihn dann zweifellos einem seiner Kumpane, der damit das Pulver in der Fabrik abholen konnte.«

»Und dann hat er Harrison getötet, um ihn daran zu hindern, Zetermordio zu schreien«, schloss Tom.

»Habt Ihr sonst noch etwas erfahren?«, fragte Mr. Marlowe.

»Katherine zufolge wohnt Abraham Walker in der Knightrider Street südlich von St. Paul«, sagte ich. »An diese Adresse hat das Mädchen auch ihre Briefe geschickt.«

»Gut gemacht.« Mr. Marlowe schlüpfte in seinen Mantel, und die anderen folgten seinem Beispiel. »Colonel Reynolds, Ihr geht mit Will zum Wachtmeister. Stellt so viele Männer auf, wie Ihr nur auftreiben könnt: Büttel, Bürgermiliz, Schornsteinfeger – jeden, der einen Knüppel halten kann. Spürt diesen Walker auf, wo er auch sein mag!«

»Wir müssen die Männer zur Vorsicht mahnen«, gab Tom zu bedenken. »Walker hat schon zwei Menschen getötet. Er wird vor weiteren Morden nicht zurückschrecken.«

»Vorsicht ist immer gut«, sagte Marlowe. »Aber wir müssen ihn unbedingt lebend erwischen, auch wenn dafür ein, zwei Büttel ihr Leben lassen sollten. So schön es ist, diesen Mörder zu schnappen, die wahre Beute ist das Schießpulver.«

»Wir finden ihn«, versprach Will, während er seinen Mantel zuknöpfte. Ich musste über seine grimmig entschlossene Miene lächeln und sprach ein Gebet für einen erfolgreichen Ausgang dieser Mörderjagd.

»Tut das«, gab Marlowe zurück. »Ihr findet mich im Tower. Bringt ihn dorthin, sobald Ihr ihn habt.«

Nachdem die drei Männer gegangen waren, stieg ich die Treppe hinauf. Auf halbem Weg nach oben wurde mir bewusst, dass wir vier Frauen uns allein und ohne jeden Schutz im Haus aufhielten. Ich machte kehrt, ging nach unten und verriegelte die Tür, die einen sehr soliden Eindruck machte.

Als ich Margarets Zimmer betrat, wirkte die junge Frau ein wenig entspannter. Der Zimttrank hatte seine Wirkung entfaltet, und das Eingeständnis ihrer Verbrechen – wie unabsichtlich sie auch gewesen sein mochten – hatte ihr Gewissen erleichtert.

»Margaret«, sagte ich. »Welche Dienstboten sind hier im Haus?«

»John und Patience«, antwortete sie. »Die anderen gehen vor Einbruch der Dunkelheit nach Hause. Wieso fragt Ihr?«

»Aus keinem besonderen Grund. Ich wollte bloß wissen, wer sich noch hier aufhält.« Zu meiner Erleichterung ließ das Mädchen es dabei bewenden. Martha fing meinen Blick auf. Auch sie machte sich Sorgen, aber einstweilen konnten wir nichts anderes tun, als darauf zu vertrauen, dass Tom und Will noch in dieser Nacht Walker zu fassen bekamen.

Es war noch dunkel – vielleicht gegen drei Uhr morgens –, als Margarets Wehen immer heftiger wurden. Sie hatte sich gerade auf den Geburtshocker gesetzt, als wir ein Klopfen an der Haustür hörten. Da wir Wichtigeres im Kopf hatten, achteten wir nicht darauf. Erst als das Klopfen lauter wurde, erkannte ich, dass wir einen Fehler gemacht hatten.

Ich blickte zu Martha. »Was, wenn es Walker ist?«

»O Gott!«, stieß sie hervor und lief zur Schlafzimmertür.

»Sag den Dienern, sie sollen niemandem aufmachen«, rief ich ihr zu.

Das Hämmern an der Tür hörte plötzlich auf, und ich fühlte, wie mir das Herz in die Kniekehlen sank.

Martha öffnete die Schlafzimmertür und trat hinaus auf den Flur. Zu meinem Entsetzen konnten wir hören, wie in diesem Moment der Riegel der Haustür zurückgeschoben wurde.

Gleich darauf öffnete sie sich mit lautem Knarren. Martha blieb stehen und drehte sich unsicher zu uns um.

Wir hörten einen erschrockenen Aufschrei, gefolgt von zwei Pistolenschüssen.

»Mach die Tür zu, Martha!«, rief Katherine. »Wir müssen sie verbarrikadieren!«

Martha knallte die Tür zu. Dann schoben sie und Katherine hastig jedes Möbelstück, das sie bewegen konnten, durchs Zimmer und vor die Tür. Ich sah auf einen Blick, dass wir damit nicht viel ausrichten würden.

»Was ist los?« Margarets panische Stimme erinnerte mich daran, dass wir mit zwei Problemen fertigwerden mussten, nicht nur mit einem. »Wer ist an der Tür? Waren das Schüsse?«

»Es muss Abraham Walker sein«, sagte ich. »Ihr seid die Einzige, die weiß, dass er Euren Vater getötet hat. Er ist hergekommen, um Euch zum Schweigen zu bringen.«

In diesem Moment kam eine Wehe – bis jetzt die schlimmste –, und Margaret schrie vor Schmerzen auf.

»Ganz ruhig«, versuchte ich sie zu besänftigen. »Alles wird gut.« Hätte Margaret die Augen geöffnet und meinen Gesichtsausdruck gesehen, hätte sie gewusst, dass ich selbst nicht daran glaubte.

Das Stampfen schwerer Schritte auf den Treppenstufen versetzte mich in Panik. Ich schloss die Augen, um Zuflucht im Gebet zu suchen.

Und dann, unvermittelt, befiel mich wie von selbst ein Gefühl tiefen Friedens. Als ich die Augen aufschlug, schien sich die Welt um mich herum langsamer zu bewegen. Plötzlich wusste ich alles, was es zu wissen gab, und meine Kräfte erschienen mir unermesslich. Ich kannte keine Bezeichnung für diese beinahe überirdische Gelassenheit, aber ich hatte sie schon einige Male empfunden – immer während einer schwierigen Geburt. Einen Moment steckte ich noch bis zu den Ellbogen in Schweiß und Blut und fürchtete, Mutter wie Kind zu verlieren, im nächsten Augenblick war alles, was ich sah, das Kind im Mutterleib. Ich wusste, welche Heiltränke und Salben zu verwenden waren und welches geheime Wissen ich einsetzen musste, um die Mutter zu retten und das Kind unversehrt in diese Welt zu holen.

Mittlerweile waren die Schritte auf dem Treppenabsatz angekommen und näherten sich unserer Tür. In der Hoffnung, den Widerstand zu verstärken, stemmten sich Katherine und Martha dagegen und wappneten sich für Walkers Angriff.

Aber er klopfte nur an. »Margaret«, rief er. »Bist du da drinnen? Ich bin es, Bram. Mach bitte auf!«

Ich bedeutete Martha und Katherine hektisch, von der Tür wegzugehen und sich in den hintersten Winkel des Zimmers zurückzuziehen. Dann wandte ich mich an Margaret. »Es dauert noch ein wenig, bis das Kind zur Welt kommt. Wenn Ihr das erleben wollt, müsst Ihr tun, was ich Euch sage.«

Das Mädchen nickte.

»Gut. Wenn Ihr Euch ruhig verhaltet, geschieht Euch nichts.« Ich ging zu Martha und Katherine, die mich verwirrt und verängstigt musterten. Warum hatte ich sie von der Tür weggeholt, wenn Walker auf der anderen Seite stand?

»Wir müssen still sein«, wisperte ich. »Walker hat keine Ahnung, dass Margaret in den Wehen liegt. Und er weiß nicht, dass wir hier bei ihr sind. Er glaubt, sie ist allein und eine leichte Beute.«

Die Türklinke klapperte. »Mach auf, mein Häschen! Ich bin gekommen, wie ich's dir versprochen hatte.« Ich erkannte Abraham Walkers Stimme, in der nichts auf die Bestie hinwies, die sich hinter seinen zärtlichen Worten verbarg.

»Wo sind die Nachbarn?«, zischte Katherine. »Der Kerl

feuert eine verdammte Pistole ab und niemand kommt zu Hilfe?«

»Ich kann mir denken, was er gemacht hat«, flüsterte ich, trat ans Fenster und zog den Vorhang zurück, sodass wir drei hinausschauen konnten. Die Straße wurde von Fackeln hell erleuchtet. Vor dem Haus stand eine Gruppe bewaffneter Männer. Einer redete mit ein paar Nachbarn, die der Kälte getrotzt hatten, um nachzusehen, was los war.

»Walker hat gewusst, dass er möglicherweise die Nachbarn alarmiert«, raunte ich. »Deshalb hat er seine eigenen Leute mitgebracht, um für Ruhe zu sorgen. Sie haben sich als Mitglieder der Bürgerwehr verkleidet.«

»O Gott!«, stieß Martha hervor.

»Bestimmt hat er den Nachbarn erzählt, sie hätten hier ein royalistisches Komplott entdeckt«, sagte Katherine. »Das wäre auch eine Erklärung für die Schüsse. Ganz schön gerissen.«

»Sie werden uns alle umbringen und dann verschwinden«, sagte ich. »Und kein Mensch wird wissen, wo man nach unseren Mördern suchen soll.«

»Margaret!«, rief Walker von draußen. »Ich weiß, du bist verängstigt, mein Lämmchen, aber du musst mich reinlassen!«

»Tja«, sagte Martha, »schön, dass wir das geklärt haben. Aber was machen wir jetzt?«

Noch bevor ich antworten konnte, meldete Margaret sich zu Wort. »Bram?«, rief sie. »Bist du es wirklich?«

»Ja, mein Liebes. Ich bin hier, um dich zu sehen, wie ich es dir versprochen hatte.« Mir war sofort klar, dass Walker die arme Margaret wieder einmal einwickeln würde, so liebevoll klang seine Stimme.

Ich lief zu ihr und nahm ihre Hand. »Ihr dürft ihm nicht trauen«, wisperte ich. »Er hat Euren Vater ermordet, und jetzt seid Ihr an der Reihe.«

Margarets Blicke irrten zwischen mir und der Tür hin und her, als fragte sie sich, wem sie glauben sollte, ihrem Liebsten oder einer Fremden. »Was ist passiert?«, rief sie. Ein Schluchzen blieb ihr in der Kehle stecken. »Was hast du meinem Vater angetan?«

»O mein Gott!«, rief Walker, als wäre er tief betrübt. »Was für eine schreckliche Sache! Es war ein Unfall.«

»Sag mir, was passiert ist«, beharrte Margaret. Flüsternd fügte sie hinzu: »Mein Liebster …« Sie sprach so leise, dass es außer mir niemand hören konnte. Ihre Augen schwammen in Tränen.

In diesem Moment wusste ich, dass Margarets irregeleitete Liebe zu Walker stärker war als ihre Angst. Sie konnte unsere Anwesenheit jede Sekunde verraten, und wenn das geschah, würden wir jeden noch so kleinen Vorteil verlieren.

»Ich war bei ihm!«, rief Walker. »Ich bat ihn um deine Hand, genau, wie ich gesagt hatte.« Er klang, als müsste er selbst gegen Tränen ankämpfen. »Aber sowie ich ihm von unseren Plänen erzählte, bekam er einen Wutanfall. Er würde nicht zulassen, dass seine Tochter so schändlich entehrt wird, sagte er.«

»Aber ich wäre doch gar nicht entehrt gewesen«, rief Margaret aus.

»Natürlich nicht, mein Liebes!«, rief Walker. »Aber er war rasend vor Zorn und ging auf mich los, bevor ich ihn überzeugen konnte. Ich wollte ihn nicht töten. Ich wollte nur, dass er in unsere Heirat einwilligt.«

Ich beugte mich zu Margaret hinunter. »Wir machen jetzt die Tür auf«, wisperte ich. »Aber nur, wenn Ihr Euch vergewissert, ob er allein ist. Sagt ihm, er darf nur allein zu Euch kommen.« Ich ging davon aus, dass Walker ohne Begleitung gekommen war, damit es keinen Zeugen für den Mord an Margaret gab.

Margaret war vor Schmerzen und Liebeskummer so durcheinander, dass sie nicht widersprach. »Ist jemand bei dir?«

»Unten warten ein paar Männer«, antwortete Walker. »Sie werden uns von hier zum Fluss bringen. Ich habe dort ein Schiff liegen, mit dem wir gleich bei Sonnenaufgang nach Frankreich segeln werden.«

Das freudige Strahlen, das bei dieser Lüge in Margarets Augen trat, brach mir das Herz. In Wahrheit würde bei Sonnenaufgang entweder sie tot sein oder ihr Liebhaber. Ich drückte dem Mädchen die Hand. »Sagt ihm, dass Ihr die Tür öffnet, zuerst aber etwas anziehen müsst.«

Margaret machte ein verwirrtes Gesicht, tat aber, was ich von ihr verlangte. Doch ich sah ihr an, dass sie nicht mehr lange auf mich hören würde.

Ich huschte zur Tür und machte mich daran, die Barrikade abzubauen, die Martha und Katherine errichtet hatten. Martha packte mich am Arm, aber ich schüttelte sie ab.

»Seid Ihr wahnsinnig?«, flüsterte sie. »Er wird uns alle umbringen!«

Ich schüttelte den Kopf. »Die paar Möbelstücke werden ihn nicht aufhalten. Er kommt sowieso hier herein, ob wir wollen oder nicht. Wenn wir ihn überrumpeln, haben wir vielleicht eine Chance.« Ich reichte Martha den Schürhaken und schnappte mir selbst eine Feuerzange. Katherine hob einen schweren Messingleuchter auf. Dann schoben wir die restlichen Möbel vor der Tür weg und stellten uns im Halbkreis auf.

Martha und Katherine packten ihre behelfsmäßigen Waffen wie Schwerter und warteten mit grimmigen Mienen auf den Kampf.

Ich sprach ein Gebet und fasste nach der Türklinke.

# 20.

Bevor ich die Klinke hinunterdrücken konnte, stieß Margaret einen gellenden Schrei aus. Eine weitere Wehe hatte eingesetzt.

»Was ist, Liebling?«, rief Walker. »Fehlt dir etwas?«

»Es geht mir gut«, stieß Margaret mit zusammengebissenen Zähnen hervor. »Es sind die Wehen. Unser Kind kommt.«

Walker schwieg einen Moment. Obwohl es diesem Mörder nichts auszumachen schien, seine Geliebte und deren Vater umzubringen, hatte sogar er vielleicht Skrupel, eine Frau zu töten, die gerade sein Kind zur Welt brachte.

»Dann bringe ich dich zu einer Hebamme«, rief er mit gespielter Leichtigkeit. »Mach die Tür auf! Wir gehen zusammen hin. Ich kenne eine, die in der Nähe wohnt.«

Ich wusste, was Margaret antworten würde und dass jetzt die Zeit gekommen war, zu kämpfen oder zu sterben. Ich schaute Martha und Katherine an. Sie erfassten die Situation genauso klar wie ich.

»Das ist nicht nötig ...«, begann Margaret.

Ich riss die Tür auf und trat zur Seite, damit Walker mich nicht sehen konnte. Ich weiß nicht, ob er sich fragte, wer ihm geöffnet hatte, auf jeden Fall trat er ein, ohne zu zögern. Sein Blick ruhte unverwandt auf Margaret, sodass er mich und die anderen erst bemerkte, als er über die Schwelle getreten war.

Martha holte so schwungvoll mit dem Schürhaken aus, dass ich sicher war, der Kampf würde mit einem Schlag beendet sein. Zu meinem Entsetzen spürte Walker Marthas Nähe, duckte sich und warf gleichzeitig seinen Umhang wie einen

Schild hoch. Der eiserne Haken verfehlte Walker um Längen und verhedderte sich in den Falten seines Überwurfs. Fluchend versuchte Martha ihre Waffe aus dem Stoff zu befreien, aber Walker war viel stärker als sie und entriss ihr mit einem Wutschrei den Schürhaken.

Ich stürzte mich ins Getümmel, indem ich mit der Feuerzange auf Walkers Rücken eindrosch. Aber der Griff der Zange brach in dem Moment ab, als ich ihn traf; deshalb erwies mein Hieb sich als noch wirkungsloser als der von Martha.

Walker schien meinen Angriff gar nicht zu spüren. Stattdessen ging mit einem schweren Knüppel in der rechten Hand auf Katherine los.

Katherine riss den Kerzenhalter hoch über ihren Kopf und schlug mit aller Kraft zu. Walker wich blitzschnell aus, sodass ihn der Schlag um wenige Zoll verfehlte, machte einen Satz nach vorn und holte mit dem Knüppel aus. Katherine duckte sich, hob schützend die Arme, hatte aber nicht die geringste Chance. Sie stieß einen schrillen Schrei aus, als Walkers brutaler Schlag ihren Arm traf – wir hörten alle das Knirschen, als der Knochen brach –, und verstummte abrupt, als ein zweiter Hieb sie am Kopf erwischte. Leblos sank sie zusammen. Aus ihren Haaren tropfte Blut auf den Boden. Margaret begann zu kreischen und machte damit das Chaos der gespenstischen Szene noch schlimmer, als es ohnehin schon war.

Ich trat zu Martha. Schulter an Schulter stellten wir uns zwischen Walker und Margaret. Jetzt erst nahm er den Blick von der blutüberströmten Katherine und schaute mir in die Augen. Seine Miene verriet mit keinem Anzeichen, dass wir einander kannten. Er war nicht mehr Katherines Freund, sondern ein Mörder, der sein Werk vollenden wollte.

Die innere Ruhe, die mir eben noch so sehr geholfen hatte, war wie weggeblasen. Mein Puls raste, und ich konnte nur mit

Mühe den Schrei unterdrücken, der mir unaufhaltsam in die Kehle stieg. Walker holte tief Luft, als wollte er sich für diese letzten Morde stärken, und kam einen Schritt auf uns zu. Ohne Verteidigungswaffe und ohne Hoffnung auf Entkommen tat ich das Einzige, was mir noch blieb. Ich senkte den Kopf und ging auf ihn los. Bis zum heutigen Tag weiß ich nicht, was ich damit zu erreichen hoffte. Aber ich wusste, dass ich lieber sterben würde, als vor dieser Bestie in die Knie zu gehen.

Walker versetzte mir einen heftigen Stoß, aber der Schmerz schien weit weg und bedeutungslos, wie etwas, um das ich mich zu einem späteren Zeitpunkt kümmern konnte. Vielleicht hatte ich Walker mit meiner Attacke überrascht, oder meine Angst verlieh mir übernatürliche Kräfte, denn es gelang mir, ihn ein paar Schritte zurückzudrängen, bevor er sein Gleichgewicht wiederfand. Gleich darauf musste ich feststellen, dass mein Kopf in seiner Armbeuge steckte wie in einer Zwinge. Während er weiter auf mich eindrosch, wurde mir trotz meiner aufkeimenden Verzweiflung klar, dass ich mich in der einzigen Position befand, in der er mich mit seinem Knüppel nicht erschlagen konnte. Deshalb schlang ich beide Arme um seine Körpermitte und klammerte mich mit aller Kraft fest, als er mich wegzustoßen versuchte. Wenn ich losließ, wäre ich innerhalb kürzester Zeit tot.

Doch bald ließ meine Kraft nach, und mein Griff löste sich. Ich stieß einen erstickten, verzweifelten Schrei aus. Walker hatte sich fast schon aus meiner Umklammerung gelöst, als wir beide unvermittelt zu Boden gingen, denn Martha hatte sich auf Walker geworfen, wobei Walker unten lag. Nun drückte ihr Körpergewicht auf uns beide. Mittlerweile steckte ich mit dem Kopf in Walkers Umhang und war praktisch blind in diesem Kampf um Leben und Tod.

Walker versuchte freizukommen, indem er sich fluchend hin

und her warf und wild um sich drosch. Keuchend biss ich in jeden seiner Körperteile, den ich erwischen konnte, um ihn irgendwie festzuhalten.

Ich hatte den Kopf fest schon aus Walkers Umhang befreit – oder glaubte es zumindest –, als seine Bewegungen heftiger denn je wurden. Mit einem verzweifelten Stoß wuchtete er Martha und mich zur Seite und stemmte sich hoch. Mühsam rappelte ich mich auf, fuhr zu ihm herum. Er kauerte mit dem Rücken zu uns, auf allen vieren, machte aber keinerlei Versuch aufzustehen. Einen Moment lang fragte ich mich, warum er in einer so angreifbaren Position verharrte. Dann sah ich das Blut, das über seinen Nacken lief.

Er verharrte noch ein paar Augenblicke in dieser Haltung, dann erlahmte seine Kraft, und er brach zusammen. Vorsichtig umrundete ich seinen Körper, sodass ich ihm ins Gesicht sehen konnte. Seine toten Augen starrten stumpf und blicklos ins Leere.

Erst jetzt wurde mir bewusst, dass Margarets Schreie sich in Schluchzer verwandelt hatten, aber für den Moment beachtete ich das Mädchen nicht. Solange sie weinen konnten, hatten ihre Geburtswehen nicht wieder eingesetzt. Ich drehte mich zu Martha um und sah, dass sie wie versteinert auf Walker starrte. In ihrer Hand lag ein kurzes, blutiges Messer, das ich auf Anhieb erkannte, denn das gleiche Instrument hatte ich in meiner Schürzentasche. Es war das Messer, das Martha verwendete, um die Nabelschnur eines Kindes zu durchtrennen. Die Klinge, die geschliffen worden war, um den Beginn eines unschuldigen Lebens zu markieren, hatte soeben das Leben eines Mörders beendet.

Mein Blick fiel auf Katherine, die unmittelbar neben Walker lag. Tiefer Schmerz erfüllte mich. Sie lag noch genauso da, wie sie gefallen war, steif, ohne jedes Zeichen von Leben. Ich wollte mich gerade neben sie knien, als ich sah, wie Margaret auf Walkers Leichnam zukroch.

Als wären wir eine Person, versuchten Martha und ich gleichzeitig, das arme Mädchen an den Armen zu packen und zum Geburtshocker zurückzuziehen. Kaum spürte sie meine Berührung, schlug Margaret mit beiden Händen nach mir und zerkratzte mir mit ihren Fingernägeln, die wie spitze Krallen wirkten, beide Arme. Ich wich zurück, starrte verwirrt auf die Blutspuren, die sich über meinen Handrücken zogen. Auch Martha hielt es für klüger, sich zurückzuhalten, und erlaubte dem Mädchen, ihren Liebsten ein letztes Mal in die Arme zu nehmen.

Ich wickelte ein Taschentuch um meine Hand, ging mit bleischwerem Herzen zu Katherine und kniete mich neben sie auf den Boden.

»Ach, Katherine!«, sagte ich, während mir Tränen über die Wangen liefen.

»Was ist mit den Männern unten vor dem Haus?«, fragte Martha. Trotz der tragischen Umstände klang ihre Stimme fest und beherrscht.

»Gott steh uns bei, die hatte ich völlig vergessen.« Ich trat ans Fenster, schaute hinaus. Walkers Männer standen im Halbkreis vor der Haustür; offenbar sollten sie dafür sorgen, dass ihr Anführer sein blutiges Werk ungehindert vollenden konnte. Solange sie draußen blieben, waren wir in Sicherheit, aber wie lange würde es dauern, bis sie hereinkamen, um nachzusehen, wo Walker blieb? Einen einzelnen, mit einem Knüppel bewaffneten Eindringling hatten wir überwältigen können, aber ein ganzer Trupp, mit Pistolen bewaffnet, würde uns in wenigen Augenblicken ausschalten.

»Wie lange werden die wohl warten?«, fragte Martha.

»Nicht lange genug«, erwiderte ich.

»In Mr. Harrisons Arbeitszimmer müssen Pistolen sein. Wir könnten uns bewaffnen und die Kerle in Schach halten, bis Hilfe kommt.«

»Weißt du, wie man eine Pistole lädt, Martha?«, fragte ich.

Ihr Schweigen war Antwort genug.

Ich ging zur Tür und machte mich daran, die Barrikade wiederaufzubauen, auch wenn ich nicht erwartete, dass sie lange standhielt. Martha trat wortlos zu mir, und bald war unsere Arbeit beendet.

Wieder sah ich mich im Zimmer um und fragte mich, ob das hier der Ort war, an dem ich sterben würde. Margaret lag leise schluchzend neben Walker. Schon bald würden die Schmerzen der Geburtswehen ihren Kummer überwiegen, und ich würde ihr Kind entbinden; einstweilen aber drohte die größte Gefahr von der mordlustigen Bande auf der Straße.

Dann hörte ich einen Schuss in der Ferne, gefolgt von aufgeregten Rufen der Männer, die unter unserem Fenster standen. Martha und ich zogen den Vorhang zurück. Eine Einheit der Bürgermiliz kam auf das Haus zugelaufen. Walkers Männer hatten ihre Degen gezogen, um den Angriff abzuwehren. Mir stockte das Herz, als ich sah, dass Tom den Trupp anführte. Er rannte auf Harrisons Haus zu, in einer Hand eine Pistole, in der anderen einen Degen.

Einer der Männer unten trat vor, zielte mit seiner Waffe auf Tom. Ich unterdrückte einen Schrei und schloss die Augen, um nicht mit ansehen zu müssen, wie der Mann, den ich liebte, starb. In diesem Moment wurde mir klar, dass Toms Verlust mich genauso schwer treffen würde, als würde ich Elizabeth oder Martha verlieren. Ich flüsterte ein Gebet, flehte Gott um Erbarmen an, für Tom und für mich selbst …

Der Augenblick verstrich.

Kein Schuss fiel.

Ich wagte es, die Augen zu öffnen. Die beiden Trupps standen einander gegenüber und brüllten in wilder Wut. Die Luft knisterte vor Gewalt. Wenn auch nur einer der Kontrahenten einen Schuss abfeuerte oder seinen Degen hob, würde ein halbes Dutzend Männer sterben. Ich konnte nicht verstehen, was sie sagten, aber zu meiner unendlichen Erleichterung senkten Tom und sein Gegenspieler gleichzeitig ihre Pistolen und wechselten Worte statt Kugeln. Der Mann sagte etwas zu Tom und zeigte auf die Haustür. Toms Kopf fuhr herum; dann stürmte er ins Haus, als wäre ihm der Teufel persönlich auf den Fersen.

»Vielleicht sollten wir die Möbel wegrücken«, meinte Martha.

»Zu spät«, sagte ich.

Tom rannte die Treppe hinauf und warf sich mit seinem ganzen Gewicht gegen die Tür. Sie flog krachend aus den Angeln und brach genau in der Mitte auseinander. Ohne unsere Barrikade wäre Tom quer durchs Zimmer in Margarets Bett gesegelt.

»Bridget!«, rief er, als er über die Trümmer der Tür hinwegstieg und stolperte, sodass er sich gleich darauf in einem Stapel zerschmetterter Möbelstücke wiederfand. »Was ist passiert? Wo bist du?«

»Uns geht es gut!«, rief ich. Dann fiel mein Blick auf die leblosen Körper am Boden. Mir tat das Herz weh vor Liebe zu Tom und vor Kummer um Katherine. »Martha und mir geht es gut«, fügte ich leiser hinzu.

»Gott sei Dank! Was zum Teufel ist hier los?« Tom gab den Versuch auf, sich aus der Barrikade zu befreien, und blickte sich um, sah die zerstörte Einrichtung, das Blut und die beiden Körper, die auf dem Boden lagen.

Ehe ich antworten konnte, hörte ich hinter mir ein ersticktes Würgen.

»O Gott, Margaret!« Ich drehte mich um und wollte dem Mädchen beistehen, doch sie lag noch immer bitterlich weinend an Abraham Walkers Seite.

Erst jetzt wurde mir klar, dass Katherine das Geräusch ausgestoßen hatte. Wie durch ein Wunder war sie am Leben geblieben.

Martha und ich stürzten zu ihr. Katherine versuchte, sich auf die Seite zu drehen, doch ihr gebrochener Arm, der in einem hässlichen Winkel abstand, hinderte sie daran. Wir halfen ihr, sich umzudrehen, und sie gab ihren Mageninhalt von sich. Als sie fertig war, trugen Martha und ich sie zum Bett, wobei wir darauf achteten, ihrem Arm keinen weiteren Schaden zuzufügen.

Katherine sah sich benommen um, mit schmerzerfülltem Blick. Anscheinend wusste sie nicht, wo sie war und auch nicht, weshalb sie voller Blut war. Sie versuchte sich aufzusetzen, während ihr Blick zwischen Martha und mir hin und her wanderte. Stumm flehte sie uns um eine Erklärung an.

»Ruht Euch erst einmal aus, Katherine«, sagte ich. »Ihr seid verletzt, aber alles wird gut.« Insgeheim betete ich, meine Zuversicht möge angebracht sein. Katherine schloss die Augen und legte sich in die Kissen zurück.

Unterdessen hatte Tom sich durch den Trümmerhaufen gekämpft und trat zu uns. Ich konnte mir nicht einmal annähernd vorstellen, was er von dieser irrwitzigen Szenerie hielt. »Ich lasse sofort einen Arzt und Knocheneinrichter kommen«, sagte er.

»Danke, dass du so schnell hier warst.«

»Ihr scheint euch auch ohne mich wacker geschlagen zu haben.« Er ließ den Blick schweifen. »Ich sollte jetzt lieber wieder nach unten gehen. Sämtliche Nachbarn sind aus ihren Häusern gelaufen, und da draußen ist die Hölle los.«

»Tom.« Ich nahm seine Hand. Er wandte mir sein Gesicht zu, und ich sagte leise: »Ja.«

Als ihm klar wurde, dass ich gerade eingewilligt hatte, ihn zu heiraten, breitete sich ein Lächeln auf seinem Gesicht aus, strahlend wie die Sonne. »Gut! Leider muss ich jetzt trotzdem gehen.« Er drückte meine Hand und lief hinunter.

*

Die darauffolgenden Stunden, in denen ständig Männer in Margaret Harrisons Schlafgemach ein und aus gingen, erschienen uns wie in dichten Nebel gehüllt. Ein Mann von der Miliz brachte Margaret in ein Nebenzimmer und ließ eine andere Hebamme holen. Dann kam der Knocheneinrichter und kümmerte sich um Katherines Arm, während der Arzt ihren Kopf begutachtete und einen Umschlag empfahl. Schließlich trafen vier Männer ein, die Katherine auf einer Trage nach Hause brachten. Kurz nach Sonnenaufgang brachte Margaret einen kleinen Jungen zur Welt, und bald darauf erschien Mr. Marlowe in Begleitung von Will. Sie inspizierten den Ort des Geschehens, während ich berichtete, was vorgefallen war.

Beide Männer schüttelten verwundert den Kopf.

»Was hat Colonel Reynolds so rasch hierher zurückgeführt?«, wollte Martha wissen, als wir mit unserem Bericht fertig waren.

»Nachdem der Colonel und ich einen Trupp Männer aufgestellt hatten, um Walker festzunehmen«, antwortete Will, »fragten wir beim Gemeindevorsteher, in welchem Haus er wohnt. Als wir dann in Walkers Straße kamen, fanden wir dort einen gewaltigen Tumult vor.«

»Was war denn los?«, fragte Martha.

»Mr. Walker hatte selbst schon ein paar Männer der Bürgermiliz alarmiert. Er behauptete, er habe ein Nest von Verrätern entdeckt und bräuchte Hilfe, um es auszuheben.«

»Die Männer vor Harrisons Haus waren also nicht seine Kumpane?«, fragte Martha. »Für uns bestand gar keine Gefahr, ermordet zu werden?«

Will sah sich in dem verwüsteten Zimmer um. Walkers Leiche lag immer noch in einer Blutlache auf dem Boden. »*Keine* Gefahr würde ich nicht sagen, aber die Bürgermiliz war jedenfalls keine Bedrohung. Als Walker tot war, konnte euch nichts mehr passieren.«

Tom durchquerte das Zimmer und erzählte dabei weiter. »Als wir erfuhren, dass Walker die Miliz alarmiert hatte, war uns klar, wohin er gegangen sein musste. Nur Margaret Harrison kannte sein Geheimnis, also konnte er sie schwerlich am Leben lassen. Wir sind hergekommen, so schnell wir konnten ... aber ihr habt die Dinge ja selbst in die Hand genommen.«

»Was ist mit den Dienstboten unten im Haus?«, fragte Martha. »Wir haben Schüsse gehört.«

»Beide sind tot«, berichtete Will. »Walker hat sie erschossen.«

»Die armen Menschen.« Ich seufzte tief. »Damit hat er vier Leute auf dem Gewissen.«

»In gewisser Weise war es Glück für euch«, meinte Tom. »Hätte Walker die beiden nicht erschossen, hätte er schussbereite Pistolen bei sich gehabt, als er zu euch ins Zimmer kam.«

»Er hat wohl geglaubt, mit Margaret leichtes Spiel zu haben«, bemerkte ich.

»Also gut.« Mr. Marlowe übernahm wieder das Kommando. »Colonel Reynolds, Ihr geht mit Will in Abraham Walkers Haus und durchsucht es gründlich. Wenn es sein muss, reißt die Dielenbretter heraus. Bringt alles mit, was Ihr findet. Wir müssen das Schießpulver unbedingt in die Hände bekommen und die ganze Angelegenheit zum Abschluss bringen.«

Tom und Will nickten und schauten entschuldigend in unsere Richtung, bevor sie sich auf den Weg machten.

Wenig später erschienen zwei Beamte des Coroners, um Walkers Leichnam abzuholen. Sie legten ihn auf ein Leintuch und schickten sich an, ihn darin einzuwickeln.

»Einen Moment«, rief ich und kniete mich neben den Leichnam, um seine Taschen zu durchsuchen. Ich entdeckte eine rotseidene, zu einem kunstvollen Knoten geschlungene Kordel und hielt sie in die Höhe.

»Das muss der Knoten sein, den er Margaret gezeigt hat, um sich als Agent auszugeben«, meinte Martha.

»Ja. Er wäre unmöglich nachzumachen und ist somit ein perfektes Zeichen für die Verbundenheit mit dem König. Daran können seine Geheimagenten einander erkennen.« Ich nickte den beiden Beamten zu, und sie trugen den toten Walker aus dem Zimmer.

»Das nehme ich mit in den Tower.« Mr. Marlowe streckte die Hand nach der Seidenkordel aus. »Es dürfte sich bei der Festnahme seiner Kumpane als nützlich erweisen.«

Da mir kein vernünftiger Grund einfiel, warum ich den Knoten behalten sollte, gab ich ihn Marlowe. Der steckte ihn ein und folgte den Männern und Walkers Leichnam. Martha und ich blieben mit der Verwüstung und dem Blut allein zurück, den letzten sichtbaren Früchten unserer nächtlichen Arbeit. Wir räumten das Zimmer auf, so gut wir konnten, scheuten aber davor zurück, den mit Blut verschmierten Fußboden zu scheuern.

Es war eine lange Nacht gewesen.

Als wir die Treppe hinunterstiegen, entdeckten wir bei der Haustür ähnliche Blutspuren. Ich sprach ein Dankgebet, dass es das Blut der Diener war und nicht das unsere, und bat gleich darauf um Vergebung für meine Selbstsucht.

Martha und ich gingen Richtung Norden durch die City. Wir hatten viel zu bereden, nur wusste keine von uns beiden, wo sie anfangen sollte.

»Das wäre also erledigt«, sagte Martha schließlich. »Abraham Walker hat Daniel Chidley und Mr. Harrison getötet, und jetzt ist auch er tot.«

»Sieht so aus«, pflichtete ich ihr bei. »Mr. Marlowe mag es noch auf das Schießpulver abgesehen haben, um eine Revolte im Keim zu ersticken, aber das ist seine Sache, nicht unsere. Wir sind hier fertig.«

»Was wird jetzt aus Margaret?«, fragte Martha.

»Es ist kein Verbrechen, dumm zu sein«, sagte ich. »Ich nehme an, sie wird das Vermögen und die Fabrik ihres Vaters erben. Es mag eine Weile dauern, aber sie wird darüber hinwegkommen, nehme ich an. Es gibt schlimmere Schicksale, als eine vermögende junge Frau zu sein – sogar dann, wenn man ledige Mutter ist.«

Wir verfielen wieder in Schweigen, während wir immer größeren Abstand zwischen uns und die blutigen Geschehnisse in Enoch Harrisons Haus brachten.

»Was ist eigentlich mit Euch und Tom Reynolds?«, fragte Martha. »Dass Ihr überlebt habt, schien ihn glücklich zu machen.«

Ich lachte auf. »Es überrascht mich, dass du so lange gebraucht hast, um das zu merken. Meistens fühle ich mich, als wäre ich ein Stadtschreier und würde meine Angelegenheiten überall laut herausposaunen.«

»Und?«

Ich wagte kaum zu antworten, holte erst einmal tief Luft.

Martha blieb stehen und drehte sich zu mir um. Auf einmal

wusste sie Bescheid. »Meine Güte!«, rief sie. »Ihr seid doch nicht …«

»Wir sind verlobt.«

Martha klatschte in die Hände und lachte freudig. »Wirklich? Ich habe mir so etwas schon gedacht, konnte es aber nicht glauben. Wie ist es dazu gekommen? Das hätte ich nie für möglich gehalten.«

»Ich auch nicht«, gestand ich und ging weiter, Martha an meiner Seite. »Zuerst hat er mich an Luke erinnert, aber das ist es gar nicht. Er kennt mich als Edelfrau, als Hebamme, sogar als arme Witwe, und er liebt all das. Er will nicht, dass ich ihm gehöre, er will, dass ich mir selbst gehöre. Er weiß, warum ich nicht wieder geheiratet habe, und hat mich trotzdem um meine Hand gebeten. Er ist gütig, rücksichtsvoll und zuverlässig. Und bis ich ihm begegnet bin, habe ich nicht einmal selbst gewusst, wie sehr mir die Zuneigung fehlt, die Luke und mich verbunden hat.«

»Und anlässlich der Verlobung habt Ihr zwei … ich meine … Ihr wisst schon.« Martha beendete den Satz, indem sie fragend eine Augenbraue hochzog.

Ich hatte nicht die Absicht, darauf zu antworten, aber das Blut, das mir ins Gesicht schoss, war Antwort genug.

Martha musste wieder lachen. »Also, das ist ja wirklich ein Ding! Fabelhaft! Wie macht er sich denn so?«

»Martha!«, sagte ich streng. »Außerdem … wenn man verlobt ist, ist es keine Sünde.« Natürlich waren Tom und ich noch keine Verlobten gewesen, als wir miteinander im Bett gelegen hatten, aber das würde ich Martha nicht auf die Nase binden.

»Ich mache Euch nicht die geringsten Vorwürfe«, beteuerte Martha. »Erst recht nicht, wenn es Euch beiden Spaß macht.«

Ich zog es vor, nicht zu antworten. Bald darauf bogen wir in die Watling Street ein. Die Tatsache, dass alle unsere Nachbarn in der Nähe waren, ließ Martha zum Glück verstummen. Müde stiegen wir die Treppen zu unserer Wohnung hinauf und fielen aufs Bett.

Als sich der Schlaf einstellte, erlebte ich im Traum noch einmal, wie Abraham Walker mit dem Knüppel in der Hand in Margaret Harrisons Schlafgemach eindrang. Voller Entsetzen beobachtete ich, wie er Katherine niederschlug. Doch in meinem Traum ging er auch auf uns andere los. Ich sah, wie er zuerst Margaret tötete, anschließend Martha. Dann hob er den Knüppel, der jetzt rot war vom Blut dreier Frauen, und kam auf mich zu …

Ich erwachte mit einem Schrei, kurz bevor sein Schlag mir den Schädel zerschmettert hätte.

Ich setzte mich auf und schaute Martha an. Sie schlief tief und fest, schien in ihren eigenen Träumen gut aufgehoben zu sein. Ich war sicher, dass mein Albtraum wiederkehrte, wenn ich weiterzuschlafen versuchte, also stand ich auf und zog mich an, um Katherine Chidley zu besuchen und mich zu vergewissern, wie es ihr ging.

# 21.

Katherine wachte auf, als ich ihre Schlafzimmertür öffnete. Ihr Kopf und ihr Arm waren dick verbunden, und die tiefen Furchen in ihrem Gesicht erweckten den Eindruck, als wäre sie in einer einzigen Nacht um zwanzig Jahre gealtert.

»Da seid Ihr ja.« Ihre Stimme war kaum mehr als ein Flüstern. »Ich hatte gehofft, Ihr würdet vorbeischauen.«

»Wie fühlt Ihr Euch?«

»Zerschlagen«, antwortete sie mit einem dünnen Lächeln.

»Euer Arm ist gut eingerichtet?«

»Der Knochenverdreher hat sein Bestes getan.« Katherine zuckte mit ihrer unversehrten Schulter. »Er sagte, es sei ein schlimmer Bruch, und mehr könne er nicht tun. Die Zeit wird es weisen.«

»An wie viel könnt Ihr Euch noch erinnern? Von letzter Nacht, meine ich.« Schläge auf den Kopf konnten in manchen Fällen zu Gedächtnisverlust führen, und ich fragte mich, was Katherine alles vergessen haben mochte.

»Genau deshalb habe ich auf Euren Besuch gehofft.« Katherines Lachen, so schwach es auch war, ließ mich hoffen, dass sie sich bald erholen würde. »Meine Magd konnte mir nur sagen, was ihr die Krankenträger erzählt hatten, deshalb weiß ich nichts Genaues. Ich weiß noch, dass ich zu Mr. Harrisons Haus gegangen bin, aber dann erinnere ich mich an nichts mehr. Man hat mir erzählt, dass Walker meinen armen Daniel ermordet hat und dass er jetzt tot ist. Stimmt das?«

»Ja«, antwortete ich. »Ihr, Martha und ich waren bei Margaret, bei der gerade die Geburtswehen eingesetzt hatten, als Walker kam, um auch sie zu töten. Er hat uns drei angegriffen. Wir können von Glück reden, dass wir mit dem Leben davongekommen sind.«

Katherine dachte eine Weile nach, um ihre bruchstückhaften Erinnerungen zusammenzusetzen. »Margaret wusste, dass Walker ihren Vater getötet hat«, sagte sie dann. »Walker musste auch sie umbringen, um sich zu schützen.«

»So ist es.« Ich nickte. »Er hatte bereits Daniel und Mr. Harrison umgebracht. Warum hätte er da vor einem dritten Mord zurückschrecken sollen?«

»Ihr glaubt, die Royalisten haben Daniel wegen ein paar Wagenladungen Schießpulver getötet?« Tränen liefen ihr über die Wangen. »Nur deswegen?«

»Wäre Mr. Marlowe über das Komplott informiert worden, hätte er alle Beteiligten hängen lassen, einschließlich Abraham Walker«, sagte ich. »Und was zählt schon ein Mord, wenn man einen Krieg anzuzetteln hofft, der Tausende das Leben kosten wird?«

»Armer Daniel«, seufzte Katherine.

Ich zögerte, bevor ich die nächste Frage stellte, denn sie würde fast alle Geheimnisse offenlegen, die wir bisher voreinander gehabt hatten. »Ihr habt gewusst, dass Daniel für Mr. Marlowe arbeitet, aber von dem Komplott hat er Euch nichts erzählt?«

Katherine schüttelte den Kopf und stieß einen tiefen Seufzer aus. »Kein Sterbenswörtchen. Warum hat er das bloß vor mir verheimlicht?«

»Daniel wollte Euch schützen. Er erkannte die Gefahr, in der er schwebte, und wollte Euch in Sicherheit wissen.«

Katherine lächelte traurig. »Also war seine letzte Tat, mein Leben zu retten. Ja, so war er, mein Daniel.«

»Katherine«, sagte ich, »könnt Ihr mir verzeihen? Ich habe Euch belogen und Euer Vertrauen missbraucht. So etwas tut eine Freundin nicht, und ich bedaure es zutiefst.«

»Zuerst war ich wütend«, erwiderte sie. »Aber ich habe selbst erlebt, wie Mr. Marlowe Leute in seinen Dienst zwingt. Wenn ein so mächtiger und skrupelloser Mann wie er Eure Mitarbeit fordert, kann man nicht ablehnen. Womit hat er Euch unter Druck gesetzt?«

»Er hatte Will im Tower festsetzen lassen und drohte, ihn dort verrotten zu lassen, falls ich mich weigerte, Euch zu bespitzeln.«

»Ja.« Katherine nickte. »Genauso hat er es bei Daniel gemacht. Er hat unseren Sohn bedroht.«

»Meine Freundschaft war nie vorgetäuscht. Katherine.«

»Ich weiß. Eine so versierte Lügnerin seid Ihr nicht.« Sie lächelte gequält, und ich sah ihr an, dass sie allmählich ermattete. »Was wollt Ihr jetzt tun?«

»Keine Ahnung«, gestand ich. »Das liegt bei Mr. Marlowe, nicht wahr? Vielleicht entlässt er mich aus seinem Dienst.«

»Das bezweifle ich«, erwiderte Katherine. »Es wäre ein Beweis großer Güte, und diese spezielle Tugend kann ihm niemand zubilligen.«

»Nein, wohl kaum.«

Ich saß noch eine Weile bei Katherine und hielt ihre Hand. Als sie eingeschlafen war, ging ich nach Hause.

*

Ich schlief den ganzen Tag und die nächste Nacht durch und erwachte in einer Stadt, in der es wegen der Geschehnisse im Hause Harrison wie in einem Bienenkorb summte: drei Morde, eine Frau in den Wehen, die Miliz, die auf der Suche nach Rebellen durch die Straßen der Stadt tobte. Die ersten Zeitungsblättchen waren ziemlich dünn, da den Schreibern und Druckern nur ein Tag und sehr wenige Fakten zur Verfügung standen.

Wie üblich ließen sich die Schreiberlinge nicht von ihren mangelnden Kenntnissen abhalten, ihre Werke zu fabrizieren. Das Ergebnis war ein seltsamer Mischmasch verschiedenster Mutmaßungen. In einigen Publikationen wurde Walker als royalistischer Agent bezeichnet, der von der Miliz getötet worden war, in anderen wurde behauptet, er habe für das Parlament gearbeitet und sei von Royalisten ermordet worden. Wieder andere ignorierten den politischen Aspekt völlig und verkündeten, Walker sei das Opfer von Einbrechern und seinem großen Mut, mit der er Margaret Harrison das Leben gerettet habe. Ein oder zwei Blätter berichteten, die wahre Täterin sei eine Hebamme gewesen, erwähnten zu meiner Erleichterung aber weder meinen noch Marthas Namen. Ich wusste, dass auf diese ersten Sensationsmeldungen längere, noch phantasievollere Berichte folgen würden, denn die Geschichte enthielt alles, was sich ein Leser nur wünschen konnte: verbotene Liebe, Verrat, Mord und eine drohende Rebellion.

Martha und ich hatten unsere Mahlzeit gerade beendet, als wir jemanden die Treppe heraufkommen hörten. Das dumpfe Klopfen von Wills Stock kündete von seinem Kommen, noch bevor er bei uns war. Martha riss die Tür auf und umarmte ihn stürmisch.

»Wie geht es euch?«, fragte Will. »Habt ihr schon die neuesten Nachrichten gehört?«

»Oh ja«, erwiderte ich. »Aber wir wissen es besser. Den meisten Geschichten kann man keinen Glauben schenken.«

Will lachte. »Das ist vermutlich gut so, aber es gibt noch eine andere Neuigkeit. Mr. Marlowe lässt nach euch schicken. Er will von seinen Erfolgen berichten. Er ist unerträglich!«

»*Seine* Erfolge?«, rief Martha. Ich konnte den Zorn in ihrer Stimme hören. »Wir haben ihm den Mörder frei Haus und fertig für die Beerdigung geliefert! Er hat nicht mehr geleistet als die Männer des Coroners! Weniger, um genau zu sein.«

»Tja, das hat er offenbar vergessen. Aber darum geht es auch nicht«, sagte Will. »Es handelt sich um etwas anderes, aber das will er euch selbst mitteilen. Holt eure Umhänge!«

Ich konnte meine Gereiztheit nicht unterdrücken, als ich mich warm einpackte und Will nach unten auf die Straße folgte. Die Sonne stand schon tief am Himmel; wir würden vermutlich im Dunkeln nach Hause gehen müssen.

»Du weißt doch bestimmt, worum es geht«, setzte ich Will zu. »Hat Mr. Marlowe das Schießpulver gefunden?«

»Oder hat es jemand anders für ihn gefunden? Das wäre nämlich typisch für den Kerl!«, hakte Martha nach. Sie klang nicht weniger verärgert, als ich mich fühlte.

»Ehrenwort, ich weiß es nicht«, beteuerte Will. »Er hat Colonel Reynolds und mich auf eine sinnlose Suche geschickt und behauptet, er habe die Sache zum Abschluss gebracht, während wir unterwegs waren.«

»Wie kann er davon überzeugt sein?«, fragte ich.

Will zuckte die Achseln. »Er ist überzeugt genug, um Cromwell genau das in einem Brief mitzuteilen. Und das würde er nicht, wenn er sich seiner Sache nicht vollkommen sicher wäre.«

Wir zogen die Köpfe ein, während der lebhafte Wind unter unsere Umhänge zu schlüpfen schien, egal, wie fest wir sie um uns schlangen, und trotteten in Richtung Osten. Als wir den Tower erreichten, zog Will seinen Schal hinunter, damit der Wächter ihn erkannte. Kurz darauf standen wir vor Marlowes Dienstzimmer, und Will klopfte an.

»Herein!«, blaffte Marlowe.

Er lehnte in seinem Sessel, als wir das Zimmer betraten, die

Füße auf den Schreibtisch gelegt. Ein triumphierendes Lächeln huschte über sein Gesicht. Tom stand hinter ihm. Man sah ihm an, dass seine Freude über unser Kommen durch seinen unverkennbaren Groll auf Marlowe gedämpft wurde. Ich sehnte mich danach, ihn zu umarmen und mit ihm über unsere gemeinsame Zukunft zu sprechen, konnte mir aber nicht vorstellen, dass Mr. Marlowe damit einverstanden gewesen wäre.

»Mrs. Hodgson!«, rief Marlowe und erhob sich. Eine leere Weinflasche stand auf seinem Tisch. »Wie schön, dass Ihr da seid! Trinkt ein Glas Wein mit mir! Colonel Reynolds hat abgelehnt, aber Ihr drei werdet mir bei einem Schluck Gesellschaft leisten. Ich will es so, und ich befehle es!«

Ich nickte, denn ich hatte nicht den Wunsch, Mr. Marlowe zu verärgern. Außerdem hatte ich gegen ein wärmendes Glas Wein nichts einzuwenden.

»Bursche!«, rief Marlowe. Die Tür ging auf, und ein Junge von ungefähr zwölf Jahren spähte zu uns herein. »Bring noch eine Flasche Wein und mehr Gläser! Wir wollen meinen Triumph feiern.«

Gleich darauf kehrte der Junge wieder. Marlowe schenkte uns ein, um anschließend vor uns auf und ab zu stolzieren, als wäre er der König der Welt.

»Während die zwei da«, sagte er und zeigte auf Tom und Will, »sich Gott weiß wo herumgetrieben haben, um rein gar nichts zu finden, und Ihr Frauen Euch in die Sicherheit Eurer vier Wände verkrochen hattet, habe *ich* einen Anschlag, einen royalistischen Aufstand und vielleicht sogar einen weiteren Bürgerkrieg verhindert.«

Ich fragte mich, was Tom von Marlowes Prahlerei hielt, und spähte verstohlen zu ihm. Er wich meinem Blick aus, aber ich sah, wie wütend er war.

»Wir haben einen von Abraham Walkers Komplizen in London aufgespürt«, fuhr Marlowe fort. »Und einen Fischer in Rye, der ihm geholfen hat, Briefe auf den Kontinent zu schicken. Beide sind in Haft.«

»Habt Ihr das Schießpulver gefunden?«, fragte Martha.

Marlowe beachtete sie nicht. »Walkers Londoner Komplizen hatten die Aufgabe, das Komplott in Gang zu setzen. Er selbst sollte als Zeichen für die übrigen aufständischen Galgenvögel Cromwell töten. Gleich nach Cromwells Tod wollten die Royalisten hier bei uns eine Rebellion entfachen, während ihre Mitstreiter in Frankreich eine Invasion vorbereiteten.«

»Was ist mit dem Schießpulver?«, fragte nun auch ich.

»Nach Frankreich verschifft«, antwortete Marlowe mit sichtlicher Genugtuung.

»Das wissen wir nicht«, warf Tom ein. »Alles, was wir haben, ist das Geständnis eines einzigen Mannes. Und nach allem, was er durchlitten hat, hätte er auch gestanden, Christus persönlich ans Kreuz geschlagen zu haben.«

»Ach, hört schon auf!« Marlowe klang wie ein bockiges Kind. »Das Komplott ist vereitelt, das Schießpulver befindet sich nicht mehr in England. Nur darauf kommt es an.«

Ich merkte, dass Tom die Auseinandersetzung gern fortgeführt hätte, aber er schluckte hinunter, was immer er sagen wollte. Ich hatte den Eindruck, dass er und Marlowe sich darüber schon mehrfach in die Haare geraten waren und eine Fortführung der Debatte keinen Sinn hatte.

»Wollt Ihr ihn sehen?«, fragte Marlowe munter.

»Wen?«, fragte ich zurück.

»Den Attentäter, der General Cromwell töten sollte«, erwiderte Marlowe. »Er befindet sich hier im Tower, und da wird er bis zu seiner Hinrichtung auch bleiben.« Er wirkte auf mich wie ein Hahn, der das Aufgehen der Sonne für sein persönliches Verdienst hält.

Einen Moment lang fragte ich mich, ob Lorenzo Bacca der Mann sein könnte, der auf seine Hinrichtung wartete. Es waren schon seltsamere Dinge geschehen.

»Kommt mit, ich zeige ihn Euch.« Ohne eine Antwort abzuwarten, marschierte Marlowe zur Tür hinaus. Ich schaute Martha an und zuckte die Achseln. Dann folgten wir ihm, wiederum gefolgt von Will und Tom. Es ging einige Treppen hinunter und an mehreren bewachten Türen vorbei, bevor wir unser Ziel erreichten.

»Ihr müsst bedenken, dass er nicht mehr derselbe Mann ist, den wir gefangen genommen haben«, sagte Marlowe. »Zu dem Zeitpunkt war er viel stärker.« Er zückte einen Schlüssel und stieß nach einigem Hin- und Herdrehen die Tür auf.

Die Szene in der Zelle war, wie nicht anders zu erwarten, grauenhaft. Zwei vergitterte Fenster ließen das spärliche Licht durch, das dem Gefangenen zugestanden wurde. Der Boden war mit schmutzigen Binsen bestreut, die Wände mit grünem Schleim überzogen und tropfnass. Der Geruch von Angst, Schweiß und Exkrementen war überwältigend. Im fahlen Licht konnte ich eine Gestalt ausmachen, die auf einem Haufen Stroh lag.

»Du da!«, herrschte Marlowe den Gefangenen an. Er durchquerte die Zelle und stieß den Mann mit seiner Stiefelspitze an. »Steh auf!«

Als die Gestalt sich nicht rührte, versetzte Marlowe ihm einen Tritt in den Hintern. »Aufstehen, habe ich gesagt!«

»Er kann nicht mehr stehen«, sagte Tom. »Auch ohne die Ketten nicht.«

»Richtig.« Marlowe schaute lächelnd zu Martha und mir. »Noch vor wenigen Stunden wirkte er ziemlich bedrohlich. Würde ich einen Mann beauftragen, Cromwell zu töten, würde ich auch einen wie ihn wählen. Erstaunlich, was die Streckbank selbst der robustesten Statur antun kann.« Marlowe zerrte den Gefangenen hoch und schleppte ihn zu uns. »Normalerweise hätten wir nicht so rasch gehandelt. Ich habe ihm die Streckbank gezeigt und ihm gesagt, was wir aus seinem Körper machen, aber er beteuerte dennoch seine Unschuld.«

»Der Folterknecht hat ihn zu schnell gebrochen«, sagte Tom. Diesen Streit hatten sie offenkundig schon vorher ausgetragen, und Tom hatte verloren.

»Das ist wahr«, räumte Marlowe ein. »Aber es ist Jahre her, seit die Streckbank benutzt wurde, und niemand wusste, welche Wirkung sie haben würde.«

»Sie hätte sogar Christus ein Geständnis abgerungen«, beharrte Tom. »Schaut ihn doch an!«

Tatsächlich bot der Mann den erbärmlichsten Anblick, den ich je gesehen hatte. Seine Gliedmaßen waren lang und muskulös, und für mich bestand kein Zweifel, dass sie vor der Folter kerzengerade gewesen waren. Jetzt waren sie geschwollen, verkrümmt und mit Blutergüssen und blauen Flecken übersät. Der Gefängniswärter hatte ihn dreifach in Eisen gelegt, mit Hand- und Fußschellen und mit einer Kette, die vom Hals zu den Knöcheln verlief und ihn daran hinderte, aufrecht zu stehen. Blicklos starrte er in den Raum. Er schien uns kaum wahrzunehmen.

»Wer seid Ihr?«, fragte er dann mit schwerer Zunge. Die Frage war verständlich, aber mir fiel keine Antwort ein.

»Sag ihnen, was du getan hast«, forderte Marlowe ihn auf. »Und was du noch tun wolltest.«

»Ich wollte General Cromwell töten«, murmelte der bedauernswerte Mann. »Und im Namen von König Charles einen Aufstand anzetteln.«

Er fiel auf die Knie und fing an zu weinen. Marlowe strahlte uns vergnügt an. »Seht Ihr? Genau, wie ich gesagt habe.«

»Ich denke, ich habe genug gesehen.« Ich verließ mit Martha, Will und Tom die Zelle. Marlowe folgte uns.

»Und Ihr seid sicher, dass er der Mann ist, der im Auftrag der Royalisten ein Attentat auf Oliver Cromwell verüben sollte?«, fragte ich Marlowe auf dem Rückweg in sein Dienstzimmer.

»Jawohl, und dieses Komplott ist vereitelt worden«, bestätigte Marlowe. »Kein Attentäter, kein Attentat. Kein Attentat, keine Rebellion.«

»Cromwell wird zufrieden sein«, bemerkte ich.

»Und ob!« Marlowe strahlte. »Ihr habt ja keine Ahnung, wie dankbar er sein kann.«

In seinem Dienstzimmer entkorkte Marlowe die Weinflasche. »Ihr habt zwei Möglichkeiten, Mrs. Hodgson«, sagte er dabei. »Ihr schließt Euch diesen zwei Hasenfüßen mitsamt ihren Befürchtungen an«, er zeigte auf Tom und Will, »oder Ihr leistet mir bei einem zweiten Becher Wein Gesellschaft.«

Ich gab keine Antwort.

Marlowe lachte. »Na schön. Ich fürchte, ihr alle seid schlicht und einfach neidisch. Colonel Reynolds und Euer Neffe haben gar nichts zustande gebracht. Ihr Hebammen habt zwar einen Mörder gefasst, das gebe ich gern zu, aber *ich* habe eine Rebellion verhindert. Die Sache ist ausgestanden.« Er schüttelte verwundert den Kopf, als er unsere skeptischen Mienen sah. »Schert Euch weg, und zwar alle! Geht gemeinsam Trübsal blasen! Ihr habt mir meine Feier schon genug verpatzt.«

Marlowes Worte hallten in meinen Ohren wider, lauter als ein Pistolenschuss. »Die Sache ist ausgestanden?«, wiederholte ich. »Der Aufstand wurde vereitelt?«

»So ist es«, bekräftigte Marlowe. »Gescheitert, beendet, im Keim erstickt. Die Royalisten hatten ihre Chance, aber ich habe ihren Plänen einen Riegel vorgeschoben.«

»Das Parlament ist also nicht in Gefahr?«

Marlowe nickte und nahm einen Schluck Wein.

»Dann benötigt Ihr meine Dienste nicht mehr«, sagte ich. »Und die von Martha und Will ebenso wenig.«

Marlowe starrte mich an. Dann lachte er lauthals. »Ein Punkt für Euch, Mrs. Hodgson. Aber nein, Ihr seid noch nicht entlassen. Ihr habt Euch als zu nützlich erwiesen, und die Welt ist ein zu gefährlicher Ort. Die Levellers stellen ebenso wie die Royalisten nach wie vor eine Bedrohung dar. Ein einziger gescheiterter Plan wird sie nicht aufhalten.«

»Ich bin noch immer Euer Sklave?«, fragte ich. »Und muss Euch bis an mein Lebensende dienen?« Verzweiflung erfasste mich. Ich hatte zwar nicht damit gerechnet, meine Freiheit wiederzubekommen, aber ich hatte gehofft, er würde die Möglichkeit wenigstens in Betracht ziehen.

»Oder bis an *mein* Lebensende«, erwiderte Marlowe mit einem Lächeln. »Und nein, Ihr müsst keineswegs hierbleiben. Aber wenn Ihr London verlasst, verliert Ihr Eure Ländereien. Krieg zu führen ist eine kostspielige Angelegenheit, und das Parlament braucht dringend neue Mittel.«

»Was ist mit ihrer Tochter Elizabeth?«, fragte Tom.

Ich sah ihn überrascht an.

»Was meint Ihr damit?«, fragte Marlowe.

»Erlaubt Mrs. Hodgson, ihre Tochter nach London zu holen. Sie hat mehr geleistet, als Ihr erwartet hattet, und hat eine Belohnung verdient.«

Bei der Aussicht, Elizabeth wiederzusehen, bekam ich Herzklopfen. Wäre das tatsächlich möglich? Ich versuchte krampfhaft, mir die freudige Erregung nicht anmerken zu lassen: Wenn Marlowe mir ansah, wie glücklich mich diese Aussicht machte, würde er garantiert eine Gegenleistung verlangen.

Marlowe schüttelte den Kopf. »Die Dinge laufen sehr gut so, wie sie sind. Die Tochter würde nur Probleme aufwerfen.«

Tränen brannten unter meinen Augenlidern, und ich musste die Zähne zusammenbeißen, um nicht laut aufzuschreien. Ich trat einen Schritt vor, aber Tom hob seine Hand.

»Mr. Marlowe«, sagte er. »Jonathan.«

Marlowe blickte auf. »Ach, auf einmal bin ich für Euch also Jonathan? Die Sache muss Euch sehr am Herzen liegen.«

»So ist es. Und von Euch wäre es richtig, so zu handeln.«

Marlowe zuckte die Achseln, als wäre ihm das Ganze mit einem Mal egal. »Na schön. Ich weiß zwar nicht, wie Ihr Euren Nachbarn das plötzliche Erscheinen einer Tochter erklären wollt, Mrs. Hodgson, aber wenn Euch eine plausible Lüge einfällt, könnt Ihr sie ruhig kommen lassen.«

Ich war von einem Moment auf den anderen so überglücklich, dass ich fast einen Freudengesang angestimmt hätte. Elizabeth kam nach London! Ich wollte mich bei Mr. Marlowe bedanken, aber Tom durchquerte das Zimmer und fasste mich am Arm.

»Sie dankt Euch, Mr. Marlowe«, sagte er. »Wir sollten jetzt gehen.«

»Gut.« Marlowe nickte. »Ich treffe mich morgen früh mit General Cromwell und muss mich noch vorbereiten.«

Wir verließen Marlowes Dienstzimmer und machten uns auf den Weg zum Burgtor.

»Warum die Eile?«, fragte ich Tom im Flüsterton.

»Wir sollten ihm keine Gelegenheit geben, seine Meinung zu ändern«, antwortete er ebenso leise. »Er hat Ja gesagt. Nimm es einfach an.«

Ich wollte etwas erwidern, aber Tom schüttelte den Kopf. »Sobald wir aus dem Tower sind, reden wir weiter.«

Kaum hatten wir das Tor durchschritten, konnte ich mich nicht mehr beherrschen. Ich warf Tom beide Arme um den Hals und drückte ihn so fest an mich, dass er nach Luft schnappte. »Danke, danke, danke!«, rief ich aus, und ohne mich darum zu kümmern, wer mich sehen könnte, beugte ich mich vor und küsste ihn auf den Mund.

»Tante Bridget!«, rief Will fassungslos. »Was … was …?«

Noch während ich ihn küsste, fing Tom an zu lachen. »Ich glaube, Will, deine Tante hat Neuigkeiten für dich«, sagte er, als ich mich von seinen Lippen löste, um wieder zu Atem zu kommen.

Will wusste natürlich sofort Bescheid. »Was denn … Ihr beide?«

»Ja.« Ich ließ Tom los. »Wir beide.«

»Ihr seid verlobt?«, fragte Will.

»Ja«, bestätigte ich.

»Und wann wird geheiratet?«

Tom lachte. »Gute Frage. Wir sind bis jetzt noch nicht dazu gekommen, uns darüber Gedanken zu machen.« Er wandte sich an mich. »Was meinst du? Wann heiraten wir?«

»Wir sollten warten, bis Elizabeth da ist. Ich möchte gern, dass sie dich vorher kennenlernt. Ich werde Hannah und ihr sofort schreiben!«

Als wir den Weg zur Cheapside einschlugen, war nicht mehr zu verkennen, dass wir unseren Heimweg in der Dunkelheit beenden würden. Kurz entschlossen bog Tom in eine schmale Seitenstraße und führte uns zu einem Gasthaus. »Wenn wir sowieso im Dunkeln gehen müssen, können wir uns vorher noch eine anständige Mahlzeit gönnen.«

Die Speisen, die uns zum Abendessen geboten wurden, waren knapp bemessen und teuer, aber der Wein und das Kaminfeuer wärmten uns schnell und hoben unsere ohnehin beschwingte Stimmung. Ich hätte gern weiter über Hochzeiten und Elizabeth geredet, aber es gab Dringlicheres zu besprechen.

»Glaubt einer von euch, dass der Mann, den Marlowe foltern ließ, der Attentäter ist?«, fragte Martha, an Tom und Will gewandt.

Beide schüttelten den Kopf.

»Ihr habt ja gesehen, was man ihm angetan hat«, sagte Tom. »Ich bezweifle nicht, dass er an dem Komplott beteiligt war, aber als er auf der Streckbank lag, hätte er alles gestanden, damit die Folterer aufhören.«

Will nickte. »Ja. Und der arme Kerl hatte keinen blassen Schimmer, als er gefragt wurde, wo das Schießpulver ist. Aber als Mr. Marlowe behauptete, es sei nach Frankreich verschifft worden, konnte er es gar nicht schnell genug bestätigen. Er litt solche Höllenqualen, dass er sogar zugegeben hätte, das Pulver in seiner Hosentasche zu haben.«

»Wo hat Mr. Marlowe ihn aufgespürt?«, fragte Martha.

»Einer von Walkers Nachbarn hat ihn gemeldet«, antwortete Tom. »Er hat die beiden öfter dabei beobachtet, wie sie sich nachts herumtrieben und die Köpfe zusammensteckten. Das reichte Mr. Marlowe.«

»Glaubt Marlowe wirklich, dass der Mann der Attentäter ist und dass das Schießpulver sich nicht mehr in England befindet?«, fragte ich.

Tom zuckte die Achseln. »Du kannst dir sicher denken, wie sehr er sich wünscht, der Mann möge tatsächlich der Täter sein. Marlowe ist durch die Morde unter großen Druck geraten. Erst wurde ein Spitzel getötet, dann ein Schießpulverfabrikant. Noch dazu konnte der Mörder mit genug Pulver entkommen, um den Tower von London und noch mehr in die Luft zu jagen. Das Parlament und Cromwell wären vor Angst erstarrt, hätte er den Fall nicht gelöst. Sie wollten einen Schuldigen, und Marlowe hat ihn geliefert.«

»Möglicherweise ist der Aufstand wirklich vereitelt worden«, meinte ich. »Allein schon durch Walkers Tod.«

»Vielleicht.« Tom versuchte nicht, seine Skepsis zu verbergen. »Aber das werden wir noch früh genug merken, nicht wahr?«

Nachdem wir unsere Mahlzeit beendet und uns wieder warm eingemummelt hatten, trottete unsere kleine Schar zur Cheapside zurück. Wir verabschiedeten uns innig von Will und Tom, als unsere Wege sich trennten, und gingen weiter nach Hause.

»Wenn Ihr mit Tom, Elizabeth und vielleicht auch Hannah zusammenleben wollt, braucht Ihr eine größere Wohnung«, bemerkte Martha.

»Und was ist mit dir?«, fragte ich. »Wo wirst du bleiben?«

»Ihr wollt wissen, ob Will und ich verlobt sind?« Martha lachte. »Wir waren in York verlobt und haben uns nie *entlobt*, also sind wir es wohl immer noch.«

»Aber wann wollt ihr heiraten?«

»Im Frühjahr vielleicht.« Wieder lachte Martha auf. »Wir vier könnten gemeinsam heiraten, was mein Ihr?«

»Das fände ich sehr schön.«

Mittlerweile waren wir vor unserer Tür angelangt. Ich streckte gerade meine Hand nach der Klinke aus, als Martha meinen Arm festhielt und auf die Schwelle zeigte. Flackernder Lichtschein fiel durch die Ritze. Wir waren nicht so dumm gewesen, eine Kerze brennen zu lassen, als wir gegangen waren.

Jemand war in unserer Wohnung.

»Nur herein!«, rief in diesem Augenblick eine Männerstimme. »Ich warte schon seit Stunden.«

Die Stimme war unverwechselbar. Sie gehörte Lorenzo Bacca.

## 22.

Ich blickte Martha entgeistert an. Was mochte ein Besuch von einem Mann wie Bacca zu so später Stunde bedeuten?

»Wenn er uns etwas tun wollte, würde er sich vorher bestimmt nicht zu erkennen geben«, sagte sie zuversichtlich.

»Da hast du auch wieder recht«, erwiderte ich. »Und er hätte ganz sicher keine Kerze angezündet.«

Ich öffnete die Tür und trat ein.

Bacca saß so unbefangen an unserem Tisch, als würde er hier wohnen. Er hatte eine Laterne mitgebracht, die vor ihm auf dem Tisch stand, und las irgendein Schreiben. Als wir hereinkamen, stand er auf, faltete das Papier zusammen und steckte es ein. »Ich bedaure, auf diese Art und Weise bei Euch einzudringen«, sagte er. »Aber ich hätte schwerlich draußen warten können, ohne Aufsehen zu erregen. Eure Zimmerwirtin hat ihre Augen überall.«

»Was führt Euch her?«, fragte ich mit einem Anflug von Schärfe. Ich glaubte nicht, dass er uns etwas antun wollte, aber deshalb musste ich mich noch lange nicht über sein Kommen freuen.

Bacca lachte vergnügt. »Ihr wart ziemlich emsig, nicht wahr? Man erzählt sich in der ganzen Stadt Eure Abenteuer.«

»Ich weiß nicht, was Ihr meint.«

»Kommt schon. Die Schreiberlinge mögen Euren Namen nicht kennen, aber das war leicht zu erraten. Zwei Hebammen, die eine junge Mutter davor bewahren, von einem Meuchelmörder umgebracht zu werden? Wer könnte das schon sein, wenn nicht ihr beide?«

»Solchem Geschreibsel sollte man keinen Glauben schenken«, entgegnete ich. »In jedem dieser Machwerke steht etwas anderes.«

»Eines liebe ich an London besonders.« Bacca lachte. »Dem geschriebenen Wort sind kaum Grenzen gesetzt. Dem, was die Leute glauben, erst recht nicht. Aber ich bin nicht so leichtgläubig. Was Ihr mir über die ermordeten Dirnen erzählt habt, war gelogen. Und auch Eure Behauptung, unser beider Angelegenheiten hätten nichts miteinander zu tun, war ebenfalls eine Lüge. In Wahrheit stecken Ihr und ich bis zum Hals in politischen Intrigen, auch wenn wir für verschiedene Parteien arbeiten.«

Leugnen würde Bacca nicht täuschen, das wusste ich. »Wie könnt Ihr Euch so sicher sein?«

»Euer Leben ist zu einer Aufeinanderfolge eigenartiger Zufälle und unbeantwortbarer Fragen geworden, und ich kann nicht umhin, mich darüber zu wundern. Zuerst kommt Ihr auf der Suche nach einem Mörder, der zufällig Royalist ist, in die Crown. Dann ruft man Euch, um Geburtshilfe bei Margaret Harrison zu leisten, der Tochter von Cromwells Schießpulverlieferanten. Ihr wohnt aber nicht in ihrer Nähe, woher also sollte sie Euren Namen kennen? Und warum sollte sie Euch kommen lassen, wenn in ihrer Nachbarschaft etliche tüchtige Hebammen wohnen?« Bacca erinnerte mich an eine Katze, die mit einer Maus spielt – oder vielmehr mit zwei Mäusen. »Und während Ihr dem armen Mädchen beisteht, tötet Ihr ganz nebenbei den Meuchelmörder – ebenfalls ein Royalist –, der ihren Vater umgebracht hat. In der Tat eigenartig!«

Ich schwieg.

»Aber vielleicht«, fuhr er fort, »sind das alles gar keine Zufälle. Vielleicht hat man Euch den Auftrag gegeben, in die

Crown zu gehen, um Charles Owen auszuspionieren, und später bei der Niederkunft von Mr. Harrisons Tochter anwesend zu sein. Aber eine Frage bleibt offen: Wer hat Euch in die Crown und dann zu Margaret Harrison geschickt?« Bacca tat, als müsse er überlegen. Er schien das Ganze ungemein zu genießen. »Aber ja, Oliver Cromwell natürlich! Ihr zwei steht im Dienste Cromwells, genau wie ich vermutet hatte.« Er beugte sich vor, durchbohrte mich mit Blicken. »Nun?«, fragte er. »Habe ich ins Schwarze getroffen? Oder liege ich falsch?«

Als ich immer noch nichts sagte, lachte er auf. »Na schön. Ich werde nicht auf ein Geständnis bestehen, auch wenn es Eurer Seele guttäte.«

Ich warf ihm einen verstohlenen Blick zu und überlegte, welche Strategie am meisten Erfolg haben könnte. Alles einfach zu leugnen würde Bacca nicht beirren, aber vielleicht konnte ich ihn mit der Wahrheit entwaffnen und dabei gleichzeitig etwas von ihm erfahren. »Ihr liegt ziemlich richtig«, gab ich zu. »Martha und ich wurden zu Charles Owen geschickt und zu Margaret Harrison gerufen. Wir arbeiten beide für Cromwell, wenn auch nicht freiwillig.«

»Und was habt Ihr bei Eurer Tätigkeit als Spitzel herausgefunden?«, fragte Bacca.

»Dass Abraham Walker ein mehrfacher Mörder ist und möglicherweise an einem Komplott beteiligt war, Cromwell zu töten.«

Bacca nickte. »Er war ein tüchtiger und gefährlicher Mann, dieser Walker. Ihr könnt von Glück sagen, die Begegnung mit ihm überlebt zu haben.«

»Bevor Walker starb«, entgegnete ich, »raubte er eine große Menge Schießpulver. Wisst Ihr, was daraus geworden ist?«

Bacca wandte kurz den Blick ab, ehe er antwortete: »Von Schießpulver weiß ich nichts. Aber ich bin überzeugt, Cromwells Agenten haben derartige Angelegenheiten gut im Griff. Deshalb würde ich mir an Eurer Stelle keine Sorgen machen.«

»Dann habt Ihr mehr Vertrauen in Cromwells Agenten als ich. Abraham Walker hat vier Menschen umgebracht, und Martha und ich haben unser Leben aufs Spiel gesetzt, um ihm Einhalt zu gebieten. Das soll nicht vergebens gewesen sein. Ich habe Euch die Wahrheit gesagt, jetzt müsst Ihr dasselbe tun. Wisst Ihr, wo das Pulver ist?«

Bacca sah mich an. »Ich habe keine Ahnung, was daraus geworden ist. Auf mein Wort.«

Ich wusste nicht, ob er die Wahrheit sagte, aber ich würde offensichtlich nicht mehr von ihm erfahren. »Es ist sehr spät«, sagte ich. »Warum seid Ihr hier? Antwortet mir und geht dann Eurer Wege.«

»Ihr kränkt mich, Mylady Hodgson. Ich bin auf Ersuchen von Jane hergekommen, Charles Owens Ehefrau. Sie würde Euch morgen gern in der Crown treffen.«

Martha und ich wechselten einen Blick. Was hatte das zu bedeuten?

»Was könnte Jane Owen von mir wollen?«, fragte ich.

»Kommt morgen Vormittag in die Crown, und Ihr werdet es erfahren.« Bacca stand auf. »Da ich weiß, wie misstrauisch Ihr seid, werde ich Euch dort um zehn Uhr erwarten. Somit könnt Ihr sicher sein, dass Euch nichts zustößt.«

»Mit Abraham Walker sind wir auch allein ganz gut zurechtgekommen«, stieß Martha hervor.

»Das ist wahr«, räumte Bacca ein. »Ich wollte Euch keineswegs beleidigen. Wir sehen uns morgen um zehn.«

Er schlenderte zur Tür und blieb auf der Schwelle noch einmal stehen. Als er sich zu mir umwandte, war sein Gesicht so ernst, wie ich es bei ihm noch nie gesehen hatte. »Falls Ihr nicht kommt, Lady Bridget, werdet Ihr es für den Rest Eures Lebens bereuen. Wenn Ihr auch sonst nichts von dem glaubt, was ich gesagt habe, *das* müsst Ihr mir glauben.« Ohne eine Erwiderung abzuwarten, schlüpfte er zur Tür hinaus und huschte so leise die Treppe hinunter, dass wir ihn kaum hören konnten.

»Was hat er damit gemeint?«, fragte Martha. »Hat er Euch gedroht?«

Ich schüttelte den Kopf. »So spitzfindig sind seine Drohungen nicht. Ich fürchte, er hat die Wahrheit gesagt.«

»Dann gehen wir hin?«, fragte Martha.

Ich dachte an Guy Fawkes und den einfachen Sergeanten, der König und Parlament gerettet hatte, indem er seine Pflicht tat. Konnte ich weniger tun als das?

»Irgendetwas ist im Gange«, sagte ich. »Und wir müssen herausfinden, was es ist.«

*

Am nächsten Morgen stand ich früh auf und schrieb an Hannah und Elizabeth. Es würde einige Tage dauern, bis der Brief in Pontrilas eintraf, und ein paar weitere Tage, alles für Elizabeths Reise nach London vorzubereiten, aber wenn alles gut ging, würde sie vielleicht schon in zwei Wochen bei Martha und mir sein. Bei dem Gedanken schlug mein Herz vor Freude schneller, und ich konnte mir gut vorstellen, wie aufgeregt Elizabeth sein würde, wenn sie meinen Brief las. Ich dankte Gott, dass Er mir diese Gnade zuteilwerden ließ. Dann beauftragte ich einen Jungen, den Brief zu Tom in den Horned Bull zu bringen, und damit hatte Elizabeths Reise nach London praktisch begonnen.

Nachdem Martha aufgestanden war, füllten wir unsere Speisekammer auf und gingen Katherine besuchen. Natürlich lag sie immer noch im Bett, in ihre dicken Verbände gewickelt, doch sie bemühte sich redlich, ihr Geschäft trotzdem nicht zu vernachlässigen. Ihre Angestellten strömten stetig zu ihr herein, um ihr fertige Mäntel zur Begutachtung vorzulegen und Lob oder Tadel einzuheimsen.

»Da seid Ihr ja!« Katherine strahlte uns an. »Erzählt mir, was es draußen in der Welt Neues gibt. Ich weiß nicht, wie lange ich es noch aushalte, hier eingepfercht zu sein wie ein Huhn im Hühnerstall!«

»Ihr werdet bald genug wieder auf den Beinen sein«, beruhigte Martha sie. »Und die Welt da draußen wird es dann auch noch geben.«

»Aber Ihr habt Neuigkeiten, nicht wahr?«

Martha und ich wechselten einen Blick und schauten dann zu der Magd hinüber, die bei Katherine geblieben war. Ich neigte den Kopf unauffällig in Richtung Tür.

»Du kannst gehen«, sagte Katherine zu dem Mädchen.

Als wir allein waren, setzte ich mich zu Katherine. »Mr. Marlowe hat uns gestern in den Tower befohlen. Sie haben einen weiteren Verschwörer festgenommen. Der Mann sollte Cromwell töten und einen royalistischen Aufstand entfachen.«

»Wer war es?«, wollte Katherine wissen.

»Niemand, den wir kennen«, antwortete ich. »Ein Geschäftsfreund von Walker.«

»Hat er gestanden?«

»Nachdem er auf der Folterbank war.«

Katherine fuhr entsetzt zusammen. »Sie haben einen englischen Bürger gefoltert? Mit welchem Recht?«

»Auf Befehl von Marlowe«, sagte ich. »Oder Cromwell.«

»Wenn das so ist, warum liege ich dann noch im Bett? Ich muss sofort ins Nag's Head und meine Arbeit dort wiederaufnehmen.« Ihr Zorn wuchs mit jedem Augenblick. »Wenn ein freier Bürger Englands gefoltert werden kann, wer von uns hat dann noch die Freiheit, die Gott uns gewährt hat?«

»Gegen Euch hat Cromwell keine Chance«, bemerkte Martha lächelnd.

Katherine lachte. »Wenn Gott mit uns ist, wer kann dann gegen uns sein?«

»Aber es gibt auch gute Neuigkeiten«, sagte ich. »Mein Haushalt wird sich demnächst vergrößern.« Ich erzählte ihr von Elizabeth, von ihrer bevorstehenden Reise nach London und von meiner Verlobung mit Tom.

Katherine schüttelte verwundert den Kopf. »Kaum sitze ich hier ein paar Stunden fest, bekommt Ihr einen Ehemann und eine Tochter.« Wieder lachte sie auf. »Aber das sind in der Tat gute Neuigkeiten. Colonel Reynolds ist mit Sicherheit ein anständiger Mann, und ich freue mich schon darauf, Eure Elizabeth kennenzulernen.«

Da es auf zehn Uhr ging, verabschiedeten Martha und ich uns von Katherine und machten uns auf den Weg zur Crown. Als das Gasthaus vor uns auftauchte, blieb ich stehen und musterte die Gesichter der Männer und Frauen, die sich draußen auf der Straße aufhielten. Keines kam mir bekannt vor, und niemand schien auf uns zu warten. Nach einem Moment ging die Tür der Schänke auf, und Bacca trat heraus, als hätte er gewittert, dass wir eingetroffen waren.

»Seid Ihr sicher, dass wir das Richtige tun?«, fragte Martha. »Wir hätten Will mitnehmen sollen.«

»Uns geschieht schon nichts«, antwortete ich. »Ich traue Bacca zwar nicht über den Weg, aber wenn er uns etwas antun wollte, hätte er uns schon gestern Abend töten können.«

Bacca lächelte – freundlich, wie mir schien –, als er uns entdeckte. »Mrs. Hodgson! Ich bin froh, dass Ihr gekommen seid. Folgt mir bitte.«

Wir gingen mit ihm in die Gaststube, in der zu dieser frühen Stunde noch nicht viel Betrieb herrschte.

»Wir sind da!«, rief Bacca, als wir an der Theke vorbei in die Küche gingen. Dort trafen wir eine junge Frau dabei an, wie sie Ale aufkochte. Ich erkannte in ihr Charles Owens Frau, die ich schon bei unserem letzten Besuch in der Crown gesehen hatte. Mit einem Wink gab sie uns zu verstehen, dass wir warten sollten. Als sie die Brühe dann fertig umgerührt hatte, kam sie zu uns. Sie war sehr hübsch, mit großen braunen Augen und gefälligen Zügen. Als sie näher kam, fiel mir auf, dass sie ein Kind erwartete.

»Ihr seid Mrs. Hodgson«, begrüßte sie mich. »Und Ihr müsst Martha Hawkins sein. Signor Bacca hat mir viel von Eurer Arbeit in der Cheap erzählt. Er sagt, Ihr seid sehr gute Hebammen.«

Jetzt war ich vollends durcheinander. Hatte Bacca uns nur kommen lassen, um uns mit einer werdenden Mutter bekannt zu machen?

»Wie Ihr seht«, fuhr Jane Owen fort, »werde ich bald eine Hebamme brauchen. Meine Freundinnen in der Cheapside haben Euer Loblied gesungen, und Signor Bacca meinte, er könnte ein Treffen arrangieren. Ihr kennt ihn aus seiner Zeit in York, nicht wahr?«

Mit Schrecken wurde mir klar, dass Bacca unabsichtlich die Tarnung, mit der Mr. Marlowe mich versehen hatte, zunichtegemacht hatte. Wenn Bacca und ich einander in York begegnet waren, konnte ich schwerlich eine Witwe aus Halifax sein. Ich konnte nur beten, sein irrtümlicher Verrat würde mir nicht ernsthaft schaden.

»So ist es«, sagte ich. »Ich habe viele Jahre dort gelebt. York ist eine große Stadt, aber nicht mit London zu vergleichen.«

Jane nickte. »Ich stamme aus Devon und bin als Magd nach London gekommen. Hier habe ich auch meinen Mann kennengelernt. Seit damals leben wir hier. Wenn man sich erst einmal an den Lärm und den Gestank gewöhnt hat, ist es gar nicht so schlimm.«

Ich lachte. »Ja, aber es dauert ein Weilchen.«

»Wart Ihr in York auch schon Hebamme?«, fragte sie.

»Viele Jahre. Würde jemand mich fragen, wie viele Kinder ich entbunden habe, wüsste ich es nicht.«

Jane nahm meine Hände und musterte sie eingehend. »Ich habe von meiner Mutter gelernt, dass man eine Hebamme an ihren Händen erkennt. Lange Finger und kräftige Knochen, hat sie gesagt. Eure Hände würden ihr gefallen.«

»Wie weit seid Ihr?«, fragte ich.

»Im sechsten Monat. Im November hat sich das Kind bewegt.«

»Ist es Euer erstes?«

»Aye«, sagte sie mit einem Lächeln. »Ihr werdet also eine gänzlich unerfahrene Mutter am Hals haben.« Janes Lachen war heiter und leicht, und bald lachten Martha und ich mit ihr. Wir unterhielten uns noch eine Weile, um ihr Speisen und Getränke zu empfehlen, die das Wachstum des Kindes fördern würden, und verabschiedeten uns dann.

Auf dem Rückweg zur Cheap stellte Martha die Fragen, die auch mich beschäftigten. »Ist Bacca so unschuldig, wie er sich gibt? Steckt hinter dieser Sache nicht mehr als eine Frau, die ein Kind erwartet?«

»Unschuldig ist Bacca wohl nie«, erwiderte ich. »Aber mir ist unklar, was er davon hat, uns mit Jane Owen zusammenzubringen.«

»Mir auch«, gestand Martha. »Wir müssen jedenfalls ständig auf der Hut sein.«

Aus unerfindlichen Gründen träumte ich in jener Nacht von Abraham Walker. Im Traum war ich allein in Margaret Harrisons Schlafgemach. Draußen stand Walker und brüllte, er würde mich umbringen. Einen Knüppel in der Hand, kam er durch die geschlossene Tür, als wäre er ein Geist, und ging auf mich los. In dem Moment, als er zum tödlichen Schlag ausholte, schreckte ich aus dem Schlaf.

Ich atmete tief durch, erleichtert, dass der Traum mich nicht mehr plagte, zumal ich keine Ahnung hatte, was er bedeutete.

*

In der Woche darauf wartete ich voller Anspannung auf Nachrichten aus Pontrilas. Ich malte mir Elizabeths Freude über meinen Brief aus und wartete ungeduldig auf eine Antwort, damit ich endlich anfangen konnte, die Stunden bis zu ihrer Ankunft zu zählen. Um mich abzulenken, machte ich mich auf die Suche nach einem Zuhause in der Watling Street, die ich auf keinen Fall verlassen wollte; schließlich war sie die Straße der Hebammen. Meine neue Unterkunft musste groß genug für meine wachsende Familie sein. Zuerst würde ich mit Elizabeth und Martha zusammenleben; nach unserer Heirat würde dann Tom bei uns einziehen. Ich würde auch Platz für Will brauchen und bei so vielen Bewohnern außerdem ein, zwei Mägde. Tatsächlich fand ich schon bald ein Haus, das genug Platz für uns alle bot. Nachdem alles unter Dach und Fach war, blieb mir nichts mehr zu tun, als auf Elizabeths Kommen zu warten.

Eine Woche nachdem ich den Brief nach Pontrilas abgeschickt hatte, traf ich beim Nachhausekommen nicht nur Martha in unserer Wohnstube an, sondern auch Matthew, den Kutscher, der uns nach London gebracht hatte. Ich unterdrückte einen entsetzten Aufschrei, als mir Marthas geröteten Augen und eingefallenen Wangen auffielen.

»Was ist passiert?«, hauchte ich. »Lieber Gott, lass es nicht Elizabeth sein!«

Aber natürlich war es genau das.

# 23.

Elizabeth ist verschwunden«, sagte Martha.

»Was?«, rief ich. »Wie ist das möglich? Seit wann? Wo ist sie hin? Ist sie hier in London?«

»Sie ist vor vier Tagen aus Pontrilas weggelaufen«, sagte Matthew. »Eigentlich wollte Sie Eure Cousine Mary Baskerville in Peterchurch besuchen, aber dort ist sie nie angekommen.«

Ich setzte mich an den Tisch. »Wo kann sie sein? Wenn sie nicht in Pontrilas oder bei Mary ist, wo dann? Mädchen verschwinden nicht einfach. In London vielleicht, aber nicht in Hereford.«

»Sie will herkommen.« Matthew zeigte mir einen Brief, der in Elizabeths Handschrift geschrieben war.

*Liebste Hannah,*

*du regst dich bestimmt auf, wenn du diesen Brief bekommst, aber hab keine Angst. Ich habe die Nase voll von stumpfsinnigen Edelfrauen, ihren langweiligen Töchtern und beschränkten Söhnen. Seit Ma und Martha abgefahren sind, habe ich jeden Penny gespart, bis ich genug für die Reise nach London beisammenhatte. Bestimmt wirst du mir jemanden hinterherschicken, der mich zurückbringen soll, aber ich bitte dich inständig, es nicht zu tun. Ich komme nicht zurück, es sei denn in Ketten.*

*Alles Liebe,*
*Elizabeth*

Ich starrte Matthew ungläubig an. »Sie ist durchgebrannt, um nach London zu fahren?«

Er nickte bekümmert.

»Hat sie denn meinen Brief nicht erhalten?«, fragte ich. »Ich wollte sie gerade kommen lassen! Warum ist sie auf eigene Faust losgezogen?«

»Der Brief kam einen Tag, nachdem sie weg war«, berichtete Matthew. »Hannah schickte mich sofort zum Haus Eurer Cousine, um ihr die Neuigkeit mitzuteilen. Erst da haben wir bemerkt, dass Elizabeth nicht dort war.«

Ich wandte mich an Martha. »Schick einen Boten zu Tom und Will! Wir müssen Elizabeth finden.«

»Ist schon geschehen«, erwiderte sie. »Sie müssten jeden Moment hier sein.« Noch während sie sprach, hörten wir Schritte auf der Treppe, und gleich darauf stand Tom in der Tür.

»Was ist los?«, fragte er. »Der Junge hat gesagt, es wäre ein Notfall.«

»Wo ist Will?«, fragte ich.

»Bei Mr. Marlowe. Ich habe nach ihm schicken lassen, und er dürfte bald kommen. Was ist passiert?«

»Elizabeth ist aus Pontrilas weggelaufen, um sich auf den Weg nach London zu machen.«

»Was, ganz allein?«

»Ja«, sagte ich. »Und niemand weiß, wie weit sie gekommen ist oder wo sie jetzt steckt.«

»Gott steh uns bei«, murmelte Tom. Er holte tief Luft und straffte die Schultern. »Wir werden sie finden. Wann hat sie Hereford verlassen?«

»Vor vier Tagen«, antwortete ich. »Wahrscheinlich hat sie dieselbe Straße genommen wie wir. Wir müssen sämtliche Gemeinden im Westen verständigen ... sämtliche Wachtmeister, Büttel, Gemeindevorsteher ... einfach jeden. Und wir sollten Männer beim Ludgate und Newgate postieren. Ein junges Mädchen mit leuchtend roten Haaren sollte nicht schwer zu finden sein, schon gar nicht, wenn sie allein ist.«

»Tja, da liegt das Problem«, sagte Tom. »Wenn wir bekanntgeben, dass ein rothaariges zwölfjähriges Mädchen ohne Schutz und Begleitung nach London kommt, wird jeder Zuhälter, jede Kupplerin in der Stadt nach ihr Ausschau halten.«

Panik regte sich in mir. Ich hatte zu viele Geschichten über Kinder gehört, die nach London gekommen waren, um dort an Bordelle verhökert zu werden.

»Was sollen wir dann machen?«, fragte ich.

»Ich werde zwei meiner Männer an jedem Stadttor postieren, wo sie von Tagesanbruch bis zum Abend bleiben«, sagte Tom. »Du solltest Briefe schreiben, Bridget, die meine Leute Elizabeth zeigen können. Sie wird bestimmt misstrauisch, wenn fremde Männer ihr Hilfe anbieten.«

»Am Abend sollten wir alle Gasthöfe überprüfen, die vor den Stadttoren liegen«, sagte Martha. »Wenn Elizabeth nach Einbruch der Dunkelheit eintrifft, wird sie einen Platz zum Übernachten brauchen.«

Tom nickte. »Ein paar Wirte stehen in meinem Sold. Ich werde sie benachrichtigen.«

Ich wandte mich an Matthew. »Du fährst zum Ludgate und von dort weiter in Richtung Westen. Bleib bei jeder Schänke, jedem Gasthof und Proviantbaus stehen, das du siehst. Finde sie! Und jetzt mach dich auf den Weg!«

Matthew nickte und eilte die Treppe hinunter.

Ich schnappte mir ein paar Bogen Papier und kritzelte hastig die Nachricht, die Tom seinen Wachtposten geben wollte.

*Liebste Elizabeth!*

*Diese Männer sind Freunde und werden dich zu mir in die Cheapside bringen.*

*In Liebe,*

*Mutter*

Ich nahm Toms Hand, als ich ihm die Papiere reichte. »Wir müssen sie finden!«

»Das werden wir«, sagte Tom. »Versprochen.«

Ich umarmte ihn stürmischer als je zuvor und kämpfte meine Tränen nieder. Dann eilte Tom hinaus und überließ Martha und mich uns selbst.

»Was können wir noch tun?«, fragte Martha. »Irgendetwas muss es doch geben.«

Ich dachte kurz nach. »Katherine! Sie wird uns helfen.«

Wenig später waren wir in Katherines Geschäft. Sie hatte es irgendwie geschafft, sich aus dem Bett zu stemmen; jetzt kommandierte sie ihre Lehrlinge genauso herum wie vor Walkers Angriff. Als sie uns sah, schwenkte sie zur Begrüßung ihren unverletzten Arm und kam zu uns. Sie merkte sofort, dass etwas nicht stimmte. »Was ist passiert?«

Ich erzählte ihr von Elizabeths haarsträubender Flucht aus Pontrilas.

»Das Mädchen kommt ganz allein von Hereford hierher?«, fragte Katherine. »Sie ist in der Tat Eure Tochter.«

»Wir brauchen Eure Hilfe«, sagte ich.

Katherine nickte und wandte sich an ihre Angestellten. »Legt Nadeln und Stoff hin und hört mir zu! Heute gibt es Wichtigeres zu tun, als Mäntel zu nähen.« Alle verstummten. »Ein Mädchen in der Obhut von Witwe Hodgson ist verschwunden. Sie kommt vom Land und will nach London, genauso, wie es bei vielen von euch gewesen ist. Sie ist allein unterwegs. Wir befürchten, dass sie in der Stadt Schiffbruch erleidet, wenn sie eintrifft. Ein Mädchen, das in London verlorengeht, hat nichts Gutes zu erwarten. Deshalb müssen wir sie finden, je eher, desto besser.«

Ich trat einen Schritt vor. »Sie ist zwölf Jahre alt und sehr groß für ihr Alter, und sie hat leuchtend rotes Haar. Höchstwahrscheinlich ist sie allein. Sie müsste durch das Ludgate oder das Newgate in die Stadt kommen, bevor sie sich auf den Weg in die Cheapside macht.«

»Wo sollen wir anfangen?«, fragte eine der Näherinnen.

Ich überlegte einen Moment und versuchte mich zu erinnern, was ich Elizabeth in meinen Briefen über London und die Cheapside geschrieben hatte. An welchen Wahrzeichen würde sie sich orientieren?

»In Kürze werden ein paar Männer an den Stadttoren nach ihr Ausschau halten«, sagte ich schließlich. »Aber wenn Elizabeth an ihnen vorbeischlüpft, wird sie zuerst in Richtung St. Paul gehen. Sie liest leidenschaftlich gern und wird bei den Bücherständen herumtrödeln. Also, zwei von euch gehen zum Kirchplatz. Zwei andere sollten den Rest des Geländes absuchen.«

Katherine wählte vier Arbeiterinnen aus und schickte sie los. »Wo können wir sonst noch nach ihr suchen?«, fragte sie mich dann.

»Es gibt zu viele Möglichkeiten.« Ich schüttelte verzweifelt den Kopf. »St. Mary-le-Bow, Little Conduit, Great Conduit ... sie könnte sogar zur London Bridge gehen. Oder sie verirrt sich und ...«

Martha, die die Hoffnungslosigkeit in meiner Stimme hörte, nahm mich in den Arm. »Wir werden sie finden.«

»Der Herr hat sie nicht zu Euch geführt, um sie Euch wieder

zu entreißen«, sagte Katherine. »Er wird sie Euch zurückbringen.«

Ich nickte, während mir Tränen übers Gesicht liefen. Katherine meinte es gut, das wusste ich, aber tief im Herzen teilte ich ihre Zuversicht nicht. Schließlich hatte Gott mir auch Birdy und Michael gegeben, um mir dann beide wieder zu nehmen. Warum sollte er dasselbe nicht mit Elizabeth tun?

Katherine wandte sich an die beiden letzten Näherinnen und schickte eine von ihnen zur Kirche St. Mary-le-Bow, die andere zum Little Conduit, da es St. Paul am nächsten war. Damit blieben wir zu dritt in der Werkstatt zurück.

»Jemand sollte in Eurer Wohnung bleiben«, meinte Katherine. »Wenn Elizabeth nur halb so einfallsreich ist wie Ihr, könnte sie schon jetzt vor Eurer Tür sitzen und sich fragen, wo Ihr steckt.«

»Ja. Und wir müssen Euch verständigen, wenn man sie gefunden hat«, fügte Martha hinzu. »Ihr geht heim. Ich laufe zum Newgate und halte in den Schänken und Wirtshäusern dort nach Elizabeth Ausschau.«

Die Vorstellung, den ganzen Tag tatenlos zu Hause zu sitzen, während andere Elizabeth suchten, gefiel mir ganz und gar nicht, aber Katherine und Martha hatten recht – jemand musste daheim sein.

Katherine nahm meine Hand. »Wir bringen sie Euch.«

»Ich weiß«, erwiderte ich und ging nach Hause.

Ich informierte Mrs. Evelyn über ein rothaariges Mädchen, das in nächster Zeit vor der Tür stehen könnte, und stieg die Treppe zu meiner Wohnung hinauf. Die nächste Stunde – vielleicht auch zwei – verbrachte ich damit, auf die Straße zu starren in der Hoffnung, einen Blick auf Elizabeths Gesicht oder ihr rotes Haar zu erhaschen. Ich war dermaßen vertieft darin, dass ich die Fußschritte, die sich meiner Tür näherten, nicht hörte.

»Hebamme Hawkins!«, rief eine Frau nach Martha. »Seid Ihr da?«

Ich machte auf. Vor mir stand eine Magd, die vom raschen Laufen außer Atem war. »Nein, Hebamme Hawkins ist nicht da«, sagte ich. »Was gibt's denn?« Erpicht darauf, bald wieder meinen Posten am Fenster zu beziehen, warf ich einen Blick über die Schulter.

»Sie ist die Hebamme meiner Herrin«, antwortete das Mädchen. »Wisst Ihr, wann sie zurückkommt?«

»Nicht vor heute Abend«, sagte ich. »Vielleicht erst morgen früh.«

»Morgen?« Das Mädchen sah aus, als würde es jeden Moment in Tränen ausbrechen. »Aber das Kind ist krank!«

Bei diesen Worten kam ich zur Besinnung. »Ich bin auch Hebamme. Erzähl mir, was los ist.«

Das Mädchen fing an zu weinen. »Als sie zur Welt kam, war sie ganz gesund, aber jetzt hat sie Fieber. Wir haben getan, was wir konnten, aber … wir brauchen Hilfe.«

Die Entscheidung fiel mir so leicht, dass ich sie ohne Zögern traf. Es nützte Elizabeth nichts, wenn ich am Fenster stand, und dieses Kind brauchte meine Hilfe. »Warte, bis ich meine Medizin und Heilkräuter eingepackt habe. Ich komme mit.«

Mrs. Claypole, die Herrin des Mädchens, wohnte über einer Kurzwarenhandlung auf der Ironmonger Lane, gleich nördlich der Cheapside Street. Wir eilten zu ihr nach oben und fanden sie im Bett vor, ihr Kind in den Armen. Ihr Mann saß an ihrer Seite.

»Ich bin Mrs. Hodgson«, stellte ich mich vor. »Martha kann nicht kommen, aber ich werde an ihrer Stelle mein Bestes tun.«

»Danke«, hauchte Mrs. Claypole. Sie wollte noch mehr sagen, brachte aber keinen Laut mehr hervor.

»Bitte helft uns«, bat ihr Mann.

»Das werde ich.« Ich nahm das kleine Mädchen in die Arme und konnte bereits das Fieber fühlen, noch bevor ich meine Hand an seine Stirn legte. Mir sank der Mut, denn über einen längeren Zeitraum hinweg konnte kein Kind ein solch hohes Fieber überleben.

»Wie heißt sie?«, fragte ich.

»Deborah«, antwortete Mrs. Claypole.

Die Augen des Kindes waren offen, aber glasig vom Fieber. »Ich werde für dich tun, was ich kann, Deborah«, versprach ich, gab der Mutter das Kind zurück und sagte: »Zieht sie bitte aus.« Dann wandte ich mich an die Magd. »Bereite eine Gerstensuppe für Mrs. Claypole. Nimm Brühe, aber kein Fleisch. Wir müssen ihre Körpersäfte kühlen.«

In meinem Köfferchen fand ich Rosenöl und Pappelsalbe. Das Kind maunzte, als es ausgezogen wurde und ich mich daranmachte, Brust und Gliedmaßen einzucremen. Bald hörte es zu weinen auf und lag still auf dem Bett, fiebrig und zitternd. Ich sprach ein stummes Gebet und bat Gott, die Kleine nicht zu sich zu nehmen. Dann wickelte ich das Kind wieder und reichte es seiner Mutter. »Wann hat sie zum letzten Mal die Brust bekommen?«

»Kurz vor Eurer Ankunft«, antwortete Mrs. Claypole. »Aber sie hat nicht viel zu sich genommen.«

Ich nickte. Schwindender Appetit war kein gutes Zeichen, aber wenigstens hatte die Kleine ein bisschen im Magen. »Wenn die Suppe fertig ist, esst so viel Ihr könnt, und versucht, ob Deborah sich die Brust geben lässt. Wenn sie saugt, kühlt die Gerste möglicherweise ihre Körpersäfte und senkt das Fieber.«

»Ist gut«, sagte Mr. Claypole. »Sprecht Ihr ein Gebet mit uns?«

Ich nickte. »Aber ja.«

Sie legte das Kind auf ihren Schoß, und wir drei fassten uns an den Händen und beteten abwechselnd. Ich flehte Gott um Barmherzigkeit an und darum, dieser Mutter nicht ihr Kind zu nehmen. Als wir geendet hatten, schlief Deborah. Kurz darauf kam die Magd mit der Suppe. Mrs. Claypole trank die Schale aus und schloss die Augen. Binnen weniger Minuten war auch sie eingeschlafen.

Mr. Claypole tippte an meine Schulter und deutete mit dem Kopf zur Tür. Ich begleitete ihn nach draußen auf den Flur.

»Ihr müsst mir die Wahrheit sagen«, verlangte er.

»Ich kann Euch nichts sagen, was Ihr nicht schon wisst«, erwiderte ich. »Das Fieber ist ernst. Wenn es nicht bald fällt, werde ich sie nicht retten können.«

Mr. Claypole machte kurze, flache Atemzüge, um seine Panik zu bezwingen. »Wann wissen wir es? Wann wird es zu spät sein?«

»Morgen früh werden wir wissen, wie es ausgeht.«

Mr. Claypole nickte, und wir gingen an die Bettstatt seiner Frau zurück. Die Magd brachte uns zum Abendessen Brot und Käse. Nachdem wir gegessen hatten, saßen Mr. Claypole und ich schweigend da.

Als Deborah leise wimmerte, nahm ich sie auf und wiegte sie wieder in den Schlaf. Stundenlang hielt ich sie in den Armen, betete für ihre Genesung und Elizabeths sichere Heimkehr. Ich redete mir ein, beiden würde nichts geschehen; das Fieber des Mädchens würde sinken, und Elizabeth würde den Weg zu mir finden. Vielleicht hatte sie es sich ja auch anders überlegt und war nach Pontrilas zurückgekehrt. Vielleicht hatte sie unterwegs eine freundliche Reisegruppe getroffen und sich ihr angeschlossen. Vielleicht hatte Martha sie gefunden, und die beiden warteten schon in unserer Stube und fragten sich, wo *ich* war …

Als es Nacht wurde, schrak Mrs. Claypole unvermittelt auf. Mit weit aufgerissenen Augen sah sie sich angstvoll nach ihrer Tochter um.

»Sie ist hier«, beruhigte ich sie.

»Wie geht es ihr?«, fragte Mrs. Claypole.

»Das Fieber ist nicht gesunken, aber sie hat geschlafen. Und das ist sehr gut. Schauen wir mal nach, ob sie etwas zu sich nimmt.«

Mrs. Claypole nahm das Kind und legte es an ihre Brust. Ich sprach ein Dankgebet, als Deborah zu saugen begann. Dass sie Nahrung zu sich nahm, war noch keine Garantie für ihre Genesung, aber es wäre ein schlechtes Zeichen gewesen, hätte sie die Brust verweigert. Als sie fertig war, rieb ich sie noch einmal mit Salbe ein und gab sie ihrer Mutter. »Jetzt müssen wir warten«, sagte ich.

Die Nachtstunden schleppten sich quälend langsam dahin. Mr. Claypole schlief in seinem Sessel ein, während ich neben Mrs. Claypole auf dem Bett lag, zwischen uns das Kind.

Ich fuhr aus dem Schlaf, als ich eine Frau schluchzen hörte. Dann sah ich, wie Mrs. Claypole ihre Tochter an ihre Brust drückte. »Sie ... sie ... ist kalt.«

Ich musste die eigenen Tränen unterdrücken, als ich das Kind in die Arme nahm. Doch als ich meine Hand an ihre Stirn legte, musste ich unwillkürlich lachen. »Sie ist nicht kalt«, sagte ich. »Das Fieber ist zurückgegangen.« In diesem Moment schlug Deborah die Augen auf und fing an zu schreien. »Seht Ihr? Sie hat Hunger.«

Mrs. Claypole weinte vor Erleichterung und rüttelte ihren Mann am Knie. »Sie ist wieder gesund«, rief sie. »Sie ist gesund!«

Deborah trank und schlief wieder ein. Da sie kein Fieber mehr hatte, gab es für mich nichts weiter zu tun, und ich packte meine Sachen. Welche Neuigkeiten – wenn überhaupt – würden mich zu Hause erwarten?

»Wollt Ihr nicht zum Frühstück bleiben?«, fragte Mrs. Claypole. »Das ist das Mindeste, was wir anbieten können.«

»Ich fürchte, das geht nicht. Ich habe noch viel zu erledigen. Ich schicke Martha heute Nachmittag vorbei, damit sie sich Euch und Eure Tochter anschaut.«

Als ich mich meinem Zuhause näherte, sah die Watling Street genauso aus wie an jedem anderen Morgen, aber mir war eindringlich bewusst, dass ich in wenigen Augenblicken die schreckliche Nachricht erhalten könnte, dass meine Tochter nicht mehr lebte. In einem stummen Gebet bat ich Gott um Gnade und stieg die Treppe hinauf.

## 24.

Ich war noch nicht bei der Tür, als sie auch schon aufflog. Eine Gestalt mit wehender roter Mähne schoss über die Schwelle und flog in meine Arme.

Es dauerte bestimmt eine halbe Stunde, bis es Martha und Tom gelang, Elizabeth und mich voneinander zu trennen, und noch einmal so lange, bis meine Tränen versiegten.

Als Will kam, fing alles von vorn an: Lachen, Weinen, Aufforderungen an Elizabeth, alles zu erzählen, und meine halbherzige Schelte wegen ihres waghalsigen Unternehmens und der Sorgen, die sie uns bereitet hatte. Wir hatten kaum Vorräte im Haus, also gingen wir in ein Gasthaus frühstücken. Dort erzählte Elizabeth ihre Geschichte.

»Hierherzukommen war das reinste Kinderspiel«, behauptete sie. »Ich bin mit einem Bauern von Pontrilas nach Hereford gefahren und habe eine kalte Nacht in einem Heuschober verbracht, aber ich hatte eine Decke dabei, deshalb war es nicht so schlimm.«

Tom, der Elizabeth nicht so gut kannte wie wir anderen, starrte sie offenen Mundes an. »Du hast dich einfach in eine Decke gewickelt und geschlafen?«

»Na ja, viel geschlafen habe ich nicht«, gab Elizabeth zu. »Aber was hätte ich sonst tun sollen?«

Ich hatte ihr Tom als Wills Dienstherren vorgestellt, ohne zu erwähnen, in welchem Gewerbe er tätig war; die Neuigkeit, dass Tom bald ihr Stiefvater sein würde, konnte meines Erachtens noch ein wenig warten.

»Und wie bist du nach London gekommen?«, wollte Martha wissen. Sie hatte in ihrer Jugend dieselbe Reise gemacht, war aber nicht ganz so jung und vor allem nicht allein gewesen.

»Das war überhaupt kein Problem«, antwortete Elizabeth. »Ich habe bis zum Markttag in Hereford gewartet, bevor ich aus Pontrilas weggelaufen bin, weil ich wusste, dass eine Menge Leute in der Stadt sein würden, die nach dem Markt nach London zurückfahren. Ich bin einfach herumgeschlendert und habe nach jemandem Ausschau gehalten, der nach Osten wollte.«

»Du hast Fremde angesprochen und sie gefragt, ob sie dich nach London mitnehmen?«, fragte Tom. »Jeden?«

Elizabeth zuckte die Achseln. »Nein, nicht jeden, nur Witwen oder Männer, die ihre Frauen bei sich hatten. Ich dachte, die würden mir bestimmt keinen Ärger machen. Und wenn es doch einer versucht hätte …« Elizabeth griff in ihre Schürze und holte ein Messer hervor.

»Elizabeth!«, stießen Tom und ich gleichzeitig hervor, während Martha und Will bloß lachten.

»Hättest du gewollt, dass ich allein und unbewaffnet unterwegs bin?«, fragte sie mich.

»Ich hätte gewollt, dass du in Pontrilas bleibst«, entgegnete ich.

»Und als du jemanden gefunden hattest – was hast du ihm gesagt?«, fragte Will.

»Die Wahrheit.« Elizabeth lachte. »Dass meine Mutter in London ist und mich nachkommen lassen will.«

Ich wollte ihr ins Wort fallen, doch Elizabeth hob eine Hand. »Das stimmt doch auch, Ma! Ein paar Tage bevor ich aufgebrochen bin, hast du Hannah geschrieben, ich soll kommen.«

»Aber du wusstest nicht, dass ich diesen Brief geschickt hatte.«

Elizabeth tat diesen Umstand mit einem Achselzucken ab und fuhr fort: »Ich bin dann mit der Witwe eines Tuchhändlers gefahren. Sie hatte zwei Diener bei sich, also waren wir sicher. In London bin ich dann sofort zur St.-Pauls-Kathedrale gegangen, denn die war leicht zu finden. Dort habe ich mich zur Cheapside durchgefragt und weiter bis zur Watling Street. Und als ich hier war, konnte ich das Schild, das ihr aufgehängt habt, kaum übersehen. Die goldene Farbe ist übrigens sehr hübsch.«

Mittlerweile hatten wir unsere Mahlzeit beendet und schlenderten zur Cheapside Street. Den Rest des Tages verbrachten wir damit, durch die Cheap zu bummeln und Elizabeth den Great Conduit, St. Mary-le-Bow und andere Wahrzeichen zu zeigen, die ihr helfen würden, sich in diesem Viertel zurechtzufinden.

Irgendwann kehrten Tom und Will in den Horned Bull zurück, während wir drei Frauen uns auf den Weg zur Watling Street machten. Als wir die Treppe zu unserer Wohnung hinaufstiegen, verstummte Elizabeth und furchte nachdenklich die Stirn. Als wir dann vor der Tür standen, hatte sie offenbar ihre ganz eigenen Schlüsse gezogen. Sie wirbelte herum und funkelte Martha und mich an.

»Was genau macht ihr zwei eigentlich hier?«

Martha und ich sahen sie erstaunt an. »Was meinst du?«, brachte ich heraus.

»Zuerst schickst du deine Seidenkleider und die feine Leinenwäsche ohne Erklärung nach Pontrilas zurück. Und dann muss ich feststellen, dass ihr in dieser Bruchbude wohnt.« Sie zeigte auf unsere Zimmer und schüttelte den Kopf. »Du bist nicht plötzlich verarmt, also musst du bis zum Hals in zwielichtigen Angelegenheiten stecken. Ich will wissen, welche das sind.«

Martha und ich lachten gleichzeitig auf, und ich umarmte Elizabeth. »Na schön. Du sollst alles erfahren.«

Im Lauf des Abends erzählten Martha und ich Elizabeth von unserer Tätigkeit für Cromwell, meiner Verlobung mit Tom und unserem Plan, zusammen in ein größeres Haus zu ziehen. Unsere Arbeit als Spitzel faszinierte sie genauso wie der Gedanke, einen Stiefvater zu bekommen und in London zu wohnen, denn Tom und die Cheapside gefielen ihr ausgesprochen gut.

»Ich freue mich, dass du jemanden zum Liebhaben gefunden hast«, sagte sie, bevor sie zu Bett ging.

*

Mit Elizabeths Ankunft wurde es in unserer Wohnung in der Watling Street viel zu eng. Wir liehen uns ein Bett von Katherine, aber der einzige Platz, wo wir es hinstellen konnten, war die Wohnstube. Martha und ich hatten uns daran gewöhnt, ein Zimmer zu teilen, Elizabeth aber war gar nicht begeistert von der Vorstellung, dass ihr Schlafgemach gleichzeitig als Küche, Esszimmer und Salon diente. Als Will sich auf ihre Bettkante setzte, als wäre es ein weiteres Sitzmöbel, verscheuchte sie ihn mit einem Besen und wohl gewählten Worten.

Die Mieter des Hauses, das ich für uns gefunden hatte, erklärten sich glücklicherweise bereit, ihre Räumlichkeiten früher als geplant aufzugeben, und so zogen wir innerhalb von vierzehn Tagen in unsere neue Wohnung um, die ein Stück die Straße hinunter lag. Mehr Zimmer bedeuteten leider mehr Arbeit; deshalb stellte ich eine Magd namens Susan Oliver ein, die beim Kochen und Putzen helfen sollte. Das Schild, das Martha und ich über Mrs. Evelyns Tür aufgehängt hatten, kam natürlich mit, und bald hatten wir uns in unserem neuen Zuhause recht gut eingelebt.

Elizabeth gewöhnte sich an, Katherine Chidleys Werkstatt

zu besuchen, und schon nach wenigen Wochen waren die beiden dicke Freundinnen. Katherine hatte nur den einen Sohn, und nun gab ihr Elizabeth Gelegenheit, ein aufgewecktes junges Mädchen zu bemuttern. Elizabeth behauptete, das Nähen mache ihr Spaß, aber bald stellte sich heraus, dass Katherine und sie ebenso viel Zeit mit dem Nähen von Mänteln wie mit Gesprächen über Politik verbrachten.

»Sag mal«, fragte Elizabeth mich eines Morgens beim Frühstück, »warum musstest du eigentlich bei einem Bischof um deine Lizenz als Hebamme ersuchen?« Ihr kämpferischer Ton verriet, dass sie keine Frage stellte, sondern im Begriff war, eine Rede vom Stapel zu lassen. »Wusste der Erzbischof von York gut über Geburtshilfe Bescheid? Dann wäre er aber eine Seltenheit unter den Männern.«

»Irgendjemand hier verbringt zu viel Zeit mit Katherine Chidley«, murmelte ich.

»Vielleicht hat der Erzbischof ja selbst Kinder ausgetragen und dadurch etwas über Geburtshilfe gelernt«, fuhr Elizabeth fort. »Die Leute sagen, die Welt ist voller Wunder. Aber was könnte ein größeres Wunder sein als ein Bischof, der in den Wehen liegt?«

Als ich auf den Köder nicht anbiss, ging Elizabeth zu einer direkteren Taktik über. »Warum braucht man die Erlaubnis eines Bischofs, um Hebamme zu werden? Was weiß ein Bischof über Entbindungen?«

»Das ist sehr kompliziert …«, begann ich.

Elizabeth schaute mich aus großen Augen unschuldig an und wartete auf meine Erklärung.

»Man kann nicht jede x-beliebige Frau als Hebamme arbeiten lassen«, sagte ich schließlich. »Sie muss ehrbar sein und einen guten Ruf haben. Und geschickte Hände. Als Rebecca Hooke ihr wahres Gesicht gezeigt hat, entzog der Erzbischof ihr die Lizenz, und Yorks Mütter waren um einiges besser dran.«

»Aber es war der Erzbischof, der ihr die Lizenz überhaupt gegeben hatte«, erwiderte Elizabeth. »Und Katherine ist eine gute Hebamme, hat aber keine Lizenz. Martha übrigens auch nicht.«

»Ich weiß. Aber da die Bischöfe nichts mehr zu sagen haben, können Katherine und Martha nicht um eine Lizenz ersuchen«, sagte ich triumphierend.

»Also gibt es Hunderte Hebammen ohne Lizenz in London und Tausende mehr in ganz England, und trotzdem bringen Frauen wie eh und je Kinder zur Welt. Wenn das kein Wunder ist!« Elizabeth biss zufrieden in ihre Scheibe Brot.

*

Obwohl Elizabeth nun wieder bei mir war und das Leben in der Cheap akzeptierte, konnte ich Daniel Chidleys Tod und die anderen Gewalttaten nicht vergessen. Abraham Walker spukte Gott sei Dank nicht mehr durch meine Träume, aber in Augenblicken der Muße schweiften meine Gedanken dennoch zurück zu ihm, Enoch Harrison und dem Meuchelmörder, den Mr. Marlowe hatte foltern und hängen lassen.

Konnten diese Todesfälle wahrhaftig die letzten gewesen sein? Ich glaubte nicht daran, aber die Wochen vergingen, und England blieb von Aufständen genauso verschont wie von einer Invasion. Hatten wir tatsächlich eine royalistische Verschwörung im Keim erstickt? Ich konnte mir nicht vorstellen, dass Mr. Marlowes Gefangener die Wahrheit über das Schießpulver gesagt hatte, aber es schien mir möglich, sogar wahrscheinlich, dass er und Walker die Drahtzieher des Plans gewesen waren. Wenn das stimmte, hätte der Tod der beiden entweder das Komplott zunichtegemacht oder ihre Kumpane bewogen, es sich anders zu überlegen. Diese Hoffnung wurde von Tag zu Tag stärker.

Und so gab ich mich mit einem normaleren Leben zufrieden – ohne Intrigen und Morde. Tom und ich schmiedeten Pläne für unsere Hochzeit, die wir im Sommer feiern wollten. Wir hätten gern früher geheiratet, aber Toms Schwester, die in Lancashire lebte, hatte uns gebeten, mit der Heirat zu warten, bis die Straßen wieder besser passierbar waren. Zu meiner großen Freude verkündeten Martha und Will, dass sie am selben Tag heiraten würden.

Während Martha, Elizabeth und ich uns an ein Dasein gewöhnten, das frei von Chaos und Aufruhr war, wurde Katherines Leben seltsamerweise immer bewegter. Schuld war die Anordnung des Parlaments, führende Levellers zu verhaften und wegen Aufwiegelung und Hochverrats anzuklagen. Im März ließ Cromwell Hunderte Soldaten in der Stadt ausschwärmen, um Jagd auf Männer wie John Lilburne, William Walwyn und Richard Overton zu machen. Angeblich hatte Cromwell gesagt, um mit den Levellers fertigzuwerden, müsse man die Bewegung »vollständig zerschlagen«.

Natürlich schickte Mr. Marlowe mir Botschaften, in denen er verlangte, ihm umgehend alles zu berichten, was mir über einen Aufstand der Levellers zu Ohren käme. Ich antwortete darauf jedes Mal wahrheitsgetreu, dass die Levellers auf die Verhaftungen ihrer Anführer so reagierten, wie sie es immer schon getan hatten: nicht mit Gewalt, sondern mit Schriften und Petitionen. Und da es kein Geheimnis war, teilte ich ihm außerdem mit, dass Katherine diesen Angriff auf Cromwells Tyrannei persönlich leitete. (Natürlich benutzte ich nicht diese Worte, aber auch ich sah keinen Grund, Männer für das einzusperren, was sie sagten.)

Katherine besuchte mehr Versammlungen denn je, marschierte durch die ganze Stadt, um Unterschriften für Bittgesuche zu sammeln, und verfasste sogar eigene Petitionen, in denen die Freilassung ihrer Anführer und ein Ende der Alleinherrschaft des Parlaments gefordert wurde.

Da die Wogen der Unruhe hochschlugen, überraschte es mich nicht, eines Nachmittags, als ich nach Hause kam, Tom und Martha in der Stube vorzufinden, wo sie auf mich warteten. Sie hatten bereits ihre Mäntel angezogen und schienen für einen raschen Aufbruch bereit.

»Hat Mr. Marlowe nach mir schicken lassen?«, fragte ich. »Was für ein Glückstag!«

Als weder Tom noch Martha lächelten, schwante mir Böses.

»Es hat tatsächlich mit Mr. Marlowe zu tun«, sagte Tom. »Aber er lässt nicht nach dir schicken.«

»Was soll das heißen?«

»Er ist ermordet worden«, antwortete Tom. »Und es scheint derselbe Täter wie bei Daniel Chidley und Enoch Harrison zu sein.«

Ich stand stumm da und versuchte zu erfassen, was Toms Worte bedeuteten. »Mr. Marlowe … ermordet?«, sagte ich schließlich.

Tom nickte. »Durch einen einzigen Messerstich ins Herz.«

Ich versuchte mir vorzustellen, was dieser Mord zu bedeuten hatte, aber die Möglichkeiten und Gefahren, die damit verbunden waren, machten mir Angst.

»Führe mich zu ihm«, sagte ich.

# 25.

Als er heute Morgen nicht erschienen ist, habe ich einen der Wächter zu ihm geschickt«, berichtete Tom, als wir zum Tower von London unterwegs waren. »Schon nach wenigen Minuten war der Mann wieder da, kreidebleich und von oben bis unten zitternd. Mr. Marlowes Tür sei unversperrt gewesen, meldete er, und drinnen habe seine Leiche gelegen.«

»Was hast du dann gemacht?«, fragte ich.

»Den Wachtposten in meinem Dienstzimmer eingesperrt, damit niemand sonst von Mr. Marlowes Tod erfährt«, erwiderte Tom. »Dann habe ich Will zu Marlowes Wohnung geschickt, damit er dort die Stellung hält, bis ich mit Martha und dir komme.«

Wir erreichten ein bescheidenes Gebäude nordwestlich des Towers. Tom führte uns die Treppen hinauf. Oben wartete Will auf uns.

»Warst du drin?«, fragte Tom.

»Ja«, sagte Will. »Es ist so, wie der Wächter es beschrieben hat. Marlowes Leiche liegt im Salon.« Er öffnete die Tür, und wir betraten Jonathan Marlowes Räumlichkeiten.

Marlowe lag mit weit gespreizten Armen und Beinen rücklings auf dem Fußboden. Aus seiner Brust ragte ein Messergriff. Martha und ich eilten zu ihm und bückten uns, um den Toten näher zu begutachten. Ich richtete mein Augenmerk zuerst auf Marlowes Gesicht. Seine Augenbrauen waren hochgezogen, als hätte er gerade etwas Interessantes erfahren. Die Lippen waren leicht geöffnet und zu einem O geformt, was zum Ausdruck fassungslosen Erstaunens passte, der auf seinem Gesicht lag. Martha hob das Kinn des Toten, und wir konnten sehen, dass er keine der Verletzungen aufwies, die wir bei Daniel Chidley vorgefunden hatten.

Ich hatte mir nie Gedanken darüber gemacht, wie Mr. Marlowe lebte; nun war ich erstaunt, beinahe erschüttert, wie durchschnittlich seine Wohnung war. Die Möbel waren besser als diejenigen, die Martha und ich für unser Zuhause angeschafft hatten, aber längst nicht so gediegen wie die Einrichtung, die ich als Edelfrau besessen hatte. Für einen Mann von ungewöhnlichem Einfluss hatte er in sehr gewöhnlichem Stil gelebt.

Martha betrachtete den Griff des Messers. Er war aus Holz und bis auf eine kleine geschnitzte Rose auf jeder Seite schmucklos. Martha nahm den Griff zwischen Daumen und Zeigefinger und bewegte ihn leicht hin und her. »Es könnte dasselbe Messer sein, mit dem Daniel Chidley und Enoch Harrison getötet wurden«, stellte sie fest. »Es hat dieselbe schmale Klinge.«

»Und auch hier nur eine einzige Wunde«, fügte ich hinzu. »Es muss derselbe Täter sein.«

»Warum hat er dann die Waffe zurückgelassen?«, fragte Will.

»Zieh das Messer raus«, sagte Martha anstelle einer Antwort.

»Wie bitte?«

»Komm her und zieh es ihm aus der Brust.«

Will packte das Messer und zerrte daran. Marlowes Körper zuckte, aber das Messer blieb an Ort und Stelle. »Es steckt fest.«

»Genau.« Martha nickte. »Es steckt zwischen seinen Rippen. Der Mörder hätte sich mächtig anstrengen müssen, um es wieder rauszubekommen. Wenn er es eilig hatte, war es ihm die

Mühe vielleicht nicht wert. Es gibt schließlich noch ein paar mehr Messer in London.«

»Aber wie ist das möglich?«, fragte Tom. »Abraham Walker ist tot und begraben. Kann es zwei Meuchelmörder in London geben, die auf dieselbe Weise morden?«

Wir starrten eine Zeit lang auf Marlowes Körper, als könnte uns sein Anblick etwas über die seltsame Wendung der Ereignisse verraten. Und auf einmal wusste ich, was geschehen war.

»Walker war gar nicht der Mörder!«, verkündete ich.

»Was soll das heißen?« Martha musterte mich skeptisch. »Er hat die Dienstboten der Harrisons umgebracht, Katherine den Schädel eingeschlagen und Margaret gegenüber zugegeben, ihren Vater getötet zu haben. Um ein Haar hätte er auch uns erwischt. Ihr könnt doch unmöglich glauben, dass er unschuldig war!«

»Ich bezweifle nicht, dass er ein kaltblütiger Mörder war und auch uns getötet hätte, ohne mit der Wimper zu zucken«, erwiderte ich. »Aber er hat Daniel Chidley nicht umgebracht. Und auch, wenn er vielleicht dabei war, als Enoch Harrison starb – auch da hat nicht er das Messer geführt.«

Alles Blut war aus Toms Gesicht gewichen. »Woher willst du das wissen?«

»Durch Walkers Wahl der Waffen.«

Alle drei starrten mich verständnislos an.

»Überleg doch, Martha«, sagte ich. »Als Abraham Walker kam, um Margaret Harrison zu töten – welche Waffe hat er da zuerst benutzt?«

»Pistolen.« Marthas Gesicht hellte sich auf. »Moment mal … Wenn er mit einem Dolch gut genug umgehen konnte, um Daniel Chidley und Enoch Harrison zu töten, warum hatte er dann Pistolen und einen Knüppel dabei, um Margaret Harrison umzubringen?«

»Genau«, sagte ich. »Im Unterschied zu Pistolen kann man mit einem Messer lautlos töten. Aber das erfordert ein Können, das Walker nicht besaß.«

Toms Blick flog zwischen Martha und mir hin und her. »Willst du damit sagen, der Täter läuft noch frei herum?«

»Ja. Aber es ist noch schlimmer. Warum sollte er Marlowe eigentlich umbringen? Wir waren von Walkers Schuld überzeugt und haben deshalb die Jagd abgeblasen. Hätte der Mörder sein Messer diesmal in der Scheide gelassen, wären wir nie dahintergekommen, dass wir uns geirrt haben.«

Tom dachte einen Moment nach, dann stieß er einen Fluch aus. »Dann ist das Komplott noch nicht vereitelt. Walkers Tod hat nichts daran geändert. Die Rebellion könnte jede Minute ausbrechen. Herr im Himmel!«

Ich nickte und schaute mich im Salon um. »Hat Mr. Marlowe hier auch Papiere verwahrt? Irgendetwas, das uns einen Hinweis geben könnte?«

»Das würde mich überraschen«, meinte Tom. »Er hat den Tower praktisch nur verlassen, um zu schlafen. Und mir ist nie aufgefallen, dass er Papiere von daheim mitgebracht hätte.«

Eine rasche Durchsuchung der Räume bestätigte Toms Vermutung – es fanden sich weder Dokumente noch Briefe. »Vielleicht sind sie verbrannt worden«, sagte Martha und zeigte auf den Kamin. »Die Asche ist kalt, aber das ist Marlowes Körper auch.«

Tom stöhnte auf. »Ich muss sofort in den Tower zurück und Marlowes Papiere durchsuchen. Will, du bleibst einstweilen hier. Ich schicke nachher ein paar Leute, um die Leiche abzuholen.«

»Und wir?«, fragte ich.

»Keine Ahnung.« Tom seufzte. »Findet heraus, was uns entgangen ist. Irgendetwas muss es geben. Wir müssen den Mörder aufspüren, bevor er seinen Plan in die Tat umsetzt.«

Tom ging und machte die Tür hinter sich zu. Mit einem Klick fiel sie ins Schloss. Kaum war sie zu, ging Martha hin und begutachtete sie.

»Schaut mal her«, rief sie uns zu. Will und ich traten zu ihr. »Das ist ein solides Schloss. Und Marlowe hatte noch ein zweites, das man von außen nicht öffnen kann.«

»Marlowe hat den Mörder hereingelassen«, meinte Will.

»Er muss ihn gekannt haben«, sagte Martha.

»Und ihm getraut haben«, fügte ich hinzu. »Er hätte sich nicht von einem Fremden oder Feind einfach überrumpeln lassen. Aber wer könnte es sein?«

Ich ging im Geist noch einmal die Männer durch, die wir ursprünglich verdächtigt hatten: Jeremiah Goodkey, der Leveller … Charles Owen, der Royalist … sogar Lorenzo Bacca. Wäre Marlowe so dumm gewesen, einen von ihnen in seine Wohnung zu lassen? Das konnte ich mir beim besten Willen nicht vorstellen. Also blieb nur eine Erklärung: Der Täter war jemand, den wir bisher nicht in Betracht gezogen hatten.

Da es in Marlowes Wohnung nichts mehr für uns zu tun gab, verabschiedeten Martha und ich uns von Will und gingen zur Cheap zurück.

»Sollen wir es Katherine erzählen?«, fragte Martha.

Ich muss zu meiner Schande gestehen, dass ich mir diese Frage noch gar nicht gestellt hatte. »Dass der Mann, der ihren Gemahl auf dem Gewissen hat, immer noch munter und vergnügt herumläuft?«

»Ja. Und dass er wieder getötet hat«, fügte Martha hinzu.

Die Frage war nicht leicht zu beantworten. Wir wussten beide, dass Walkers Tod Katherine ein gewisses Maß an Frieden geschenkt hatte. Obwohl ihr Daniel immer noch fehlte, wurde der Schmerz von Tag zu Tag schwächer, und ihre ständige Arbeit für die Levellers half ihr, sich mit ihrer Witwenschaft abzufinden. Was aber wurde aus dem neuen Leben, das Katherine sich geschaffen hatte, wenn sie erfuhr, dass Walker gar nicht der Mörder Daniels gewesen war? Dass der Täter sich nach wie vor seiner Freiheit erfreute?

»Wir sagen es ihr noch nicht«, entschied ich schließlich. »Erst müssen wir wissen, wer Daniel wirklich ermordet hat.« Obwohl ich meine Entscheidung für richtig hielt, war mir nicht wohl bei dem Gedanken, unsere Freundin schon wieder zu belügen. Martha nickte, doch ihr gefiel die Sache so wenig wie mir.

Nachdem das geklärt war, befassten wir uns mit der Frage, wer Marlowe getötet haben könnte, machten dabei aber nicht die geringsten Fortschritte. Hatte Marlowe jemanden, den er des Mordes verdächtigte, so nahe an sich herangelassen? Das erschien mir sehr unwahrscheinlich.

»Wenn er keinen Feind oder Fremden in seine Wohnung gelassen hätte, muss es ein Bekannter gewesen sein«, meinte Martha.

»Charles Owen hat angedeutet, einer von Marlowes Männern könnte Daniel getötet haben«, sagte ich. »Vielleicht hatte er recht, und der Täter war einer von Marlowes eigenen Agenten. Ich werde Tom fragen. Er kannte sich mit Mr. Marlowes Angelegenheiten besser aus als irgendjemand sonst.«

Ich hatte die Worte kaum ausgesprochen, als mir ein höchst beunruhigender Gedanke durch den Kopf schoss. Könnte Tom hinter den Morden stecken? Als Soldat war er auf jeden Fall geschult im Töten, und er wusste, dass Marlowes Tod mich von meinen Verpflichtungen ihm gegenüber befreien würde. Und, schlimmer noch, er hätte Marlowe mit Sicherheit überreden können, ihm die Tür zu öffnen.

Marthas Blick war unverwandt auf die Straße gerichtet, sonst hätte sie bestimmt die Furcht auf meinem Gesicht gesehen. Ich sagte mir, dass Tom kein Mörder war, und schob den Gedanken so weit wie möglich von mir.

»Gehen wir im Nag's Head etwas essen«, schlug ich vor in der Hoffnung, das geschäftige Treiben in der Schänke würde mich von meinen düsteren Mutmaßungen ablenken.

Als wir das Gasthaus betraten, ging es dort zu wie in einem Bienenstock. Männer, vor allem aber Frauen, wie ich feststellte, strömten scharenweise hinein und hinaus. Wir drängten uns durch die Menge und entdeckten Katherine mitten im Gewühl. Sie ging von Tisch zu Tisch und überwachte etliche weibliche Wesen, einschließlich Elizabeth, die eifrig damit beschäftigt waren, so etwas wie einen Brief zu kopieren. Sobald eine von ihnen fertig war, schnappte sich eine andere das Papier und flitzte zur Tür hinaus. Bei jedem fertigen Schreiben rief Katherine den anderen aufmunternde Worte zu.

»Da seid Ihr ja!« Katherines Augen leuchteten vor Aufregung, als sie uns sah. In diesem Moment wusste ich eines: Ich konnte ihr unmöglich sagen, dass Daniels Mörder vielleicht noch am Leben war. »Wie schön, dass Ihr gekommen seid.«

»Was geschieht hier?«, fragte ich.

»Es geht nicht darum, was hier geschieht, sondern was geschehen *wird*.« Sie drückte mir einen der Briefe in die Hand. »Morgen werden wir Levellers-Frauen zu Tausenden zum Parlament marschieren. Wir werden die Stufen der St.-Stephen-Kapelle erklimmen und dem Sprecher des Unterhauses unsere Petition präsentieren. Wir zeigen diesen Tyrannen, dass sie gute Männer nicht grundlos einsperren können. Wir zeigen ihnen, dass wir uns Gehör verschaffen werden, ob es ihnen passt oder nicht, und dass ihre Tyrannei keinen Bestand haben kann. Lest selbst!«

Ich warf einen Blick auf Katherines Bittschrift. Mein Gesicht muss mehr als überrascht ausgesehen haben, nicht zuletzt deshalb, weil das Schreiben von Elizabeths Hand war. Der Anfang war nicht weiter ungewöhnlich – da stand, es wäre »eine bescheidene Bitte von vielen wohlgesinnten Frauen Londons« –, aber dann ging es rasch weiter ins Reich der Phantasie und Wunschträume:

*Wir Frauen sind sicher, nach Gottes Ebenbild geschaffen zu sein, und ebenso sicher in der Überzeugung, Anteil an den Grundfreiheiten des Vereinigten Königreichs von England zu haben. Daher können wir nicht umhin zu beklagen, wie verächtlich wir in Euren Augen erscheinen, unwürdig, unsere Beschwerden diesem ehrenwerten Haus vorzutragen.*

*Sind Frauen nicht gleichermaßen interessiert an jenen Vorrechten und Sicherheiten, die die guten Gesetze unseres Landes gewährleisten? Dürfen uns Frauen Leben, Grundrechte oder Güter, außer durch den entsprechenden Prozess von Recht und Gesetz, eher genommen werden als Männern?*

»Das wollt Ihr ans Parlament richten?«, fragte ich ungläubig.

»Natürlich«, sagte Katherine. »Für mein Wohl, das Eure und das von Elizabeth. Die Grundrechte Englands müssen für alle Bürger Gültigkeit haben, nicht nur für die Reichen, und nicht nur für die Männer. Wenn wir Frauen die Freiheiten wollen, die uns rechtmäßig zustehen, müssen wir sie uns nehmen, denn dieses Parlament gibt sie uns niemals freiwillig. Frauen und Männer müssen vor dem Gesetz gleichberechtigt sein.«

»Wann geht Ihr nach Westminster?«, fragte ich.

»Morgen Vormittag.« Katherine lachte auf. »Wir verteilen unsere Schrift in der ganzen Stadt, in Westminster, Southwark, überall. Wir Frauen marschieren gemeinsam zum Parlament. Tausende werden kommen.«

Nicht zum ersten Mal bewunderte ich Katherines Courage. Ich konnte mir nicht annähernd vorstellen, wie unsere Welt aussehen würde, wenn Katherines Visionen wahr wurden, aber ich wusste: Aufhalten ließ diese Entwicklung sich nicht.

Eine der anderen Frauen rief nach Katherine. Sie verabschiedete sich von uns und kehrte zu ihren Petitionen zurück.

Elizabeth kam zu mir. Ich wusste, was sie mich fragen wollte, noch bevor sie den Mund aufmachte.

»Nein«, sagte ich. »Du darfst nicht mit.«

»Bitte!«, rief Elizabeth. »Ich möchte bei Katherine und ihren Freundinnen sein. Außerdem war ich noch nie in Westminster.«

»Ausgeschlossen.« Ich schüttelte den Kopf. »Wer weiß, wie Cromwell auf eine derartige Kampfansage reagiert. Ich möchte nicht, dass du hinter Gittern landest.«

»Kampfansage?«, wiederholte Elizabeth. »Seit wann ist es eine Kampfansage, eine Petition ans Parlament zu richten? Es ist ein Grundrecht, keine Aufwiegelei.«

»Es ist zu gefährlich.«

»Na schön«, sagte Elizabeth, was nichts anderes bedeutete als: Darüber ist das letzte Wort noch nicht gesprochen!

Da keine große Hoffnung bestand, in dem Durcheinander einen Happen zu essen zu bekommen, kehrten Martha und ich nach Hause zurück und nahmen mit dem vorlieb, was noch da war.

Als Elizabeth heimkam, bereitete ich mich auf ein weiteres Wortgefecht wegen des Marschs zum Parlament vor, doch sie ging zu Bett, ohne die Angelegenheit auch nur mit einem Wort zu erwähnen. Ich wusste nicht, ob ich dankbar oder misstrauisch sein sollte. Elizabeth war ohne meine Erlaubnis von

Pontrilas nach London gefahren, warum sollte sie nicht die wenigen Meilen bis nach Westminster zurücklegen? Ich beschloss, sie am nächsten Morgen nicht aus den Augen zu lassen.

Als ich in jener Nacht im Bett lag, fragte ich mich, welches Schicksal Katherine und ihre lebensfremden Träume erwartete. Ich konnte mir nicht vorstellen, dass das Parlament auch nur eine ihrer Forderungen erfüllte, und ich konnte nur hoffen, dass Katherine den Mächtigen nicht so viel Angst machte, dass man sie in Ketten legte und in den Tower warf.

*

Es war noch nicht hell, als Martha und ich am nächsten Morgen aufwachten, als jemand laut an unsere Tür klopfte. Ich war schneller unten als Susan, unsere Magd, um zu öffnen. Als ich nach dem Riegel griff, tauchte plötzlich das Bild Mr. Marlowes vor meinem geistigen Auge auf.

»Wer ist da?«, rief ich durch die Tür.

Lorenzo Baccas tiefes Lachen antwortete mir. »Ihr seid vorsichtiger geworden. Mein Glückwunsch, aber ich bin es nur.«

Ich sprach ein stummes Dankgebet, dass Elizabeth noch im Bett lag. »Warum seid Ihr gekommen?«

»Warum seid Ihr so argwöhnisch?«

»Sagt, was Ihr wollt.«

»Ich bin wegen Jane Owen hier. Ihre Wehen haben eingesetzt, und sie hat mich gebeten, Euch zu holen«, antwortete Bacca. »Wollt Ihr nicht die Tür öffnen? Stimmt etwas nicht?«

Martha war inzwischen zu mir gekommen. Nun holte sie einen Schürhaken vom Kamin und stellte sich seitlich vom Eingang auf. Als sie mir zunickte, riss ich die Tür auf und trat gleichzeitig zurück.

Bacca stand in der Diele, prachtvoll in Seide gewandet,

wie selbst im schwankenden Licht seiner Laterne zu erkennen war.

»Schlagt Euren Umhang zurück«, verlangte ich. »Zeigt mir Euren Gürtel.«

Bacca zog eine Augenbraue hoch. Der Anflug eines Lächelns spielte um seine Lippen. »Auch Euch einen guten Morgen!«

Ich starrte ihn an, und allmählich verblasste sein Lächeln. »Na schön.« Er schlug seinen Umhang zurück. Wie ich erwartet hatte, trug er ein Messer am Gürtel. Es hatte eine lange, dünne Klinge, wie geschaffen, um es zwischen die Rippen eines Mannes zu stoßen und ihn blitzschnell zu töten.

»Legt das Messer auf den Boden«, sagte ich.

»Was ist denn los?« Jetzt klang er beunruhigt. »Was ist geschehen?« Als ich keine Antwort gab, legte er das Messer ab und schob es mit der Stiefelspitze zu mir.

Ich nahm es, trat zurück und betrachtete den Griff aus blank poliertem Bein und die kunstvoll gearbeitete goldene Verzierung am Knauf. Es war dem Messer, das Mr. Marlowe getötet hatte, völlig unähnlich.

»Was ist geschehen?«, wiederholte Bacca.

»Ein … Bekannter wurde ermordet«, sagte ich. »Und wir wissen nicht, was der Täter als Nächstes plant. Ich fürchte, wir sind in Gefahr.«

»Wenn Euch Gefahr droht, dann nicht von mir«, sagte Bacca. »Darauf gebe ich Euch mein Wort.«

Ich schaute noch einmal auf Baccas Dolch und traf eine Entscheidung.

»Könnt Ihr uns zu Jane Owen begleiten?«, fragte ich und gab ihm die Waffe zurück.

»Warum so vertrauensselig?«, entgegnete er. »Ich könnte lügen.«

»Ich habe das Messer gesehen, mit dem unser Freund getötet wurde. Ihr hättet ihn eher mit bloßen Händen erwürgt, als eine derartige Waffe zu benutzen. So tief seid Ihr noch nicht gesunken.«

Bacca lachte und steckte das Messer weg. »Das ist der einzige Grund? Nun, ich nehme an, das muss reichen.«

»Wie lange hat sie schon Wehen?«, fragte Martha, als sie aus dem Schatten trat, den Feuerhaken noch immer in der Hand.

»Ah, da seid Ihr ja!«, sagte Bacca. »Hätte ich versucht, ungebeten einzudringen, hätte ich den Schürhaken übergezogen bekommen, nicht wahr? Gut gemacht!«

»Beantwortet lieber meine Frage. Wie lange hat sie schon die Wehen?«

Bacca zuckte die Achseln. »Lange genug, um eine Hebamme zu benötigen, nehme ich an. Aber ich verstehe nichts von Frauensachen. Mrs. Owen hat mich gebeten, Euch zu holen.«

»Ich packe ein, was wir brauchen«, sagte ich. »Martha, sag Susan Bescheid, wo wir hingehen. Und sie soll ein Auge auf Elizabeth halten. Ich fürchte, sie wird trotz meiner Ermahnungen versuchen, an Katherines Marsch teilzunehmen.«

Wenige Minuten später machten wir drei uns durch dunkle Straßen und Gassen auf den Weg zur Crown.

# 26.

Als wir uns dem Ziel näherten, führte Bacca uns um eine Ecke zu einem ansehnlichen Wohnhaus. Wir traten ein, ohne anzuklopfen. In der Wohnstube saß Charles Owen mit einigen seiner Freunde. Die Männer unterhielten sich leise.

Owen hob den Kopf, als wir hereinkamen. Als er uns erkannte, quollen ihm beinahe die Augen aus den Höhlen, und er sprang auf. Ich war froh, dass Bacca bei uns war, und trat unwillkürlich einen Schritt zurück.

Doch Owen schaute seine Freunde an und beruhigte sich dann wieder. »Ihr müsst Janes Hebammen sein«, sagte er. »Seid willkommen.«

»Danke«, erwiderte ich. Keinem der anderen Männer schien Owens erste Reaktion aufgefallen zu sein. »Ist sie oben?«

»Ja. Aber könnte ich kurz mit Euch sprechen, bevor ihr hinaufgeht?«

Ich schaute zu Bacca. »Ich bleibe in der Nähe«, sagte er.

Martha und ich folgten Owen in die Küche. Sobald die Tür hinter uns ins Schloss fiel, kehrte sein Zorn auf uns mit voller Wucht zurück. »Wie kommt es«, fragte er zähneknirschend, »dass meine Frau ausgerechnet auf Euch verfallen ist, wo es in London doch Hebammen gibt wie Sand am Meer? Wisst Ihr, wie viel Ärger Ihr mir mit Eurem Besuch in meiner Schänke gemacht habt? Ihr habt mich beschuldigt, Daniel Chidley ermordet zu haben! Und beinahe hättet Ihr meine Freunde auf den Gedanken gebracht, dass ich für Cromwell arbeite! Und jetzt habt Ihr die Stirn, in mein Haus zu kommen?«

»Wir werden uns nicht dafür entschuldigen, Daniel Chidleys Mörder gesucht zu haben«, gab Martha zurück. »Selbst wenn Ihr dafür kleine Unannehmlichkeiten in Kauf nehmen musstet, habt Ihr von uns kein Mitgefühl zu erwarten.«

»Drei Männer mussten sterben, und Ihr seid noch am Leben«, sagte ich. »Manche Leute wären dankbar dafür.«

Owen holte tief Luft und bemühte sich erkennbar, sein Temperament zu zügeln. »Nichts davon erklärt, weshalb Ihr gekommen seid«, sagte er schließlich. »Seid Ihr wirklich nur als Hebammen hier?«

»Eure Frau hat nach uns geschickt«, antwortete ich. »Ihr könnt sie selbst fragen.«

»Warum wollt Ihr meiner Frau helfen, wo Ihr doch glaubt, ich stecke mit Rebellen unter einer Decke?«

»Wenn es ein Verbrechen ist, königstreu zu sein, müsste halb England gehängt werden«, sagte ich. »Ihr habt kein Verbrechen begangen, also werden wir Euch keine Schwierigkeiten machen. Jede werdende Mutter verdient eine gute Hebamme, ob sie nun für den König, für das Parlament oder für gar keine Regierung ist.«

Owen starrte uns an, während er diese Worte abwog. »Also gut, ich spreche mit Jane. Wenn Ihr die Wahrheit sagt, könnt Ihr zu ihr. Wartet hier!«

Wenig später erschien eine Magd. »Mr. Owen sagt, ich soll Euch zu meiner Herrin bringen.«

Martha und ich folgten dem Mädchen aus der Küche und durch die Stube zu Jane Owen, die angeregt mit einem halben Dutzend Freundinnen plauderte. Sie war guter Stimmung, begrüßte uns mit einem Lächeln und winkte uns an ihre Seite.

»Wie stark sind die Wehen?«, fragte ich sie, nachdem wir einander umarmt hatten.

»Es ist mein erstes Mal, da kann ich es schwer beurteilen.«

Sie lachte fröhlich. »Aber es ist nicht allzu schlimm, also will ich mich nicht beklagen.«

Ich tastete durch ihr Hemd ihren Bauch ab und stellte fest, dass das Kind noch ziemlich hoch im Mutterleib war. Jane war erst am Beginn der Geburt. Da wir im Moment nichts weiter tun konnten, setzten Martha und ich uns zu den anderen, um Jane und ihre Klatschbasen besser kennenzulernen. Jane wirkte auf mich genauso liebenswert wie alle Mütter, denen ich bisher in London bei der Entbindung beigestanden hatte. Sie war freundlich und hatte einen wachen Verstand. Ich konnte nicht umhin, mich zu fragen, ob sie möglicherweise Interesse hätte, den Beruf der Hebamme zu erlernen. Da Martha jetzt selbstständig war, würde ich bald eine neue Gehilfin brauchen. Ich beschloss, das Thema zu einem späteren Zeitpunkt anzusprechen.

Gegen Sonnenaufgang rieb ich mir die Hände mit Öl ein und bat Jane, sich hinzulegen. Ihr Muttermund war noch geschlossen, also würde es noch eine Weile dauern, bis die Geburtswehen einsetzten. Ich schickte Martha in ein anderes Zimmer, um sich ein wenig auszuruhen, und beteiligte mich wieder an den Gesprächen der Klatschbasen.

Ein paar Stunden nachdem Martha sich hingelegt hatte, hörten wir draußen Stimmen. Es klang, als hätte sich unter Janes Fenster eine Menschenmenge versammelt. Binnen weniger Minuten wuchs das Geräusch zu einem Getöse an, sodass Martha davon wach wurde und zu uns kam, um ebenfalls aus dem Fenster zu schauen.

Der Anblick, der sich uns bot, verschlug uns den Atem. Hunderte, nein, Tausende Frauen drängten sich auf der Straße. Sie trugen Salbeizweige an ihren Hauben und hatten meergrüne Bänder an ihre Schürzen gesteckt. Das konnte nur Katherines Truppe auf ihrem Marsch zum Parlament sein. Ich staunte über die gewaltige Zahl der Teilnehmerinnen. Konnte es dieser Heerschar tatsächlich gelingen, das Parlament umzustimmen? Wenn die Herrschaft von Königen umgestoßen werden konnte, warum nicht auch die der Männer?

Kurz bevor ich mich abwandte, erhaschte ich unter all den Frauen einen flüchtigen Blick auf flammend rotes Haar. Ich schaute noch einmal genauer hin. Es war tatsächlich Elizabeth.

Auch Martha hatte sie entdeckt. »Ich kann nicht behaupten, dass ich überrascht bin«, meinte sie lachend. »Wer aus Pontrilas entkommen und auf eigene Faust nach London reisen kann, für den muss es ein Kinderspiel sein, sich aus dem Haus zu stehlen und sich Katherine anzuschließen.«

Nur ein paar Augenblicke, und Elizabeth war nicht mehr zu sehen. Ich sprach ein stilles Gebet, der Herr möge für ihre Sicherheit sorgen.

»Keine Bange«, tröstete Martha mich. »Sie hat schon viel Gefährlicheres getan.«

»Ich weiß. Aber eine Mutter macht sich nun einmal Sorgen.«

Mittlerweile waren ein paar von Janes Freundinnen zu uns ans Fenster gekommen und beobachteten staunend die Menge unten auf der Straße.

»Wie merkwürdig, Frauen mit Bittschriften marschieren zu sehen«, bemerkte eine von ihnen.

»Nicht merkwürdiger, als einen König zu enthaupten«, warf eine andere ein. »So sind die Zeiten nun einmal.«

Nachdem die Menge vorbeimarschiert war, ließ ich den Vorhang zurückfallen. In diesem Moment wurde die Zimmertür aufgestoßen, und Charles Owen platzte herein. Die Klatschbasen erhoben lautstark Einwände, doch Owen beachtete sie gar nicht. Er ging zu Jane und nahm ihre Hände.

»Es ist so weit«, sagte er. »Heute ist der Tag.«

Zu meinem Erstaunen brach Jane in Tränen aus, schlang die Arme um Charles' Hals und vergrub das Gesicht an seiner Brust.

Die Frauen verstummten und schauten schweigend zu. Was hatte das zu bedeuten?

»Ich muss los, Jane.« Charles' Stimme war so kläglich, so voller Kummer, dass ich seinen Schmerz beinahe fühlen konnte. Mit der Zärtlichkeit einer Mutter, die ihr Kind in Windeln wickelt, löste er sich aus Janes Armen und trat zurück. »Ich liebe dich.«

Jane versuchte zu antworten, brachte aber nur ein ersticktes Schluchzen hervor.

Charles holte tief Luft, wandte sich ab und verließ das Zimmer. Seinem Gesichtsausdruck nach zu schließen, schien ihm jeder Schritt mehr Qualen zu bereiten, als ich seit dem Tod meiner Kinder hatte ertragen müssen.

Als die Tür sich schloss, fiel Jane auf die Knie und vergrub das Gesicht in den Händen. Ihr lautes Schluchzen erfüllte das Zimmer. Es traf uns alle bis ins Mark. Die Klatschbasen eilten zu ihr, um ihr auf die Beine zu helfen und ihr alles an Trost zu schenken, was sie vermochten. Sie wussten so wenig wie ich, was los war, vor allem aber wussten sie, dass Jane sie brauchte.

Vielleicht war es Janes Leid, das die Dinge beschleunigte, auf jeden Fall setzten binnen einer Stunde die Geburtswehen ein. Kurz darauf entbanden Martha und ich Jane von einem hübschen, gesunden Knaben.

Während Martha das Kind wickelte, kümmerte ich mich um die Mutter und bat eine der Klatschbasen, ihr ein Frühstück zu holen. Sie kam mit einem Teller Brot, Käse und Brathühnchen zurück. Als ich Jane den Teller reichte, fiel mein Blick auf das Messer, das ihre Freundin mitgebracht hatte.

Die einzige Verzierung am Holzgriff war eine zarte, fein geschnitzte Rose.

*

Es war ein Wunder, dass ich nicht laut aufschrie oder den Teller in Janes Schoß fallen ließ. Verstohlen spähte ich zu Jane. War ihr meine Reaktion aufgefallen? Zu meiner Erleichterung war ihre Aufmerksamkeit mehr auf ihre Mahlzeit als auf ihre Hebamme gerichtet.

Während Jane hungrig ihr Frühstück verzehrte, zog ich Martha beiseite. »Komm mit«, raunte ich ihr zu.

Martha nickte, und wir schlüpften aus dem Schlafgemach und eilten die Treppe hinunter.

»Komm mit in die Küche«, drängte ich. »Das musst du sehen!« Wir folgten dem Duft von gebratenem Fleisch und trafen in der Küche eine Magd an, die gerade Geschirr spülte. Ich tauchte meine Hand in den Bottich und zog ein paar Messer und Gabeln aus dem Wasser.

Betroffen starrte ich auf meine Ausbeute. Keines der Messer ähnelte dem, das ich auf Janes Teller gesehen hatte.

»Was ist?«, fragte Martha.

»Das Messer, das die Klatschbase zusammen mit Janes Essen gebracht hat ...«

»Was ist damit?«

»Es sah haargenau so aus wie das Messer, mit dem Marlowe getötet wurde.«

»Woran habt Ihr das erkannt?«, fragte Martha.

»Es hatte dieselbe geschnitzte Rose am Griff.«

»Eine geschnitzte Rose?«, fragte die Magd, die meine letzte Bemerkung offenbar mitgehört hatte. »Dann muss es ein Messer aus der Crown gewesen sein. Mrs. Owen benutzt die mit der Rose am liebsten. Alle Messer aus der Schänke haben Rosen am Griff.«

»Gibt es noch mehr davon?«, fragte ich.

Die Magd zog eine Schublade auf und nahm ein Messer mit einer dünnen, scharfen Klinge heraus. Es eignete sich perfekt, um Geflügel zu tranchieren – oder um es zwischen die Rippen eines Mannes zu stoßen.

»Charles Owen!«, hauchte Martha, als die Magd außer Hörweite war. »Mein Gott, er war es! Wo ist er jetzt?«

Ich musste an Janes und Charles' tränenreichen Abschied denken. Erst jetzt erkannte ich, dass Charles' Resignation und seine unnatürliche Ruhe an einen Mann erinnerten, der weiß, dass der Tod nahe und unvermeidlich ist. Und Janes tiefe Trauer, ihre Hoffnungslosigkeit und ihr Schmerz gehörten einer Frau, die weiß, dass sie bald Witwe sein wird.

»Irgendein Ereignis steht bevor«, flüsterte ich. »Und Charles glaubt nicht, dass er es überlebt.«

War mir etwas entgangen? Etwas, das uns sagen könnte, wo Charles jetzt steckte? Verzweifelt versuchte ich mich zu erinnern, aber mir fiel nichts ein, rein gar nichts.

»Wir werden Jane fragen müssen«, raunte Martha.

Ich nickte. Der Gedanke, sie in ihrem Zustand unter Druck zu setzen, behagte mir nicht, aber unser Verdacht war gerechtfertigt, also blieb uns keine Wahl.

Als wir in Janes Schlafgemach zurückkehrten, war sie gerade dabei, ihren Sohn zu stillen. Sie blickte auf, als wir hereinkamen.

»Da seid Ihr ja«, sagte sie traurig und blickte liebevoll auf ihr Baby. »Seht nur, wie er trinkt.«

»Er soll Charles heißen, nach seinem Vater«, warf eine der Klatschbasen ein.

Bei diesen Worten füllten sich Janes Augen mit Tränen.

Offenbar wusste sie tatsächlich, wohin ihr Mann gegangen war und dass er nie mehr wiederkam. Mir blieb keine Wahl.

»Wo ist er, Jane?«, fragte ich.

Ihr Blick zuckte zu mir. Die Trauer in ihren Augen war schlagartig Furcht und Zorn gewichen. »Was meint Ihr damit?«

»Wo ist Euer Ehemann? Was hat er vor?«

Janes Gesicht versteinerte. »Wer seid Ihr?«

»Wo ist Charles? Ihr müsst es uns sagen. Wir können ihn retten.«

Jane presste die Lippen zusammen und musterte uns aus schmalen Augen. »Ihr seid die Hebamme, die Abraham Walker getötet hat!«, sagte sie schließlich. »Hat Bacca einen von Cromwells Spionen in meine Schlafkammer geschleust? Ich werde wohl ein Wörtchen mit ihm reden müssen!«

»Sagt uns, wohin Euer Mann wollte«, drängte Martha. »Oder wollt Ihr, dass Euer Sohn ohne Vater aufwächst?«

Janes Lächeln war kalt wie der Nordwind. »Lügt mich nicht an! Selbst wenn Ihr ihn finden könntet, würde mein Sohn seinen Vater nie zu Gesicht bekommen. Charles würde bis zum Tag seiner Hinrichtung im Tower sitzen. Ich habe keinen Grund, Euch irgendetwas zu sagen! Und jetzt, wo Charles nicht mehr da ist, kann mich auch nichts und niemand mehr dazu bringen! Vielleicht ist Euer Dienstherr barbarisch genug, eine Frau wenige Stunden nach ihrer Niederkunft foltern zu lassen, aber selbst dann wäre es zu spät …«

Martha stieß einen derben Fluch aus.

»Falls es Euch ein Trost ist«, fuhr Jane fort, »Ihr werdet es wissen, sobald Charles sein Werk vollendet hat. Ganz London wird es wissen! Und jetzt geht! Alle beide!«

Ich sah zu Martha. Ich wusste, dass jede Minute, die wir hier bei Jane verbrachten, verschwendet war. Und ich konnte mir nicht vorstellen, dass uns noch viel Zeit zum Trödeln blieb.

»Folgt mir«, sagte Martha. »Ich habe eine Idee.« Sie führte mich in ein Zimmer auf der Rückseite des Hauses. Es enthielt einen Schreibtisch und ein schmales Bett, auf dem Martha offenbar geschlafen hatte, während wir auf Janes Geburtswehen warteten. Neben dem Bett stand eine kleine, mit einem schweren Eisenschloss versperrte Truhe.

»Hast du dein Werkzeug dabei?«, fragte ich. »Kannst du das Schloss knacken?«

»Das Werkzeug habe ich nicht hier, aber etwas anderes«, sagte Martha. Sie griff sich einen Schürhaken, schob ihn durch das Schließband des Vorhängeschlosses, stand auf und drehte den Haken mit aller Kraft hin und her. Die eisernen Beschläge der Truhe knarrten, mehr aber auch nicht. »Helft mir«, stieß Martha zwischen den Zähnen hervor.

Ich packte das andere Ende des Schürhakens, und wir zogen und drückten mit vereinten Kräften. Laut knirschend löste sich die Krampe von der Truhe. Das immer noch intakte Schloss fiel polternd zu Boden.

»Ein wirklich gutes Schloss«, bemerkte Martha mit einem Lächeln.

Als wir den Deckel hoben, entdeckten wir im Inneren der Truhe einen Stapel Papiere und einen Lederbeutel voller Münzen. Martha leerte den Inhalt der Börse aufs Bett und stieß einen Pfiff aus, als sich die Münzen häuften. »Offenbar kann man als Schankwirt ein kleines Vermögen machen«, sagte sie.

Inmitten der Papiere stach irgendetwas Rotes hervor. Als ich es herausnahm, hielt ich ein rotes Seidenband mit einem kunstvoll geknüpften Knoten in der Hand. Martha und ich erkannten sofort das Gegenstück zu dem Band, das wir bei Abraham Walker gefunden hatten.

»Das ist der Beweis, dass Charles Owen ein Spion ist!«, stieß Martha hervor. »Aber finden müssen wir ihn noch!«

Ich reichte ihr die Hälfte der Papiere. »Lies!«

Bald stellte sich heraus, dass wir für das Lesen der Dokumente nicht viel Zeit brauchen würden, da fast jeder Brief in einem Geheimkode verfasst war. Vielleicht hätte jemand im Tower die Zeit und das nötige Wissen gehabt, die Symbole zu enträtseln – wir hatten weder das eine noch das andere.

»He, was ist das hier?«, rief Martha. »Letzten Sommer hat Charles Owen ein Haus in Westminster gemietet.«

»Lass mal sehen.« Das Dokument war nicht mehr als ein Vertrag zwischen Charles Owen und einem gewissen George Moody, in dem es um das Mieten eines Hauses ging, von dem es hieß, es stünde »nahe der Kapelle, die jetzt St. Mary Undercroft genannt wird«.

»Das ist in der Nähe der St.-Stephen-Kapelle«, sagte ich. »Dort trifft sich das Parlament.«

»Warum sollte er ein Haus in Westminster mieten?«, fragte Martha. »Es ist meilenweit von hier entfernt.«

Ich setzte mich aufs Bett und schloss die Augen. Ich wusste, wir hatten sämtliche Teile des Puzzles. Jetzt mussten wir sie nur noch zusammenfügen, bis sie ein Bild ergaben.

»Jane Owen hat gesagt, ganz London würde wissen, wann Charles sein Werk vollendet hat ...«, murmelte Martha.

Ich riss die Augen auf. »Schießpulver ... Guy Fawkes«, stieß ich hervor. »Charles Owen will das Parlament in die Luft jagen ...«

»Und genau dort wollen Katherine und Elizabeth hin!«

*

Martha und ich rannten Hals über Kopf die Bread Street zum Fluss hinunter. Wir waren so angespannt, dass keine von uns ein Wort herausbrachte. Als wir zur Salt Wharf gelangten, lief ich zum Ufer und winkte hektisch den Fährleuten zu. Gleich darauf lenkte ein kräftiger junger Mann sein Boot zu uns. Ich sprang an Bord, gefolgt von Martha.

»Westminster«, keuchte ich. »So schnell wie möglich!«

Der Bursche legte sich in die Riemen und ruderte kraftvoll flussaufwärts. Das Glück war uns an diesem Tag gnädig, denn wir bewegten uns mit der steigenden Flut, und es ging sehr schnell voran. Dennoch war es eine Folter, im Boot zu sitzen und nichts anderes tun zu können, als die Herrenhäuser am Flussufer zu betrachten, an denen wir vorbeiglitten.

»Gehört ihr zwei zu diesen Levellers-Frauen?«, fragte unser Fährmann. »Ich hab noch nie so viele Weiber auf einem Haufen gesehen. Und ich weiß nicht, ob ich so was noch mal sehen möchte.«

»Nein, wir gehören nicht dazu«, antwortete ich. »Wir haben im Parlament etwas anderes zu erledigen.«

Der Bursche schüttelte den Kopf. »Eine komische Welt, die diese Rebellen zusammengebastelt haben. Die Frauen marschieren, und ihr habt im Parlament was zu erledigen. Wie geht es weiter? Werden wir irgendwann von Frauen regiert?«

Als Martha und ich diese Schmähung mit Missachtung straften, zuckte der Fährmann die Achseln und fing an, im Rhythmus zu seinen Ruderschlägen zu singen.

»Werden wir rechtzeitig da sein?«, fragte Martha.

»Ich hoffe.« Ich unterdrückte die Panik, die mir die Kehle zusammenschnürte. »Wenn er nur noch die Lunte zünden muss, schaffen wir es wohl nicht. Wenn er vorher noch anderes erledigen muss ... vielleicht.«

»Er hat nicht die Absicht, zu entkommen«, sagte Martha.

»Nein. Er wird zusammen mit dem Parlament sterben. Aber in hundert Jahren wird er genauso berühmt sein wie Guy Fawkes.«

Die Fahrt nach Westminster schien eine Ewigkeit zu dauern, obwohl es nicht mehr als ein paar Minuten gewesen sein konnten.

»Sind die Whitehall Stairs nahe genug?«, fragte der Fährmann.

»Ja! Setzt uns einfach ab!«

Als wir uns den Stufen näherten, konnte ich die Scharen von Frauen sehen, die immer noch zur St.-Stephen-Kapelle strömten, wo sich die Mitglieder des Unterhauses versammelten. »Wenn er jetzt das Pulver zündet, tötet er mehr Frauen als Parlamentarier«, sagte ich.

»Was um Himmels willen meint Ihr damit?« Unser Fährmann starrte uns entsetzt an.

»Nichts«, sagte ich. »Lasst uns aussteigen und rudert flussabwärts, so schnell es geht. Verschwindet von hier.«

Wenig später rannten Martha und ich die Stufen hinauf und mischten uns in das Gedränge der Frauen.

»Welches Haus ist es?«, rief Martha mir zu. In der Ferne konnten wir den Eingang zur St.-Stephen-Kapelle sehen. Vor den Türen stand ein Trupp Soldaten, der die Frauen am Betreten hinderte.

Ich schüttelte verzweifelt den Kopf. »Es muss eins von denen auf der anderen Seite sein, links oder rechts.«

Martha blickte um sich und entdeckte einen Sergeanten der Stadtwache. Er stand in einer schmalen Gasse und beobachtete die Menge, die an ihm vorbeiwogte. »Ihr da!«, rief sie. »In welcher Richtung liegt St. Mary Undercroft?«

Der Sergeant musterte sie argwöhnisch. »Warum wollt Ihr das wissen? Gehört Ihr zu dieser Bande hier?«

Ich trat zu ihm. Er war ein hochgewachsener, dünner Mann mit hellblauen Augen und kurz gestutztem Bart. Ich rief mir in Erinnerung, dass ich Edelfrau von Geburt und Hebamme von

Beruf war, nahm alles zusammen, was ich an Autorität besaß, schlang meine Finger um den Kragen des Mannes und sah ihm in die Augen. »Euer Name, Sergeant?«

»Hirst«, antwortete er. »Warum? Was ist los?«

»Es wurde ein Komplott geschmiedet, das Parlament in die Luft zu jagen. Das Schießpulver befindet sich in einem Haus in der Nähe der Kapelle St. Mary Undercroft. Wenn wir es nicht finden, wird das Parlament zerstört, Tausende müssen sterben, und es gibt wieder Krieg. Wir brauchen Eure Hilfe.«

Er starrte mich entgeistert an. »Ihr meint das ernst, nicht wahr?«

»Todernst«, sagte ich.

»Folgt mir.« Sergeant Hirst kehrte der St.-Stephen-Kapelle den Rücken zu und bahnte sich einen Weg durch die Menge. Unterwegs rief er nach seinen Männern, und bald waren Martha und ich von einem ganzen Trupp Soldaten umringt.

»Da ist die Kapelle«, sagte Sergeant Hirst schließlich und zeigte mit dem Finger auf das Gebäude. »Aber welches Haus ist es?«

Ich schaute noch einmal in den Brief, den wir in Owens Zimmer gefunden hatten. »Hier steht nur, dass es in der Nähe der Kapelle ist ...« Ich hätte am liebsten vor Hilflosigkeit und Enttäuschung losgeschrien, doch ich fand seltsamerweise Trost in dem Wissen, unter den Toten zu sein, wenn das Pulver jetzt explodierte. Lieber tot, als Elizabeth zu verlieren und weiterleben zu müssen.

»Dann durchsuchen wir sie alle«, entschied Sergeant Hirst. Er wandte sich an die Männer, die sich uns angeschlossen hatten. »Wir suchen einen Verrückten, der die Abgeordneten in die Luft jagen will!«, verkündete er. »Er ist in einem dieser Häuser. Geht zu zweit, klopft an jede Tür! Wenn niemand aufmacht, tretet die Tür ein! Wir suchen nach …« Er wandte sich zu mir um. »Wen suchen wir?«

Ich beschrieb Charles Owen, so gut ich konnte. »Seid vorsichtig«, fügte ich hinzu. »Er hat drei Männer erstochen und rechnet nicht damit, den heutigen Tag zu überleben. Er wird Euch töten, ohne zu zögern.«

»Abmarsch!«, brüllte der Sergeant. Die Männer zerstreuten sich. Bald hallte die Straße von ihren Rufen und dem Krachen aufgebrochener Türen wider, deren Besitzer nicht schnell genug geöffnet hatten.

»Was ist mit dem da?«, fragte Martha. Ein Haus war noch nicht durchsucht worden, und von der Stadtwache war niemand in der Nähe.

»Das übernehmen wir drei«, sagte Hirst.

Wir näherten uns der Tür, und der Sergeant klopfte mit geballter Faust an. Während wir warteten, trat ich ans Fenster und versuchte, ins Haus zu spähen, aber es war innen mit dickem schwarzem Stoff verhängt. Ich sah rein gar nichts.

Sergeant Hirst klopfte erneut.

»Wir haben keine Zeit!« Ich packte einen Pflasterstein, schleuderte ihn durchs Fenster. Dann griff ich hinein, zog den Vorhang zur Seite – und erstarrte. Der Raum war mit kleinen Schießpulverfässern angefüllt.

»O Gott!«, stieß ich hervor. »Hier! Das ist das Haus!«

# 27.

Sergeant Hirst reagierte mit bewundernswerter Schnelligkeit. Er trat zurück, hob das rechte Bein und versetzte der Tür einen gewaltigen Tritt. Das Holz um die Klinke herum splitterte, und die Tür flog auf.

Martha und ich stürzten ins Haus, gefolgt vom Sergeanten. In dem Zimmer, in das wir als Erstes gelangten, gab es keine Möbel, dafür reihten sich von einer Wand bis zur anderen Fässer voller Schießpulver. An der hinteren Wand hatte Owen die Fässer vom Boden bis zur Decke gestapelt. Ich konnte mir nicht annähernd vorstellen, welche Katastrophe sich ereignen würde, wenn dieser Verrückte seinen Plan in die Tat umsetzte.

Das Schießpulver hatten wir gefunden, aber wo war Charles Owen?

»Oben«, sagte Martha in diesem Moment, als hätte sie meine Gedanken gelesen. »Da muss er sein!«

Wir hetzten die Treppe hinauf und weiter in ein Hinterzimmer. Wie im Erdgeschoss war auch hier alles für eine vernichtende Explosion vorbereitet worden. Wir sahen Unmengen von Schießpulver.

Und dann sahen wir auch ihn.

Charles Owen beugte sich über den Kamin und versuchte hektisch und verzweifelt, ein Feuer zu entzünden. Als es ihm nicht gelang, wirbelte er herum und stieß einen wilden Wutschrei aus.

Sergeant Hirst zückte ein Paar Pistolen. »Die Hände hoch, aber langsam! Es ist vorbei, Mann!«

»Er könnte ein Messer haben«, sagte ich warnend.

»Ich bin unbewaffnet.« Tatsächlich waren Owens Hände leer bis auf den Feuerstein und Stahl. Er ließ beides fallen und starrte auf Hirsts Pistolen.

»Ich hole Hilfe!« Martha eilte zur Treppe. Augenblicke später hörte ich sie nach den übrigen Wachleuten rufen.

Ich erschrak, als plötzlich ein seltsames Lächeln über Owens Gesicht huschte. Im selben Moment wurde mir der Grund dafür klar. »Sergeant Hirst«, sagte ich mit zittriger Stimme, »Ihr könnt Eure Pistolen unmöglich in einem Raum abfeuern, in dem sich so viel Pulver befindet.«

Der Sergeant erstarrte für eine Sekunde – und Owen reagierte blitzschnell. Er zog ein Messer unter seinem Mantel hervor und stürzte sich mit einem triumphierenden Schrei auf Hirst.

Der Sergeant ließ seine Pistolen fallen. Er wollte eher sterben, als einen Schuss abzufeuern, der uns allen den Tod brachte. Gerade noch rechtzeitig riss er die Arme hoch, um einen tödlichen Streich abzuwehren, doch Owens Klinge schnitt durch seine Kleidung und sein Fleisch. Blut spritzte über beide Männer. Der Sergeant stieß einen gellenden Schmerzensschrei aus. Owen hob abermals sein Messer. Diesmal warf Hirst sich ihm entgegen, um den Gegner zu Boden zu rammen, ehe der zustechen konnte. Aber Owen war zu flink. Er wich Hirst aus und traf mit einem wuchtigen Hieb den Hinterkopf des Gegners. Hirst fiel zu Boden und blieb regungslos liegen.

Jetzt waren es nur noch Owen und ich.

Unsere Blicke trafen sich. Wir konnten beide hören, wie aus dem Untergeschoss Männerstimmen zu uns nach oben drangen. Owen wusste, ihm blieb nicht genügend Zeit, um mit Feuerstein und Stahl ein Feuer zu legen. Ihm blieben nur die Pistolen von Sergeant Hirst.

Er ließ im gleichen Moment sein Messer fallen, als ich nach

vorn sprang. Beide stürzten wir uns auf die Schusswaffen, rangelten, stießen und schlugen, um sie in die Hände zu bekommen – ich verzweifelt ums Überleben kämpfend, Owen in der Hoffnung, seine verrückte Mission zu beenden und dabei den Tod zu finden.

Er bekam eine der Pistolen am Griff zu fassen, und sein Finger zuckte zum Abzug. Blitzschnell packte ich den Lauf, zog ihn zu mir. Die Waffe schlüpfte durch seine blutverschmierten Hände. Ich warf sie zur Treppe. Klappernd fiel sie die Stufen hinunter.

Aber noch immer war eine Pistole im Zimmer, aber in der Aufregung wusste keiner von uns beiden, wo sie lag – glaubte ich zumindest, denn plötzlich warf Owen sich mit einem wilden Aufschrei nach vorn. Zu spät sah ich die Pistole hinter einem Pulverfass hervorblitzen.

Wir waren nur wenige Sekunden vom sicheren Tod entfernt. Owen richtete die Waffe auf das Pulver und wollte den Hahn zurückziehen, doch sein vom Blut glitschiger Daumen rutschte ab – einmal, zweimal. In diesem Moment sah ich, dass über ihm eines der Pulverfässer, das bei unserem Kampf offenbar verrutscht war, herunterzufallen drohte. Mit einem Sprung nach vorn versetzte ich den Fässern darunter einen kräftigen Stoß. Das schwankende Fass ganz oben kippte herunter und schlug auf Owens ausgestreckten Arm. Die Pistole flog ihm aus der Hand. Sein Schrei, in dem sich Schmerz und Zorn mischten, gellte mir in den Ohren. Ich sprang zu ihm und packte die Waffe.

Augenblicke später donnerten die Stiefel von einem halben Dutzend Wachleuten die Treppe hinauf. Zwei von ihnen kümmerten sich um Sergeant Hirst, während der Rest Owen in Fesseln legte, wobei sie wenig Rücksicht auf seinen verletzten Arm zeigten. Ein weiterer Sergeant erschien. Seine Augen weiteten sich, als er sah, wie knapp wir alle dem Verderben entgangen waren.

»Mein Name ist Willoughby«, stellte er sich vor. »Die Männer haben mir berichtet, was Ihr Sergeant Hirst erzählt habt. Ich konnte es kaum glauben, aber wie ich sehe, ist es wahr.«

Ich nickte. »Owen wollte uns alle umbringen.«

Sergeant Willoughby trat Charles Owen kurzerhand in die Magengrube, ehe er die Taschen des Mannes durchsuchte. Er fand ein paar Münzen und zog schließlich ein dünnes rotes Seidenband hervor, das er verwundert betrachtete. »Was ist das?«

»Ein weiterer Beweis seiner Schuld … nicht dass ein solcher Beweis noch nötig gewesen wäre«, erwiderte ich. »Die Verschwörer trugen diese Knoten als Erkennungszeichen.« Ich nahm das Band und ließ es in meine Schürze gleiten. »Ich nehme es mit in den Tower. Das Gericht wird es sehen wollen, bevor es ein Urteil fällt.«

Der Sergeant nickte. »Sollen wir den Kerl hier auch gleich zum Tower bringen?«

»Unbedingt. Schickt ihn mit einem Boot. Ein Colonel Reynolds wird ihn entgegennehmen. Er leitet die Befragung.«

Sergeant Willoughby nickte den Soldaten zu. »Na los! Diese Lady hat euch gerade das Leben gerettet, ihr Trampel. Euch und ganz Westminster. Tut gefälligst, was sie sagt.«

»Ich danke Euch, Sergeant«, sagte ich.

»Wollt Ihr mir erklären, wie Ihr von alledem erfahren habt?« Willoughby deutete auf die Pulverfässer, die sich an den Wänden reihten.

»Das ist eine lange Geschichte, Sergeant. Und keine, die ich jetzt erzählen kann. Ein andermal vielleicht.«

Martha und ich verabschiedeten uns und machten uns auf den Weg zurück zum Fluss, wo wir eine Jolle fanden, die uns zum Tower brachte. Als wir dort eintrafen, wurden wir von Wachen begrüßt, die bereits auf uns warteten. Sie führten uns durch ein Labyrinth aus Türmen, Treppen und Hallen, bis wir den White Tower erreichten. Dort sahen wir Will stehen.

»Martha! Tante Bridge!« Er kam auf uns zugelaufen und nahm Martha in die Arme. »Einer der Wächter hat erzählt, was geschehen ist. War das Haus wirklich mit Pulver gefüllt?«

»Bis unters Dach«, erwiderte ich. »Mein Gott, was für ein Blutbad wäre das geworden ...« Ich schloss die Augen und stellte mir vor, was geschehen wäre, hätte Owen Erfolg gehabt: Tausende Tote, das Parlament in Schutt und Asche, der Beginn eines neuen Bürgerkrieges. Und wenn die Explosion zu einem Brand geführt hätte – wer konnte schon sagen, wie viel von London den Flammen zum Opfer gefallen wäre.

Ich schüttelte den Kopf, um diese schrecklichen Visionen zu verscheuchen. »Ist Charles Owen schon hier?«

»Ja. Sie haben ihn beim Verrätertor hereingebracht und gleich in eine Zelle geworfen. Colonel Reynolds hat bereits mit der Vernehmung begonnen. Er dachte sich schon, dass du kommen würdest, und bittet dich, in Mr. Marlowes Amtszimmer zu warten. Kommt, ich führe euch hin.«

Martha und ich folgten Will. Als wir in Marlowes Dienstzimmer waren, erzählten wir ihm von den Ereignissen des Tages. Er schüttelte fassungslos den Kopf, als wir geendet hatten. »Mein Gott, wenn ihr nur ein paar Minuten später in Westminster angekommen wärt ... Das Parlament zerstört ... Cromwell tot ... Berge toter Frauen auf den Straßen der Stadt. Eine Katastrophe für England.«

»Ja«, sagte ich. »Es war eine knappe Angelegenheit.«

Ein paar Stunden später, als die Sonne bereits hinter den Mauern des Towers unterging, klopfte jemand an die Tür.

»Herein«, sagte Will.

Tom trat ein.

»Was klopfst du an?«, meinte Will lachend. »Das hier dürfte bald schon dein Reich sein.«

Tom lächelte schwach. »Alte Gewohnheiten sterben schwer.« Er begegnete meinem Blick, und sein Lächeln wurde strahlend. Scheu trat er einen Schritt auf mich zu, bevor ihm bewusst wurde, dass wir nicht allein waren. Nach diesem erschütternden Tag wünschte ich mir zwar nichts mehr, als in Toms Armen zu liegen, aber auch mir war klar, dass dies weder der Ort noch die Zeit dafür war.

»Gott sei Dank geht es euch allen gut«, sagte Tom. »Ich kann immer noch nicht begreifen, wie knapp England einem schrecklichen Schicksal entkommen ist.«

»Was hast du von Owen erfahren?«, fragte Will. »Hat er gestanden?«

Tom nickte. »Da er beim Feuerlegen auf frischer Tat ertappt wurde, kann er schwerlich seine Unschuld beteuern. Er gibt zu, Daniel Chidley, Enoch Harrison und Mr. Marlowe ermordet zu haben. Er bedauert nichts – nur, dass er Abraham Walker losgeschickt hat, um Margaret Harrison zu töten. ›Hätte ich lieber selbst tun sollen‹, lautete sein Kommentar.«

»Unglaublich.« Ich schüttelte den Kopf. »Hat er gesagt, wer seine Mitstreiter sind?«

»Er hat uns ein paar Namen genannt, aber angeblich sind sie alle bereits nach Frankreich geflohen. Er war dazu bestimmt, hierzubleiben, das Pulver zu entzünden und als Märtyrer in die Geschichte einzugehen. Das Los war auf ihn gefallen.«

»Und seine Frau?«, wollte Martha wissen. »Was ist mit ihr?«

Tom seufzte tief. »Er behauptet, sie wisse nichts von dem Komplott, und wir können nicht das Gegenteil beweisen. Ich werde morgen ein paar Männer zu ihr schicken. Aber wenn sie ihrem Gatten nicht freiwillig an den Galgen folgen will, können wir wenig ausrichten.«

Ich nickte. »So will es das Gesetz.«

»Tut mir leid«, sagte Tom, »aber Will und ich haben noch viel Arbeit. Wenn wir alle Komplizen Owens – zumindest die, die noch in England sind – aufgespürt haben, gehen wir vier fürstlich essen. Ich möchte zu gern erfahren, wie ihr es geschafft habt, ein Komplott aufzudecken, an dem sogar Marlowe und seine Spione erbärmlich gescheitert sind.«

Ich versicherte Tom, dass Entschuldigungen seinerseits überflüssig wären. Wenige Minuten später waren Martha und ich auf dem Heimweg in die Cheapside.

»Jane Owen wusste, was ihr Mann vorhatte«, sagte Martha. »Sie hat es selbst zugegeben.«

»Ja«, erwiderte ich. »Aber was würde es jetzt noch bringen, sie auffliegen zu lassen? Sie würde hängen, weil sie das Geheimnis ihres Mannes bewahrt hat, und ihr Kind würde zur Waise. Ein Neugeborenes ohne Mutter stirbt oft schon in den ersten Wochen. Ich sehe keinen Grund, sie an den Galgen zu bringen und ihr Kind zu begraben, nur weil sie einen Royalisten zum Mann hatte.«

Martha nickte. »Vermutlich habt Ihr recht.«

Die späte Mahlzeit, die wir an jenem Abend zu uns nahmen, verlief ziemlich seltsam, denn Elizabeth stand noch ganz unter den Eindrücken des Aufmarsches am Parlament. Mir war klar, dass sie uns alles darüber erzählen wollte, aber da sie ohne meine Erlaubnis gegangen war, konnte sie kein Wort darüber sagen, ohne sich zu verraten. Und ich konnte natürlich nicht zugeben, dass ich von ihrem unerlaubten Abenteuer wusste – oder wie nahe sie an diesem Tag dem Tod gekommen war.

Als ich mich fürs Bett bereit machte, griff ich in meine Schürze und ertastete dort den roten Seidenknoten, den wir in Owens Tasche gefunden hatten. Ich seufzte. Ich hatte ganz vergessen, ihn Tom zu geben. Charles Owens Geständnis reichte zwar völlig, aber irgendetwas an der Sache ließ mir keine Ruhe. Stundenlang lag ich wach im Bett, unfähig, ein Auge zu schließen. Ich wusste, dass uns etwas entgangen war, irgendetwas Wichtiges, aber ich kam einfach nicht darauf, was es war.

Irgendwann in der Nacht klopfte Martha an meine Schlafzimmertür, und ich ließ sie eintreten.

»Kannst du auch nicht schlafen?«, fragte ich.

»Nein«, kam ihre Antwort. Sie setzte sich auf die Bettkante. »Da gibt es eine Frage, die mir nicht aus dem Kopf geht. Wie ist Charles Owen in Mr. Marlowes Wohnung gekommen?«

»Was meinst du?«

»Nun, wir haben Owen als Verdächtigen von der Liste gestrichen, weil Marlowe ihn nie so nahe an sich herangelassen hätte. Wir sind davon ausgegangen, dass der Mörder eine Person war, der Marlowe vertraut hat, oder zumindest jemand, den er nicht als Gefahr betrachtet hätte. Haben wir uns getäuscht?«

»Keine Ahnung«, gestand ich. »Aber es gibt noch etwas, das mir keine Ruhe lässt.« Ich griff nach dem Seidenband, das auf dem Nachttisch lag. »Wieso hatte Owen zwei Bänder?«

»Zwei?«

»Eines haben wir in der Truhe in seinem Haus gefunden und eines in seiner Tasche, als er festgenommen wurde. Warum nur?«

Kaum hatte ich die Frage gestellt, war mir die Antwort klar.

»Jane Owen!«, sagten Martha und ich wie aus einem Mund.

»Dann wissen wir jetzt auch, wen Mr. Marlowe in seine Wohnung gelassen hat!«, stieß ich hervor. »Jane Owen! Er hätte keine Angst vor einer Frau gehabt, schon gar nicht vor einer Schwangeren. Und wenn Jane Teil des Komplotts war, hätte sie ihr eigenes rotes Band besessen.«

»*Sie* war es«, flüsterte Martha. »*Sie* hat alle umgebracht.«

*

Als Martha und ich zum Haus der Owens eilten, fragte ich mich, was ich tun sollte. Ich wollte Jane nicht für den Hochverrat ihres Mannes am Galgen sehen, aber wie stand es um die Verbrechen, die sie selbst begangen hatte? Und um die Hunderte von Menschen, die gestorben wären, hätte Charles seinen Plan in die Tat umgesetzt? Ich wollte Jane nicht in Freiheit sehen, wollte ihren Sohn aber auch nicht zur Waise machen.

Das Haus der Owens ragte dunkel vor uns auf. Martha und ich starrten auf die schwarzen Fensterscheiben, während das flackernde Licht unserer Laternen huschende Schatten auf die Straße warf.

»Sollen wir nicht lieber Verstärkung holen?«, fragte Martha. »Wenn Jane tatsächlich Mr. Marlowe und die anderen ermordet hat, wäre das ratsam.«

»Ja. Aber ich will diese Angelegenheit bis zum Ende durchstehen. Und im Gegensatz zu Janes anderen Opfern werden wir auf der Hut sein, weil wir wissen, wie gefährlich sie ist.«

Ich trat zum Haustor. Zu meiner Überraschung war es nicht verschlossen. Martha und ich wechselten einen Blick. Nur eine Verrückte würde ihre Tür nachts unverriegelt lassen.

Wir stahlen uns in die Stube der Owens und blickten uns blinzelnd in dem dunklen Zimmer um. Die Stille war erdrückend. »Irgendetwas stimmt hier nicht«, raunte ich.

Martha schlüpfte zum Kamin und stocherte in der Asche. »Keiner hat sich die Mühe gemacht, das Feuer zu löschen«, flüsterte sie. »Es ist von selbst erloschen.«

Wir gingen weiter zur Küche, wo wir ein ähnliches Bild vorfanden. Hier gab es nur das kalte, tote Herdfeuer, aber keine Anzeichen für irgendwelche ungewöhnlichen Vorkommnisse. So leise wir konnten, stiegen wir die Treppe hinauf, doch jedes Ächzen der Dielen klang in meinen Ohren wie der Aufschrei einer gequälten Seele. Die Tür zu Janes Schlafkammer stand offen.

Und hier fanden wir endlich die Antwort darauf, was geschehen war. Janes Kleidertruhen waren offen, ihr Inhalt lag im ganzen Zimmer verstreut. Die Säuglingskleider, die Janes Freundinnen für den kleinen Charles mitgebracht hatten, waren verschwunden, ebenso die Windeln, die ich ihr gegeben hatte. Jane war auf und davon.

»Was nun?«, fragte Martha. In der stillen Dunkelheit des Hauses klang ihre Stimme mir unnatürlich laut.

»Schauen wir noch ins Hinterzimmer«, sagte ich.

Wir wagten uns wieder in die Diele hinunter. Es überraschte mich nicht, dass die verschlüsselten Papiere verschwunden waren – genauso wie der kleine Haufen Münzen, der zuletzt auf dem schmalen Bett gelegen hatte. Nur das rote Seidenband, das Jane wie zum Abschied gut sichtbar aufs Bett gelegt hatte, war geblieben.

»Ich nehme an, sie wollte nicht damit erwischt werden«, murmelte ich.

»Wir sollten im Tower Bescheid geben«, sagte Martha.

»Ja. Aber ich bezweifle, dass Jane leicht zu finden sein wird. Wahrscheinlich ist sie ihren Mitverschwörern nach Frankreich gefolgt.«

»Am selben Tag, an dem sie ihr Kind zur Welt gebracht hat?«

»Was blieb ihr übrig? Hätte sie zu lange gezögert, wäre sie vielleicht zusammen mit ihrem Mann zum Tode verurteilt worden und hätte ihren Sohn zur Waise gemacht, noch bevor er das erste Wort gesprochen hätte. Welche Mutter hätte anders gehandelt?«

Martha nickte. »Gehen wir nach Hause. Von dort können wir ein Schreiben zum Tower schicken.«

Als wir um die Straßenecke bogen, bemerkte ich einen matten Lichtschein, der aus einem Fenster der Crown drang. Ich ergriff Marthas Arm und zeigte darauf.

»Ihr glaubt doch nicht, dass das Jane ist ...?«

»Wer sonst?« Ich eilte zur Tür der Schänke, die unverschlossen war, wie schon das Haustor der Owens. Die Gaststube wurde von einer Laterne und dem schwachen Schein der glimmenden Kohlen im Kamin gespenstisch erhellt. Eine fast leere Weinflasche stand neben der Laterne auf dem Tisch.

»Lady Hodgson.«

Lorenzo Baccas Stimme erschreckte mich so sehr, dass ich beinahe aufgeschrien hätte.

»Himmel!«, zischte Martha. »Seid Ihr von Sinnen?«

»Verzeiht. Es war nicht meine Absicht, Euch zu ängstigen.« Bacca trat hinter der Theke hervor. »Ich wollte mir gerade noch eine Flasche holen. Möchtet Ihr mir nicht Gesellschaft leisten?«

»Wo ist Jane Owen?«, fragte ich, ohne darauf einzugehen.

»Die habt Ihr verpasst«, antwortete Bacca. »Die Gnädigste hat sich aus dem Staub gemacht, sobald Ihr Euch aufgemacht hattet, ihren Gatten zu jagen.«

»Wohin ist sie geflohen?«

Bacca zuckte mit den Schultern. »Frankreich? Holland? Irland? Schottland? Wer weiß, vielleicht sogar nach Amerika. Wenn sie dem Galgen entkommen will, wird ihr wohl alles recht sein – außer England, versteht sich. Sie hat Geld genug, um überall hinzugehen und sich auf dem Weg dorthin ein wenig Verschwiegenheit zu erkaufen.«

»Woher wisst Ihr das alles?«, fragte Martha.

»Nun, ich habe Augen und Ohren, nicht wahr? In der letzten Woche ist die Hälfte aller royalistischen Agenten nach Frankreich geflüchtet, also wusste ich, dass etwas im Busch sein musste. Dann haben Mrs. Owens Klatschbasen herumerzählt, wie der gute Charles in Janes Wochenbett geplatzt ist. Und auch die kuriose Unterhaltung, die ihr zwei daraufhin mit ihr geführt habt, wurde mir getreulich überliefert. Der Rest war nicht schwer zu erraten.« Bacca schwieg einen Augenblick. »Da wäre übrigens etwas, das ich Euch beiden zeigen sollte.«

»Was denn?«, fragte ich. »Wenn es der Seidenknoten ist, den haben wir bereits gefunden.«

Bacca runzelte die Stirn. »Nein, nichts dergleichen. Folgt mir, meine Damen.« Er hob die Laterne hoch und führte uns in die Küche vor einen kleinen Wandschrank. Als er dessen Tür öffnete, fiel der Schein seiner Lampe auf den leblosen Körper eines Mannes, der mit gebundenen Händen zusammengekrümmt auf dem Boden des Schranks lag. Er war eindeutig tot, und dies schon seit mehreren Stunden.

»Ist das Janes Werk?«, wollte ich wissen.

»Oh nein«, erwiderte Bacca. »Das war ich. Jane hatte ihn angeheuert, um uns alle drei zu töten. Mich, weil ich Euch beide zu ihr gebracht habe, und Euch beide, weil Ihr den Plan vereitelt habt, das Parlament in die Luft zu jagen. Mein toter Kollege da hatte nur das Pech, sich als Erstem mit mir zu befassen.«

»Und woher wisst Ihr das?« Mir wurde schwindelig; ich wünschte mir, ich hätte Baccas Angebot angenommen, ein Glas Wein zu trinken.

Bacca lachte. »Na, von meinem Freund hier. Ich habe ihn gefragt, und da es bei ihm sowieso zu Ende ging, hatte er keinen Grund zu lügen. Auftragsmörder sind nicht die treuesten Verbündeten, besonders, wenn etwas schiefgeht.«

»Ihr habt diesen Mann getötet?«

»Hätte ich es nicht getan, läge ich jetzt hier«, entgegnete Bacca. »Und Ihr zwei wärt die Nächsten gewesen.«

»Sind wir noch in Gefahr? Gibt es andere wie ihn?«

»Das glaube ich kaum«, meinte Bacca. »Bevor ich ihm den Gnadenstoß versetzte, konnte ich ihn überzeugen, einer

Freundin von Mrs. Owen in Frankreich zu schreiben, dass er uns drei losgeworden sei. Falls die Dame nicht zurückkehrt und uns zufällig über den Weg läuft, wird sie uns für tot halten.«

Mit diesen Worten schloss er die Schranktür, und wir kehrten in den Schankraum zurück.

»Aber bei all dem Durcheinander und der brenzligen Lage hier«, fuhr Bacca fort, »wird es wohl klüger sein, ich sehe mich nach einem neuen Broterwerb um. Ich fürchte, ich bin zu alt und weichherzig geworden, um weiter das Leben eines Spions zu führen.«

»Was wollt Ihr denn in Zukunft tun?«, fragte Martha.

Bacca schaute sich um. Ein Lächeln umspielte seine Lippen.

»Ich würde sagen, die Crown braucht einen neuen Besitzer. Vielleicht werde ich Schankwirt.«

Ich musste lachen. »Ihr wollt London also weiterhin ertragen?«

»Zumindest ertrage ich es besser als das Todesurteil, das in Italien auf mich wartet«, antwortete Bacca. »Nach so vielen Jahren habe ich mich sogar an den englischen Winter gewöhnt. Ja, ich denke, ich werde bleiben. Aber was ist mit Euch? Nun, da Marlowe tot ist, könnt Ihr doch wieder aufs Land zurück.«

»Das ist wahr.« Er hatte natürlich recht, und ich war überrascht, dass ich nicht selbst daran gedacht hatte. Aber war mein Heim wirklich in Pontrilas? War es nicht eher die Cheapside? Ich atmete tief durch. »Um auf Eure Einladung zurückzukommen – jetzt hätte ich sehr gern ein Glas Wein.«

# 28.

Am nächsten Morgen schickte ich Tom einen Brief, in dem ich ihm Marthas und meinen Besuch ankündigte. Nach dem Frühstück machten wir uns auf den Weg zum Tower. Will wartete bereits am Tor auf uns.

»Colonel Reynolds ist heute sehr schlecht gelaunt«, warnte er uns, als wir uns auf den Weg ins Herz der Burg machten.

»Lass mich raten«, sagte ich. »Jane Owen ist verschwunden, und niemand weiß wohin.«

Will blieb stehen und blickte mich verwundert an. »Woher weißt du das?«

»Es kommt noch schlimmer«, antwortete ich. »Ich erzähle es dir aber erst, wenn Colonel Reynolds dabei ist.«

»Wenn es noch schlimmer wird, weiß ich nicht, ob ich überhaupt dabei sein möchte«, murmelte Will.

Als wir vor Marlowes Arbeitszimmer standen (es fiel mir schwer, es als Toms Zimmer zu betrachten), klopfte Will zweimal an die Tür, und wir traten ein. Tom saß hinter dem Schreibtisch und blätterte in einem Stapel Papiere, die Stirn in finstere Falten gelegt. Aber das Lächeln, das über seine Züge glitt, als er mich sah, wärmte mir das Herz. Er trat auf mich zu und schloss mich in die Arme.

»Ich fürchte, ich habe nicht viel Zeit zum Plaudern«, sagte er. »Jane Owen ist geflohen. Wir müssen sie finden.«

»Du wirst sie nicht finden.«

»Wieso denn nicht?«, fragte er verdutzt. »Was weißt du von der Sache?«

»Sie ist nicht mehr in England«, sagte ich. »Aber das ist noch längst nicht alles.«

Tom blickte mich ein paar Sekunden fassungslos an, dann erst ging ihm die Bedeutung meiner Worte auf. »Erzähl mir alles.«

»Charles Owen hat gelogen, was die Morde angeht. Er hat sie nicht begangen – zumindest nicht alle. Es war Jane, die Mr. Marlowe getötet hat.«

»Unmöglich«, wandte Will ein. »Sie ist eine Frau und war obendrein schwanger.«

»Genau deshalb konnte sie in Marlowes Gemächer gelangen«, erklärte Martha. »Einem Mann hätte Marlowe niemals die Tür geöffnet, schon gar nicht Charles Owen. Aber einer schwangeren Frau? Er hat die Gefahr nicht erkannt, bis er ihr Messer zwischen den Rippen hatte.«

»Und was war mit Daniel Chidley und Enoch Harrison?«, fragte Tom verwirrt und schaute mich dabei an.

»Ich weiß es nicht«, antwortete ich. »Das wissen allein die Owens. Aber auch hier gilt, dass Chidley und Harrison einen Mann verdächtigt hätten, während eine Frau sich ihnen ohne Weiteres hätte nähern können.«

Tom seufzte. »Ich werde Owen dazu befragen. Aber wenn er bis jetzt gelogen hat, sehe ich keinen Grund, weshalb er plötzlich die Wahrheit sagen sollte.« Er hielt einen Moment inne. »Bist du sicher, dass Jane Owen es war? Gibt es Beweise?«

»Nur diese hier.« Ich zog die zwei Seidenbänder aus meiner Schürze. »Ein Band haben wir in einer verschlossenen Truhe bei den Owens gefunden, das andere hatte Charles Owen bei sich, als er festgenommen wurde.«

Tom nahm das verknotete Band. »Genau wie das Band, das Abraham Walker bei sich trug.«

»So ist es.« Ich nickte. »Mir hätte sofort ein Licht aufgehen müssen, als wir ein zweites Band bei Owen fanden, aber auch ich war mit Blindheit geschlagen, weil Jane nun mal eine Frau ist, der man eine solche Bluttat nicht ohne Weiteres zutraut, erst recht nicht, wenn sie schwanger ist.«

»Dass sie geflohen ist, ist ein Beweis ihrer Schuld«, warf Martha ein. »Eine Mutter, die am Tag ihrer Niederkunft flieht, muss schreckliche Angst vor irgendetwas haben.«

Tom nickte. »Ich habe also eine Mörderin mit einem Säugling an der Brust durch meine Finger schlüpfen lassen? Das wird meinen Vorgesetzten einen ausgezeichneten Eindruck von mir vermitteln.« Er seufzte und fügte hinzu: »Na ja, zumindest haben wir eine neue Erkenntnis gewonnen, die Janes Schuld noch wahrscheinlicher macht. Sie war Abraham Walkers Schwester. Owen und Walker waren durch Jane verschwägert.«

Die Neuigkeit kam unerwartet, aber nach den Ereignissen der letzten Tage konnte mich nichts mehr aus der Fassung bringen. »Eine Familie von Spionen!«, bemerkte ich.

»Ja«, sagte Tom. »So konnten sie trotz Mr. Marlowes Nachforschungen unentdeckt bleiben. Ich weiß zwar nicht, wie viele Spione Marlowe unter den Royalisten hatte, aber von diesem Komplott hat er nie erfahren.«

»Ja. Dafür hätte er schon einheiraten müssen«, sagte Martha. »Aber auf diese Weise wäre dieser Bande fast gelungen, ganz Westminster dem Erdboden gleichzumachen.«

»Und es erklärt Janes Abschiedsgeschenk an uns«, sagte ich.

»Was soll das heißen?«, fragte Tom.

»Bevor sie aus England geflohen ist, hat Jane einen Auftragsmörder dafür bezahlt, mich und Martha zu beseitigen. Sie wollte wohl ihre Rache.«

Tom warf Will einen raschen Blick zu. »Trommel ein paar Männer zusammen.« Er wandte sich wieder mir zu. »Wer ist der Kerl? Wir nehmen ihn heute noch fest – euch wird nichts geschehen.«

»Das ist alles schon geregelt, Tom«, beschwichtigte ich ihn. »Lorenzo Bacca hat sich um die Angelegenheit gekümmert. Von dem gedungenen Mörder werden wir nichts mehr hören. Und mit Cromwells Agenten im Rücken wird Jane ihre Rachepläne wohl oder übel aufgeben müssen. Ich bin in Sicherheit.«

»Die Sache gefällt mir trotzdem nicht«, meinte Tom.

»Ich wäre enttäuscht, wenn es anders wäre«, erwiderte ich. »Aber du musst dir keine Sorgen machen.«

Tom seufzte tief. »Also gut. Aber Will und ich müssen jetzt wirklich wieder an die Arbeit. Werdet ihr zwei uns morgen Abend bei einem guten Essen Gesellschaft leisten? Wir können uns beim Horned Bull treffen und dann in ein Speiselokal gehen, das ich in angenehmer Erinnerung habe.«

»Hört sich gut an.« Ich lächelte ihn an. »Bis morgen Abend also.«

Ich trat auf ihn zu, küsste ihn sanft auf die Wange und verließ mit Martha das Zimmer.

*

Der nächste Nachmittag kam – und mit ihm ein Bote, der uns einen Brief überbrachte. Darin bat Tom uns in knappen Worten, ihn und Will beim Tower zu treffen, statt wie vereinbart beim Horned Bull.

»Mir scheint, das Abendessen muss warten«, bemerkte Martha. »Was da wohl passiert ist?«

»Vielleicht hat er Jane Owen geschnappt«, meinte ich. »Es könnte alles Mögliche sein.« In Wahrheit war mir unwohl bei der Sache. Ich sagte mir zwar selbst, dass ich den Teufel an die Wand malte, konnte mein Unbehagen aber nicht abschütteln. Als wir uns auf den Weg zum Tower machten, war ich fast schon überzeugt davon, dass mir mein Glück, das zum Greifen nahe gewesen war, durch die Finger schlüpfte.

Meine Befürchtungen wurden zur traurigen Gewissheit, als ich Wills kreidebleiches Gesicht sah.

»Was ist geschehen«, fragten Martha und ich wie aus einem Mund.

»Colonel Reynolds wird euch alles berichten.« Nur mit Mühe konnte Will die Tränen zurückhalten.

»Will, du musst es uns sagen!«, drängte Martha.

Doch Will schüttelte nur den Kopf. »Kommt mit.«

Wir folgten ihm zum White Tower und in Toms Arbeitszimmer. Tom saß zusammengesunken in seinem Stuhl und starrte abwesend aus dem Fenster. Als wir eintraten, blickte er auf und erhob sich mühsam.

»Tom, was ist?«

»Will und ich ... wir müssen nach Irland«, sagte er. Offenbar konnte er meinen Blick nicht ertragen, denn er wandte sich von uns ab. »Cromwell will in nächster Zeit die Armee dorthin versetzen, und wir sollen den Weg ebnen.«

Ich glaube, Tom sagte noch mehr, aber ich hörte nur noch das Blut, das in meinen Ohren rauschte, und das laute Pochen meines gebrochenen Herzens. Tom drehte sich zu mir um, als ob er eine Reaktion meinerseits erwartete, aber mir fehlten die Worte.

»Irland?« Marthas Stimme schien aus weiter Ferne zu mir zu dringen. »Für wie lange?«

»Solange, wie man uns befiehlt«, antwortete Tom. »Königin Elizabeths Krieg hat fast zehn Jahre gedauert.«

»Ich dachte, du solltest Mr. Marlowes Platz einnehmen.«

Meine Stimme klang trotzig und traurig zugleich. »Ich dachte, du bleibst hier in London.«

»Das dachte ich auch«, gab Tom zurück. »Aber im Krieg gibt es keine Gewissheiten.«

»Und unsere Spitzeldienste?«, fragte Martha. »Werden wir beide nun zusammen mit dieser Amtsstube an Marlowes Nachfolger weitergereicht?«

Tom schüttelte den Kopf. »Das habe ich verhindert. Alle Papiere, die mit den Morden und dem Pulverkomplott in Verbindung stehen, habe ich verbrannt. Außerdem habe ich ein Schreiben an Sergeant – inzwischen Lieutenant – Hirst gesandt, in dem ich ihm gratuliere, Owens Plan auf eigene Faust vereitelt zu haben. Ansonsten wissen nur noch Will, ich und die Owens von eurer Rolle in der Affäre. Will und ich werden kein Wort darüber verlieren, und die Owens werden bald tot oder auf der Flucht sein. Ihr zwei seid frei.«

Aber ich hatte kein Verlangen mehr nach meiner Freiheit. Ich wollte, dass ich Tom gehörte und er mir – an diesem Tag und allen anderen, die folgen würden. Es war mehr, als ich ertragen konnte. Ich sank auf einen Stuhl, überwältigt von den Grausamkeiten, die uns das Schicksal in den Schoß geworfen hatte.

»Wann müsst ihr fort?«, fragte Martha.

»Morgen. Cromwell wünscht, den Aufstand so schnell wie möglich zu beenden.«

Ich konnte den Schmerz in meiner Brust nicht mehr bezähmen und öffnete den Mund, um zu fluchen, zu schreien, zu weinen, brachte aber nur ein leises Stöhnen hervor. Tom setzte sich neben mich und zog mich an sich, während Will und Martha einander umarmten. Tom weinte, flüsterte Worte der Liebe in mein Ohr und schwor, zu mir zurückzukehren.

Allzu schnell fanden Martha und ich uns wieder außerhalb

der Mauern des Towers wieder und lenkten unsere Schritte in Richtung Cheapside. Der strahlende Sonnenschein vermochte nicht bis zum Schmerz in unserem Inneren durchzudringen, der alles in Schwärze hüllte, und wir klammerten uns aneinander wie Seeleute, die in stürmischen Gewässern unterzugehen drohen.

Am nächsten Tag waren Tom und Will fort.

*

Martha, Elizabeth und ich bewältigten die Abreise der Männer auf ähnliche Weise, wie ich damals den Tod meiner Kinder überwunden hatte: Wir gingen zu werdenden Müttern, halfen ihnen, ihre Kinder gesund zur Welt zu bringen, und suchten neue Patientinnen. Wir taten alles, um nicht daran denken zu müssen, was wir verloren hatten. Natürlich half es nicht, denn unser Kummer konnte nicht so einfach weggewischt werden. Nur die Zeit konnte unsere Wunden heilen.

In diesen dunklen Wochen begleitete Elizabeth uns immer öfter auf unseren Gängen und erlernte nach und nach die Arbeit einer Hebamme. Ich hatte schon lange vorgehabt, sie zu unterweisen – in der Gewissheit, dass es mir große Freude bringen würde –, aber unter den gegebenen Umständen war es nur Balsam auf eine schwärende Wunde.

Tom und Will waren kaum einen Monat fort, als Susan, meine Magd, mich nachts aus dem Schlaf riss. »Hier ist ein Mädchen für Euch, Madam.«

»Liegt jemand in den Wehen?«

Ich stieg aus dem Bett und kleidete mich an, doch Susan schwieg. »Was ist, Susan?«

Sie zögerte, bevor sie sprach. »Katherine Chidley ist gestorben.«

Halb angezogen, starrte ich sie an. »Gestorben? Wie?«

»Keine Ahnung. Das Mädchen unten weiß mehr.«

Im Untergeschoss traf ich eine von Katherines Mägden an.

»Was ist passiert?«, fragte ich das schluchzende Mädchen.

»Es war letzte Nacht, nach dem Abendessen. Mrs. Katherine hat gesagt, sie würde noch ein bisschen lesen und schreiben, bevor sie zu Bett geht. Ich war in der Dachkammer, als ich den Krach unten hörte. Ich habe sie dann neben ihrem Bett gefunden.«

Martha kam uns. Der Kummer stand ihr ins Gesicht geschrieben. »Ist es wahr?«, fragte sie mich.

»Es scheint so«, gab ich zur Antwort, bevor ich bitterlich zu weinen begann. Ich konnte nicht glauben, wie Gott, der mir gerade erst Will und Tom genommen hatte, ein paar Tage später die beste Freundin entreißen konnte, die ich in London hatte.

»Was ist ihr zugestoßen?«, fragte Martha die Dienstmagd.

»Als ich in ihr Zimmer kam, hatte sie einen schrecklichen Anfall. Aus ihrer Nase lief Blut, so viel Blut ... so was hab ich noch nie gesehen. Es war furchtbar! Wir haben nach einem Arzt gerufen, aber als er endlich kam ...« Das Mädchen schüttelte den Kopf.

Ich trocknete meine Augen, so gut ich konnte. »Ich werde es Elizabeth sagen«, erklärte ich. »Ist Katherine noch in ihrem Haus?«

Das Mädchen wischte ihre verweinte Nase an ihrer Schürze ab und nickte.

»Wir werden bald dort sein.«

Ich ging zu Elizabeths Kammer und weckte sie, so sanft ich konnte. Was ich ihr mitzuteilen hatte, konnte nicht aufgeschoben oder beschönigt werden. Kaum sah sie mein Gesicht, wusste sie, dass etwas nicht in Ordnung war.

»Katherine ist heute Nacht gestorben«, sagte ich geradeheraus.

Elizabeth starrte mich ungläubig an, als erwartete sie, dass ich meine Worte zurücknehme. Doch als ich schwieg, schloss sie die Augen. Vergeblich versuchte sie, die Tränen zurückzuhalten.

Ich schloss sie in die Arme, und wir weinten gemeinsam über den Tod unserer Freundin.

»Martha und ich gehen jetzt zu ihr«, sagte ich schließlich. »Du kannst mit uns kommen. Du kannst aber auch bis morgen warten.«

Elizabeth setzte sich auf. »Ich ziehe mich sofort an.«

*

Als wir Katherines Haus erreichten, hatte sich die Nachricht von ihrem Tod bereits in der gesamten Nachbarschaft herumgesprochen. Auf einem Tisch in ihrem Laden hatte man ihren in Leinen gewickelten Leichnam aufgebahrt. Ein Dutzend Menschen standen um die Tote herum und flüsterten leise. Einige kannte ich aus dem Nag's Head, andere aus der Watling Street, wieder andere hatte ich nie zuvor gesehen. Die Menge wuchs immer mehr an, sodass die Trauernden schließlich bis auf die Straße standen.

Martha, Elizabeth und ich gesellten uns dazu. Wir konnten es immer noch nicht fassen, dass unsere Freundin fort war. Elizabeth klammerte sich so fest an uns beide, als hätte sie Angst, auch wir könnten ihr entrissen werden.

Als der Morgen dämmerte, wurden Brot und Käse gereicht, und Jeremiah Goodkey brachte ein Fass Ale, aber zu diesem Zeitpunkt war der Menschenauflauf schon so groß, dass ein Fass allein nicht ausreichte. Ich unterhielt mich ein wenig mit den anderen Trauernden und stellte rasch fest, dass es eine bunt gemischte Schar war. Es waren Levellers anwesend, die selbst vor Katherines Leichnam über nichts als Politik sprachen. Ich war mir sicher, Katherine hätte es gefreut. Auch Mütter, denen Katherine als Hebamme beigestanden hatte, fanden sich ein. Eine von ihnen erzählte mir, Katherine habe zwei Generationen ihrer Familie zur Welt gebracht. Und die Nachbarn waren da, die Kirchenältesten der Pfarre, sogar ein Trupp Soldaten, die mir berichteten, dass Katherines Sohn im Norden an der Grenze diente. Man hatte ihn bereits schriftlich verständigt; dennoch würde er vom Tod seiner Mutter erst in vielen Tagen, vielleicht sogar Wochen erfahren.

Die Puritaner kamen scharenweise, und mit ihnen Mr. Snodgrass, ihr Pfarrer. Sie beteten eine ganze Weile, und wir schlossen uns ihnen an. Anschließend hielt Mr. Snodgrass eine Predigt, in der er uns alle ermahnte, dass der Tod allzeit nahe sei, sodass wir unsere Sünden bereuen und unser Leben dem Herrn weihen sollten. Dann leisteten uns die Puritaner beim Trauern und Trinken Gesellschaft. Es war ein schöner und angemessener Abschied für eine der bemerkenswertesten Frauen, die zu treffen ich je das Glück gehabt hatte.

Nachdem Elizabeth in dieser Nacht zu Bett gegangen war, setzten Martha und ich uns zusammen in die Wohnstube. Eine Flasche Wein leistete uns Gesellschaft. Die ersten zwei Gläser tranken wir schweigend.

»Sie war nicht wie andere Frauen«, sagte ich nach einiger Zeit.

Martha musste lachen. »Das ist noch untertrieben. Hebamme in der Cheapside, Spionin für Cromwell, Mitstreiterin der Levellers.«

»Nicht zu vergessen eine Geißel der Bischöfe«, fuhr ich fort. »Verteidigerin von Grace Ramsden, Rächerin ihres Ehemannes ... ihr Grabstein würde sich lesen wie ein Buch.«

»An was sie wohl gestorben ist?«, fragte Martha. »An Abraham Walkers Schlag auf den Kopf?«

»Schon möglich«, erwiderte ich. »Wahrscheinlich. Aber wir werden es wohl nie mit Sicherheit wissen.«

»Wie konnte eine so gute Frau durch die Hand eines so grausamen Mannes sterben? Er wollte seine Geliebte töten, und mit ihr sein ungeborenes Kind.«

»Du weißt so gut wie ich, dass die Welt ein ungerechter Ort ist. Wir können uns nur gegen den Strom stellen, so wie Katherine es getan hat.« Ich hielt einen Moment inne und dachte an die Tausende von Frauen, die an Jane Owens Fenster vorbei in Richtung Parlament gezogen waren. »Wenn es wirklich Walkers Schlag war, der Katherine umgebracht hat, dann hat sie ihren Mörder überlebt und in der Zwischenzeit zehntausend Frauen nach Westminster geführt. Und *das* ist eine Tat, an die man sich erinnern wird.«

Martha lächelte traurig. »Ja, stimmt. Wir sollten es auf ihren Grabstein setzen lassen.«

*

Nachdem Will und Tom nach Irland aufgebrochen waren, erhielten wir mehrere Wochen lang keine Briefe und erwarteten auch keine. Derweil kam es in England zu einer Auseinandersetzung, als eine Gruppe Levellers in der Armee den Dienst verweigerte. Sie wollten ihren ausstehenden Lohn und dazu das Recht, eigene Offiziere zu wählen. Als ich von ihrer dritten Forderung hörte, schlug mein Herz schneller: Sie weigerten sich, nach Irland zu marschieren. Wenn die Armee nicht ging, würden Tom und Will dann zurückkehren? Doch zu meiner Enttäuschung machten Cromwell und seine Generäle kurzen Prozess mit den Aufständischen. Den gemeinen Soldaten wurde ihr Lohn ausbezahlt, die Anführer wurden verhaftet. Die meisten Rebellen erhielten ein Pardon, einer jedoch wurde auf dem Kirchplatz vor der St.-Pauls-Kathedrale von einem Erschießungskommando exekutiert. Ein paar Wochen später brach die Armee auf.

Und dann, endlich, trafen zu unserer Erleichterung Briefe aus Irland ein, meist zwei auf einmal – einer für Martha, einer für mich. Tom schrieb nur ein paar Zeilen über die blutige Niederschlagung der irischen Rebellion, wofür ich dankbar war. Stattdessen beteuerte er seine fortdauernde Liebe zu mir und ließ mich wissen, dass er die Tage bis zu unserer Hochzeit zählte. Seine Briefe wärmten mir das Herz, stimmten mich aber auch melancholisch, weil ich ihn so sehr vermisste. Wills Briefe waren ähnlich und hatten auf Marthas Stimmung eine ähnliche Wirkung. Diese seltsame Mischung aus Trauer und Freude, in der wir beide uns befanden, verband uns noch inniger als zuvor.

Als der Herbst nahte und die Tage kälter wurden, änderte sich unser Leben aufs Neue. Martha und ich hatten gerade einen Tag damit verbracht, junge Mütter zu besuchen, als wir an der Crown vorbeikamen. Ich hatte gar nicht vorgehabt hineinzugehen, aber eine Stimme ließ uns innehalten.

»Mrs. Hodgson! Tretet ein, tretet ein!«

Natürlich war es kein anderer als Lorenzo Bacca.

Ich warf Martha einen Blick zu und sah, dass ein Lächeln über ihre Lippen tanzte. Sie nickte, und wir betraten die Gaststube. Die Tische waren voll besetzt, und das Ale floss in Strömen. Bacca vertrieb zwei seiner Gäste von einem kleinen Tisch, forderte uns auf, Platz zu nehmen, und setzte sich zu uns.

»Ihr trinkt doch einen Schluck Ale?«, fragte er. »Ich ziehe selbstverständlich Wein vor, aber ich habe einen Braumeister, der ein wahres Genie in seinem Fach ist.« Ohne auf unsere

Antwort zu warten, gab er dem Kellner ein Zeichen, und kurz darauf standen zwei Becher Ale vor uns.

»Das Leben eines Schankwirts scheint Euch gut zu bekommen«, bemerkte ich.

Bacca lachte. »In der Tat. Nicht ganz so aufregend wie die Arbeit als Spion, aber beileibe nicht so gefährlich. Fragt euren Freund Charles Owen.«

Owen war als Verräter gehängt worden, nachdem feststand, dass er den Aufenthaltsort seiner Frau nicht nennen wollte oder konnte.

»Ihr habt den Beruf des Spions völlig aufgegeben?«, fragte ich.

Bacca lüpfte eine Augenbraue und lächelte geheimnisvoll. »So eine Arbeit gibt man selten auf«, erwiderte er. »Sie folgt dir, wohin du auch gehst. Aber ich stehe in niemandes Dienst. Ich handle mit allem, was an Informationen gesucht wird. Es ist erstaunlich, was man alles erfährt, wenn man nur die Ohren offen hält.«

Vielleicht lag es an dem starken Ale, aber nach einiger Zeit fühlte ich mich kühn genug, Bacca eine Frage zu stellen, die mich beschäftigte, seit Jane Owen in den Wehen gelegen hatte.

»Es war kein Zufall, dass Ihr Martha und mich an Jane Owen empfohlen habt, nicht wahr?«, sagte ich. »Und es geschah auch nicht wegen unserer Fähigkeiten als Hebammen.«

Bacca lächelte. »Ich habe mich schon gefragt, wann Ihr darauf kommt.«

»Sagt mir, was wirklich geschehen ist«, drängte ich ihn.

»Also gut. Ich nehme an, Ihr werdet mich nicht an die Royalisten verraten.« Bacca beugte sich verschwörerisch zu uns vor. »Ich wusste, dass Owen das Pulver gestohlen hatte, aber ich dachte, er wollte es für einen gewöhnlichen Aufstand. Ich hielt nicht viel von der Geschichte, und da es mich nichts anging, habe ich mich auch nicht eingemischt.«

»Weshalb habt Ihr Eure Meinung geändert?«, fragte Martha.

»Ich hätte um ein Haar denselben Fehler begangen wie Cromwells Leute. Man redete immer nur von Pulver, aber nie von Truppen, die es benutzen sollten. Da wurde mir klar, dass es eher darum ging, worüber die Royalisten *nicht* sprachen.«

»Sie hatten keine Soldaten, also konnte es keinen Aufstand geben …«, sagte ich.

»Und wenn sie das Schießpulver nicht für einen Aufstand brauchten …«, fügte Martha hinzu.

»Konnten sie es nur für einen Angriff auf die Stadt selbst benutzen«, beendete Bacca ihren Satz. »So etwas ist nicht nach meinem Geschmack, aber ich konnte schwerlich selbst eingreifen.«

»Also habt Ihr *uns* dazu gebracht, zu handeln«, sagte Martha.

»Und ihr zwei habt eure Sache bewundernswert gut gemacht.« Bacca lachte auf. »Ihr habt das Parlament, die Stadt, vielleicht sogar die Nation gerettet. Niemand kennt eure Namen, aber Helden seid ihr dennoch.«

»Schenkt uns nach«, sagte ich. »Schließlich habt Ihr Helden am Tisch.«

*

Von diesem Tag an gingen Martha und ich immer häufiger in die Crown, oft mit Elizabeth im Schlepptau. Das Ale war so ausgezeichnet, wie Bacca versprochen hatte, und er freute sich immer, uns zu sehen. Elizabeth war begeistert von seiner fremdländischen Sprechweise und seinen fantastischen Geschichten über

Italien und die weite Welt, von denen ein paar vielleicht sogar der Wahrheit entsprechen. Es war seltsam, das gebe ich zu, aber schon bald waren Bacca, Martha, Elizabeth und ich Freunde.

So kam es, dass Martha und ich gerade in der Crown saßen, als eine Magd uns aufsuchte.

»Seid Ihr Mrs. Hodgson?«, fragte sie. Die Angst in ihren Augen ließ mich sofort aufhorchen.

»Die bin ich«, sagte ich und stand auf. »Was ist los?«

»Es geht um meine Schwester«, antwortete die Magd, bevor sie in Tränen ausbrach.

Ich nahm ihre Hand und drückte sie sanft in einen Stuhl an unserem Tisch. »Alles wird gut«, versuchte ich sie zu beruhigen. »Sag mir, wo deine Schwester ist, und ich werde dafür sorgen, dass sie ihr Kind ohne Schwierigkeiten zur Welt bringt.«

»Darum geht es nicht.« Das Mädchen schaute mich aus verweinten Augen an. »Ich weiß nicht, wo sie ist! Sie ist verschwunden, und niemand hilft mir, sie zu suchen.«

Ich warf einen Blick auf Martha und sah auf ihrem Gesicht den entschlossenen Ausdruck, den ich so gut kannte.

»Wir werden dir helfen«, sagte ich zu dem Mädchen. »Erzähl mir, was passiert ist.«

# Anmerkung des Verfassers

Während die Zahl der Menschen, die lesen konnten, während der frühen Neuzeit dramatisch anstieg, besaß das England des siebzehnten Jahrhunderts eine Kultur der mündlichen wie auch der schriftlichen Überlieferung. Neuigkeiten und historische Ereignisse wurden durch Liedgut und Prosa gleichermaßen vermittelt und verbreitet. In den Kapiteln 10 und 14 habe ich zwei Lieder an ein modernes Publikum angepasst. Das erste, in dem es um Guy Fawkes und die große Pulververschwörung geht, stammt aus dem Buch *A Song or Story for the Lasting Remembrance of Divers Famous Works Which God Hath Done in Our Time*, erschienen 1626. Das zweite, eine Satire auf das Rumpfparlament, stammt offenbar aus *The Anarchic; or the Blest Reformation Since 1640.* Das Gedicht wurde auch in späterer Zeit immer wieder gedruckt, unter anderem in *Rump: Or an Exact Collection of the Choycest Poems and Songs Relating to the Late Times (1662).* Katherine Chidleys Petition schließlich basiert auf einer historisch überlieferten längeren Eingabe, die im Jahr 1649 von Levellers-Frauen an das Parlament gerichtet wurde.

So seltsam es scheint, auch die merkwürdige Schwangerschaft der Grace Ramsden beruht auf Tatsachen. Da einige Leser diese Anmerkung vor der Lektüre des Buchs lesen werden, möchte ich nicht mehr verraten, aber die Aufzeichnungen zu diesem Fall (und unzähligen anderen!) findet man im Internet unter: Old Bailey Proceedings Online (www.oldbaileyonline.org) unter der Referenznummer tl6770601–6.